掌故王彬街

許少滄 著

楊宗翰 主編

菲律賓・華文風 叢書 02（短篇小說）

【主編序】

在台灣閱讀菲華，讓菲華看見台灣

——出版《菲律賓・華文風》書系的歷史意義

楊宗翰

很難想像都到了二十一世紀，台灣還是有許多人對東南亞幾近無知，更缺乏接近與理解的能力。對台灣來說，「東南亞」三個字究竟意味著什麼？大抵不脫蕉風椰雨、廉價勞力、開朗熱情等等；但在這些刻板印象與（略帶貶意的）異國情調之外，台灣人還看得到什麼？說來慚愧，東南亞在台灣，還真的彷彿是一座座「看不見的城市」：多數台灣人都看得見遙遠的美國與歐洲；對東南亞鄰國的認識或知識卻極其貧乏。他們同樣對天母的白皮膚藍眼睛洋人充滿欽羨，卻說什麼都不願意跟星期天聖多福教堂的東南亞朋友打招呼。

台灣對東南亞的陌生與無視，不僅止於日常生活，連文化交流部分亦然。二〇〇九年台北國際書展大張旗鼓設了「泰國館」，以泰國做為本屆書展的主體。這下總算是「看見泰國」了吧？可惜，展場的實際情況卻諷刺地凸顯出台灣對泰國的所知有限與缺乏好奇。迄今為止，台灣完全沒有培養過專業的泰文翻譯人才。而國際書展中唯一出版的泰文小說，用的還是中國大陸的翻譯。試問：沒有本土的翻譯人才，要如何文化交流？又能夠交流什麼？沒有真正的交流，台灣人又如何理解或親近東南亞文化？無須諱言，台灣對東南亞的認識這十幾年來都沒有太大進步。台灣對東南亞的理解，層次依然停留在外勞仲介與觀光旅遊——這就是多數台灣人所認識的「東南亞」。

東南亞其實就在你我身邊，但沒人願意正視其存在。台灣人到國外旅遊，遇見裝滿中文招牌的唐人街便倍感親切；但每逢假日，有誰願意去台北市中山北路靠圓山的「小菲律賓」或同路段靠台北車站一帶？一旦得面對身邊的東南亞，台灣人通常會選擇「拒絕看見」。拒絕看見他人的存在，也許暫時保衛了自己的純粹性，不過也同時拒絕了體驗異文化的契機。說到底，「拒絕看見」不過是過時的國族主義幽靈（就像曾經喊得震天價響，實則醜陋異常的「大福佬（沙文！）主義」），只會阻礙新世紀台灣人攬鏡面對真實的自己。過往人們常囿於身分上的本質主義，忽略了各民族文化在歷史上多所交融之事實。如果我們一味強調獨特、純粹、傳統與認同，必然會越來越種族主義化，那又如何反對別人採用種族主義的方式來對付我們？與其矇眼「拒絕看見」，不如敞開心胸思考：跟台灣同樣擁有移民和後殖民經驗的東南亞諸國，難道不能讓我們學習到什麼嗎？台灣人刻板印象中的東南亞，究竟跟真實的東南亞距離多遠？而真實的東南亞，又跟同屬南島語系的台灣距離多近？

台灣出版界在二〇〇八年印行顧玉玲《我們》與藍佩嘉《跨國灰姑娘》，為本地讀者重新認識東南亞，跨出了遲來卻十分重要的一步。這兩本以在台外籍勞工生命情境為主題的著作，一本是感性的報導文學，一本是理性的社會學分析，正好互相補足、對比參照。但東南亞當然不是只有輸出勞工，還有在地作家；東南亞各國除了有泰人菲人馬來人，也包含了老僑新僑甚至早已混血數代的華人。《菲律賓・華文風》這個書系，就是他們為自己過往的哀樂與榮辱，所留下的寶貴記錄。

東南亞何其之大，為何只挑菲律賓？理由很簡單，菲律賓是離台灣最近的國家，這二、三十年來台灣讀者卻對菲華文學最感陌生（諷刺的是：菲律賓華文作家在一九八〇年代以前，一度以台灣作為主要發表園地）（註一）。東南亞各國中，以馬來西亞的華文文學最受矚目。光是旅居台灣的作家，就有陳鵬翔、張貴興、李永平、陳大為、鍾怡雯、黃錦樹、張錦忠、林建國等健筆；馬來西亞本地作家更是代有才人、各領風騷，隊伍整齊，好不熱鬧。以今日馬華文學在台出版品的質與量，實在已不宜再說是「邊緣」（筆者便曾撰文提議，《台灣文學史》撰述者應將旅台馬華作家作品載入史冊）；但東南亞其他各國卻沒有這麼幸運，在台灣幾乎等同沒有聲音。沒有聲音，是因為找不到出版渠道，讀者自然無緣欣賞。近年來台灣的文學出版雖已見衰頹但依舊可觀，恐怕很難想像「原來出版發行這麼困難」、「原來華文書店這麼稀少」以及「原來作者真的比讀者還多」——以上所述，皆為東南亞各國華文圈之實況。或許這群作家的創作未臻圓熟、技藝尚待磨練，但請記得：一位用心的作家，應該能在跟讀者互動中取得進步。有高水準的讀者，更能激勵出高水準的作家。讓我們從《菲律賓・華文風》這個書系開始，在台灣閱讀菲華文學的過去與未來，也讓菲華作家看見台灣讀者的存在。

＊註一：台灣跟菲律賓之間最早的文藝因緣，當屬一九六〇年代學校暑假期間舉辦的「菲華青年文藝講習班」（後改為「菲華文教研習會」）。此後菲國文聯每年從台灣聘請作家來岷講學，包括余光中、覃子豪、紀弦、蓉子等人。一九七二年九月二十一日總統馬可士（Ferdinand Marcos）宣佈全國實施軍事戒嚴法（軍統）之後，所有的華文報社被迫關閉，所有文藝團體也停止活動。後來僥倖獲准運作的媒體亦不敢設立文藝副刊，菲華作家們被迫只能投稿台港等地的文學園地。軍統時期菲華雖無出版機構，但施穎洲編的《菲華小說選》與《菲華散文選》（台北：中華文藝，一九七七）、鄭鴻善編選的《菲華詩選全集》（台北：正中，一九七八）卻順利在台印行面世。八〇年代後期，台灣女詩人張香華亦曾主編菲律賓華文詩選及作品選《玫瑰與坦克》（台北：林白，一九八六）、《茉莉花串》（台北：遠流，一九八八）。

作者序

王彬，是一位對菲國社會有所貢獻的人物。

由於他身上流有著中國人的血，是位華裔，因之在他去世後，菲國人士為對他表達一番敬仰，便將菲國大都會岷尼拉華人區的唯一主要街衢，命名為「王彬街」。

我自幼便跟王彬街結了不解之緣，原因是我是在華人區一帶出生。第二次世界大戰後的王彬街，曾繁榮過一時，櫛次鱗比的店鋪，每日是車如流水，馬如遊龍，川流不息，不算太長的一條街道，便有四間中文電影院，及五、六片中文書店；尤其到了夜晚，燈光燦耀如晝，連帶四周都成了一座不夜城。

也許，王彬街的繁華「庇蔭」著整個華人區。在華社之間，不知不覺地，「王彬街」便取代「華人區」成為華人區的代名詞。一位華人要到華人區去，他不會告訴你，他要到「華人區」去，而會對你說他要到「王彬街」去。

我在這「王彬街」長大、讀書、接受中文教育，也因此，使我瞧盡了王彬街的滄桑變化。幾乎可以說，王彬街是華社的神經中樞，華社每日所發生的種種事件，你都可在王彬街聽到、看到、感受到。彷彿萬花筒，讓你應接不暇。

我就是在這種情況下，選擇一部分，稍加整理後，而匯成一篇篇的「掌故王彬街」。我不敢說這一篇篇的「掌故王彬街」能為菲華社會寫出了什麼，但卻是我生命過程中的一個縮影。

至於我這些文章水準達到什麼程度呢？記得我幼年時，父親常常帶我到王彬街南橋一間中文書店買「兒童樂園叢書」去。書店主人是一位父親的同鄉，每次我跟父親的到來，他總會對我稱讚說：「小小年紀就如此喜歡看書，很好！很好！」然後再說：「將中文讀好，這樣才不會忘記做個中國人，將來回祖國去，也才有立足之地。」這位父親的同鄉，同樣跟父親來自唐山，亦期望有朝一日能回唐山去。然而，天曉得，在一個曦微晨光中，父親忽然中風一病不起，他這位同鄉不久也埋骨異邦，回鄉的夙願成了那樣遙不可及！

而我呢？一個道道地地生長在他鄉的華裔子弟，除了在華校接受華文教育的薰陶，四周環境根本就沒有能讓你學習中文的機會；再加上戰後兩岸的政治爭鬥高於一切，海外華文教育大有被利用「服務政治」的可悲局面，致使海外華文教育一天天地沒落，如此囿於種種的環境，很難想像華裔子弟能將中文讀好的究竟有幾人？

或者，這是我的推諉之詞，因為畢竟成功是沒有捷徑的，寫文章也是一樣，只有靠多讀、多寫、多琢磨。倘若我這一篇篇文章寫得不好的話，也只能怪自己的不夠努力，只不過這一篇篇文章都是由我心血所寫成，總免不了有些敝帚自珍，因而最後大膽地計劃匯集成書出版。

目次

輯二

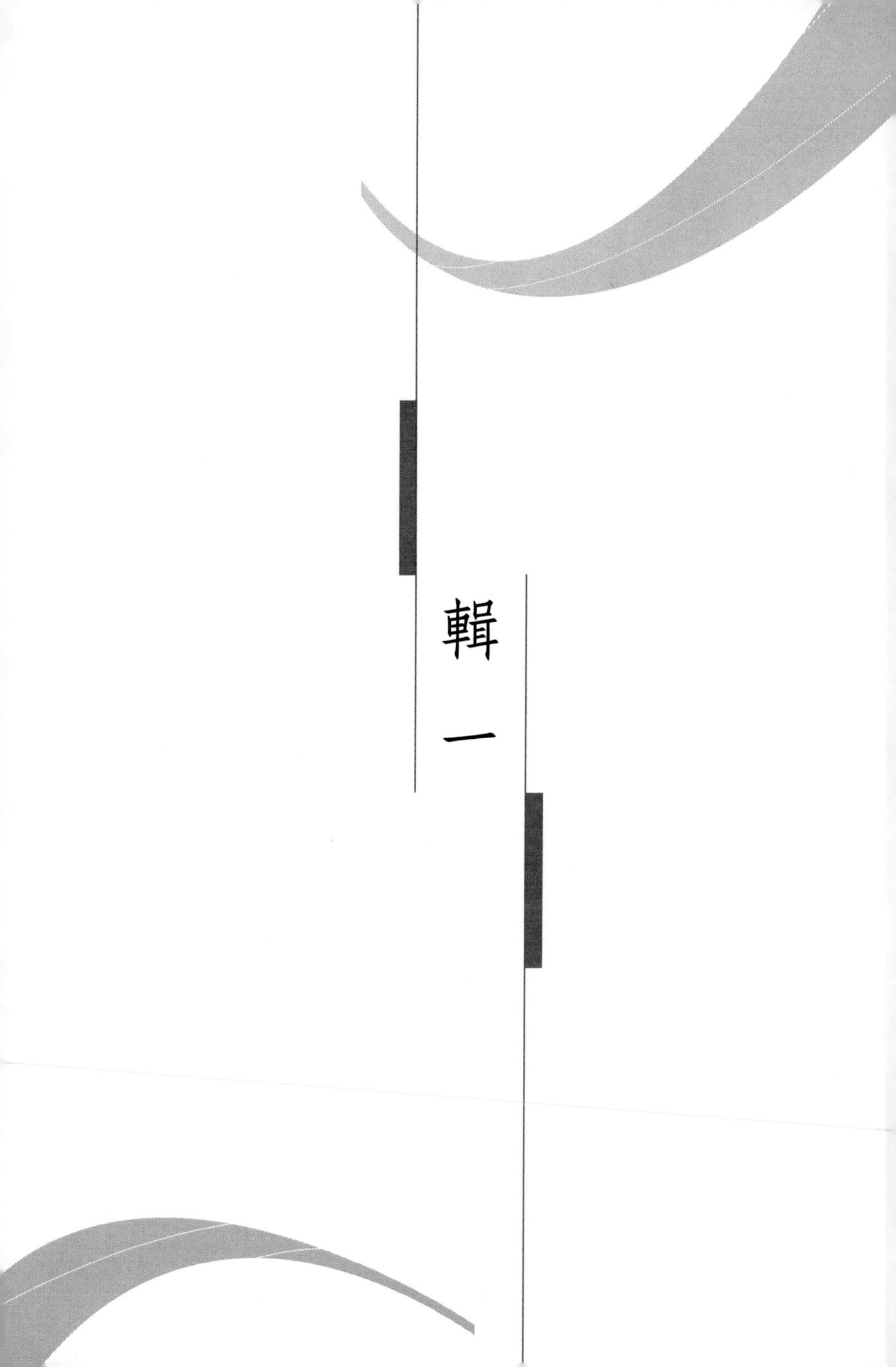

輯一

阿聯的一生

阿聯出生時，正逢大清氣數已定，國家災禍連連，民不聊生；到了十六歲，不得不背鄉離井，出洋篳路藍褸。在一位長輩攜帶下，他來到呂宋。

先是在郊外一間同僑主擁有的肥皂廠當學徒，早起晚睡，一日工作是十多小時，沒有星期天也沒有假日，微薄的薪水又僅夠添買兩件衣服，但為寄回家鄉，買衣服只好免了。

初期到來時，人地生疏，也沒有朋友，寂寞的心常常讓他想念起家鄉來：家鄉的家、家鄉的父母親，及家鄉的遊伴。其家鄉以一條河為界，家家戶戶皆在河畔浣衣，他就陪母親在河畔，母親浣衣，他跟遊伴戲水。家鄉雖窮困，卻充滿歡樂溫馨。多少夜晚，他躺在床上，就這樣回憶又回憶著，不知不覺而淚流滿臉，才朦朧地睡去。

不久，肥皂廠又來了一位家鄉客，跟他同齡又同背景；寂寞令倆人很快地成為無所不談的朋友，這樣子日子才比較好過。一轉眼，倆人在肥皂廠就是兩年，菲語已多少懂得聽、懂得講，東南西北環境也摸得準了。倆人便先後離開肥皂廠到岷市謀他職去。

阿聯是到中路區一間雜貨行當店員，店主依舊是同僑，不過一月中有兩天休息日，報酬也比較高，除寄回家鄉外，省吃省用，身邊還有餘錢。這是他在十多年後，終於有了一筆可觀儲蓄可光宗耀祖回鄉立室。

婚姻總是人生大事，婚後他就在家鄉住上了一年半載，待妻子為他產下了一個白白胖胖的男嬰，他才又背上行囊飄洋過海，披荊斬棘。這期間可說是他生命中最甜蜜、最難忘的一段歲月；是以，他便打算著：再出外打拚幾年，又有了儲蓄，回鄉買幾畝田，便可永遠在家鄉亨受天倫歡樂了。

他繼續在雜貨行工作，比以前更加勤奮。他開門見山對老闆說：「我以後會更為店鋪打拚，只希望你老闆年終分紅能包多點，因為我現在是有家室的了。」他再想：儲蓄越多，田地便可多買幾畝；另方面，我今之多流一滴汗，就是孩兒日後長大減受一點苦難。

有了這種種念頭，工作再辛苦，對他來說幾乎都算不了一回什麼事。而晚上躺在床上時，他便會從皮夾掏出兩張照片來——一張是他嬰兒的臉蛋兒照，一張是他們三人的「全家福」。這是他即將離開家鄉時，帶著妻兒匆匆到照相館拍攝的，為的是要帶在身上，好隨時隨地可慰思念之情。現在瞧瞧照片已成為他每晚睡前不可或缺的習慣了；也不知何故，一瞧見照片上那個可愛的臉蛋兒，一天的疲勞便會無形中消失殆盡。

但是，不久，太平洋戰爭爆發了，魚雁斷了，家鄉消息杳然了。阿聯一時便如喪魂落魄般的，終日除了拿著照片看了又看，是生活上、工作上都提不起勁來。老闆看到這情景，得知他的處境後，便對他說：

「看開點！侵略者不會永遠得逞，戰爭很快就會結束。」

老闆是華裔，好幾輩子都在菲島謀生，早已落地生根。

他聽從了老闆的話，振作起精神來。果然，不出數年，日軍投降了。通往家鄉的路徑重新開了。然而，細軟才打點妥，正要跨出第一步上路；時局驟地又變了——變得如迅雷來不及掩耳。一層無形卻是那麼樣厚厚的鐵幕把家鄉蓋住了，密不洩風的，完完全全跟外界隔絕了。

再一次，阿聯悲痛之餘，放下細軟，但感生命是那麼樣無奈！只是這次他不再自暴自棄。

時局逐漸地明朗，大家看得出，兩岸分隔已不是一朝一夕之事。「有家歸不得」將成為海外炎黃子孫一段悽涼歲月；所以，眼前最重要的，就是要能「留得青山在」。

他開始計劃自己做老闆。因為回鄉買田地漸時是行不通了，他便另打算將儲蓄的錢拿出來投資做生意。

所謂「在途學途」。他辭掉工作，自己也開起一爿雜貨行來。

生意一開市，感謝菩薩，還算不錯。

常常，他瞧見有一位顧客光臨店鋪時，身邊總是帶著一孩童。顧客模樣正跟他粗厚的鄉下佬相反，是一派斯文；不過，年齡看起來卻跟他相若。而那個孩童，也跟他父親一樣，皮膚白白嫩嫩的，又長得胖胖可愛，大約十來歲左右。這對父子之所以會引起阿聯的注意，主要是那孩童型體有些像其兒子。每次看到那孩童時，他就不期然而然想起他的孩兒來。

「我孩兒現今也是十來歲，相信跟這孩童是長得一樣高。」阿聯不覺自言自語。

一日，父子又到店鋪買東西，剛好只有寥寥幾位顧客，阿聯比較有空，便湊過去打招呼。

「謝謝你的支持，常常光顧店鋪。」

「算不了什麼的。我家住在附近，方便罷了。」對方含笑回答。

「先生貴姓？」阿聯進一步問。

「我姓呂，名江揚。」

阿聯也自我介紹，把自己名字告訴對方。再指著孩童問：「這男孩今年幾歲了？」

「十一歲。」

阿聯便想：這樣巧，我孩兒也是十一歲。然後掉頭問孩童：「你叫什麼名字？」

「我叫阿國。」

「唸幾年級了？」

「小學四年級。」

就這樣，彼此便漸漸熟識起來。呂江揚從阿聯的口中，一片斷一片斷得悉了其身世遭遇；阿聯也知道了呂江揚在經營玻璃板，是有二女一兒的父親，阿國排行第二。後來呂江揚還將太太帶到店鋪，讓他們彼此認識。

阿聯愈跟阿國這孩童接觸，便愈越喜歡他。有時，要是阿國因功課忙，沒有跟父親到店鋪來，阿聯便會問起他，更加想念他。有一次，阿國考試得了第一名，阿聯便買了一個精美日本製的鉛筆盒獎勵他；聖誕節到了，依菲律賓習俗也不忘給紅包、新年不忘給新衣。再一次，阿國感冒了，在家休息兩三天，阿聯得知了，每日下午都會放下兩三小時的買賣，特地跑去看望阿國，還帶去繪畫冊，給阿國在病中消遣畫畫。對阿聯的關懷，阿國也很樂意接近阿聯，一見面就是阿聯伯伯長，阿聯伯短。

呂江揚夫婦看在眼裏。一日，呂江揚便對阿聯說：

「我這孩兒尚未洗禮拜乾爹，看你如此疼愛他，就拜你好嗎？」呂江揚夫婦倆在菲土生土長，都是天主教徒。

阿聯一下子眼睛睜得大大的，驚喜說：「你要阿國給我做乾兒子，真地？」他隨俗為變，求之不得。

「我是想了好久的。」呂江揚懇切地說。

「那真是大大感謝你。」阿聯心花怒放。

有了這層關係，而隨著日子一天天地過去，乾父子的感情是愈來愈越親近密切。

是一個星期六下午，阿國沒有上課。在家沒事，便想瞧瞧乾爹去，向媽媽說聲後，就開門去了。這時，他已就讀中學一年級，懂得自己走路了。來到乾爹店鋪，見買賣淡淡的，乾爹呆呆一個人坐在櫃臺後，不知在想什麼！

「乾爹！瞧你想得好深的，你在想什麼？」他走近去問。

「噢！你來啊！」阿聯猶似從夢中驚醒。「今天沒有上課嗎？」

「星期六下午，本就沒有上課。」

「是！是！我竟忘了。」阿聯敲一敲額頭。「乾爹老了！記性差了！」

「不是的，乾爹！我看你是有什麼心事。」

阿聯一笑說：「乾爹沒有心事，乾爹是在想家鄉。」

「哦！乾爹好久沒見到家鄉親人了。」阿國同情說。

「乾爹家鄉有一兒子，跟你同年紀。」

「嗄！我為甚麼不曉得？」

「對不起！乾爹從來沒有告訴你。」阿聯說著站起身，轉進裏頭去；再出來，手中握著一張照片。「這是乾爹的孩兒，嬰兒時拍的照片。」

「好可愛！」阿國接過照片一瞧。

「跟你一樣可愛。」阿聯不覺輕歎一聲。「但從嬰兒到現在我就不再見到他。」

「聯絡呢？」

「現在時局比較安定，但書信往來需要經過香港，所以也是夠麻煩的。有時，我匯錢去，他們要兩三個月後才收到。」

「乾爹！時局就不會改變了嗎？」聽罷乾爹一連串的話，阿國心裏也為乾爹難過起來，便不覺提高聲音問。他對國際情勢多少已有點認識。

「沒人知道時局什麼時候才會變。」阿聯喪氣地說。

阿國頓一頓。「乾爹！你就別愁眉憂心，我會常常來陪你；而以後我長大了，我會照顧你。」

阿聯心坎不禁掠過一股溫馨。「你小小年紀就有這種心念，乾爹疼你並不白疼。」伸過手去，在阿國頭顱摸了一摸。心想：雖沒有兒子陪在我身邊，卻有一個這樣的乾兒子，足矣！

阿國也真能說到做到。以後，一有空，就往乾爹店鋪跑；常常的，就在店鋪讀書作功課。一次，他在店鋪乾爹身邊伏案作功課，作了一半，忽然想到什麼，抬起頭問乾爹：

「乾爹！現在東南亞真地到處都在排華嗎？」

「誰告訴你的？」

「昨晚我叔叔找我爸爸來，他們談話時，我剛在旁邊，我聽叔叔說的。他還很憂傷說，包括菲律賓人，愈來愈越對華僑不懷好意。」

「不會的。」阿聯不想給乾兒心頭蒙上陰影，便輕描淡寫說：「只要你對別人好，別人便會對你好。」

但是阿國好像還有疑問在心頭，便又問：

「為甚麼東南亞的人都要排華呢？」

「因為彼此不夠了解。」阿聯盡量將事情淡化。

阿國除陪著乾爹，也幫起乾爹看店來。

一日，阿國在看店時，窺見一菲雇員在置物架旁，把一包食糖放進他寬寬的褲袋裏，他便不動聲色向乾爹說了。

「你不要聲張出去，再觀察一陣子。」阿聯指導阿國說。

一連兩三次，菲雇員都會趁置物架旁沒人時，悄悄走過去，把東西放進褲袋裏。

這一來，阿聯便人贓俱獲把人擒住。他也忒心軟的，不將對方送進警察局，而是希望對方能夠改過自新。

「你為甚麼要偷東西？」

本來，他想，也許對方缺錢用才偷東西，想規勸他；那知，對方卻另有所答：

「因為是華僑的東西。」

「你這話是什麼意思？」

「不是嗎！你剝削咱們菲人，我代咱同胞偷你東西，有什麼不對？」雇員七顛八倒地說，不知是那一套理。

「我如何剝削菲人，我做生意也是循規蹈矩，辛辛苦苦的。」阿聯有點氣了。

「鬼才相信。」雇員還是一幅理直氣壯。

「好！我也不想將你送到警察局去，你就走吧！」

不知過了多久，有另一雇員要向阿聯借錢，說：

「老闆！我太太病了，沒錢診治去，想問你借兩佰元。」

救人要緊，阿聯二話不說，給借了。

然而，才隔兩天，雇員太太卻出現在店門口。阿聯便走過去問候。

「太太！病好了！」

對方楞了楞。「我沒有生病。」

「但是前兩天亞未道說妳病了，還向我借兩佰元要為妳診治去。」阿聯說。

「七說八說，我絲毫病都沒有，他問你借錢，是要飲酒去。他昨晚就是一夜沒有回家，我今天才來店鋪找他。」雇員太太氣忿地說。

可是，雇員被拆穿後，依然故我繼續想方設法借錢。一次，他又要問阿聯借錢，阿聯對他說：「你借錢總沒有還，欠得太多了，我不能再借你。」

「我還在你店鋪工作，不會跑掉。」

「我知你不會跑掉，但我是在做生意，不能給雇員無底洞地借。」

想不到，雇員借不到錢，便懷恨在心。一日打烊後，有意無意留到最後看著其他雇員都走了。他來到阿聯身邊，忽地從褲袋後抽出一把利刃，對準阿聯脖頸，狠狠地說：

「別動！不然我就宰了你。」

對這突如其來的襲擊，阿聯一時猝不及防地驚惶失措，只有憑任對方把他綑綁起來。

雇員一邊撬開錢櫃，一邊話兒多多的。「我只不過是要借少許錢，你就不借我。……你以為我不知道你的錢是從那裏來的？還不都是剝奪咱菲人的。……我現在若將你錢櫃的錢統統取走，也是應該的。」說得他打劫猶似是為了伸展正義。

「你這種華僑必須要接受教訓教訓才會轉醒過來。」雇員打劫完後，便在阿聯肚邊捅了一刀，然後逃之夭夭，任由阿聯血流如柱。

幸得阿聯還鎮靜，忍著痛，強撐起身子。用嘴口咬住一枝筆，以筆代手撥了電話給呂江揚。

呂江揚帶著警察破門而入，阿聯已昏倒在地不省人事。呂江揚便緊急把他送往醫院。急救多時，醫生方從鬼門關把阿聯拉回來。

阿聯療養月餘才出院。躺在病榻上，他想了好多好多：華僑命運為甚麼這樣多舛，「有家歸不得」已過令人悲哀，還要忍受「排華」衝擊；只有每天乾兒子跟其父親來看望他時，悽愴的心境才有所減輕。

日出日落，夏去雨來，往後日子裏，阿聯幾乎終日只有一方面提心吊膽防備著菲雇員，一方面做生意。套用他常常感歎說的話：「在排華下，再加上菲工人獲得政府的全面庇護，不做生意要那來生活費，做起生意就要面臨菲雇員的頭疼問題。」倒是乾兒子一天天地長高，中學而大學、而畢業、而踏入社會。菲語、英語能講亦能寫，菲雇員對他無不懾服三分，阿聯大事小事都找他幫忙，菲雇員便逐漸地不敢對阿聯太怎麼樣！

也許，黑暗盡頭真地是黎明，在阿聯步入晚年期間，時局起了丕變。

無產階級的家鄉，終於打開鐵幕，願意跟世界各國資本主義和平相處。

一時，回鄉路途上，摩肩接踵，絡繹不絕。華僑都紛紛整裝急著回去或跟家人團圓，或省親探戚。

阿聯也打道上路，一掃四十多年的思鄉之苦。

只是他回去僅兩星期，因為店鋪不能歇業太久。不過兩星期雖是匆匆去，匆匆來，幾乎已將其四十多年的淒風苦雨生活值回來。由於他來去都由呂江揚送機、接機；所以當他走出機場，呂江揚一看到他，非同小可不覺大吃一驚，那從未曾見著的滿面春風喜悅表情，宛如一下子年輕了十來歲。

回家路上，在車裏，他的話猶似開了閘的流水，滔滔不絕地對呂江揚講述著家鄉是怎麼又怎麼：老妻愈老愈越體貼，兒子已長得高高一表人材。他說文革已結束，動亂沒了，兒子雖受文革影響遲遲未能成婚，然幸虧男子三、四十歲都算不了什麼，且目前已有對象，決定明年仲春成婚。他又對呂江揚說：現今大陸已全面開放，人人都在搞私營，他的兒子預備結婚後也想做點生意，所以他打算再做兩三年生意，多儲蓄些錢，好讓他兒子有更多資本墊本；然後他神情充滿幸福說：「到時，我便可告老回鄉與老妻共渡餘年。啊！我含辛茹苦一輩子，總算沒有白費。」

往後數年，他幾乎每隔半年就回去一趟。這樣地兩處跑——一方面在家鄉蓋新屋子、為兒子授室；一方面菲律賓的生意也需顧及——雖是令他有點忙不過來，然心神是那麼欣慰舒暢，因為一切事情都按照著計劃順利地進行著。

終於有一天，他把店鋪關了，向呂江揚辭行了。相處這樣多年，臨別時還真有些依依不捨；尤其是當他跟乾兒子道別時，彼此是擁抱得那麼緊，再相視得那麼久，令他的眼淚幾乎要奪眶而出。也似乎是在臨別時才發現，乾兒子已長得高出他一個頭，莫怪是倆個孩子的爸爸了。

阿聯告老還鄉後，每個月固定都給乾兒子寫封信，問候他及其一家人。阿國收到信後，也馬上回信，但這樣子只維持半年。從第七個月開始，阿國就沒再收到乾爹的信，他依然去信，卻沒有回音，他再去信，然三過月過去了，仍舊沒有回音；再去信，半年、一年又過去了，什麼都杳無音訊。阿國便想：是否乾爹在家鄉發生了什麼事情呢？

回鄉僅兩年又半載多，阿聯再度出現在岷尼拉國際機場時，他變得是那麼樣枯瘦，容顏是那麼樣憔悴，無精打彩，猶似滿腹有著無限委屈。在機場一看見呂江揚父子，也管不了旁人怎麼樣瞧著他，淚流滿臉便牢牢把呂江揚父子拉住，大有從頭細說起地哭訴著：

「很可怕！很可怕！現今咱厝人都完全變了。他們只認識錢，你有錢，你回去，他們就歡迎你。你去告老，他們便覺得是一種拖累。所以就一反常態對我狠起來，整日不是沒有好臉色給我瞧，就是處處挑剔我。」說到這裏，便直瞪阿國再說：「乾兒子！他們怎麼樣對待我，你是親眼看到的了。……我在家鄉是連說話的自由都沒有，不是我不寫信給你，也不是我不想回你信，是他們不允我寫信，因為他們害怕我會在信中向你們投訴……」

阿國是在沒有接到乾爹的書信與絲毫信息的一年後，在一個偶然機會，和太太隨旅行團到大陸一遊，趁便探訪乾爹去。當時，出乎他意料之外的，迎接他們夫婦的，是阿聯婆及其兒子，乾爹除了向他倆微笑點頭表示歡迎外，便一直坐在屋角默不作聲聽他們講話。阿國發現，阿聯婆是個愛嘮嘮叨叨的女子，當他面對面聽著她的諜諜不休，他禁不住懷疑她的嘴巴是否會感覺酸軟；而他那兒子吊兒郎當的模樣，一瞧便知不是一個能夠吃得起苦的人。

當其兒媳婦弄妥雞蛋麵線為他倆夫妻接風，大家團團圍坐在餐桌一起用時。阿國瞧見乾爹還一個人呆坐在屋角一動也不動，他便喊叫說：「乾爹！吃雞蛋麵線來。」那知，話聲甫落，阿聯婆便接口說：「他等下再吃。來來來！咱們先吃。」

在餐桌上，阿聯婆便一面吃一面對他打開天窗說起亮話來。

「我真不明白你乾爹是怎麼樣的。在菲律賓好好的，為什麼要回來告老？回來探親就夠了。現在，這裏動亂才結束，國家還窮得很，要吃要用處處還都成問題。……也許，是我命苦，瞧瞧隔鄰人家亞珥婆，命多好，丈夫也在菲律賓謀生，每個月卻是大把鈔票大把鈔票往家鄉寄，要吃要用都可隨心所欲，前些時候才蓋了大屋……」

阿國聽到這裏，不覺心想：前幾年，乾爹不是也在蓋房屋嗎？

他便本能抬起頭，朝屋子前後打量一下，建材確切都是新的，雖非有什麼氣派或富麗堂皇之設計，可也窗明几淨；傢俱還一應俱全，電視機、雪櫃皆赫然放置在屋邊。

而阿國耳畔仍不絕如絮地響著阿聯婆的嘮叨：

「幾個月前，亞珥婆還到香港、新加坡、菲律賓遊玩去。唉！說來說去，就只能怪我命不好。打從入門那一天起，就沒有過著一天好日子。……」

阿聯婆還嘮叨未完，她的兒子忽然插進口來也對阿國說：

「是的！我也勸過我父親，這時回鄉做什麼？況且他身體尚強健得很，還可以多工作幾年，再慢慢退休。」

然後也學起其母親模樣，訴起苦來：

「唉！再過三個多月，我妻子又要生了，到時候我真不知要如何養活那樣多人來！」

阿國聽得一顆心一直往下沉、往下沉……

乾爹卻始終只有坐在旁邊微笑地發出低沉的「嘻嘻」聲。

……

阿聯繼續說：「總而言之，他們一心一意就只希望我能永遠在呂宋作牛作馬，賺更多的錢寄給他們，好滿足他們的虛榮心；而才不理會我這身老骨頭的死活。」

「你就別再怪他們了！」呂江揚儘量撫平阿聯的心情。「其實！他們也是無辜的，想想看，前些時的十年文革，人性被摧殘；改革開放後，金錢物質至上，一個社會弄到如此田地，幾人能夠自拔呢！」阿國將在乾爹家鄉處所見所聞都在回菲後向父親說了。

「但是，無論如何，我是不再想回家鄉去了，死也寧死在菲律賓土地上。」最後，阿聯氣忿忿地堅決說。

不久，他又經營起雜貨行來。

不過，他所賺的錢不再寄往家鄉，而是一毫一毛都存進銀行，他自嘲地對乾兒子說：「蓄金防老」。當家鄉鯉素如雪片飛來，他便道：「別看，莫非是要錢。」

然而，這一次，他經營雜貨鋪並不太久，便病倒了；況且，還病得非常嚴重。體力的耗損，幾乎再也復元不起來。

但他還是勉為其力看店去。結果，便暈倒在店裏。

當他轉醒過來時，醫生警告他說，除了不斷地休息，他是不能再有所忙碌。他不禁悲從中來淌下了眼淚。「這跟死了有什麼分別！」他喃喃地說。

「別這樣悲觀。」呂江揚在旁邊安慰說。

「乾爹！就讓我來照顧你好了。」阿國緊握住乾爹的手腕說：「當初我不是答應你我長大了要照顧你，現在就讓我來實行諾言。」

可是他婉謝了，無論如何都不肯。「你已有了家庭，我不能再添你重擔。」

最後，折衷辦法，他拜託乾兒子為他申請入華僑養老院，乾兒子有空再常常看望他去。他在養老院住了年餘，乾兒子也真地一星期總去看望他三四次，這令他在養老院既不會感覺怎樣寂寞，心坎也獲得不少慰藉；可惜，他逐漸地患有了老人癡呆症，經常會在黃昏時分，一個人坐在院子邊那兩排長長的石凳，在落日餘暉映照下，一臉落寞直愣愣地眺望遠方，嘴唇再一張一合不知喃喃些什麼；而投在地上長長的影子，是顯得那麼孑然孤獨。有時，當他的乾兒子來到他面前，向他叫聲「乾爹」，他便抬起頭來只朝他癡癡發笑。他老了！的確老了！

一日晚上，他睡到半夜，忽然呼吸感覺非常不舒適，被緊急送進醫院去。經醫生檢查，已是心力衰歇。正當他虛弱躺在病床上閉眼養神時，突然有一隻溫暖的手搭住他的左胳膊，他便慢慢地睜開眼來看，原來是他乾兒子來探視他，他便也勉強把右手伸彎過來，疊在乾兒子手上，嘴唇蠕動著，好久好久，才無力地吐出一句話來：「乾兒子！我不行了！」

阿聯在醫院住了三天，第四天便撒手人寰！

臺灣柑仔

由於父親逝世才半年餘，尚在帶孝中，所以今年春節，一切禮節從簡。在母親囑咐下，妻子僅簡單備了幾道小菜及些糕餅類的，分別敬天祭神、與供奉在父親靈位上；再燒點紙錢，不失一份嚴肅氣氛。

倒是在這肅穆氣氛下，很意外的，也令人雀喜的，二哥和妹妹都不約而同回家團聚了。二哥一家移居加拿大，妹妹遠嫁南部三寶顏，數十年來，不要說春節從未曾回來過年，就是平常也難得回來一次；尤其是妹妹，夫家有公有婆，更不是說要回娘家就回娘家，但這次倆人卻皆暫時丟下家務事回來過節，雖是孤身隻影，因為孩子須要上課，然也已給予這蕭索的岷尼拉家庭無形中添上了一道彩虹，更使心靈上淒愴孤寂的母親，獲得了點慰藉。

除夕夜，弟弟打烊回家，肩頭上扛來一箱果子什麼的。他剛跨進門檻，我朝箱皮一瞧，原來是箱台灣椪柑。

「那來的整箱柑仔？」妹妹眼明嘴快，馬上問。

「朋友送的。」弟弟答。

「那位朋友？」母親問。

「是公巴例(註一)亨利林，他今天下午不知那來興頭，忽然提了箱柑仔到店裏送我。」弟弟是家中唯一「王老五」，年過三十，尚未娶親。他個人自己在經營間電器店。

「嗯！人家好意相送，你還話兒多多。」妹妹聽了不順耳挑剔地說。

「可是我從來就不喜歡吃柑仔。」弟弟也不示弱。倆人自幼就是總愛調對頭。

「我看你是被當年鬧出的笑話，才會不喜歡用柑仔。」妹妹猶似迅速想到了什麼，調侃地接口說。

「當年有什麼笑話可鬧的，誰還記得。」弟弟掩蔽地盯了妹妹一眼。其實，妹妹的話，不僅勾起了弟弟的回憶，也勾起了大家的回憶；不但，弟弟不會忘記，大家也不會忘記；尤其，亞世叔叔的影子，馬上在我眼前晃了一晃。

這時，只聽到母親催著弟弟說：「凌！快快洗澡去，大家就等著你一個人。時間不早了，也該開飯了。」

✣ ✣ ✣

是的，第一次看到、嚐到故國柑仔，已記不起是那一年，然卻很清楚地記得，也是在一個除夕夜。總之，那時，我們兄弟妹尚在求學時代，我似乎是剛上了中學，弟妹還是小學生。

父親是位做菜能手，平時，一遇星期天或什麼假日，他都是親躬下廚，自然的，每次到了除夕這種大日子，他更是一早便忙個不停，直到了傍晚，十道八道菜做了下來，精美又可口，直叫人饞涎欲滴；經常地，菜做好，擺放妥在餐桌上，亞世叔叔也來了。亞世叔叔一到，飯便開了，這對一刻也不能再忍受乾嚥口水的我們孩童，無不皆大歡喜；至於亞世叔叔為甚麼每年都到我家吃年夜飯？連想也不想追問一下，幾認為是理所當然。飯一開，我們便老實不客氣狼吞虎嚥大嚼起來，父親及亞世叔叔則在一旁一面用飯，一面淺斟慢酌地講著話；當然，在這種日子裏，他們的話題是離不開他們生長地——即話家鄉。

深深地記得，那一年的除夕，不知什麼緣故，亞世叔叔來遲了。壁鐘敲下了八點鐘，他連影子還沒有見到，放置在餐桌上的菜餚已冷卻了大半，父親又無論如何都不允先開飯，使我們兄弟妹唯有望菜無奈。我心裏可將亞世叔叔恨死了，一廂情願地想，亞世叔叔有事不來了，也沒來個電話說一聲，爸爸很愚蠢，還等什麼。正想著，門外突然響起了馬車聲，雖說亞世叔叔來我家，每次都是步行而來，因為他從呂宋南端米骨區那牙市抵岷，總是投宿某王彬街旅館。從王彬街旅館徒步到我家僅需二十多分鐘時間。以亞世叔叔儉樸的性格，他豈有坐車之理。可是，今晚，大家幾乎已等得有些不耐煩，希望有什麼奇蹟出現；於是，哥哥便第一人衝到門口開門去，果然奇蹟出現了，只見哥哥把頭探出去，喊叫著：

「亞世叔叔！你來了！」

這一喊，無不將大家喊到門口，但見亞世叔叔正跨下馬車，順手從車上接下一箱什麼東西的，捧在腰間，隨著他的聲音踏入客廳來。

「波兄！對不起！來遲了，公車在半途拋錨，又順便在唐人街買箱果子來，耽誤了不少時間。」

對亞世叔叔的一番解釋，大家都無所謂，反正人到了就好；尤其對我們孩子來說，亞世叔叔一到，便意味著要開飯了，望了好半天美味的菜餚，這時，還有什麼比吃飯來得更迫切呢？亞世叔叔把箱子放在矮几上，抬起頭，無意間瞧見弟妹正呆呆望著箱子，他便把箱蓋打開，取出一顆橙黃黃、似圓非圓的果子放在手心，朝弟妹面前一晃，笑著問：

「這是什麼？你們知道嗎？」

說實地，我們兄弟妹都是道地生長於菲律賓。在這之前，哥哥、二哥是否見過故國柑仔？我不得而知；然而，不要說弟妹，連我都是在此時此地才第一次見識到。只是當時的情景，亞世叔叔發問的對象是弟妹，我便在一邊靜靜地察看著，心裏慶幸亞世叔叔不是問我；而這時弟弟卻自作聰明衝出口回答：

「橘子！」

亞世叔叔立刻哈哈大笑起來，母親也笑彎了腰，連素來不苟言笑的父親，也不由得咧嘴一笑。弟弟尷尬地站著一動也不動，母親見了不忍，口裏雖一連聲地「番了！番了！」卻走過來，一手摸又摸弟弟頭顱，一手搭在妹妹肩膀，解釋說：

「不是橘子，是柑仔。橘圓、皮薄而細緻；柑則稍扁、皮厚而粗、其瓣味甘，多產於吾國閩、粵一帶。」

「噢！」弟妹略有所懂地點點頭，我在心裏叫著：「原來這就是書本上讀到的柑仔。」

「但是這些柑仔，卻是產於臺灣。」亞世叔叔鄭重其事地說。

就這樣，這一年，在飯桌上，亞世叔叔的話題不再繞著家鄉轉，而是由柑仔說開來，他一邊用飯，一邊說：

「我就是始終強調說，國府是有希望的、有前途的。想想當初國府撤退臺灣時，是怎樣一副情景：一窮二白，一無所有。經過數十載臥薪嘗膽，發奮圖強，將臺灣建設成為個富饒的樂園，不僅能夠自給自足，居然還有餘裕可供出口。」

亞世叔叔繼續對父親說：「你瞧瞧這些柑仔吧！我剛才已買兩顆嚐過了，又大又甜，等下用畢飯你試試便知道。做夢都不敢想，短短幾年，成績竟如此傲人，這都歸功於土改的成功。所謂人以食為天，先農後工，今天世界各國政府幾人有這種眼光，大都是未起步便欲飛，唯國府沉得住氣，埋頭苦幹，實事求是。……波兄！我敢打賭，『一鼎三足而立』，有了臺灣同胞，海外華僑，再加上大陸上老百姓追求自由的心理，語云：『暴虐必亡』，不出十載，反攻一定馬到成功。……」

亞世叔叔愈說愈越激昂，愈說愈越興奮，一張臉龐是顯得那麼煥發無比。

而從那年起，每年除夕夜，他都會帶來一箱臺灣生產的柑仔給予我們享口福。

高頭大馬，胸寬肩闊，昂健壯偉，皮膚赭褐，衣著隨便；而生性豪爽，不拘小節，且又有一顆強烈的民族情愫，這就是亞世叔叔。

根據母親說，亞世叔叔跟父親是總角之交。打從在大陸家鄉時，倆人就玩在一起。

可是，從我能記憶開始，亞世叔叔跟父親就兩地而居。父親居住在岷市，亞世叔叔則遠在米骨那牙市；父親一生跟商場沾不上緣，亞世叔叔卻是做生意能手。他從小雜貨鋪打起，後兼五金，再雜貨批發商，又幹土產買賣；隨著時代潮流改進，最後竟也經營起了百貨超級市場，規模之大，在當地可算是數一數二。亞世叔叔之所以會住到那牙市去，再根據母親說，是因為當年亞世叔叔到那牙市一遊，眼光獨到看中那地方商機無窮，就捷足先登定居下來，因而跟當地一菲女締結良緣，只是他始終不放棄祖國籍，菲妻克勤克儉幫他做生意，是他一位得力助手。唯美中不足的，夫妻倆膝下只有三千金，沒有兒子。

也許，因為膝下沒有兒子，亞世叔叔對我和弟弟便有著一種近乎「子如己出」的感情，除常常逗我們玩，吃的用的玩的，我跟弟弟不知從他手中接受了多少。他經常對母親感慨地說：「我的次女兒和么女兒，要是男孩多好呀！看到自進、自凌，我覺得還是波兒好福氣。」母親聽了會安慰他道：「女孩男孩，同是兒女，有什麼分別！」亞世叔叔只苦笑點點頭。

我不知道亞世叔叔對男孩子寄望的是一種什麼樣的心理，只是每次他到我家來，看到我和弟弟伏案做功課，他便會對我倆說：「好！很好！要努力用功讀書，把咱人（註二）冊讀好，將來回中國去，才有立足之地，也才能對國家有所貢獻。」然後，話題一轉，滔滔不絕接下去。「你們知道嗎？你們何其有幸！生為華僑，國父孫中山先生說：『華僑是革命之母』，國府也一再強調：『祖國需要華僑』。華僑之偉大，對祖國之貢獻，可謂沒有華僑，就沒有今日之中國。國父奔波革命於海外，華僑鼎力支持：八年抗戰，華僑捐款出力，回國報效從軍，或在當地組織游擊隊，或跟國府合作無間：今日赤禍蔓延，更是敵愾同仇，表現華僑一片愛國心。所以，華僑是榮幸的，也是責任沉重的！」

有道是：細胞裏跳躍的是什麼思維，就有什麼表現。所謂「愛國不落人後」，亞世叔叔的表現是絕對的。打從國府遷臺，起於五十年代，他赴臺之次數，是個別或帶團觀摩、訪問、拜會，或往金馬慰軍、觀瞻，指不勝屈；尤雙十國慶，回臺參加慶典，更成為其生命不可或缺之旅程，身邊既使有著放下來的事情，他還是覺得也比不上一年一度象徵國家自主獨立的國慶日來得重要，因為沒有國，那還談得上有什麼家、什麼事業？「身為僑民，對這點最敏感。不是嗎？國家興衰強弱，僑民是首當其衝。」他常常這樣說：「瞧瞧菲律賓的美僑，他們享有跟菲律賓人民同等的地位；反觀當地華僑，處處受菲化限制，受當地人歧視。所以，愛國，是國民天職；貢獻國家，協助社稷，更是每一位國民應有的本分。」

是以，幾乎地，亞世叔叔經營的事業愈越大，對祖國的貢獻便愈越不遺餘力。不管每次是私人、或帶團回國，膳宿費用，自陶腰包外；從北到南下，由中橫過中央山脈，每到一縣或一村，不是捐此，就是捐彼，十萬五十萬，從來不軟手。他每次來回臺灣，需在岷國際機場上下機，故我家便成為他的驛站。他總是不斷慫恿父親跟他同往臺灣觀光，父親也真地跟他去了三四回，只因父親是受薪階級者，不能隨意請假，他便會說：

「你已有三年不到臺灣去了。三年來，你可曉得臺灣又建設怎麼樣了呢？不是我在為臺灣宣傳，一日千里，突飛猛進。今日的臺灣跟三年前的臺灣已截然不同，你實須再去瞧瞧。」

記得他新廈落成那一年，正值歲暮，學校放了寒假，父親便帶著我及弟弟到那牙市觀禮去。那是一座別墅型的洋房，坐落在那牙市郊，四周空氣清爽，只是偌大的客廳，除了一套嶄新的沙發，空洞洞的什麼裝飾還沒有。也許，是因為剛竣工，時間太匆忙，一切尚未就緒；可是，蕭然的四壁，在客廳正中卻赫然掛著一幅玻璃框。亞世叔叔把我攬到玻璃框前，抬頭指著玻璃框裏的字問我道：「框裏的字你認得嗎？」我望著框裏的字，一字一字唸道：「忠—貞—愛—國」。「不錯！這是國府頒贈給亞世叔叔的最高榮譽。」亞世叔叔雀躍豎起大拇指，在我面前晃了一晃，又滔滔地說：「亞世叔叔一生不學無術，但亞世叔叔卻有一顆熱愛祖國的心；只是遺憾，單有這顆心，而胸無點墨，畢竟貢獻是有限的。要知道，今日中國遭逢的內憂外患，不是三言兩語所能道盡。要從苦難中建設起來，也是多方面的，所以亞世叔叔依然是那幾句老話，好好用功讀書。所謂讀書報國，有了足夠的才能，將來對祖國的貢獻也才能是多方面的。」

命運對亞世叔叔似乎特別眷顧，就在他五十開頭時，久久沒再生育的菲妻，忽為他生下了一胎男孩。上了年紀才得此「寶貝兒」，可想而知，亞世叔叔是如何的喜出望外，滿月湯餅之歡，自是非大大慶祝一番不可。「我要好好栽培他成為一位中國兒女。」開心下，亞世叔叔還不忘語重心長地說。

看著兒子一天天長大，亞世叔叔的事業也蒸蒸日上，而他所熱愛的祖國也不斷富饒起來。一轉眼間，他的兒子已十五、六歲了。

一日，亞世叔叔從那牙來到我家，手中捲著一份報紙，一跨進門，便劈頭對父親嚷著說：「波兄！我已決定了，我要把我犬子送到臺灣定居一段時期，好讓他在那邊多讀點咱人書，認識中華文化，接觸祖國的生活。」他頓一頓，打開報紙，指著一條新聞，說：「你看！波兄！做夢都不敢想，使人多麼興奮，現在國府儲備金底外款竟達七百多億美金，僅次於日本之後，為世界第二。我不是早就說過，國府是有希望的、有前途的。」他得意揚揚再說：「因此，我是不會讓我這犬子入菲籍的，誰能料到，或不出十年，國府可能已成為國際上舉足輕重的角色了。」

可是，就在亞世叔叔滿懷信心為其么子進行到臺定居申請時，國府對華僑的態度突然起了一百八十度轉變，什麼「舊華僑」、「新華僑」的，一出爐便酸臭十足，於是亞世叔叔的申請被駁回了，當然理由是：根據條文規定，「舊華僑」欲移臺定居，只能接受跟外國人同樣條件，除申請外，須有投資。舊華僑？投資？這是什麼樣子的現象？亞世叔叔愣了，他痛批地對父親說：「假使說，因為臺灣地小人稠，容不了再讓華僑蜂擁而居，這的確是情有可原，國府也儘可向華僑解釋說明，然國府並沒有這樣做，而是用什麼『舊華僑』、『新華僑』來區別華僑，再套以投資來限制『舊華僑』回國定居，以情以理，都說不過去：華僑就是華僑，正如中國人就是中國人，這其間的血統有什麼分別？……不是我誇大說句話，要我世某投資幾百萬又幾百萬，都算不了一回什麼事，就是不甘心如此做。」

當然，接下來的日子，有關國府不公平對待舊華僑事件，亞世叔叔是時有所聞的，更荒謬的，據聞國府正在醞釀給予富有外國人豁免簽證入境法；至於舊華僑，即使身為祖國籍，並不包括在此

「優待」辦法裏；且在申請入境証時，還要瞧盡國府派駐當地辦事員的臉色。

就在這一年，除夕夜，亞世叔叔到我家時，帶來的不再是臺灣柑仔，而是那牙市當地盛產的活蝦鮮蟹。

也在這一年，想不到，竟是亞世叔叔生命裏跟我們共渡除夕的最後一次了。

這一年新春過後不久，暑季裏，亞世叔叔不小心跌摔了一大跤，左膝骨節脫臼，醫治了將近半年，仍舊不見起色，從此走起路來便大大不方便。聽說，他絕大部份時間就在家裏休息，他的事業已全部交由其三千金及女婿料理。自然地，他不再到岷尼拉來，吾家也再看不到他的影子了！

夏去雨來，一轉瞬間，好幾年又過去了！

大概是兩年前一個細雨綿綿八月裏的星期天下午，亞世叔叔突然出現在我家門口，他一蹶一跛由其么兒攙扶著踏進客廳來。那時，我家成員，移民的移民，搬遷的搬遷，出嫁的出嫁，只剩下父母親、我的家室與弟弟，大家都不禁呆住了！亞世叔叔一進門，就感覺非常辛苦地朝椅子裏重重坐下去。他的健康已大不如前，那高大粗壯的軀體不知跑到那裏去了。他坐在椅裏，一面吁吁地大喘著氣，一面從其么兒手中接過塊帕子，拭擦著額角不斷滲出的汗珠，一瞧便知他走起路來是多麼吃力，令大家看了真有點不忍。父親便道：

「你到岷尼拉來，是有什麼重要事宜嗎？」

「說重要也確實重要，我在為我這犬子辦恢復菲籍。」亞世叔叔指著伴他同來的么兒說。其么兒已二十出頭，跟他父親當年一樣長得高頭大馬，在那牙大學修讀土木工程系。「幸得其母親是天生菲人，恢復菲籍比較沒有問題。」

「那也不需要勞駕自己躬親出馬！」

「唉！」亞世叔叔歎一口氣。「話雖說不錯，事情卻錯在我身上。當初，是我阻止他做菲籍，今天，總不能一錯再錯。我要親自為他辦理恢復菲籍，一則方免貽害其終身，再則我良心也才會安呀！」

這一晚，父親自是將他留在家裏用飯，好多年沒有共處一起，父親親自下廚，弄了一桌豐富酒菜；可是，亞世叔叔已沒有當年的豪氣。老態龍鍾下，似乎唯有滿腹的嚕囌，他盡管喝酒，再嘮嘮叨叨不休地說：

「……真不知做為一位華僑是有幸還是不幸，在僑居地受盡當地人的白眼、歧視、侮辱……。似乎還不夠，居然還要忍受自己政府的排擠，什麼『舊華僑』、『新華僑』的，分明就是對老華僑的排擠。……吃飽了，便忘了饑餓時的情形，也好，他們總算擺明不要華僑，我也可死了這條心。我就說，一足三鼎而立，沒有了華僑，想想看，兩足之鼎是否站得住？……金錢非萬能，金錢若是萬能的話，我的腿早就好了！」

他儘管在一邊嚕囌著，我們卻靜靜在一邊聽著。

「波兄！這是一個祕密，是我最近才發現的。我告訴你，也警告你，以後千萬別談愛國，你知道嗎？愛國是一種罪過！一種過錯！我因愛國，花了不少冤枉錢，對我家庭來說，這是一種罪過，幸得我那菲妻，知書識禮，明事理，給予我諒解；我因愛國，幾乎害我這犬子陷入無國籍，這不是過錯是什麼？……愛國是一種罪過！一種過錯！……波兄！你知道嗎？愛國是一種罪過！一種過五關！……」

亞世叔叔真地不行了，看他才飲上幾杯，便醉了。這是我從未見過的情形，只聽他繼續喃喃道：

「波兄！你知道嗎？愛國是一種罪過！一種過錯！……愛國是一種罪過！一種過錯！……」

然後，突然地，他哭了！哭得好悲愴！好傷心！淚流滿臉地哭泣著。

「為什麼？為什麼？愛國是一種罪過、一種過錯呢？……為什麼？為什麼？愛國是一種罪過、一種過錯呢？……為什麼？為什麼？……」

好淒涼！好淒涼的訴苦聲！好淒涼！好淒涼的問號聲！是的，亞世叔叔的心碎了！

大家的心何嘗不是也碎了呢！

半年多前一個早晨，父親忽然中風一病不起；不久，也傳來亞世叔叔逝世的消息。由於帶孝在身，我便只跟弟弟到那牙弔喪去。闊別二、三十載的那牙市，如今，水泥大樓比比皆是，市面上車水馬龍，來來往往，一片繁華熱鬧景色。來到亞世叔叔那座別墅型的屋子，一切猶似依然故我，不同之處，是當年懸掛在客廳牆壁中央的那塊「忠貞愛國」玻璃框不見了；取而代之的，是一張「榮譽公民」獎狀。他的兒子悄悄告訴我說，這是他父親晚年對那牙市的貢獻所得到的殊榮，如捐建校舍、協助鋪路造橋、增設購買救火車、提供那牙市文盲職業訓練的經費，因而贏得了那牙市上下社會人士的愛戴和欽敬。

他的兒子還告訴我，其父親最後在母親鼓勵下，總算也入了菲籍，做起一位菲國公民來。

✣ ✣ ✣

妹妹用畢年夜飯，急不稍待地掏了一顆柑仔，剝了皮，拔了一瓣送進口裏，才咬一口，便嚷叫起來：「好酸！」即刻把那瓣吐了出來，放在用完飯的空碗裏，然後說：「不吃了！」

瞧見妹妹的酸相，哥哥笑著說：「不錯！今年進口的臺灣椪柑好像不大好，我幾位朋友用過，都說夠酸的。」

弟弟卻乘機拍掌哈哈大笑起來。「這就是貪嘴的結果。」

「哼！」妹妹白了弟弟一眼，將那缺了一瓣的柑仔放在桌邊，眼睛掃向屋角一張陳舊茶几上放著的榴槤，自言自語道：「我還是吃我帶來的榴槤好。」

「哦！妹妹！我還以為你帶來的榴槤是要給予我們吃的呢！」二哥故作驚愕狀。

「大家一起吃。」妹妹只好自圓其說。

「其實！去國多年，最想念的還是生長地。」二哥又說：「尤其在食方面，有時想吃一點菲律賓什麼食物的，卻苦於無處可買，例如像這榴槤。」

「是啊！你看我帶來的榴槤，即味甜又便宜，為甚麼一定要吃入口貨呢？」妹妹理直氣壯地說。

大家不約而同都同意妹妹的話，默默相視地點點頭。

一九九五、春節

＊註一：「公巴例」菲語謂至好朋友。

＊註二：「咱人」菲華閩語謂中國人也。

無　奈

（一）

那一年，中學畢業後，心血來潮，故意跑到羅漫紐斯報考菲大分校，為的是希望能避開喧譁的都市，覓個有田間氣息的地方，清清靜靜地專心攻讀大學。由於路程遙遠，我便不能每天來回於岷市，只好寄宿校內，成為住讀生；而僅於每星期六下午，上完課後才回家一趟，趁星期日跟家人團聚一起。星期一晨曦未明，再匆匆趕往學校。

這是我生命裏第一遭寄宿。也許，寄宿並不是什麼大不了的事情。我自忖已是個大學生，起碼的日常生活起居，我是能夠自己照顧自己了。問題倒是：宿舍裏規定五人一間房，我住的那個房間，除我以外，其餘四人都是菲同學。說實地，儘管我是道地生長菲律賓，然中、小學時代，卻都是在華校肄業，同學皆為同僑，幾時交過菲律賓朋友呢？如今，一下子，宿舍房裏全是菲同學，無論怎樣說，總覺有些隔膜，由隔膜所產生的彆扭，我因而有些懊悔當初的選擇。

記得開課的第一天，陌生面孔令每一位新生，彼此都在試探著交談，我自也不例外；而很慶幸的，我竟碰上了一位能跟我溝通「咱人話」的同學，這多少可彌補我在宿舍裏的孤寂感。他姓洪，名佳仁。

在經過一次又一次的交談下，我對洪佳仁同學的認識也一次較一次深。原來他是位出世仔；可是，他那白淨的臉孔，淡淡的眉毛，單眼皮細小的眼睛，是人們錯覺地以為他是個純正的華人。他家就在學校附近，祖上以養雞為業。他告訴我說：他們有兄弟妹三人，他是老大，其次是弟弟，然後是妹妹。他中、小學皆畢業岷市華校。他對我說：他當時的情形恰恰跟我現在相反；他就讀中、小學時，星期一至星期五投宿岷市，星期六方回家。他弟妹現今還是這樣子，他弟弟已就讀中學二年級，妹妹小學五年級。也許，因受華校薰陶，洪佳仁因而能講一口流利的咱人話。

一個月迅速地過去，不知怎麼樣，我依舊未能跟同房的菲同學習於相處，因而跟洪佳仁交談時，時而不自覺會有輕微怨言流露於唇角。我一而再這樣對他說：

「要是這附近有單房出租的話，我很想搬出宿舍。說實地，不是他們不好，他們待我都客客氣氣的，就是我這個人適應力太差。」

一日，洪佳仁問我道：

「明天下午二時後沒課，到我家玩玩好嗎？」

「好呀！」。

翌日，我便和洪佳仁在校門口搭上集尼車（註一）；一路上，雖說不上有什麼好風景，但一股原野間的清新氣息，馬上迎面拂來，令人不覺神暢心悅。說來，我這個人也很是的，入校幾個月，除了上學回家那一條公路外，我就未曾在這附近兜溜過。車子平滑跑了十來分鐘後，在一片灰褐色的鐵欄柵門之前經過。洪佳仁把集尼車叫停。

下了車，打開鐵欄柵門，跨進去，門後是一片偌大的廣場，往廣場的左邊走上二十多步，是座平樓小建築物，洪佳仁指著平樓對我說：這是辦公樓。而緊接辦公樓的是一棟上下兩層樓房，是他們的住屋，面積約二百平方公呎。辦公樓與住房對面，也則是鐵欄柵門後的右邊，同樣跨上二十餘步，是供工人休閒之地，置有一籃球場，場邊同樣也有座兩層樓房，不過看起來面積較小些，然設計似較講研及精緻，況且從建材方面看，整座樓子還非常新穎。洪佳仁又對我說：這座屋子才築了兩年多，目前沒有人居住。

順著廣場直走下去，便是好大好大的養雞坊。據洪佳仁說：他們這塊地皮是四萬多平方公呎，養雞坊就佔了三分之二強；那一排排尖頂的雞屋子，不知有多少座。

「回屋子休息去吧！今天天氣熱得很。」參觀完畢，洪佳仁帶我折回住屋。

踏進屋內，我首先碰見的是他的母親，一個三十七、八歲的典型主婦，雖說是菲女子，娥眉杏眼，也顯得清秀高雅。經洪佳仁介紹後，我有禮貌地向她打招呼：

「亞冷．仁娜！好下午！」

她也禮上往來：「歡迎你來，希望你會歡喜這裏。」

坐在客廳裏，喝杯水解解喝，休息了一會兒，洪佳仁道：

「走！到對面的屋子看看去。」

這真是一座美好的「小屋子」，樓下，是一小客廳，一小廚房，不但光線充足，空氣也非常流通；樓上，兩間小臥室，也顯得窗明几淨；而小客廳裏的軟褥沙發、擱腳軟凳、廚房的應用器皿，以及臥室內的寢具，都一應俱全，且一板一眼收拾得端端正正。我正疑惑如此完整的設備，為何沒有人居住？正想問一問洪佳仁時，他卻搶先啟口問我道：

「你看，這樓房如何？」

「好舒適的一座樓房！」我不覺脫口讚嘆著。

「搬過來住好了。」他接口說。

我驚異瞧他一眼，「你真會開玩笑。」

「我是認真的。」他的確一臉的認真。「你不是說宿舍住不慣嗎？」

「既是宿舍住不慣，也不能住到這裏來。」

「為什麼？」

「太高貴。」

「廢話，你是存心拒絕，這不是理由。」

「我不能白住人家的屋子。」我坦然地說。

「你付租金就是了。」

「但可能付不起。」

「你聽著，」他一臉誠懇，「你付學校多少就照樣付我。」

「你父母同意嗎？」我有所顧慮。

「我早已向他們講過了，他們都沒有意見。」他有把握地回答。

「你把屋子這樣便宜租給我，你是會吃虧的。」我鄭重地說。

「朋友一場，不計較這些。」

他的真摯懇切，令我感動。

（二）

搬進「小屋子」後，我不僅住得舒舒適適，由於幾乎每日我和洪佳仁是同出同入，無形中，除午餐外，早晚兩餐我便同他在其家裏用飯。我自是不好意思，可是他及其父母親皆一般論調：

「多一個或少一個人，可都無需添什麼菜餚。」

我漸漸地跟他的家人熟悉起來，他的父親約略五十中齡，體格粗壯，皮膚黝黑，不折不扣是個莊稼漢，說起話來聲音非常響亮。整個雞坊都是他一手在料理，夙興夜寐，很難碰到他閒著；他一身似乎永遠有著用不完的氣力。做事之認真，對下屬不苟言笑。我初見到他時，也不自覺地有些畏懼他三分。

大約是我住進這小屋子的第三星期，氣象局報告，又發現了一股低氣壓。從星期五早晨起，天空便飄散著綿綿細雨，到了星期六，雨愈下愈大，及至下午，風力開始轉強，大致是颱風壓境了，直至傍晚，風雨還交加不停。我既不能回岷，洪佳仁的弟妹也不能從岷市回來。這一晚，我只好在小屋子裏過夜。

打從住進這小屋子後，可以說是每晚，洪佳仁都陪我在這小屋子裏一同做功課或聊天，直到深夜。今晚，自也不例外，晚膳用畢，我倆便過來蹲在這小屋子裏，任由窗外雨下著、風吹著，洪佳仁打開咖啡壺，說著：

「今夜喝咖啡聊個通宵，難得有個星期六晚你睡在這裏。」

「好！奉陪到底！」我乾脆回答。

「喝咖啡也要有時間，一面呷、一面聊，才是一種享受。」

「哦！你對飲咖啡還頗有研究。」

「研究個屁，只是生活使然。」洪佳仁帶笑搖一搖頭，然後盯著我說：「你呢？看你早晚咖啡都不離手，應從咖啡裏領略到了不少學問。」

「哈！」我笑一笑。「我早餐飲咖啡，如同午餐喝汽水，是一大口一大口的；晚上喝咖啡，是為抱佛腳，從未認真對飲咖啡研究過。」

「那麼！假使早餐不用咖啡呢？」

我想一想，隨口道：「不習慣！」

「你跟我相同，最好咱們都別到唐山去。」他打趣說。

「你曾去過唐山？」我問。

「沒有。」

「那你怎麼樣曉得唐山人早餐不用咖啡？」

「因為我看到我大媽媽及哥哥早餐都不用咖啡。」

「你還有大媽媽？有哥哥？」我愕然。

洪佳仁沒有馬上回答我的話，握著杯子的手停在半空中，他眼睛朝屋子四周掃了一掃，有些文不對題的反問我：

「當初你來時，未曾疑惑為什麼這新屋子空著沒有人住嗎？」

「有是有，可是事後一想，可能是你大了，要讓你自己一個人住，好專心讀大學。後來你卻不想住。」

洪佳仁聽了不禁噗哧一笑。「那有這樣好運。」他說：「這屋子是造給我的大媽媽及哥哥住的，但是他們僅住了一陣子，就又回唐山去了。」

「為什麼？」我似有打破砂鍋問到底之概。

他沉吟一下。「好！反正今晚閒著無事，我就將這裏的故事講給你聽。」

我慢慢呷了一口咖啡，再慢慢往喉嚨送，醇厚的香味的確令我感受到了一股無比舒暢的享受。我耳畔開始響起洪佳仁講話的聲音了，我凝神專心諦聽著。

（三）

我曉得我有一位大媽媽，是兩年前春節前一個星期。一夜，父親把我喚到他面前，對我說：「再過一星期就是春節了，因為有些事我明天就要到唐山去，所以我今年不能跟你們在這裏一起過春節。」

其實，自從菲律賓與大陸建交後，這幾年來，父親來往唐山探親去，是稀鬆平常之事；只不過父親來自唐山，素來是很重視春節團圓的，今次卻有些例外，我不覺有些納罕，因而反問道：

「唐山是有很重要的事要辦嗎？」

「是的。」父親點點頭。

「是什麼事？」我好奇又問。

「今晚我喚你來，就是要告訴你。」

原來父親這次到唐山去，是要將大媽媽和哥哥接來菲律賓，因為他們移民手續已獲得批准。事實上一切事情早在計劃中，只是咱們兄弟妹三人皆被蒙在鼓裏。移民手續在兩年前就已進行辦理，這座小屋子在大媽媽和哥哥到來前，也已花一年多時間在築造。說來可笑，當屋子在進行建築時，我跟弟妹還爭著誰要先住進去，爸爸媽媽瞧在眼裏，誰也不說一句話。

父親最後對我說：「以後大家住在一起，希望你跟你弟妹也能孝順大媽媽，尊重你哥哥。」

父親這一趟到唐山去，足有個月半，迄暑假前兩三星期，才帶來了大媽媽及哥哥。瞧大媽媽的樣子，年齡跟父親幾乎相若，不過，身體肥肥胖胖的，而那捲曲的短頭髮，及滿口的金牙齒，我不曉得這是否是唐山婦人的標誌？至於哥哥呢？那蓬鬆如枯草的亂髮，瘦得幾乎打不起精神來的弓肩縮背，雖說他才二八、九歲，卻大有日薄崦嵫之態。哥哥尚未娶妻。

他們到來初期，都顯得客客氣氣的，大媽媽同咱們兄弟妹還講了許多話，問咱們的學業、咱們的生活起居，顯得關懷備至；在飯桌上，也大讚母親是燒菜能手。的確地，母親跟了父親十餘載，在父親薰陶下，不僅能燒出一手好中國菜，咱人話能聽也能講，只是上了年紀才學他人語言，舌頭僵硬了，說出的咱人話不免帶有重濁的菲語調子。哥哥似是個沉默寡言的人，不大歡喜理會人，僅見他手中總不離煙，一支繼一支地抽著。抽煙幾乎是他人生最大的樂趣，也因此牙縫裏的污垢積存得厚厚的。

我不知父親造這小屋子是否是他的細心？日子很快地過去，學校放暑假了，我跟弟妹也捲起細軟回家渡假。一踏進門，便聽到大媽媽對父親道：「很不好意思天天讓妹妹服侍，她是夠忙的了，既要做家事，有時還要幫你料理雜坊，所以，我想，我還是自己燒飯煮菜好了。」我不知道他們大人是怎麼說妥的。總之，我回家後的第三天起，大媽媽便在小屋子裏自理炊事來。看起來，大媽媽是在為母親著想，不想增加母親的負荷，因為平時母親總是隨隨便便做一、兩碗菜給予我們作佐膳，便算了數！

但是，事情似乎並非如此單純。自從大媽媽自理炊事後，便跟哥哥終日蹲在小屋子裏，有意無意的好像在躲著什麼人；而母親卻自臆是自己的菜做不好，大媽媽才會自開伙食，故每日都特意做一盤美味可口的菜餚，差女傭送到小屋子給大媽媽和哥哥用去。

不日，一個黃昏，我跟弟妹在廣場上玩捉迷藏，不意間從小屋子前跑過去，透過玻璃窗，正瞧到父親在跟大媽媽論理著什麼似的，父親一臉懊惱，我驟然好奇心起，躡手躡腳走過去，湊近窗口，但聽父親道：

「妳怎麼可以這樣，她好心好意特地燒要給妳用的菜，妳卻一口也不用。」

「誰稀罕她燒的菜，滿碟都是妖精味。」大媽媽兇惡惡地回答。

「妳怎樣如此隨便罵人！」

「她不是妖精是什麼？」大媽媽反駁說。

「她是什麼地方得罪了妳？」

「她那個人，一看便討厭。」大媽媽好不嚴厲。

……

我不願再聽下去，跑開了。當然，我不會愚蠢到將聽到的話即刻轉告母親去；不過，他們大人之間究竟發生了什麼摩擦了呢？做孩子的最好不要過問。

大媽媽開始外出探親訪友，她有多少親戚朋友在菲，我不得而知，然她幾乎天天都出門去。一出門，又是整日時間，須至夜晚才回家。她漸漸跟我們有了疏遠，她不再像當初那樣熱情地對待我跟弟妹；有時，我遇見她，喚她，她也是愛理不理的。哥哥永遠是跟隨在她身邊，大媽媽往那裏，哥哥就跟到那裏。假使我沒記錯的話，哥哥從未曾跟我與弟妹搭上一句話。

一個傍晚，我們正在用飯，哥哥忽然敲門而入，對父親說是大媽媽要找他去，父親馬上放下飯碗，跟隨哥哥到小屋子去。差不多是一碗飯工夫，我們都已用完飯，他才回屋，一坐在飯桌前，眉頭便皺得緊緊的。先是有所凝思似的，然後不禁嘆一口氣，再舉筷子用飯。母親見狀便問：

「是什麼事？」

父親沒有立刻開口，用了兩口飯，喝匙湯，才道：

「仁娜！現在是那個女傭在洗衣服？」

「依然是恰治。」母親再問：「是什麼事嗎？」

「以後教她洗滌衣服洗得乾淨一點。」父親婉轉地說。

「是姐姐衣服洗不乾淨？」母親猜中了九分。

「她今天出門後，發現肩膀左邊還留有一塊穢點。」

「我以後會多多督促傭人。」

父親瞟了母親一眼，眼神溢滿了感激。我下意識的感覺到，父親在大媽媽處，一定為洗衣事，聽盡了大媽媽辱罵母親的話。但是，看情形，母親尚不曉得這一切。她繼續對父親說：

「很對不起姐姐，都是我的疏忽，讓姐姐不快活，也讓你著煩。」

父親突然情不自禁激動地叫起來：「仁娜！妳太好了！」

（四）

洪佳仁講到這裏，忽然停了停，他好像陷入了某種沉思裏，窗外風雨依舊交加著，樹葉在風中颯颯作響，而雨點打在鋅頂、窗口所匯成的天地交響曲。洪佳仁猛然似地從夢中驚醒一般，歉然地對我軒渠一笑道：

「很對不起，事情的發展，太突如其來了；迄至如今，一想起來，還會令我感覺無限的迷惑觳觫。」

「喝一口咖啡吧！養一下神，慢慢再講。」我慰撫他。

他站起身，重新沖杯熱咖啡。他先把熱氣深深吸進鼻孔裡，再呷一口，雙眼便不自主輕輕地閉上，舒暢地養著神。

真不愧是一位呷咖啡老手！

「可以說，感情的事是最難以處理。」他幾乎已完全恢復了精神。

於是，他又開始繼續講下去——

養雞仔猶如看顧小嬰兒，天氣既不能過熱也不能太冷，要始終保持適中，才不招致死亡；大暑季裏，天氣是夠炎熱的，故運雞出去總需在曙曦之前。那一晚為洗衣事過後，算是平靜無事了。翌日，天空還灰濛濛的，運雞車已裝滿了雞，準備運給顧客，豈知司機卻可能夜來吃壞了肚子，既腹痛、又便瀉，黎明時，整個人已被折磨得四肢酥軟，自是不能駕車，這可將父親急得團團轉，因為雞仔一日不送，沒有雞可宰，人家餐館一日便無從營業，還是母親較冷靜，立刻喚來私家車司機。司機是住在坊裏，要他代駕雞車一下。因為送完雞仔，通常是早上八、九點鐘，車子便可回來。這時候，家人才開始要出門。

如往常一般，六、七點鐘，我們兄弟妹都先後起床了，母親已預備好早餐，父親也在雞坊忙了一陣子後回屋，大家正圍在一起用咖啡，忽聽到屋外廣場大媽媽的尖銳聲音：

「是幾點了，我今晨要早出門些，怎麼樣還不見到司機，是死到那裏去了！」

父親一聽到聲音，將要送進口中的麵包馬上放下來，站起身大踏步走出去。透過窗口我看到父親正在向大媽媽解釋。

經父親一解釋，但見大媽媽不再說什麼，轉身折回小屋子裏去。

然而，八點、九點過去了，父母親都正在忙著他們的事，咱們兄弟妹坐在客廳裏，時而交談著，時而閱書著，廣場上忽又響起了尖銳的聲音。

「怎麼樣？九點都過了，還不見司機回來。輝！喚你爸爸來。」

咱們兄弟妹即刻相擠蹲到窗口去，不一會兒，父親跟著哥哥從雞坊走出來。一見到父親的身影，大媽媽便喊叫道：「你不是說司機一下子就回來，現在九點多鐘了，司機究竟是死到那裏去……」

父親一面走向大媽媽，一面儘量放緩聲調回答：「可能遇到擁擠，大概就要回來了，你就包涵點。天氣這樣炎熱，妳進屋子去，司機來了我會喚妳。」

九點半、十點又過去了，仍然未見車子回來。這一下，大媽媽可大光火了，她又把父親從雞坊叫出來，不管三七二十一，便大罵起來：

「我就知你要氣死我，這是你們的計劃，那妖精很會想計，假惺惺說什麼司機瀉肚，說什麼司機代一代，說穿了，莫非是不要給我車用。……妖精就是妖精，你這個老頭子被她迷得團團轉，她出什麼主意，你唯有唯唯諾諾，……看你是被她迷得無可藥救了……」

「住口！」父親發怒了。「妳在胡說什麼？」

「你敢向我發威！」大媽媽更兇暴。

就在這時，車子急駛而至，父親不再理會大媽媽，趕過去問個究竟，原來車子半途拋了錨，父親便催著司機道：「快快沖洗換衣去，大媽媽等著用車。」

父親就站在廣場伴大媽媽及哥哥等待司機洗澡更衣，彼此沒有再交談一句話，看情況，事情隨著司機的到來，爭執算是不了了之；可是，當司機把轎車駛近大媽媽身邊，大媽媽一邊打開車門，一邊又尖聲地對父親拋下了話：

「她有妖術把你迷住，你自然是袒護她。我為你守了一、二十年活寡，你一點感恩也沒有。……唉！都是我命薄！命苦！……」然後掉轉頭對哥哥道：「輝！走！我們走！我們不要再住在這裏！」說罷「碰」地關上車門，便跟哥哥揚長而去。

自始至終，母親都沒有露臉。不過，大媽媽的高嗓子，可以形容說，十餘里外，誰人皆能聽得到。母親在屋裏自是聽得清清楚楚，父親也是心裏有數，他平時想盡量瞞住，莫非為求家庭平安無事，如今卻被大媽媽這一鬧，事情算是表面化了，他的一片苦心，令他不知要如何是好。

中午，父親沒有進屋用飯，他好似尷尬地在避著母親，母親也不理會他，整日午後，家裏氣氛是沉沉悶悶的，直至晚膳，母親才差我到雞坊喚父親吃飯。在飯桌上，氣氛還是非常冷寥，我忍不住打破靜寂道：

「爸！媽！用飯吧！大媽媽可能是一時氣在頭上，她的話相信是無意的。爸！媽！你們別耿耿於懷吧！」

父親瞧我一眼，趁我的話接下去。「仁娜！很對不起，都是我不好！」

母親抬起頭望一望父親，兩顆眼淚情不自禁掉了下來。「她什麼話都可以說，為什麼偏罵我妖精，未免太過份了。」母親彆了一日的冤氣，像決裂的堤岸，她開始飲泣起來，淚水連串的淌流著，似有欲罷不能之慨。良久良久，她才儘力壓制情緒，抽抽噎噎又說：「想不到，她是這樣一個人。」

「仁娜！都是我不好，瞧在我臉上，妳就原諒她吧！」

母親的情緒稍為平靜了。「現在，我什麼都明白了，她嫌我、恨我，所以她自立伙食，以便躲我；她挑剔衣服浣不乾淨，目標是對著我。我想了整天，我不知我是什麼地方得罪了她。」

「仁娜！都是我不好，妳別見怪吧！都是我不好！」父親一味地感覺歉疚。

母親深深看了父親一眼。「你也不須太內疚，你用心之苦，我明瞭，姐姐不知在你面前說了我多少壞話，但你忍著，想化解，莫非是想家門和睦。」

這一晚，大家自是都沒有食慾。

這一晚，大媽媽和哥哥真地沒有回家，只讓司機駕著空車回來。

又過了五、六天，事情在忙碌中逐漸地淡化，大家情緒也幾乎已恢復過來。儘管大媽媽和哥哥尚沒有回家的跡痕，父親卻隻字連提也不提，大有讓她他去之慨；反而母親，心有所不安地說：

「姐姐是到哪裏去了，你有否他們的消息？」

「沒有！」父親無所謂。

「他們都是初次來菲，人地生疏，可不要出了什麼差錯。」

父親怔了怔，有感的輾然向母親一笑。「妳不怪姐姐了？」

「啊！都上了年紀了，還要像孩子，抱了一肚子的怨氣永遠不消。」

「仁娜！說實地，連我也不知道她為什麼這樣生妳的氣。」

「你們中國不是有一句什麼諺語說：一塊杯子容不了兩支調羹。該是十不離九。」

「可是，打從妳跟我生活在一起，我什麼都告訴她，她也什麼都知道；交通打開後，我去了幾趟唐山，她還好幾次當面要我代她感謝妳給予我的照顧。」父親認真地研究起來。

「也許，正所謂是女人十八變；見面前是一回事，見面後又是另一回事。」

「好！假如妳不芥蒂的話，後天星期日我就找他們去。」

我在旁邊聽了禱告著：

「但願家和萬事興！」

（五）

不料，星期日未到，星期六下午一時左右，大媽媽和哥哥突然被人送回來了，送他倆回來的是一男兩女，彼此年齡都跟媽媽差不多。由於我不認識他們，便無從知道他們是大媽媽的什麼親戚或朋友。但是，他們一下車，就一窩蜂擁進小屋子裏去；然後，再由哥哥去喚父親，說有重要事宜要商議。

整個下午，他們就在小屋子裏說著話，直至黃昏過後，那一男兩女才乘車離去。

他們商議著什麼，我自是不得而知。

不過，當客人離開後，父親便直接走進屋內來，一臉的疲憊，口中不自覺地低語道：「豈有此理！豈有此理！」我跟弟妹在客廳，都直盯著父親，感覺莫名其妙。

這一晚，飯桌上，空氣又是沉沉悶悶的，父親若有所思般的，食不知其味，母親幾次瞧了瞧父親，欲言又止，似也心事重重的。我不禁忖度；又有什麼事發生了？會否跟下午大媽媽及其客人的到來有關呢？

天氣實在夠燠熱，連到了晚上，大地還蒙蓋著一層熱浪，一絲風都沒有；而這幾天，夜空更是一片緋紅，閃電在遠處不斷閃耀著，偶而傳來的一、兩聲雷響，卻是僅聞雷聲不見雨，更加添了空氣間的悶熱。

但是，到了九點鐘左右，風力忽然大作，雷聲頻仍，先是間歇滴下兩、三點又圓又大的雨水，接著滂沱大雨便開始傾盆而下，隨著風力一陣猛過一陣的吹送。大地像著了魔一般，雨陣在夜空中打轉著，樹影在昏暗的廣場上也瘋狂地左右舞擺著。

驟然間，敲門之聲急急響起，大家不自覺互望一眼；緊接著，門外響起大媽媽喊叫父親的聲音，我馬上站起身，跑過去開門。

門一開，雨馬上隨風吹入，大媽媽衝進來，用力把我推向一邊。她淋得如隻落湯雞，雨水連串的從她身上滴落在地板上。她目光朝客廳裏掃了一掃，似在找尋什麼，霍地盯住了父親，一臉顯得不耐煩的神態，尖起聲音問：

「怎麼樣？你思過了沒有？人家費盡舌唇，說盡道理，你還要思慮多久，無論如何，事情今夜總需解決。」

「我不是一而再向妳講過了，這種事情非同小可，豈可鬧著玩！」父親心平氣和地說。

「誰有閒情逸致跟你玩。」

父親大有懶得再說下去之態。「好！好！不是鬧著玩！不是鬧著玩！妳淋得一身雨，回屋子拭乾去，有話明天再說。」

「不！」大媽媽斬釘截鐵。「事情今晚非解決不可。我問你，你向她說了沒有？」

「有什麼好說的。」父親息事寧人。

「好！妳不敢，讓我來。」大媽媽掉轉頭對著母親。「喂！妳要多少錢，才肯離開我的丈夫？」父親欲阻攔已來不及。

大媽媽這話一出，除父親外，大家都怔住了。頃刻間，客廳頓然鴉雀無聲，但隨即聲洪便如決隄捲滾而來。

首先，是父親發怒了。「秀蕊！妳瘋了嗎？」

接著，母親也忍不住了，驀地站起身，眼裏燃燒著火燄。「妳侮辱我，一次又一次，我不理妳，妳反而火上加油。」

「這是妳自討的。」大媽媽依然兇惡惡。

「我自討？妳好狂！」母親也不示弱。

「哼！我狂，還好；妳賤，怎麼樣？」

「住口！秀蕊！」父親氣極。

這時，無論是大媽媽、母親，彼此皆已有點失控；我從未見過母親如此發怒，她湊近大媽媽，直指大媽媽道：

「好！我今晚跟妳沒完！」

「怕妳不成！」大媽媽也毫無讓步。

「好！妳偉大！妳有錢！今晚妳就滾出這個家。」母親指著門。

「滾的才是妳，這是我丈夫的家。」大媽媽雙手插腰，有恃無恐似的。

「哈哈！睜大眼睛瞧瞧清楚，看看地契是誰的名字？」

大媽媽忽有所悟，一時口為語塞。母親也夠狠，即刻反擊。

「妳有多少錢能買這屋子呢？」

「妳侮辱我！」

「是妳自討！」

大媽媽惱羞成怒了，出手揪住母親的頭髮，母親也反揪過去，父親見狀，迅速趨前攔住。大媽媽便掉轉頭打起了爸爸來，完全失控地一面狂暴地打著爸爸，一面歇斯底里地罵：

「你就只會欺侮我，你是被這妖精迷住了，你倆人合手打我一個，好！你們把我打死好了！你們把我打死好了……」

屋外，忽地一道強烈閃光猛地打了下來，一剎那，把漆黑的四周照個通明，緊接著，一響破天裂地的雷聲震撼大地，雨，像瘋了一般，拚命地傾瀉。說時快，那時慢，門也同時被人衝破了，大家掉頭還未及看清楚是誰，哥哥已撲到父親面前，把父親抓過來，用力往邊一摔，再順手在父親的背後一推，父親站不穩腳，踉踉蹌蹌便跌倒在地，哥哥又順勢舉起腳朝父親的肚皮猛然一踢，父親隨即慘叫一大聲，兩手抱住腹部，整個身子蜷做一圈，大媽媽見狀怕了起來，趕快拉住哥哥，喊著：「夠了！夠了！」

「還打不夠。」哥哥兇巴巴做勢要再踢。

「輝！不要打了。」大媽媽把哥哥拖離父親。

「豈不是便宜了他，這個人早就該揍了。」哥哥轉向大媽媽。「亞姆！妳受傷了沒有？」

「沒有。」大媽媽搖搖頭。「別再理會這種人，明天咱們就離開這裏，回唐山去！」

哥哥摟住大媽媽回小屋子後，父親還在地上抱著肚子呻吟著。咱們兄弟妹和母親圍過去，簇擁著把父親扶坐在沙發裏。

「疼得好厲害嗎？會不會踢中要害？」母親憂慮地問，然後望向窗外。「雨還下不停，要不然到醫院看看去。」

「不要緊的事，休息一下便好了。」父親伸手示意母親放心。

「都是我害了你，我一時控制不住，未能適可而止。」母親歉意地說。

父親搖搖頭。「仁娜！請妳原諒我，我作夢也想不到，整個下午，秀蕊跟她那些親戚，就是來勸我跟妳仳離，……但是我做不到……」

母親低頭不語。

「仁娜！都是我不好，當初……」

母親即刻阻止父親說下去。「過去的事情已過去了，我不怪你。」

父親滿臉懊喪的神態，他將眼睛閉一閉，再睜開，無意識地向周遭巡視一下，朝我們逐個兒巡過去，當他從我的面龐瞧過去後，即刻又巡回來，眼光就停放在我身上，好像到這時候他才發現我的存在似的，接著也似在我身上發現到了什麼，不覺精神一振，對著母親道：

「時間不早了，仁娜！妳先帶亞順與羅絲回房睡去，相信他們今晚是嚇得夠受了，最好就陪他們睡一會兒覺，我要在這裏好好養神一下。」父親說到這裡，轉向我：「仁兒！你陪我在這裏吧！我有些話要跟你講！」

時間已中夜，屋外的雨稍弱了。母親沒有再說什麼，帶著弟妹回房睡去，望著母親及弟妹背影消失在梯口轉角處，父親回過頭向我道：

「孩子！今晚所發生的事，你母親既沒有錯，同樣地，你大媽媽也沒有錯，錯的都是你爸爸！」

「不！爸爸！」我抱不平道：「哥哥動手打人，是哥哥不對！」

父親苦笑一下，頭搖了一搖，然後輕微地說：「孩子！你不懂，待我把話講完了，你便會明白。」

「爸爸！你口渴，我泡杯茶去。」

父親喝了口茶，潤了潤喉嚨，開始講了。

（六）

「我十六歲從唐山來菲，正趕上太平洋戰爭，在菲一逗留便是四載，迄至日本投降，我才回家鄉，那時我剛滿二十。回鄉後，你祖母便為我成親，配偶就是你大媽媽；翌年，你大媽媽懷了你哥哥的孕時，由於家鄉窮，我不得不暫時告別家鄉，再渡出洋；豈知，一出洋，家鄉風雲驟變，幾乎便註定我終生要放洋在菲了！」

父親講到這裡，抬頭凝望著天花板，有所感慨地喟嘆一聲：

「唉！做為這一代的中國人是悲哀的，一個偌大的中國，竟會弄到有家歸不得，是多麼諷刺！因此，當你哥哥誕生時，我也僅能從香港輾轉過來的書信，得悉消息：對於你哥哥的臨世，我自然是滿心喜躍，而盼望時局能早日好轉，一家快團圓；可是一年復一年，時局好像永遠僵著一般。故國河山隔萬里，舉目企踵歸無期。於是，我失望了，我對生命萌生了無奈，我開始遊戲人間，我不再固定一個職業，隨處飄泊打零工，一有錢，便花天酒地。其實，說實地，酗酒莫非是想遣除寂寞的心。有一次，我流浪到了這裏，在一家養雞坊打零工，你知道……」父親斜睨我一眼。「像現在一樣，這一帶都是養雞人家，也像今夜——一個狂風暴雨晚。由於這一帶沒有酒肆，每晚工作完畢，我便在雞坊裏獨自狂飲。豈知，那一晚，卻被僱主發現了，便連夜把我趕出門，在雷雨交加下，我一時不知要往何處去，跌跌撞撞的，我便到處亂敲人家的門，敲到一家灰褐色的鐵欄柵門。萬萬想不到，這一敲，竟敲開了我跟你母親的姻緣。

「當時，我敲了好半天，朦朧中，但見到一個少女模樣的女子，撐著雨傘從屋裏走出來，她來到我面前，隔著鐵欄柵，打量了我一下，便問我是誰，又要找誰，我自是告訴她，我不認識這裏的每一個人，我只是想借宿一晚，明晨雨止我就走。她先是猶疑一下，然後對我說：屋子裏是沒有地方可讓我睡，要睡唯有睡雞坊；我說：只要有避雨的地方已夠了。很想不到，她不但讓我進屋去，還拿乾衣服給我換，更備了晚餐給我用。那一晚，我的的確確是愧疚萬分，在我生命裏，我可未曾被人攆走，也可未曾在風雨夜裏無處可歸，更無顏面對一個女孩給予我的幫忙；我打從心底層的懺悔著，深深地責備著自己生活的荒唐。

「那時，你母親才二十剛出，是個獨生女，她中學時代，你外祖父便逝世了，他老人家手創的雞坊，在他過世後，便由你母親及你外祖母共同扶持經營。我避雨的那一夜，剛是你母親甫大學畢業不久，雞坊大小事已由她一手負責料理。不知如何，那晚懺悔之餘，我竟害怕起天明來，因為我不知天一明，我將要往何處去？

「當我的眼睛被光線刺醒後，我不覺一跳，我知我是躲避不了的，該是離開的時候了，我預備向主人感謝辭行。不料，你母親卻留我先用早餐後再走，我一面用早餐，她一面便問起有關我的切身問題。我都一一照實說了，最後，她竟說：『那你不妨暫留下來，在這裏打打零工。』我那時候身上一文不存，聽了這話，自是一百個的願意。

「我開始在你母親處打零工，我對自己起誓，不再酗酒，生活不再荒唐。我勤奮地工作，我不想再到處飄蕩，我想安定下來好好生活；逐漸地，我的工作有了成績，你母親和外祖母都開始對我產生好感，便決定把我留下來以月薪計算。

「你母親為人就是如此慈祥可親。跟她接觸過的人無不對她留下好印象，我自也不例外。我坦誠說，自從那晚過後，我對家鄉的思念依舊是不時或忘，可是有鑑於華社，遭遇跟我同樣的人，不知凡幾，除非我收起思戀之念，我是不能專心致志於工作的。

「我的工作表現慢慢地成為你母親的得力助手，自然地，接觸相處的時間便愈來愈多。有時，甚至大家都休息了，我倆還在辦公室工作至深夜，也許，所謂『日久生情』，我開始對你母親有了傾慕之情，我雖然是那樣一而再向自己提出警告，我是有家有室，千萬不可再涉及任何兒女私情的事；況且，我年齡又大她好多；可是，畢竟寂寞之心太難熬，終於，在一個風雨之夜，我不顧一切的佔有了她。……

事後我是又悔恨又內疚，她卻表現得若無其事，這令我的內心只有更加痛楚，最後我便向她攤牌問：

「妳當時為什麼沒有拒絕我呢？我是有家有室的啊！」

「別責備我，我也是個有血有肉的人。」她溫柔地瞟我一眼，忽然深情款款地。「仲，我愛你！」

「不久，你外祖母病倒了，彌留間，她把我倆叫到她面前，她好像對我倆的關係已瞭若指掌，叫著我：「仲兒！」我不禁一愕，只聽她說下去。「我是不行了，我走後，仁娜便孤苦伶仃一個人，我把她交給你，希望你能幫她負起這養雞的事業來。」

「就這樣！咱倆便共同生活在一起，我也不忘將實情告訴你大媽媽，但那已是『先斬後奏』了，你大媽媽得悉後，自是悲痛萬分，來信將我大大罵了一番。但不久，唐山掀起了文化革命政治大風暴，整整十年時間，魚雁不通，音訊杳然。再通行時，我回去，你大媽媽似乎已能接受我娶你媽媽的事實了。……」

父親講到這裏，似乎是講完了。我便插進口問：

「既然如此，大媽媽來菲後，為什麼還生媽媽的氣？還要跟你鬧？」

但見父親深歎一口氣，一臉歉疚。「無論怎麼樣說，都是我不對，我對不起你大媽媽，也對不住你哥哥，更對不起你媽媽。」

「不！爸爸！你不需要如此自責。」我叫起來。「事實上，這是時局弄人，在鬩牆下，多少炎黃子孫是生活得那樣無奈！」

父親唇角深深地對我發出一縷微笑，伸手摸摸我頭顱。「仁兒！你長大了！懂事了」。

壁鐘敲下了凌晨二時。屋外的風雨已漸漸歇了。

「爸，時間不早了，你受傷不輕，我扶你回房休息去。」

我扶起父親，但覺他傷勢的確不輕，便微怨起哥哥來。「哥哥也真是的。將你打得好重！」

「別怪你哥哥，他是悲哀的——一個在革命下的犧牲者。」

兩日後，大媽媽和哥哥終於離開這個「家」，回唐山去了。她不再對父親發脾氣，也不再咒罵母親。臨行前，她僅委婉地對父親道說她不適宜這裏的水土，來自唐山還是回唐山去比較習慣。哥哥依然閉著嘴，一言不發。他倆住了將近兩個月，算是那一年幾乎在菲渡過了暑夏。

父親在大媽媽及哥哥回去後，終於入醫院診察，經過一番X光的檢驗，發現有著嚴重的內傷。父親在醫院住了三個星期才出院。

咱們兄弟妹在暑假結束後，又回校上課；照舊星期一至星期六寄宿岷市，周末才回家。

自此以後，我不再見到父親回唐山，而這座屋子兩年來，就這樣一直空著沒有人住。

（七）

洪佳仁的故事講到這裏算是完結了。窗外雖還有風吹著，卻微弱多了。大概颱風已吹離了菲境，只是雨還下個不停。洪佳仁拿起咖啡杯，站起身，走近窗口，輕輕地呷了一口，望著窗外道：「看情景，這種雨將會一直下到天明。」忽然轉過頭來，問我道：「民兄！你對我父親的遭遇有什麼感想呢？」

我聳聳肩。

我住在洪佳仁處，就一直住到修完四年大學才離去。在這不能算短的日子裏，我對其父親的認識：勤勞、節儉、顧家，完完全全是一位典型的傳統老華僑。

一九九六年六月

---

*註一：「集尼車」菲國一種小型客車。

窗外

（上）

窗外是一條似巷非巷的小街，對面是一爿菜仔店（註一），為一華僑所主有。從樓上臥室窗口俯瞰下去，可以一清二楚瞧到整個店鋪，要是一到晚上，四周較為清靜時，鋪口談話的聲音，還清晰地可傳到樓上來。

自幼我就不是一個聰明的孩子，不比哥哥，一放學回家，書本一丟，打開電視，看個通宵，明天考試依舊能夠過關。我呢？非整夜埋在書桌上不可；而臥室裏，那張放置在窗邊的書桌，就是我做功課的地方。每次，我做累了，眼睛酸了，就抬頭朝窗外眺望憩息片刻。這時，菜仔店的光景就映進我的眼簾來。

就這樣，隨著夜往深處走，我瞧著菜仔店的動態猶如在瞧著卡通片，先是顧客出出入入，絡繹不絕，逐漸地，顧客有些減少了，最後便寥寥無幾。到這時候，店主也閒著了，就有兩三位同僑先後到來，團團坐在玻璃櫃台前的圓凳上，跟站在櫃台後的店主開始聊起話來。

他們聊的多半是唐山事。

「啊！已經兩個月了，還沒有家信！」一位身體清瘦，年齡坐六望七的長者說。他是這群人中年紀最大的。我管叫他成順伯，他肩膀可說比誰都硬朗，因為每日凌晨及黃昏兩次，他須肩挑著擔子趕往市場賣油條，數十年如一年，風雨無礙。由於其家眷都在唐山，他一人便在附近向其一同鄉租賃一臥室棲身。

「你也曉得，唐山信需要經香港輾轉，延遲一、兩個月是司空見慣之事。」站在櫃台後的鋪主亞展伯半提醒半安慰他說。

「是的！是的！我明白，我只是擔心錢收到了否？」成順伯有點煩焦地解釋。

「你這也不是第一次匯錢，應該不會有什麼問題的。」亞展伯五十開外，不高不矮，一派斯文。據說：他祖父是地方富紳，父親是個秀才，但受到時代衝激，家道中落，迫不得已，十五、六歲便跟堂叔背鄉離井，出外謀生。

「呀！成順兄！不是我說你，你也未免太多掛慮了。你一元一塊省下來，都是為了這個家，有時，你也應該為自己想想，愛惜你自己。」一位渾號叫「彎仔」的插進嘴來，因為他頸部生有一顆大瘤子，頭顱受瘤子影響，便總是彎彎的，人家便開他玩笑喚他「彎仔」，他也毫不介意地接受。在這群人中，算他年紀最輕，才四十左右，可一臉灰頭散髮，不喜修飾，又好嗜煙。在一間罐頭入口商當伙計，要搬運，也要當卡車的司機，因而鍛鍊出一副粗壯的體格。他至今還是個獨身漢。

「哦！不為這個家，我何必還要如此辛辛苦苦，你瞧我這副殘骨頭，早該修仙去了。」成順伯不服地回答。

「說的是。」另一個聲音說。

成順伯把頭掉過去，好似這時候才發現亞發伯的存在。他見到亞發伯，忽然想起什麼似地問：

「亞發！你是怎麼樣把你的妻兒接到香港來的？」

「還不是那幾塊錢在作用。」亞發伯的歲數跟亞展伯相彷彿，只是他那圓圓的臉，光亮的眼睛，烏黑的頭髮及那白晢的皮膚，還有微胖的身體，一看就知他生活是較富裕的。他在這條小街盡頭經營間小型紙匣廠。其家屬也都在唐山，不久前，他才辦妥手續讓他們到香港定居。

一聽到錢，成順伯似乎忽然膽怯起來。他心中較誰更明白，他幹這種油條買賣，一日能賺多少錢，可想而知，一旦問明亞發伯的家屬移居到香港是筆大開銷，他做夢想也不敢想。最好，還是不問也罷，他便沉默低下頭來。

但是亞發伯卻感歎一聲，繼續說：「花費是白花費，也唯能到香港，菲政府迄今還是堅持拒絕開放讓華人入境。」

「到香港也好，你可隨時隨地瞧他們去。」成順伯羨慕地說。

「畢竟還是海洋相隔，好不了到那裏。」亞發伯搖搖頭。

「說來說去，總之一句話，就是生而不幸為中國人。」彎仔總是這樣，動不動就歡喜發一兩句高論，然後唇邊隨頭部一彎，幽默道：「你們妻離子散，我卻直今尚未立室，這都是拜中國局勢所賜；想當年，我雖是不夠英俊，家產卻還有幾畝，人家姑娘瞧在田地上，還是甘心情願嫁給我，只恨唐山驟然變色。我不逃，唯等死？田園丟了，來到呂宋，兩手空空如也，誰家姑娘還要我呢？」

大家聽了都禁不住哈哈大笑起來。

我在窗口也不覺噗哧一笑。

「原來你是想娶妻，你今天說了，以後大家便會為你留意物色。」亞發伯半開玩笑半認真地說。

「別浪費心神，有誰家女子要我這個又窮又不像樣的人？我剛才的話只是想訴訴苦而已。」

「其實，我說，我們這群人中最幸福的，還是展弟，一家團團圓圓的，真是祖上陰騭，蒙披所及。」成順伯望著亞展伯說。

「對了！展兄！你當時是怎麼樣及時帶著家眷離開唐山的？」亞發伯似乎到現在才想到這問題。

「只是幸運而已，抗戰初期我回鄉成親，勝利後，本想回去永不再離開；豈知，國家元氣未復，內戰驟起。我不禁深感故國的悲哀，歷經外人的蹂躪似乎還不夠，非再來一場自相殘殺見個死活不可。失望之下，在內戰初起，我便將他們接出來，為的是想遠遠避開紛亂的唐山，想不到，這步棋卻促成咱們一家的團圓。」亞展伯一口氣說了。

「展兄！」彎仔一副糾正的神態：「你這不是什麼幸運，是有遠見。我說，胸有墨汁的人究竟不比一般人，什麼事都能較有判斷力。」

「彎仔！你也別挖苦了，我若有本事，今天也不必站在這裏經營這種菜仔店。」

「這是生不逢時，不能混為一談。」彎仔理直氣壯地道。

「展兄！你兩位公子都幾歲了？」亞發伯又想起什麼似的問。

「一個中學已畢業，一個中學也快畢業了。」亞展伯眉間不覺一展。

「這就是一家團圓的好處，你可以在他們身邊督促他們長大。」成順伯又是羨慕地說。以我所知，成順伯長年飄泊在外，跟家人相處的日子，屈指可算，他最後一次回唐山，是抗日結束後的一段短短時日。他的兒子都已長大成人，也許長期缺少相處的緣故，他常常有感地說：他跟他兒子之間就缺了親情什麼似的。

彎仔又來了。「展兄！你做得對，無論怎麼樣，總要好好栽培下一代。咱們這一代，沒有學識還可以混飯吃，再下去，要是沒有學問，是什麼事都幹不了。」

「你說的是！」亞展伯點點頭，一臉的鄭重，聲音溫順地說：「譬如我這間菜仔店，幾乎只適合咱們這一代人，既餓不死，也飽不到哪裡，更沒有什麼前途可言，所以，有時，我兩個兒子要來幫我手，我覺得是浪費他們的時間，要他們專心做功課去。我就希望他們將來能學有所成，各有自己的前途。」

「的確地，千萬不要再讓咱們的下一代走咱們的老本行，是不會有什麼前途的。」成順伯不斷地點點頭贊成亞展伯的看法。忽然，他不覺地打了個呵欠。

「原來已十一點多鐘了。」亞發伯瞧瞧手錶：「展兄，你也該打烊了！」

大家站起身來，各自歸家去。

亞展伯將店門關了，即刻，燈光的投影在街道消失了，夜色更呈一片漆黑及靜謐。

✣ ✣ ✣

又是晚上了，時間甫過八點，成順伯的聲音便傳進窗口來。

「家函今午接到了。」他的喜悅聲調，好似要將這消息報告給每一個人知道。

「你看！我不是說，只不過延遲了些時。」我聽到亞展伯的回答聲音。

「是！是！是我太急性了！」好像世界上已沒有什麼事情可讓成順伯再計較一般。「他們錢都收到了！」

「誰人錢都收到了？」談話間，彎仔突然出現在店門口，後面還跟著亞發伯。今晚，大家都幾乎提早到來。

「家信接到了。」成順伯滿臉春風道。

「所以，你來早了，讓大家來分享你的快樂。」彎仔走進店裏，一屁股便往圓凳上坐下，再朝亞發伯一指說：「可是，發兄今天卻受盡工人的氣。」

「是發生了什麼事？」成順伯和亞展伯都不約而同地問。

「還不是工人在鬧罷工！」彎仔代替亞發伯回答。

「工人為何鬧罷工？」亞展伯關懷地又問。

亞發伯一臉愁悶，無可奈何地說：「事情是這樣，工人要求添薪百分之二十，我說添薪是可以，但我這是一間小廠，沒有辦法添這樣多。他們不但堅持不能減，況且還要我立刻就答應他們，不然明天便發動罷工，我花了整個下午，將廠裏來龍去脈的生意情況公開向他們列明，他們卻連理也不理，就是一味非添薪百分之二十不可！」

大家聽了亞發伯的講述，半晌都沉默不語。

「看菲律賓情勢，有愈來愈難謀生之勢。」彎仔首先打破沉默。

「說的也是！」成順伯有所同意地說：「前兩天，我才險遭不測。」

「是怎麼一回事？」彎仔好奇地問。

「如往常一般。」成順伯左足曲起在凳上，雙手抱住膝頭，如講書似地說：「那天早晨五時出，我挑擔往亞籠計菜場趕早市，天還朦朧灰，路經顏拉拉轉角樹日街，忽然黑暗處閃出一個魁梧的菲漢來，將我攔住，先是說他餓了，強行向我要糕餅吃，我無奈，只好拿兩塊冰糕給他，他念頭一轉，反不要了，要我的錢。……幸得，就在這時，一輛巡警車打從身邊經過，他一見苗頭不對，便裝著若無其事地走開了。」

「甚幸！甚幸！」彎仔喃喃地道。

「成順兄！目前治安確然是愈來愈不靖，以後留心點。」亞展伯相勸地說。

「的確如此！我們寄人籬下，什麼事都得不到保障，除了自己小心外，實無他法。」亞發伯深深地歎一口氣。

翌日，下午我從學校回來，路經亞發伯廠門口，瞧見工人正拿著牌子來回踱著步。「真的罷工了。」我心想。夜晚，在窗口，我便聽見亞發伯對亞展伯他們氣忿地說：

「要我添薪百分之二十，我唯有關門大吉，要罷就讓他們罷去好了！」

不過，再過兩天，情況似乎有了轉機，我聽見亞發伯在對亞展伯他們說：

「我聘了律師，正在跟工人談判。」

又過了幾天，我又聽見亞發伯道：

「事情解決了，工人同意百分之五的添薪，但我卻花了一筆不貲的律師費。」

然而，在以後的歲月裏，我都經常會聽到亞發伯在訴苦工人的難僱；不是要求加薪，就是要求減時，今天提這條件，明天提那條件。亞發伯幾乎被工人問題弄得頭昏腦脹，對他來說，罷工已成為他的家常便飯，三年五載，便發生一次工潮，而他也要三年五載花一筆不貲的律師費來解決工潮。

日子就在這樣掙扎下過去。

記得是我中學畢業那一年，由於是畢業年，功課特別繁重，經常做到深夜還做不完，所以，下午放學回家，連休息的時間也沒有，屁股往桌前椅子上一坐，便埋首做起功課來。有一日，才五時一刻多，街道雖如平日有著來來往往的行人，然卻從菜仔店傳來一陣不尋常的鬨鬧聲，我伸頭一探，但見亞發伯及彎仔早已站在菜仔店的櫃台前，跟亞展伯談話，亞展伯背後還站著亞展姆。我不覺一愕，心裏預感是有什麼不祥的事情發生了，便情不自禁傾聽著。

「成順兄傷勢太嚴重，經過整日搶救，醫生還是回天乏術。」彎仔告訴亞展伯。

「什麼時間過世？」亞展伯嚴肅地問。

「剛才下午三點半。」彎仔又說：「他身上共中了七刀，有三刀還是要害處。」

「是誰兇手這樣狠，一個七十多歲老人，那有力量跟人動手，何必如此殘酷。」亞展姆插口說。

「據說兇手可能是吃藥的。」彎仔繼續說，「在早上我得到消息後，便趕到醫院去，到醫院時，成順兄幾乎已奄奄一息，在院方人員查詢下，他斷斷續續地告訴說：他五時多挑擔出門，走到一處，遇一菲青攔路搶劫，他一時不給，菲青一怒之下，便抽出刀刃，朝他身上亂刺。據他說，那個菲青的面貌，他瞧得不大清楚，但雙眼發紅，眼神呆板……。說完，便昏迷過去，我整天陪在他身邊，他卻未曾再清醒過來。」

「這一切都是命，他上一次跨過了關，這次卻跨不過了。」亞發伯感歎地說。

「嫌犯擒到了嗎？」亞展伯問。

「當然沒有。」彎仔搖搖頭。

「逝者已矣！現在最大的問題，是他唐山的家眷，得設法通知一聲。」畢竟，還是女人家心細，亞展姆提醒地說。

「是的！是的！明天得設法打張電報通知他唐山的家眷。」大家都同意地點點頭。

「展兄！」彎仔道：「成順兄在呂宋是孤身隻影一個人，他的後事也只有靠咱們為他辦理了。我離開醫院時，已吩咐院方把成順兄的屍體送到巴示殯儀館去。現在我們就一同到殯儀館瞧瞧去。」

「應該的！應該的！」亞展伯不假思索地道：「我換件衣服去！」

這晚，是第一次，我看到亞展伯的菜仔店關門不做生意。

也從這一晚開始，我再也看不到那身材瘦瘦長長的成順伯了！

✣ ✣ ✣

又過了若干年，我開始步入社會工作，在這之前的一段日子裏，由於我大學是在近郊就讀，需要寄宿，功課就在學校的圖書館裏做，參考書多，方便得很，所以每週末才回家，回家後又忙著見朋友去，臥室窗前的書桌就幾乎未曾好好坐過一回；到了入社會工作，偶然坐下來閱讀書報，掉頭往外一望，這時的亞展伯是孤冷冷一個人坐在櫃台後。打從什麼時候開始，那個每晚的聚首閒聊場面已星散了呢？我不大清楚；不過，據我所知，自從成順伯被刺身亡，亞發伯被工人纏得無法應付，索性把廠關了，便離開菲律賓，到香港跟一家人團圓定居去；彎仔呢？換了職業，因為待遇較厚，他便到武六干省一間鋼鐵廠做監工去，不是有什麼需要的話，他便不再到岷市來。

但見亞展伯坐在櫃台後，兩眼直楞楞望著門外，偶有顧客入店，他才行動一下。瞧著他那遲鈍的動作，我不覺朝他多看兩眼，發現他鬢髮白了，背脊佝僂多了，歲月催人老，亞展伯老了！

幸得，亞展姆比較有了閒時，其兩位兒子，一位已成家立業，一位也有了固定的收入。家務事已不必如往昔再讓她多操勞，因之，雖不是每晚，卻經常地有著時間陪亞展伯在店口，一面幫忙看店，一面跟亞展伯閒聊，好解亞展伯的寂寞。

是一個晚上，剛下過一陣雨，街面一片潮濕，行人紛紛歸家，四周已是非常靜寂。我無所事事，便躺在床上閉目養神，心中在計劃著明天的工作。驀地，一陣女人的尖銳喊叫聲打破靜寂的四周衝進窗口來，緊接著便是玻璃打碎聲。我迅速地辨清女人的喊聲，即刻曉得是亞展姆的嗓喉，下意識的明白有什麼事情發生了，身子如彈簧般從床上躍起，一箭步跑到窗前，俯首瞧下去。

菜仔店櫃台前正站著兩個菲青，年齡都約略是二十左右，也一樣是恤衫牛仔褲，只是顏色不同；一個一手握著枝二尺來長的鐵鎚，一手指著亞展伯，嘴裏喃喃地不知在說些什麼，身子卻搖搖晃晃的似乎站立不住，他面前的櫃台，玻璃已打碎一地，他的同伴卻好似驚呆了站著不動，櫃台後的亞展伯及亞展姆，都同時退至牆壁，亞展姆更是嚇得魂不附體。

就在這時，亞展伯的兩個兒子，從屋內奔出來，體壯如牛的老大，先是起腳一踢，把菲青的鐵鎚踢掉，再撲過去，雙手把對方緊緊抱住；老二跑到父母親前面，把父母親護住著。

事情發生太突兀，馬上震動左鄰右舍，頃時，菜仔店門口圍滿了觀看熱鬧的人群；再隔不多久，當地的馬籠涯（註二）首長聞訊也趕來了。被老大抱住的菲青，拚命地掙扎著，口裏不停地喊著：

「放開我！放開我！你這可惡的引叔（註三）！」

見到馬籠涯首長的到來，老大便把菲青放開，對著馬籠涯首長說：

「他打破咱們櫃台的玻璃！」

「我討包煙，他為什麼不給？」菲青巔巔簸簸的，理由十足似地說。

「巴例（註四）！你醉了！」菲青的同伴走過來拉住他。

「我沒醉！你閃開！」醉漢將他的同伴推開。

馬籠涯首長問醉漢道：「你向人家討包煙，人家不給，你就打破人家櫃台的玻璃了？」

「是的！」醉漢打了個酒呃。「因為我恨引叔！」

「為什麼恨引叔？」馬籠涯首長又問。

「因為他們富有！」

「富有是可恨嗎？」

「我嫉妒——」醉漢搖搖擺擺，眼裏透著的紅絲在燃燒著嫉火。

「你可曉得引叔為什麼會富有嗎？」

「我不曉得！」

「你不曉得，便亂恨一場。」馬籠涯首長不覺搖搖頭。「那讓我來告訴你，引叔的富有，是他們勤勞又節儉得來的。現在，你曉得了嗎？」

醉漢睜大眼睛，不語地直望著馬籠涯首長。

「現在，你打破人家櫃台的玻璃，該怎麼辦？」

「打破就打破，算得了什麼？」醉漢若無其事地說。

「好！你既然如此不可理喻，到警察局去說吧！」馬籠涯首長便教來人把醉漢扣上手銬。

醉漢一被扣上手銬，酒氣猶如驀地在他身上消失了。他馬上清醒過來，望著手鐐驚慌地連聲喊著問：

「我是犯了什麼罪？我是犯了什麼罪呀？」

「你打破人家櫃台的玻璃。」馬籠涯首長說。

「我沒有呀！我沒有呀！」

「你沒有？你還說你恨引叔！」

醉漢似乎在強搜著記憶，他東瞧瞧，西望望，然後他看到亞展伯了。驟然，他記起什麼來了，走過去，雙手伸出，懇求地說：

「亞伯伯！請您原諒我吧！我飲過酒，糊裡糊塗闖禍了，我真地不知我在幹什麼，我活該被關進牢裏，活該被關進牢裏！可是，今晚我非回家不可，因為我家裏妻兒都在等著我給他們買米去，您就饒恕我吧！好亞伯伯！您做做好心！饒恕我吧！」

馬籠涯首長冷眼旁觀，不禁罵道：「好不知恥！」

嚇呆在牆壁的亞展伯，鬆了一口氣，掠過老二的身邊，對著馬籠涯首長道：

「首長！我看，就放了他吧！」

馬籠涯首長一聽，不禁一楞，眼睛睜得大大的，望望亞展伯，再望望破碎的玻璃櫃。「你的損失可不少呀！你竟不想追究了？」

「他是喝醉，不是故意的！」亞展伯有所諒解地說。

馬籠涯首長一面把醉漢的手銬打開，一面數落著：「你看！人家引叔是這樣一副仁慈，你還恨什麼引叔？你應該恨你自己才是，終日只知飲酒，誤事不說，男子漢做事敢作敢當，你卻虎頭鼠尾，一點志氣也沒有，跟你生為同胞，連我因你也感覺羞恥。」

自這事件發生後，亞展伯在鄰人親朋勸告下，一過晚上八點鐘，便打烊收市了。也的確，治安愈來愈不靖，人們沒有要事晚上都避免上街，而亞展伯所經營的菜仔店就直至他逝世後，他的兒子便將屋子買了下來，重建為座三層鋼筋水泥大樓，菜仔店痕跡便從此消失。我們一家在不久也搬離了這條街。

（下）

我結婚後，便自組小家庭，居住的屋子是兩排隔著條巷子彼此相望的半洋式上下樓。由於各戶門前都有個小小的花園，巷子又有專門人在打掃，環境是既清靜又幽雅。

不久前，對面的租戶搬走了，新戶是一群青年人，有男有女，看他們的穿戴，及聽他們說話的口音，似乎是大陸新僑，而看樣子，他們並非兄弟姐妹，倒像是朋友合租屋子的。

然而，自從這群大陸華青搬進這屋子後，幾乎可以說，每夜地，一到四更時分，我跟妻子便會被一陣傳進窗口來的喧嘩聲所吵醒。初不以為意，後來日子一久，詳細一聽，幾乎是這群大陸華青的口音，他們似乎是在這時候才從外邊歸來。只是妻子被吵醒後，翻個身又進入夢鄉，我呢？輾轉在床上再也睡不著。

一晚，我被吵醒後心中有些氣憤地想：這群大陸華青是怎樣搞的，三更半夜了，也不替人家想想，還大吵大鬧，絲毫公德心都沒有。想罷便索性爬起床來，從窗口俯瞰下去，但見那群華青一邊鬧一邊走進巷內。

他們共是五人，三男兩女，看樣子，他們剛在什麼地方盡歡過，一個身材頎長的男子手裏還拎著一瓶醇醪，跌跌撞撞地跟著他身邊的女伴打情罵俏。

「甜心！妳知道嗎？妳今晚打扮得特別漂亮，全場的眼光都在瞧妳呀！」

「真地嗎？那你吃醋了！」回答的是位二十二、三歲的少女，在朦朧路燈下瞧得清楚，那一綹綹曲蜷的長髮是擦得又黑又亮，臉龐也不知敷上幾層粉末，是顯得那樣白脫；而那畫得濃濃的黛眉，及那如血紅的嘴唇，再加上袒胸露腿的衣裳，給予人們的直接感覺，已是一個經歷不淺的女子了。

「喂！竹竿子！你今晚一味甜心甜心的，就為什麼不理我蜜糖呢？」原來甜心蜜糖是這兩位女子的名字。

我瞧瞧蜜糖的面貌及打扮，跟甜心不大分別。

「蜜糖！竹竿子不理妳，讓我來理妳。」一位身材適中，帶一副眼鏡的另一男伴說。

「四眼！別碰我，我昨天已被你碰夠了，今晚已輪不到你。」蜜糖阻止四眼的進一步行動。

「妳倆個女子很沒有辦法，就喜歡相爭竹竿子。」另一位身體較魁壯的男子說。

「當然，他好英俊呀！」倆位皆同聲道。

「很不害羞！」那魁壯的男子又說。

「哈！你可知這是什麼時代了嗎？」蜜糖望著那魁壯的男子問。

「當然是最偉大的社會主義時代！」

「那麼在社會主義字典裏，只有勇往直前。」

「說得對！說得對！」甜心拍拍手，也對魁壯的男子說：「你不看見剛才在舞廳裏，我故意彎下腰裝作找東西，屁股朝那個老頭子，就是要讓他看個夠！」

「是呀！是呀！」蜜糖接口說：「瞧妳把那個老頭子看得垂涎三尺，魂飄霄外，真是有趣極了！有趣極了！」

五男兩女都同時憶起那個情景似的，笑得前伏後仰。

當他們打開大門，魚貫進屋時，在門前一顆五十支光的強烈照射下，我看清楚倆女都是金鍊鑽石，三男則名牌手錶及名貴的皮鞋。

✣ ✣ ✣

是一個星期日中午，十一時剛過，悄不聲兒的四周，突然響起一陣警笛聲，由遠而近，驀地

三、四輛警車便停住在巷口，警察紛紛下車，如臨大敵般，個個持槍進入巷內，來到那群大陸華青居住的屋子門口，便團團圍住。

我跟妻子、兒女剛好在臥室裏，便好奇一齊跑到窗口望個究竟。

一位警長似的身分，帶領兩名警員，來到大門，敲了一陣子，門開，是那魁壯男子，警長便展示一張狀令，然後領那兩名警員入內。圍觀的人漸漸多起來，然只經過一盞茶時的功夫，警長跟那兩名警員便出來了，默不作聲地離去。

可是，圍觀的人不免好奇起來，想弄明白是發生一回什麼事，便團團站在一起，不想散開，這時，那五位大陸華青跟著警察的離去也相繼踏出大門來。瞧他們個個還著睡衣，一臉惺忪，好像是才被喚醒的。

於是，有位圍觀者便趨前問：

「是發生了什麼事了呢？」

「這些警察亂指咱們販毒，結果什麼毒品也查不著。」甜心搶前忿忿地解釋說。

✣　✣　✣

又是一個晚上，四更剛過，那群夜行的大陸華青的嘈喧聲甫消失，我因不能再馬上入眠，便坐在窗前觀夜色。繁星依然在天邊閃爍著，只是月亮已有些偏西了。

我正瞧得出神，忽覺巷口好似有什麼影子在蠢動著，本能便掉過頭看去；但見一大批警察悄無聲地移進巷內，他們不但不打警笛，連行動也躡手躡腳的；而那為首的，我一眼便認得出，依然是前次圍捕的那位警長。他移步至那五位大陸華青居住的門口，不作聲的用手勢做了指令，就有三位體格高大的警察迅速聚攏過來，一齊舉腳朝大門踢去。這一踢雖馬上將大門踢破，然剛猛的踢聲也打破了悄無聲的行動而震動了四周，鄰人幾乎都被驚醒了，妻子也醒了，孩兒更是嚇得跑進臥室來，一起圍攏在窗口。

然而，警察的行動也是夠敏捷的，大門被踢破後，一隊十來人配備槍械的警隊，動如脫兔即刻衝進宅內。不出十多分鐘，不僅將那五位大陸華青扣上手銬帶出住屋，還有兩位警察隨後抱出兩樣東西，面呈警長，報告道：

「搜查獲得的毒品！」

「總算查獲了。」警長欣慰地點點頭。

圍觀的人逐漸靠攏過來，開始在那裏指指點點議論著。

警察將五嫌犯押上警車，警笛聲馬上「呼呼」響起，劃破夜空，將五嫌犯帶離現場，留下圍觀者繼續在那裏議論紛紛。

我在窗口聽到幾位圍觀的菲人彼此在答問著。

「為什麼近年來有那麼多引叔在販毒呢？」

「是的，每次被捕的販毒者，幾乎都是引叔。」

「但是，這些販毒者的引叔大部份都是來自中國大陸。」

「哈哈！來自中國大陸的引叔是引叔，我們這裏的引叔又何嘗不是引叔呢？他們彼此之間有什麼分別？」

「對！對！有時這裏的引叔還會為中國大陸的引叔販毒掩護呢！」

「所以我就是最不服引叔的富有，中國大陸引叔的富有是從無惡不作得來的，這裏的引叔也是一樣。」

……

我很不願再聽下去，悲痛地不覺深深嘆了口氣，掉頭對孩兒說：「沒事了，明天還要上課，快快回房睡去吧！」

（完）

一九九六年九月六日

*註一：「菜仔店」是旅居菲國閩人對一種小型飲冰兼買賣麵包糖果店的呼稱。

*註二：「馬籠涯」菲國一種地方官。

*註三：「引叔」菲語稱中國人也。

*註四：「巴例」菲語喚叫好朋友之意。

椰子樹下

（一）

幼年時，居住在華人區的屋子，是一排臨街間隔著有五個獨戶的上下兩層樓洋房。清楚地記得，除我家以外，一家是一對老夫婦，有著五子女，個個都已長大成人；一家是個中年人，雖有兒女，卻過著一種獨善其身的生活，少跟鄰居往來。其餘兩家，一為張姓，有一兒子，年齡與我相若，乳名管叫亞三，那是由於他們兄弟中他排行第三而得名；另一家是陳姓，陳家為五戶中最為富有。陳先生克紹箕裘，先哲早年便到呂宋披荊斬棘，開創事業，一間龐大的糖果廠，足夠陳先生一生在經濟上無牽無掛，他似乎最興趣搞社會關係，我不知他在菲華僑社裏擔任多少團體的職位，但總是常常看到他西裝畢直，乘上轎車出門去。根據他的么兒告訴我說，他爸爸不是赴歡宴、開會去，就是參加慶典，或什麼就職去。

陳先生有四子兩女，么子跟我要好，當然這又是年紀相仿的緣故；因此，亞三、他、我，我們三人便常常玩在一起，我們管叫陳先生的么子亞揚。或者，由於其家庭環境寬裕使然，自幼便養成熱情、豪爽的性格。我和亞三不知從他手中接過多少進口的巧克力及糕餅類來食用。

我們這排臨街的屋子後面，不知怎麼樣，屋主並不利用每寸土地都蓋起屋子，而留下一大片空地任其荒蕪。打從我有記憶開始，這片空地上就有兩株相隔十來步高聳入雲，蔽天成蔭的椰子樹。菲國是熱帶地區，樹蔭下經常是人們乘涼避熱的好去處，尤其是火傘高漲的暑夏，午後在蔭腳下打盹小眠，還會感覺微風陣陣，舒暢無比。當時，我們三個小孩，就揀了屋後這塊空地，做為我們戲玩的地方；而空地沿邊是一條小河，雨季一到，水位漲起，潺潺之聲，美妙清悅，不絕於耳。

在這幾無人光顧的空地，亞揚很會想方設法，他嚷著其母親喚來了兩位工廠的工人，把空地上的荒草修剪得一平二坦，再吵著買架鞦韆，及造張木長桌和兩塊木凳，靠置在兩株椰樹間；然後，邀我和亞三在長桌上用餐。的確，在樹蔭下用飯，另有一番風味，尤其是在有月光晚上，用畢晚膳，月色柔和，樹影婆娑，銀光蓋地，夜風陣陣；再坐在鞦韆裏，輕輕地搖擺著，很令人陶醉在這美好月夜的懷抱裏，流連徘徊。

那時候，在我們小小心靈上，根本還不懂得什麼是詩、什麼是情。沐浴在月光下，唯覺渾身懶洋洋，任由夜色往深處走，誰也不想回家睡覺；或者，在我們腦海裏，所曉得的東西，就是剛從課本上學到的，所以，亞三抬起頭，望著明月，望著椰子樹梢，不自覺便唸起來：

「椰子功用真不少，椰果汁可以喝，椰肉可以做菜油，椰殼還可以……」

隨著他的唸詞，我跟亞揚都不約而同的抬頭瞧一瞧樹梢，亞揚頑皮地說：

「要是這時一顆椰果突然從樹上掉下來，打中你的頭顱，我看，你除了抱頭大哭一場，肯定是不會再想椰子功用真不少了！」

「別這樣咒人，事情不會這麼巧。」亞三停止唸下去。「說椰子功用真不少，這是老師講的，書本上寫的；並且，我爸爸說，椰子還可以出口。」

這是我第一次聽到，也是亞揚第一次聽到。亞揚便道：

「鬼才相信，椰子這種賤果子，菲國遍地皆是，掉下了也沒有人要，居然還可以出口。」

「這是我爸爸說的。」亞三辯護著：「我爸爸說：把椰肉灑乾成椰干，再輸往美國，每年賺上的美元，是數億以上。」

「很想不到，椰子竟然是這樣值錢，莫怪菲律賓這樣富有。」我有所悟地說。

亞揚忽然心血來潮地說：「那麼！儘可將它移植到中國去，中國豈不是成為富國了。」

「中國也有啊！」亞三有所知地道：「海南島屬熱帶，我爸爸說；那裏也有椰子樹，只是沒有菲律賓的多。」

「相信海南島的椰子一定較菲律賓的來得好吃。」亞揚不假思索地說。

「你怎麼知道？」我跟亞三都同時瞪著亞揚發問。

亞揚驕傲地，拍拍胸懷說：「老師不是說嗎？中國月亮是世界上最圓最明亮的嗎？」

我像漏了氣的皮球，原來海南島椰子好吃是這哲理。但聽到亞三附和道：「是的！中國一定是一個很美麗很偉大的國家，不像菲律賓討人厭。」

「的確討人厭。」亞揚不好氣地說：「整天動不動就排華！排華！」

「我自來就不喜歡菲律賓人，他們天天就只懂得飲酒，又不工作，我才不想跟他們打交道呢！」亞三又道。

「但是，這裏是菲律賓呀！」我順口道。

「有什麼關係，我們不理他們就是了。」亞三理直氣壯地回答我。

「不錯！況且我們今天居住在菲律賓也是暫時的。」亞揚跟亞三一唱一和。「雖然目前有家歸不得，然我父親說：我們根在唐山，總有一天，我們都要回到唐山去。」

的確，亞揚的父親對亞揚這樣說，我的長輩又何嘗不是這樣對我說，甚至在學校裏，老師在授課時，也如此這般對我們說。誠然地，在當時，於我們這群小小心靈上，儘管我們是生長在菲律賓，儘管我們從未踏過唐山大地一步；可是，唐山的河山，透過書本，透過圖畫，在我們腦海裏是那麼明晰；唐山的人情風物，經過長輩的講述，在我們懷念裏是那麼熟悉。在情感上，跟唐山無形中就那樣拉近了。這個「唐山情結」，使我們無論在思想上、行動上都覺得自己是有別於菲律賓人。

亞揚高舉手道：

「我們要以做一個中國人為榮。」

亞三也慷慨地說：

「身在異邦，心繫故國！」

然而，生活依舊繼續著，早上七時半進學校，上午接受中文教育，下午接受菲律賓教育，雙重教育下來，不知不覺中，咱人話能講，菲律賓話也能講，既接受中國傳統思想，同時又接受菲律賓一般意識，一切皆覺得是那樣順其自然，絲毫無以為忤。

迄至小學畢業，踏入中學，椰子樹下的空地已留不住我們的心，我們的視野開始跨過這片小天地往外跑。除讀書以外，這時候，運動已佔盡了我們的全部時間，三五成群不是玩籃球去，就是游泳去；至於什麼唐山、排華、中華人、菲律賓人。……一切有關中菲兩民族的問題，連問也懶得去問；反正意識裏，既認定了是中國人，什麼時候回唐山去，答案是將來總有一天，也就心安理得了。

（二）

中學畢業後，意味著中文教育告了一段落，接下來的便是全程的外文大學。由於我選修的是農科，所以只得報考郊外一所大學。這一來，路途遙遠，趕不上上課的時間，只好投宿校內，成為住讀生，而於每週末才回家一趟。亞楊和亞三則在岷市大學就讀，亞揚選讀的是機械工程，亞三是商科；不過，亞三家境窮，兩位哥哥在中學畢業後，便以半工半讀，輔助家庭生計，亞三自也難以例外，所以，他上的是夜課。

我每次週末回家，總是黃昏時分。這時，亞三也剛剛從工作處回來。亞揚就拉著我倆往屋後的空地用飯去。

起初，大家聚首一起，總是喜氣洋洋，各自講述著在大學裏的生活與所見所聞。最後，亞揚總會順口說：

「跟菲人同一學校，很不慣！」

亞三也同感地說：

「彼此的生活方式就是格格不相入。」

漸漸地，亞三的神色愈來愈消沉，猶如心事重重一般，常常無緣無故唉聲嘆氣，我跟亞揚看了，問他何故，他先是閉口不言；後來，或者是再按捺不住了，不吐不快，終於有一次他抱怨地說：

「我很不知我這份工作要熬到何時！」

我和亞揚都曉得，亞三是在中路菜市區一爿做雜貨買賣的店鋪工作，由於生意是零售業，亞三是中國籍，在零售禁僱外僑職工菲化案通過後，站在店口接洽買賣便被視為非法；是故，亞三唯能被僱在棧房裡點貨、搬貨、整理貨物。對一個有志青少年來說，這實是一樁很不得意的工作。

亞三繼續說：「菲化！菲化！一條條的菲化案，就如一條條無形的枷鎖套在我們的頭上、手上、腳上。假如長此下去，排華風潮一日不止，菲化案再一條條出籠，我們的出路豈不更加不堪設想了。」

「我想，該不會那樣嚴重吧！」我安慰亞三地說。事實上，我又何嘗不是心坎迷惑呢？

亞三搖一搖頭，瞧我一眼，苦笑道：「很難說。」然後，若有所思的：「我現在常常在想一個問題……」

「什麼問題？」亞揚即刻地問。

亞三沉吟一下，才道：「你們說：我們做中國人是有幸還是不幸呢？」

「有什麼不幸？」亞揚反問道。

「你不會感覺我們處處都受人牽制！」

一時，我們三人都沉默不語，我腦海中忽然掠過一件什麼東西，我迅速地把它捉住，我記起了我前天在華文報紙上閱到一篇有關華僑出路的論文，於是，我說：

「前天，我在報上看到一篇文章，大意是說：咱們華僑生活為避免再受菲化案所惡化，唯一的辦法，就是要打破固步自封的傳統心態，跳出僑社之門，伸出友誼之手。跟人家打交道，這樣彼此才能有所溝通；有溝通，就有了解；有了解，就能消除誤會及偏見。當誤會獲得諒解，偏見獲得糾正，排華自然而然就會在人家的意識裏消失，連帶的就再不會有什麼菲化案。」我一口氣把這大意說完，嚥一嚥口液：「這是我第一次在報上閱到這種文章，這真是一篇大膽的言論。」

亞三聽著聽著，不斷地點點頭，當我作出結論後，他即刻搖搖頭說：

「這不是大膽，是實際。」

「但依我看，這是一廂情願。」亞揚不同意地說。

「一廂情願，這怎麼說？」我疑惑地望著亞揚。

「我說，中菲兩民族，芥蒂已深。你想想看，什麼菲化案，根本就是一種挑釁的行動，不友善的態度，更是一種仇恨的心理。我覺得菲律賓人胸狹、善妒，是一種民族病態；所以，我們即使怎麼樣向他們表示友情，他們也是不會領情的。說實地，我對中菲兩民族能夠通融諒解，沒有信心。」亞揚有他自己的一套見解。

「亞揚！我不贊成你的看法。」亞三道：「不錯！早些時，我也跟你一樣，覺得菲律賓這個民族什麼都不足取。但是，後來，漸漸地，我發覺咱們中華這個民族也有許多弱點，人家仇視我們，不滿我們，我以為不是沒有原因的。」

「不！中國人講的是禮義廉恥，愛好和平的民族。」亞揚不服氣地說。

「你還相信這一套？」亞三唇邊稍微一笑：「好！就如你所言：菲律賓人是可惡的。但有言：『人必自辱而後人辱之』。你有想到嗎？旅居菲律賓的外族多得是，為什麼菲律賓人卻偏偏找上華僑做為欺侮的對象嗎？還不是因為中國人不懂得自愛，今天所謂『有家歸不得』，就是一個最好的例證。」

我對亞三這一段話，心頭不覺一愣，不禁脫口說：

「亞三！打從什麼時候開始，你腦海裏有了這些東西？」

「是的！我是變了！可是，你們可知道，是誰改變了我的思想呢？我是被現實逼著變的。」

「那麼！你也認為中菲會有友誼？會生花結果？」亞揚直視著亞三。

「自古成功在嘗試。也許，我家庭窮，生活困苦，所以對菲化案感受特別深刻。你若問我，我目前最感苦悶的事是什麼，我可以不猶豫地回答你說：我正不知要如何衝破這重重的菲化案鐵柵，好覓到一個較好的工作崗位。」

「亞三！我何嘗不是跟你有同感。」我聽了他的訴苦，心頭有所動地說：「我也害怕，大學畢業後，能從事什麼工作？」

「所以，爭取中菲兩民族的友誼與諒解，是我們目前捨此無他，唯一的出路。」亞三說到這裡，忽然睜大眼睛，問亞揚，「亞揚！你還相信總有一日能回唐山去嗎？」

「……」

亞揚沒有回答。

然而，不多久，亞揚的爸爸陳先生便帶著妻子到台灣做官去了，說是代表菲華社會在政府機關裏辦事；而陳先生在菲律賓的事業便全部交由其長子料理。

大約是陳先生到台灣履新兩三個月後，亞揚便對我及亞三說：

「咱們全家可能不久都要移居到台灣去的。」

可是，話歸話，卻不見亞揚的家庭有所異動。

亞揚便又說：

「因為我的哥哥與姐姐他們都反對遷居到台灣去，他們說：在菲律賓生活得好好的，生意又做得順順利利的，為什麼要移居到一個陌生的環境，又不知到那裏生意能否做得好。所以我的父親便說：待我大學畢業了，再讓我到台灣去，他計劃在台灣也開設間糖果廠，讓我管理。」

有了這一理想，亞揚便心安理得地唸完了大學。

（三）

大學畢業後，礙於環境，我的確學非所用，便做起鞋業推銷員來，豈料，正應了中國一句諺語：「塞翁失馬，焉知非福」。推銷員是一種自由職業，不包括在菲化案範圍內；而一開始，我收入便頗可觀。

這一來，我便聳恿亞三，我對他說：憑他四、五年來對雜貨來龍去脈的認識，當起推銷員來，該不會有問題，他聽了便鼓起勇氣，辭掉工作，跟我結伴，從呂宋北部走到南端，我推銷我的鞋業，他推銷他的雜貨生意；果然，他的推銷成績比我好上好幾倍。他欣喜之餘，對我感激不已。

至於亞揚，他真地大學畢業後，便到台灣去了。一去就是兩年。

正當亞揚離開菲律賓後，菲華僑社正掀起一股融合於菲律賓大社會運動，有識之士都紛紛親自出馬領導。大勢所趨，菲華社會是逐漸地覺醒了。

亞三興奮地對我說：

「一個人的聲音小，眾人的聲音大，只要再接再厲，不斷展開對菲律賓社會各層階級人士的友誼，爭取彼此間的諒解，前途將是光明的。」

這時候，菲律賓正醞釀著修憲，菲華各界便有人喊出口號：

「爭取『地緣法』代替『血統法』。」

亞三聽到了，便道：

「這是千載難逢的機會，我們要好好把握住。」

我也道：「讓咱們也負起一部份責任，咱們的職業正好可讓咱們伸展抱負。亞三！走遍整個呂宋吧！向我們所熟悉的菲人鋪主游說去。」

「好！」

在月光下，我倆的手緊緊相握著。雖說少了一位亞揚，我跟亞三還是依舊經常在屋後椰子樹下閒聊。滿月初掛，樹影掩映，微風徐送，夜是顯得那樣的美妙。

終於，修憲大會舉行了。亞三帶著滿腔希望說：

「看情景，『地緣法』是會被採納的，經過這幾個月，以我跟一些菲朋友的接觸，我不僅發覺彼此的諒解是跨越了一大步，他們還幾乎很同情我們當今的處境。」

「但願如此。」我當然也是非常期望的。

可是，修憲舉行了幾星期，落幕了。『地緣法』並沒有取代『血統法』被通過。亞三失望之餘，猶如墜入無底深淵似的，感覺四周又是一片漆黑，他頹喪地說：

「是否還是亞揚的眼光看得對，中菲兩民族偏見已深，根本無法化解。我似乎有預感，我們華僑的前途是暗澹的。」

「別這麼快便悲觀。」我安慰他說。

「怎樣能不悲觀？我們生於斯、長於斯，我們還能到那裏生活去？中菲芥蒂一日不除，菲化陰影一日便追隨在我們頭上，你想想，我們生活將如何是好！」

「不過，你也應該看到，菲化案到了零售禁僱外僑職工案後，菲化案便幾乎停止了；電台、報章雜誌的激烈反華口號，這幾年來，也幾乎沒有了，這還不是中菲兩族致力交誼而獲得諒解的成果？」我有所見識地繼續地。「各民族有各民族的傳統習俗，生活方式不同，文化互異，要想在這之間獲得共識，可謂是一樁大工程，可能窮我們一生之努力，亦才有一點點的收穫。亞三！不要氣餒，『地緣法』雖然沒有通過，但中菲友誼畢竟已在茁壯中。」

聽了我這一番話，亞三的信心似又恢復了，他唇角綻開了一絲笑容，笑著說：

「亞民！你說得有道理，我聽你的。說嚴格點，打開中菲之間需要靠文化，文化工作是長遠的工作。」

再一次，我倆又緊緊握著手。

而真地，不久，菲律賓大社會之門打開了，做夢也不敢想到的，放寬外僑入籍提案，取代了「地緣法」。亞三激動地對我說：

「我估錯了菲律賓人！」

「有友誼就有了解。」我說。

「讓我們融入菲大社會裡去吧！」

經過一陣忙碌的申請入籍，當亞三起誓成為菲公民，從法官手中接過新菲律賓公民的證書時，歡天喜地的問我道：

「亞民！我問你，當一個國民遠離他的國家，或甚至除了掛名為該國的國民，而卻從沒有機會回到自己的國家，這樣的國民，儘管他在血統上認同於該國，可長年累月則未能享受該國的權利，而只能為該國盡義務。試問，這樣的國民，是否還算是該國的國民呢？」

我瞟了亞三一眼，揮一揮手道：

「別再管這些，它現在已完全跟咱們沒有關係！」

「你說的是。」

就在入籍期限將到時，亞揚忽然從台灣回來了，他一下飛機，二話不說，便匆匆申請入籍去，他這一舉動，可把我跟亞三弄呆了，我禁不住一而再地追問，他才神祕似地哈哈大笑說：

「跟一般人一樣，還不是為了現實生活！」

（四）

或者，正如亞揚所言，入籍是為了現實生活，這是無可厚非，人一經呱呱落地，就需要生活，做什麼事都離不開現實。華僑入籍後，便紛紛自立門戶做起生意來，亞三自不例外，他馬上結束了推銷員生涯，申請營業執照，在中路區開爿雜貨店鋪，遙遙跟他舊時的老闆競爭起買賣來，他當真是個做生意能手，短短一年半載，便賺錢娶妻組織起家庭來。生活上的一帆風順，他連帶滿面都春風如暖，已一掃過去的沮喪神情。他常常帶著感激的口吻：

「還是菲律賓好！還是菲律賓好居住！」

亞揚入籍後，由於夾著雄厚的家業資產，經過一場家庭會議，兄弟都同意另創一番事業，於是，一間規模頗大的果子飲料廠，便在市郊建立起來，由亞揚全責管理，亞揚便不再到台灣去，留下來全心全意管理這間新飲料廠，但問題是：在台灣的那間糖果廠，將由誰料理呢？我及亞三都好奇地劃上問號，多管閒事的問了幾次亞揚，亞揚都只糊塗地回答：「有人管理。」拖了過去。

而我呢？也許是我天性使然，不歡喜受約束，所以繼續著我的推銷員生涯，自由自在，我行我素，樂在其中。

不過，儘管我們三人在事業上各行其是，聯絡並未間斷，我們又恢復了三人無缺的聚首。有一次，亞三抬頭望著樹梢，窺視明月在梢頂移動，無意識地問亞揚說：

「亞揚！你說，台灣的月明亮呢？還是菲律賓的月明亮？」

亞揚也抬頭望著樹梢的月亮，良久良久，他就這樣瞧著，一言不發；然後，忽地掉下頭來，不好氣地回答說：

「通通都不夠亮，也不夠圓！」

事實上，自從亞揚從台灣回來後，精神上就若有所失一般，他的氣慨已沒有當年的豪爽、熱情，儘管他還如往常一般有說有笑，然一瞧便知都是表面的。

「亞揚！老實告訴我們。」我單刀直入地說：「打從你從台灣回來後，我看出你精神上就有異樣，在台兩年，你究竟是遭逢了什麼事情？」

「我精神上有什麼異樣？」亞揚裝做若無其事一般。「我也沒有精神病，精神有什麼不對？」

「不！別瞞了！我還認識你不夠嗎？咱們的關係有幾層？老鄰居又是老同學，你道我是什麼？你精神的的確確有壓力！」

亞揚沉吟一會兒，或者他也覺得再瞞不下去了，便把聲音放得低低的，沙啞的，緩慢的。一幅無奈的態度。

「與其說是壓力，毋寧說是迷惑！」

「迷惑？迷惑什麼？」我孤疑地問。

亞揚又是緩慢地，低低地說：「亞民！我問你，何處才是咱們的根？」

「根！」我不禁喃喃著，望了望亞揚一眼，反問道：「你說，咱們的根在哪裏？」

「我不是說了，我迷惑。」亞揚道：「兩年的台灣生活，令我深深感受到我身份的無所適從。」

「怎麼樣會。」亞三道：「你國語會說，中文字能看也能寫，在台生活有什麼問題。」

「不！不是那樣簡單。」亞揚搖搖頭。「許許多多事情是你意料不到的，總之你會發現到。你覺得你在菲律賓已是相當中國化，一到那裏，生活卻處處與人家格格不入，不知是他們洋化了呢？還是我們菲律賓化了？」

「你能隨便舉個例子嗎？」亞三好奇地想問個清楚。

「譬喻用飯，他們用畢飯是飲茶，我們卻習慣喝汽水。他們早餐用稀粥，咱們卻習慣咖啡麵包。還有一樁事，令我最感悲痛的，在中國社會裏你將會發現人人是那樣精於心計，這對過了『互信』生活的我們，你將會感覺無限厭煩，而想要遠遠地躲開他們。……」

「所以，你忍受不了，回來了。」亞三接口道。

「可以這麼說。」亞揚不諱言點點頭。

「這一來，在台灣的糖果廠，誰料理了！」我忽然記起亞揚家庭在台灣的投資。

「早倒閉了！」亞揚勉強地說。

我驚嚇一跳。「是什麼原因？」

「我不是說了，他們的富於心計，咱們豈能是他們的競爭對手！」

「唔！」我現在有所了解了。「因此，你回來，入籍了，決心在菲律賓生活下去！」

「我很矛盾。」亞揚嘆一口氣，「我說過，我入籍是為了生活，這是實話……」

「誰人入籍不是為了生活！」亞三打斷亞揚的話。

「不錯！誰人入籍不是為了生活。但，我看得出，你……」亞揚指一指亞三，「入了籍，是決心永遠居住在菲律賓，我呢？不！直至今天我還是很不願意跟菲人相處一起，我還幻想將來能離開菲律賓，然而，大陸回不去，台灣又不是咱們生活之地，何處才是我們容身之所呢？」

（五）

又過了一段相當時期，亞三已有了兩男兩女，亞揚也有了兩男孩，我呢？在這期間，膝下也有了一男一女。而這時候，我們都已搬出那排屋子，各自遷往他處。

一日，一個傍晚，亞三打電話給我，告訴我說：

「亞揚的父親在台灣逝世了，不日，靈柩便要運回岷市安葬。」

我屈指計算，假如我不計錯的話，陳先生下半生在台灣做官，一做便是二十餘年。換句話說，陳先生居住在台灣起碼有二十載以上。以我所知，陳先生初期去台灣時，每隔半載，就回來一趟探親訪友、關照兒女與事業，後來，索性不回來了，說是菲律賓愈來愈髒，愈來愈亂，反而囑咐他的兒女到台灣遊玩看望他去。像他這樣的人，很難想像，豈有生前生活在祖國，死後遺體反而移往他鄉去安葬的呢？

在殯儀館，我忍不住向亞揚問起這個問題，他直截了當地說：

「是他老人家臨終前囑咐的，他害怕死後在台灣孤伶伶沒有親人，誰為他掃墓燒香呢！」

「這就是了。」我說：「陳先生生在唐山，晚年居住在台灣，死後卻要葬在菲律賓，這說明陳先生心裏比誰都明白，他的根早已栽在菲土地。」

而陳先生安葬後不久，亞揚的哥哥便到台灣料理地產去，把陳先生生前購置的樓宇土地，通通變賣，把錢匯來菲律賓，擴充業務。

正當陳先生的遺體在菲土地埋葬後不久，亞三的母親卻要亞三陪她到唐山走一趟，說是她年紀大了，來日不多，趁還能走還能吃到家鄉探一探，以償夙願。大陸之門已打開了多年，文革也過去了。亞三是個孝子，自然不忍違逆母親的願望，把生意暫交妻子管理，帶著母親到唐山探親去。為期是一個月。

豈知，僅僅去了兩星期便回來了。當我們三人在王彬街咖啡室喝咖啡時，我問：

「不是計劃一個月嗎？為什麼僅兩星期就回來了？」

「亞揚說台灣住不下去了，同樣唐山也住不下去。」亞三說。

「怎樣？也是個充滿心機的社會？」我進一步地問。

「唐山人只認識錢。」亞三不屑地說：「有錢才認親，況且，不給，被咒罵，給少了，也被咒罵。我媽媽說，提早回菲吧！這裏沒有什麼可值得我們留戀的了。」

「台灣不好，唐山不好，哈哈！」亞揚大笑起來，打趣地說：「亞民！輪到你了，你預備到什麼地方去？」

「我在菲律賓好了。」我答。

時間又迅速地過去。

剛用畢晚餐，電話突然「鈴！鈴！」起來，我拿起電話筒，對方原來是亞揚。

「亞民！近來好嗎？」

「平平安安過日子，就是好。」我回答。

「下星期日晚上有空嗎？」

「什麼事？」

「請你跟亞三到我的新居用晚飯。」

「哦！什麼時候有了新居，為何不動聲色的。」我愕了愕。

「花了兩年時間，才蓋好的。」

「在什麼地方？」

「巴石社××村。」

「好！到時見。」

我跟亞三依約先後準時抵達亞揚府上，這很是一座建築得非常豪華又現代化的雙層洋房，爭妍鬥艷的花園，幽雅的會客室，精美的餐廳。亞揚帶著我及亞三逐房逐室參觀，最後來到了後院。

一踏入後院，我不覺一跳，好熟悉的環境，草坪、椰子樹、小溪……，依稀回到了童年的居地，我情不自禁地問：

「亞揚！你是如何設計的？」

「也沒什麼，剛巧屋後有條小溪，觸景生情我便要工程師建造成童年的情景。」

「童年永遠是令人懷念的。」亞三幽幽地說。

「椰子樹、草坪、小溪是咱們童年憶念裡的色彩。」亞揚指指周圍的景物說。

「但這些色彩都帶有濃厚的菲律賓氣味。」我提醒亞揚。

「當然，咱們生在菲律賓。」亞揚不以為意。

我皺一皺眉。「不是菲律賓不值得你留戀嗎？」

「我不再幻想。」亞揚率直地說：「是你開導了我。」

「唔！我現在曉得了，所以，你買地蓋屋子，把根打在菲土地上了。」

「不把根打在菲土地上，打在那裏？」亞揚頑皮反問道。

這時候，亞揚的妻子帶領佣人為我們在椰子樹下的桌上，放置碗杯，預備飯菜，然後招呼道：「過來用飯吧！勿客氣！」

「怎麼樣？只有我們兩個客人？」亞三錯愕地問。

亞揚神祕地軒渠一笑：「重溫童年美夢，不允外人打擾。」

大家都噗哧一笑，亞揚的妻子退進屋內去。

我們三人便開始圍繞桌子用飯，月光透過葉隙射在桌上，將桌面披上一層淡淡的銀色，顯得那麼柔和。我們一面吃，談話一面繼續著。

我迫不及待想要摸清楚亞揚現在的觀念。

「你不再討厭菲律賓人？」

「愚蠢的偏見。」亞揚自嘲地說。

「打從什麼時候開始的？」

「當被現實環境逼迫需要跟菲人打交道做生意時，我甫深深發現菲人的心地大體上是善良的、忠厚的，更是那樣沒有心機的容易相處。」

「事實往往就是如此，愈越不相處，誤解便愈越深，一旦有所往來了，竟發現彼此間原來有許多優點。」亞三有著經驗地說。

「的確地，跟菲人交易是輕鬆得多了，一句來一句去，背後不必擔慮有詐。」

「不過，我常常有一種感覺，我們之所以能較輕易跟菲人相處，還有一個原因。」亞三好似在發掘什麼思想，沉思地說。

「什麼原因？」我跟亞揚都不約而同地問。

「你們有想到嗎？」亞三說了。「打一開始，我們啟蒙時期所接受的雙重學制，已使我們中不中，菲不菲，但日常生活裏耳濡目染是個菲律賓大環境，不知不覺中，已使我們的一切偏向於菲生活，唯意識裏不接受而已。」

我跟亞揚都同意地點點頭。

「然有一事，有時還是讓我耿耿於懷。」亞揚忽想起什麼。

「什麼事？」亞三問。

「雖說我們入了籍，但還有許許多多菲人並不認同我們。」

「這是免不了的。人之常情，對一般新事物的接受，總需要時間。」我鄭重地說：「但最重要的，我們也要反省，入了籍，便必須誠心誠意做起個菲公民來。」

「不錯。」亞三豎起大姆指。「讓咱們將根在這裏紮得更結實。」

「也讓我們繼續努力來消除彼此間的隔膜。」亞揚附議著。

傭人送來了三顆削好的椰子果，我們吃著椰子肉，飲著椰子汁，亞揚食得「嗦嗦」有聲，喝得津津有味，稱讚著：「這椰子多好吃，汁多甜，肉多嫩。」

亞三抬頭瞧一瞧樹梢，開玩笑道：「你用著椰子，不怕椰子會突然掉下來打在你的頭顱上？」

亞揚也望望樹梢，過一會兒，才懇切地說：「這些椰子都未成熟，待明年成熟了，我會邀你倆來品嘗。」

月亮已移至當中，星星在四周閃爍，夜更深了。在一片朦朧的夜色裏，溪水淙淙，夜風徐送，令人渾身鬆放而不欲離去。

亞三突然不知那來的興緻，脫口唸起來。唸詞是那樣熟練又那樣遙遠……

「椰子的功用真不少，椰果汁可以喝，椰肉可以做菜油，椰殼還可以……」

一九九六年六月二十四日

亞琴表姐

出乎意料之外！

亞琴表姐又來了！

更出乎意料之外！

亞琴表姐這次的「來」，是真地可在「來」字上頭加上了「回」字了！

當亞季表哥將這一消息告訴我時，我先是一陣驚愕，然後是一點也不敢置信，以為是亞季表哥在跟我開玩笑。

那是因為三個月前，亞琴表姐從大陸來菲探親。在亞季表哥陪同下，到敝舍拜見母親。闊別三十餘載，母親一見到亞琴表姐，隻字都不提以前的事，唯瞧著她那清瘦的面龐、憔悴的神情，憐惜地時而摸摸亞琴表姐的頭髮，時而緊緊握住亞琴表姐的雙手，猶似亞琴表姐還是當年天真無邪的十八歲少女。

「妳瘦了！」

「二姨！我不是瘦，我是老了！」

「妳今年才幾歲？怎麼樣卻說老了！」母親嗔怪地說。

「二姨！」亞琴表姐提高吭聲說：「我已上了五十！」

「但在二姨眼裏，妳永遠是個小女孩。」母親有些激動地說。

接下來，母親便問起亞琴表姐在大陸上的生活近況。

「在大陸生活還好嗎？」

三十多年分隔，我們大家對亞琴表姐在大陸上的生活情況，是一無所知。唯推測當年那無休止的革命運動，所造成的國窮民困，亞琴表姐是否也受牽累了？

「還不是一樣，平平安安過日子。只不過物質較缺乏了些。」

「不是說，那幾年大陸亂得很，年年都在搞什麼革命的又革命的。」母親自我解嘲說：「我這個人，終年只知廚房事，什麼國家的、政治的事，我一輩子搞也搞不懂。」

「二姨！那是文化大革命，那幾年大陸的確亂得很，但那是政治事，咱做小百姓的，只要不去理它，亂也就亂不到咱們頭上來。」

「那就好了！」母親猶如獲得了安慰一般。

「李先生好嗎？」母親又問。李先生是亞琴表姐的夫婿。

「他……他早在十多年前就去逝了。」亞琴表姐有些哽咽。

「對不起！我不應該問妳這話題。」母親歉疚地說。

「不！二姨！沒有什麼關係。」亞琴表姐迅速地化解氣氛。

母親也迅速轉話題問：

「妳有幾個孩子了？」

「一男一女。」

「哦！都幾歲了？」

「都已成家立業。」

「都跟妳住在一起？」

「不！」亞琴表姐搖搖頭。「男的被分配到黑龍江工廠工作去，女的在上海做護士。」

「他們常常來看妳？」母親繼續問。

「一年兩、三次。」

「這樣，妳跟誰在一起？」

「工友。」

「工友？這話怎麼樣說？」

「因為我也在工廠裏工作，所以就住宿舍。」

母親忽然止住了問話，端詳又端詳亞琴表姐，良久良久，才衝出一句話來。

「亞琴！妳這次回來有什麼打算？」

「二姨！妳是指那方面？」亞琴表姐問。

「我是說。」母親說：「妳的兒女都已成家立業，妳的責任也卸了，今後是否打算留下來？」

「是的。」亞季表哥馬上插嘴道：「我們都勸她留下來；至於生活方面，公司是自己的，她要擔任什麼職位皆可以。」

「我不能。」亞琴表姐只管搖著頭。「那邊還有許多事情待我去做。」

「那麼！就希望妳能常常回來。」母親只有盼望地說：「現在開放了，來去方便得很。」

「我會的，只要有時間。」亞琴表姐順著母親的意說。

「下次再回來，也希望妳能帶妳的孩子來讓我瞧瞧。」母親叮嚀說。

事實上，何止是母親，她的母親——我的大姨，甚或三姨、四姨、舅舅，哪個不希望她留下來，可是，她的理由卻是——

「我離開菲律賓已三十多載，我已經不是這裏的人了。」

「但妳畢竟是在菲律賓出生，在菲律賓長大！」亞季表哥反駁說。

「但三十年歲月也不能算短，我的生活已完完全全跟這邊社會脫節了！」

大家無奈，便退一步要他多住些時，甚至亞季表哥還自告奮勇地對她說：「妹妹！妳就再多住兩星期吧！我為妳辦延期手續去。」

然而，亞琴表姐卻不加思索，截然地說；

「不必了！三星期時間已夠了。」

而離別前夕，她還跟咱們這些同輩半開玩笑說：

「我到菲律賓是『來』不是『回』，到大陸是『回』不是『去』。」

望著她的背影走入機艙，是走得那麼灑脫，那麼毫無留戀！

✣ ✣ ✣

亞琴表姐是姨母的長女，亞季表哥的妹妹。亞琴表姐自幼聰穎靈慧，勤勉好學，生性又溫柔敦厚。在學校，年年是品學兼優；在家裏，是長輩最不用操心的乖女孩。也許，由於她是長女，姨父又早過逝；因此，自小她便非常懂事。她帶弟妹時，還很有一手，她從不打弟妹，也不罵弟妹，而是忍心的哄，她教弟妹唱歌，糊彩紙，講故事給弟妹聽，不僅弟妹歡喜她，連帶鄰人的弟妹輩，及我們跟其較有往來的表弟表妹，也個個歡喜跟她親近。亞琴表姐大我七歲。幼年時，每逢夜晚，母親一有閒時，便會找外祖母去，經常總是帶著我、弟弟和妹妹一同乘馬車去。姨母跟外祖母家是隔鄰而居。馬車一抵達，咱們三人下車來，趕趕緊緊向外祖母問安後，便一溜煙竄進姨母家，一面往樓梯方向跑，一面大聲地喊：「亞琴表姐！亞琴表姐！」表弟在樓上聽見了，起身到梯口探頭往下望，便一面向咱三人揮手，一面催促著：「快來！快來！姐姐在講故事，挺好聽！挺好聽的！」咱們三人三腳併作兩步爬上樓。至樓上，小廳內已團團圍著一群孩子，個個席地而坐，聚精會神地聽著坐在中央一塊小木椅的亞琴表姐講故事。咱們的到來，總會引起一陣小小搔擾，亞琴表姐便將故事打住，問咱們道：

「功課做完了嗎？」

咱們三人都會齊聲道：

「都做完了。」

「誰帶你們來？」

「媽媽。」

「好！坐下來吧！」

待咱們坐下來，秩序恢復了寧靜，她便繼續講下去。儘管亞琴表姐的故事已講了一大半，但我跟弟妹聽下去，還是聽得津津有味。

如果亞琴表姐講完故事，時間尚早的話，她便會帶我們一起唱歌，或者再弄什麼果子汁給予我們喝。直至她規定的時間到了，她便會對我們說：

「好了！時間不早了，明天還要上學，大家早早休息睡覺去，明晚亞琴表姐再講更好聽的故事給你們聽。」

她的話，我們總是那樣乖順地接受，點點頭散開去。

有時，母親看在眼裏，會摸摸亞琴表姐的秀髮，打趣地對姨母說：「這個『孩子頭』做得很起色，這些孩子聽她的話比聽咱們大人的話還聽話。」

的確，亞琴表姐做為我們的「孩子頭」是做得綽綽有餘。有一次，我與表弟在樓下玩積木，倆人皆同時伸手拿了同一塊小木，便彼此互不相讓起來，我說是我先拿，他說是他先取，就這樣爭執不下。這時，亞琴表姐剛剛從樓上下來，瞧到我倆在爭執什麼，走過來，問明原因，便沉吟一下說：「好！你倆誰如果先讓，明天我就買巧克力給誰吃。」一聽明天有巧克力可吃，我馬上說：「我讓！我讓！」鬆手將小木給了表弟。表弟也想吃巧克力，便也接口說：「我不要這木子，我要巧克力。」便把木子丟了。於是，一場爭執便化解開去。

每次，到姨母家時若逢亞琴表姐因功課忙，尚留在學校未回家；或因姨母差她外出買東西去。「孩子頭」不在家，我們便會若有所失的，都不知要做什麼才好。唯有忍心等著她回來；然而，有時，等了又等，等得時間已不早了，我及弟妹便會百般無聊地只好跟母親回家。

亞琴表姐慧中秀外，我最不能忘記的是她那雙烏黑滾圓，瑩澈清明的大眼睛，盈盈顧盼間，秋波流慧，柔情似水；而那如畫的柳眉，紅潤的雙頰，櫻桃的小唇，唇邊永遠是帶著一抹迎人的笑靨。及至長到十五、六歲，不僅已是亭亭玉立，更若芙蓉出水，純潔清麗，纖塵不染。當時在校中，不知傾倒了多少男生，可是，卻幾乎沒有一個男生能獲得她的青睞。唯獨一個高她三年級的男生被她看中。

有關這位高亞琴表姐三年級的男生，在那遙遠的記憶裏，在加上當年我年紀尚小，他給予我的印象是朦朧的。我在姨母府上只見過他兩次。但覺他身材修長，玉樹臨風，大有潘安再世之貌。還記得，背地裏姨母還稱他為美男子。

他倆的往來，看在大家的眼裏，始終都覺得僅是一般同學而已，因為有他跟她在一起時，旁邊總有兩三位同學，而在群體內也不見到他倆有什麼特別親近的舉止。他倆畢竟是什麼時候開始戀愛，什麼時候戀愛成熟，誰人皆不知曉。

至於他倆的認識，根據亞季表哥因同一間學校肄業關係，知其較詳地說：「其實，這位男生，我也是認識，他高我一年級，不過彼此是泛泛之交而已，倒因他是學生自治會主席，妹妹是學生自治會職員，倆人都同樣熱心學生自治會工作，無形中，因工作而接觸機會多了，也就熟悉了。這位男生不僅是位高材生，尤數理方面，還是位天才，屢次不管是參加校內，或校外的數學比較，總是獨占鼇頭。妹妹雖說數理也不錯，然為精益求精，便常常請教於他；也許，這就是倆人迅速產生感情的由來吧！……」

亞季表哥這一番話，後來幾乎令大家幡然若有所悟。

的確，提起亞琴表姐數理造詣之高，在我們表親儕輩裡，幾乎大家都只能望其項背。就以那一年來說，我初中第一學年結業後，母親瞧了瞧成績單，覺得我的數理水準很不如理想，便商得亞琴表姐的同意。在漫長的兩個餘月暑假內，每天上午先行教導我初中二的代數。經過兩個多月亞琴表姐的開竅，不僅奠定了以後我在代數方面的良好基礎，就單說初中二那學年，每逢月考或期考，望著同學們對著考卷絞盡腦汁的沉重神情，再看看自己對公式求證的輕易過關。同學們都羨慕我是「數學天才」。

可是，做夢也沒有想到，經過那一次暑假後，我居然再也沒有機會接受亞琴表姐教導數學了。暑假結束後，我進入初中二年級就讀，亞琴表姐繼續升大學攻讀第二學年數學系。記得那個男生已大學畢業，刻在一家化學公司擔任化學工程師，因為他修讀的是化理。從表面上看來，大家的生活都是照著常規在過日子，沒有絲毫異樣。

約略是開學已有了兩個月時間。一日，一個星期天早上，時間八點左右鐘。亞琴表姐換好衣服——

「『媽！我要找麗雲同學去。』

『中午會不會回來用飯？』

亞琴表姐沉吟一下：『大概不會了，咱們還要看電影去。』……」

姨母一面講述著，一面抽抽咽咽低泣著，傷心極了！

「媽！您也別太傷心了！您身體要緊！」亞季表哥在一旁勸慰著姨母。

姨母將激動的情緒壓一壓，繼續對母親說：「豈知！她這一出門，便不知去向了！我一直等，等到夜幕低垂，晚飯用過後，還不見她回來，這是她在我身邊生活了二十年，從未曾有過的情形，她每次出門，總是照時回家。我心頭便不覺有些杌隉不安起來，胡思亂想會否她在外邊遇到什麼不測，正在彷徨不知所措之際，還是亞季提醒我道：『何不打個電話到麗雲家問問。』我尋了半天麗雲家的電話號碼，不打也罷，一打麗雲在電話裏卻驚愕地說：她今天整天根本就沒有跟琴玉見過面。這一來，更令我腸慌腹熱。昨晚，我整夜都睡不著覺：今晨，依然還看不著她回來，我更是心驚肉跳。……但願菩薩保佑她平安無事吧……」

亞琴表姐的失蹤，姨母一家人為她寢食不安，母親也為她操心著急，親朋戚友聞訊，也不無震駭怵然。大家便互相幫忙，四處覓人。

但是，能尋的都尋遍了，依然還是杳無人蹤。

時間過了四、五天。

一個夜晚，亞季表哥突然接到麗雲的一通電話。在電話裏，麗雲告訴亞季表哥說：李先生也失蹤了；同樣，在星期日早上八時左右出門，直至今天還未見回家。

這樣一來，大家便不期然而然連想到倆人是否私定「醫臂之盟」去了？

姨母一面氣憤，一面沮喪地說：「我什麼時候反對她跟李先生往來？她喜歡李先生，儘可坦白告訴我。我也好為她熱熱鬧鬧安排一場終身大事，何必暗中裡私奔呢？……會否李先生的家裏反對，所以倆人才……」姨母又猜測著。

連絡上李先生家，李母也是愁眉淚眼地說：

「這是什麼時代了？我自己是自由戀愛的過來人，我還會反對我的兒子自由戀愛嗎？」

時間在悲愁中過去。

一個月後，雙方都各自收到了一封寄來自中國大陸的信札。

姨母詫異地打開信函，她無不大吃大一驚，寫信人不是別人，正是亞琴表姐！

亞琴表姐寫給姨母的信，大意是說——

她寫這封信時，人已在大陸廈門，她的不告而別，希望家人能夠原諒她；不過，她也請家人放心，她現在是平安無事，正跟李先生在一起。她說：他倆是彼此相愛著。然後解釋說：因李先生自幼為民族豪情所牽，愛國心切，新中國成立後，便躍躍欲試要將其所學貢獻祖國，參加祖國建設行列，冀望她能同行。亞琴表姐信中表示，她因深愛著李先生，願意不顧一切跟他同行，以助其一臂之力。然他們倆皆深知，他們此一計劃，一旦為各自家人所知，定會反對阻止。而李先生又不願意一生庸庸碌碌，做個渾身銅臭的生意人，所以倆人便毅然決然地一同悄悄走了。最後，亞琴表姐只有請姨母原諒她的不孝！

姨母看完信後發呆了！

大家一時也都不敢置信這是事實！

母親更不解地說：「為何會這樣子？平時看起來是溫溫順順的，極聽從長輩，骨子裏竟然是如此堅強！」

亞季表哥也無奈地接口說：「這就是叫做愛情的力量啊！」

足足有一年的時間，姨母幾乎每日是以淚洗面，搶天呼地，痛不欲生。她常常悽惘地對母親說：「什麼地方不好去？為什麼偏偏要到大陸去？」

亞琴表姐跟李先生走後，初時，還有魚雁往來，這令姨母在精神上多少能獲得點慰藉，但隨著唐山大地愈來越動盪不安，魚雁往來便漸行漸少；迄至後來，音訊便完完全全斷絕了！

而想不到，一斷絕就是三十多載！

待彼此再搭上音訊時，已是菲國跟中共建交數十年後的事了！

可憐母親心——三十多年的漫長歲月，姨母幾乎都是在昏天暗地裏過日子；尤當音訊斷絕後，姨母精神上唯一的支拄也沒有了。她開始變得神經質起來，身體也迅速地衰弱下去；幸得，表哥、表弟、表妹都非常孝順，這才讓她有些慰藉。後來，她更長齋禮佛，使心神有所寄託。

當菲國跟中共建交後，姨母曾一度萌生母女再見之念。她一面迅速寫信去大陸，一面趕上第一批回國探親團，準備到大陸瞧一瞧闊別二十多載的女兒。行前，她是那樣快活。但是，幾乎是一瞬間，魚雁被退回，她到大陸也撲了一場空。留下的舊地址，早已是人去樓空了！

然而，姨母仍然不死心！

她開始轉而到處託人代幫忙探聽亞琴表姐的下落。

人海茫茫，滄桑迭變，一轉眼又過去了十多年，亞琴表姐的音訊仍然還是石沉大海！

至此，姨母是徹徹底底地失望了！她鬢髮已白，人也蒼老了。下意識裏，煙波千里，她感覺她此生已沒有什麼機會再見到亞琴表姐！

她變得更憂鬱了！終日就只坐在神龕前唸經誦佛！

也許，是她的苦心感動了佛祖。

終於！

猶如一個晴天霹靂將姨母從悲哀中打醒過來。

亞琴表姐有下落了！

原來亞琴表姐一家已沒有住在廈門，老早被分配到江西省居住去。

當姨母喜出望外從朋友處接過亞琴表姐的住址後，便馬上寫信探詢去。

果然，有回音了！

但此時，姨母身體已不宜遠行。

所以，她只有一而再去信催促亞琴表姐回來，既使僅僅一趟，見一見面，她也心願足矣！

幸好，亞琴表姐不負姨母的期望，套用她的話，她來了。

無情的歲月，亞琴表姐已不復當年的靡顏膩理；相反地，風霜佈滿的臉龐，一睹便知她在大陸的生活並不好過。然而，睽隔三十餘載。大家正滿懷熱情伸出雙手迎接她的到來，她卻顯出那樣的冷漠，不動於衷。對長輩還好，對儕輩是絲毫都不領情。亞季表哥請她用菲律賓菜，她卻拒絕說：用慣了中國菜，才不再想吃菲律賓菜；她處處跟我們區分，一而再表示，她已不是屬於這裏的人。三週探親期一到，不回頭，不留戀，也沒有一聲再見，一走了之。

亞季表哥喟嘆道：「我妹妹變了！變得我幾乎都快不認識她了！三十年大陸生活，竟會變得連點親情皆不復存在！」

姨母也搖頭歎息地對母親說：「她雖然在咱們長輩面前還算有禮，但我不是看不出，她已不是從前那個乖順的亞琴。想想看，三十餘載的離別，僅僅三星期，如旋風般回來應酬瞧一瞧，又走了，根本連理也不理我這個做母親的死活！」

母親分析道：「這也難怪，雖然李先生過逝了，她畢竟還有兩個孩子，又有工作，自是不能久留，三星期還是請假的。她不是說：她下次有空會再來看妳。」

「妳相信她會再來？」姨母搖搖頭。「她這次來是被我催來的，不會再有下次了。」

「不會的。」母親安慰著。

安慰歸安慰，大家也相信她是不會再來的。

可是，出乎大家意料之外，不出三個月，亞琴表姐來信說她又要來了；非但要來，還是要「回來」居住！

✣ ✣ ✣

在姨母住宅裏，從未有過的熱鬧，不算大的面積正擠滿了人。除了父親因行動不便，在家休息，母親、我與弟妹、三姨、四姨、大舅、二舅，以及亞季表哥的大伯、三叔、大姑、二姑、三姑，幾乎都是闔府光臨。用過自助餐後，大家不約而同都坐到客廳來，除了亞琴表姐被拉在姨母身邊。不期然地，長輩們都坐到沙發或椅子裡去，晚輩便席地圍坐在旁邊。

「亞琴！」四姨一坐下，便開口。「妳既然決定住下來，首先便須補健妳的身體要緊。」

「是的。」姨母痛心地睥睨一眼亞琴表姐。「前次來，我就想要叫她多留下些日子，補補好身體再走。」

「三十餘年來，看妳也是苦夠了！」四姨愛憐地又對亞琴表姐說。

「是的，我就說，早就該回來了！」亞季表哥兩膝交叉坐在地上，一臉快活地大聲接口說。

亞琴表姐微微一笑，溫和地說：「其實，吃苦算不了什麼，況且，經過十多年的開放改革，一般生活大體上也已獲得了不少改善。至於我今次的決定回來，倒是『文革』時期給予我的創傷太深了。說實地，直到今天這創傷還在我心頭作痛，令我很不想再在大陸居住下去。」

亞琴表姐這番話，是到這時候大家才聽到。前次來，什麼「文革」的字眼，她是連提也不提的。因此，大家登時目瞪口呆。母親不自覺地迷惑地問：

「妳不是說那是政治事，咱們做老百姓的，只要不去理它，亂也就亂不到咱們頭上來？」

「二姨！請原諒！那是因為我不願提，便搪塞了事。」亞琴表姐歉疚地說。

「妹妹！妳在『文革』時是遭到了什麼大不幸？」亞季表哥問。

亞琴表姐遲疑半晌，遠眺的雙眸逐漸抹上一層陰晦，猶如有什麼緬邈的不如意事正在她面前擴大開來，她情不自禁悠悠地說：

「事實上，修程並非因病而死，他是上吊自縊的！」

「什麼？」亞季表哥不覺地馬上吼起來。「妹妹！這究竟是怎麼樣一回事？」剎時，廳裏鴉雀無聲。

大家視線全都望向亞琴表姐身上。

亞琴表姐全副心神幾乎已陷入了杳渺的境地裏，不待大家請求，她便開始悠然地講起來——

我跟修程到大陸廈門後，翌年，便生了個男孩，取名子征，其意是紀念中共的長征歷史；第二年，再生下個女嬰，取名女紅，所謂「紅」，是表示對紅太陽的敬仰。當時，在大陸，家家戶戶皆是這樣能以跟中共搭上關係的字眼，來為子女命名，一時成為時髦。子征、女紅出生後，便趕上了反對知識份子的「反右運動」。從這時候起，政府當局便勸阻海外歸僑，勿再跟外邊通訊。為聽從起見，我倆便都停止給家人寫信。音訊就此斷絕了。

至於「反右運動」期間。所幸，修程在回大陸後，雖在履歷上填上大學畢業，但比較起那些留學美歐的碩士博士人物來，他是微不足道多了；所以，便不被當為知識份子看，而在社會關係上，因為我們才初到大陸，誰也不認識，麻煩自是找不到我們頭上來。每日，修程照常到工廠當化工師，生活的確過得平平安安。一年多的「反右運動」，對我倆來說，可說是屬外邊事。倒是「反右運動」結束後，上頭有批語下來，說修程雖堅信共產主義，但畢竟是生長在海外，氣質上總帶有著資本主義色彩，故須接受改造多勞動。要把我們分配到江西省農村裏去鍛鍊。修程也自覺自幼養尊處優，在社會主義的社會內，處處皆不及人家的勞力，實有多多磨勵自己的必要；於是對上頭的分配，便樂意地接受下來。就這樣，我們舉家便遷到江西省居住去了。

在江西省一住便是十多年。子征、女紅已開始上了中學。我倆也安於在那邊的生活。

在這十多年間，不休不止的政治鬥爭，一波繼一波，卻始終未曾波及至我們身上。也許，這跟我們居住的地方有關，既較屬內陸又偏遠，所以，就是到了「文化大革命」運動的頭幾年，我們的地方還是非常平靜，大家都相安無事。

一日，一個晚上，星星滿天，夜風習習，天氣美好極了。左鄰右舍仍然如昔往一般，晚上閒了便聚首在巷口聊話。住在我家隔鄰的馬叔，驟然無頭無腦地對著大家說：

「看今次這場文化大革命，一搞已搞了將近三年，幾乎是開所有政治鬥爭最長時間的一次運動。而觀情勢，非但沒有收跡的現象，似乎還在擴大開來。……」

「只要不波及到我們這地方，我們大可不必去理它！」鄰人周叔有所禱望回答說。

馬叔輕歎一聲：「真能如此，那倒也好；然而，看趨勢，似正一步步地逼近著我們。」

「是嗎？」周叔悵然皺一皺眉。

「這年頭，大家還是好自為之吧！」最後，馬叔相勸大家說。

不久，風暴的確來了。它先起於學校。平素寧靜的校園，突然騷動了起來。學生開始放下了書本，所謂「停課鬧革命」。都爭先恐後投入了「文革」的隊伍裏去了。

那年，子征就讀初中三年級，女紅少他一級。說實地，平常我這對兒女，是少讓我操心的；尤其是子征，他是一個非常內向型的孩子，除了讀書，既不喜歡交際，又沉點寡言。所以，學校停課後，同學正為文革運動搞得如火如荼，他卻自個兒蹲在家裏看書修習。

也許，不幸的事就這樣發生了。我就說，在共產黨統治下的中國，是比任何朝代都來得不自由，在帝王極權統治時代，你不滿意的話，盡可嘯傲山林，逍遙自得。但在文革時期間，不管你願意或不願意，都須站出來表明態度與立場。

子征在家裏蹲了兩三星期後，學校當局便派了學生團來找他說，他若這樣蹲在家內不參加校園裏的文革運動，將被看成是對文革運動的反抗。

其實，稍有對中共歷史動態研究的人，一眼便能看出，文化大革命，是毛澤東在施行種種政策失敗後，在老羞成怒下，把提修者的好意當壞意，利用青少年的熱情與無知，大權在握，借刀殺人。

「三家村」不過是首當其衝吧了！

隨著對「三家村」的裁判而來的，學校醞釀「紅衛兵」的組織。

在那荒誕的時代裏，要成為一紅衛兵成員，可也荒誕得很。所謂「出師有名」，毛澤東發動文化大革命，題目就是「貫徹無產階級專政」。所以，對紅衛兵的要求資格，首重「背景」；換句話說，只要你是出生「紅五類」，你便可馬上名正言順成為紅衛兵一員。這種不是以教育論人，而是以背景論人的政策。以後許許多多的悲劇，便由此而發生！

子征與女紅就讀的學校，第一支「紅衛兵」終於宣告成立。

當然，這一支紅衛兵個個都是萬無一失的「紅五類」，也可以說個個都是萬無一失的「農奴世家」。

子征和女紅既不是「紅五類」，更不是「農奴世家」，他倆是屬「海外族」，自然紅衛兵是輪不到他們。

誠然，在當時，能當上「紅衛兵」是「天之驕子」。一塊紅衛兵袖標貼在手臂上，馬上便會令你威風八面：無論是走在學校內，或走在街道上，人人都得讓你三分。而隨時隨地，對看不順眼的事或人，都可毫無忌憚地批鬥、判決。這就是當時一句響徹雲霄得理直氣壯的什麼「造反有理」。然，對青少年來說，最有吸引力的，還是當了「紅衛兵」後，升學有優先權，就業有優先權。幾乎有了「紅衛兵」的身份，就有了「錦繡的前途」一般。

教育開始受到歪曲。

於是，對一般非「紅五類」，非「農奴世家」的青少年來說，他們看在眼裏想在心裏，對父母的「奮鬥有成」，他們認為是可恥，對父母的「碩士」、「博士」才華，他們認為是資本主義的渣滓，阻礙他們前途的勞什子。幾乎唯有「農奴」才是至高無上的榮譽。在那時候要是能以什麼條件換回一個紅色出身，他們是什麼都肯幹的。

既沒有「紅」條件可當上紅衛兵，女紅還無所謂，子征便整日悶悶不樂。自從他投入「文革」漩渦後，性格的丕變是令人驚悸的。他本就沉默寡言，益發不愛理會人；而偏激的傾向。他幾次衝著修程這樣地問：

「爸！你為什麼不做農奴？為什麼要生我？」

起初，修程還回答說：

「我為什麼要做農奴？孩子！咱世代沒有人做農奴，這表明咱世代的成就。毛澤東自身也不是農奴世家出身」。

然而，情勢愈來愈嚴峻，修程也因「海外背景」，幾乎被打成右派份子，幸得後來上頭有公文下來，說是為體恤海外歸僑，肯放棄資本主義的生活享受，回國參加建設。念在他們的愛國熱忱，暫且「保留觀察」。修程才逃過一難；但是，他往後的生活也不好過，處處總要小心謹慎。這是他連後來對自己的兒子面前，口氣也變了，儘量委屈求全。

「是的！是的！爸爸不做農奴，是爸爸的錯！爸爸對不起你，爸爸不應該生你，爸爸向你道歉！」

「你知道嗎？」子征繼續吼叫地對修程說：「爸爸！是你毀了我前途！是你毀了我前途！」

「爸爸是錯了！爸爸是錯了！」修程的無奈，正深深地道出了當時文革所形成的一般情景——長幼無尊卑，唯獨共產尊！

而很不幸的，修程在兒子面前的誠惶誠恐，唯恐有錯的謹言慎行，卻在一次的無意中，被兒子捉到了他的「真語實言」。

子征把不能當紅衛兵，覺得自己沒有前途的怨氣，都一古腦兒推到修程身上出氣。修程除了一而再地忍耐，經常是到了晚上睡覺前，才在我身邊嚕嚇地洩一陣氣，舒暢心頭。也許，修程勇於在我面前洩氣，是他深知我倆畢竟都是在菲律賓長大受教育，這有異於在大陸長大的一般人。所謂夫妻一場，手臂彎內不彎出。所以，一次在飯前彆在內心的氣，到了晚上，他便再也忍不住地對我發洩說：

「我不知這一代青少年是否還有前途？荒廢了正當學業不說，終日不知唸什麼『雷風日記』，『毛澤東語錄』，這才是最毒害青少年的書。子征這個孩子，很令我痛心，整日怪我毀了他的前途。其實，真正毀了他的前途的是共產黨！」修程帶著滿腔熱情奔向大陸，如今，他對共產主義是徹底地失望了！

豈料，修程這一番話，卻被子征聽到了！

不可諱言，毛澤東是要政治能手。他先是要求紅衛兵的學子要有既「紅」且「專」的背景，後來卻網開一面，巧妙地在紅衛兵範圍外組織一個「紅外團」，說是好讓有志於成為紅衛兵，但卻沒有「紅」且「專」背景的學子，也有「平等」機會爭取做為紅衛兵；條件就是在申請加入紅外團後，須留待一個時期，瞧瞧「紅」「專」的表現如何，再定奪是否可有資格成為紅衛兵一員。這一來，自然令許許多多非「紅」且「專」背景，然為前途計的青少年，竊機紛紛申請加入。加入後，個個的積極表現，較本為紅衛兵的成員，幾乎是有過之而無不及。目的都是希望能早日成為一「正統」紅衛兵，也好有一份保障的前途。當然，所謂「前途」，說來是可悲又可笑，莫非是表現對共產黨的忠貞。

子征，女紅也自然都加入了紅外團。

而子征的積極表現，更有異乎一般人！

是否是因為他太急於想成為紅衛兵？

還是，是否他太擔憂他的前途？

總之，我不知當時他是怎麼樣的一種想法！

一日，一個炎熱的中午天，巷內靜寂無聲，大家幾乎都懶洋洋地在睡午覺；突然，一陣嘈雜聲打破了靜寂。一聽，是紅衛兵又在遊街。這年頭，紅衛兵遊街喊口號，是司空見慣的事情，因此，我跟修程依然躺著不去理會。可是，嘈雜聲卻非平常般跨巷而過，而正由巷口轉進巷內來，我下意識裏覺得有什麼事情要發生了。嘈雜聲愈來愈近家門，到了門口，便倏然卡住般，不再繼續朝巷內誤下去。

我和修程都不約而同緊張起來！

果然，還未來得及摸清楚是一回什麼事，一陣可怕的喊叫聲便接二連三衝進我倆的耳朵來。

「李修程！你這資本主義走狗，快滾出來！」

「李修程！你這反黨反社會主義的狗崽子，還躲著做什麼，快滾出來！」

「打倒資本主義走狗！」

「打倒反黨反社會主義的狗崽子！」

「……」

喊聲中，猶似還夾雜著一個好熟悉的聲音。這聲音幾乎綁緊了我的神經根。我一聽便認得出，這是子征的聲音。

我與修程馬上衝出門外。但見子征正帶頭在門外要人。

「抓人！」他喊著指揮。

我幾乎一時忘卻了這是個社會主義國家，也一時忘卻在這個社會主義國家裏，此刻正發動著一場沒有人性的文化大革命。本著「桀不馴，非教訓」的意識，正起手要摑子征兩個耳光。幸得修程及時阻止我道：「別鹵莽！」我這才不鑄成大錯。

這群紅衛兵約略有十四、五人，一見到修程，不由分說便一窩峰圍攏過來，一人一手緊緊捉住修程。

「走！」子征手一揮，走在前頭。

我無奈地跟在後面走。

來到學校廣場，我不覺一驚。不僅廣場上已坐滿了紅衛兵，連幾位紅衛兵頭頭也早已坐在台上。我明白這是一回什麼事了，批鬥會似乎早已預備就緒，就等著押犯人的到來。

修程被押上台後，雙手馬上被反綁在後；然後子征就拿了一塊又大又重的木牌子，親手給修程掛在脖子上。牌子上面寫著：「揪出反黨反革命份子李修程。」

於是，批鬥會開始了。

「李修程！跪下！」子征對著他父親命令著。

修程瞟了子征一眼，一聲不響跪了下來。

「李修程！低下你的狗頭！」

修程再瞧他的兒子一眼，又一聲不響地將頭低下去。

接著，他便向大會抖出那晚他在無意中聽到修程咒罵共產黨的話。

「他說，『雷風日記』、『毛澤東語錄』是有毒的書；他說，共產黨毒害了青少年；他又說……」

修程在台上怔住了，我在台下也愕然了！

子征再指著修程大吼著：

「李修程！豎起你的狗耳朵聽著！你這個反黨反革命反社會主義的大叛逆，從今天起，我不承認你是我的父親！我要跟你一刀兩斷，劃清界線！」說完，便狠狠地將修程打翻在地，再狠狠地踢上一腳又一腳。

全場過程，我在台下，看得手足冰冷，渾身更是氣得懍然顫動不已。

子征的「大義滅親」，贏來了全場紅衛兵的讚揚，一陣烈烈掌聲後。一位頭頭站起來，走到子征身邊，拍拍他的肩膀道：「子征！你的革命行為，完全充分表明你有資格成為紅衛兵一員。我們熱烈歡迎你加入我們的陣營。」說罷，便從另一位站在他背後的頭頭接過一條袖標，給子征戴上，全場即刻又掌聲雷動。子征瞧著袖標，一時激動不已，便從衣袋內掏出一本小紅冊子，舉起高喊著：

「讀毛主席的書，聽毛主席的話，照毛主席的指示辦事，做毛主席的好戰士！」

全場隨即響應起來——

「誓做毛主席的好戰士！」

「誓做毛主席的好兒女！」

「……」

這一晚，子征沒有回家睡覺。事實上，正如他所言，他已跟這個家一刀兩斷。他不僅從此不再踏上這個家！我也從此不再看到他。

從批鬥會回來，修程身心所受的痛楚，他一直不想說話，也不想用飯。迄至深夜，他才意深語長地跟我說起話來。

「琴妹！都是我不好，口沒遮欄。今後我受苦受磨，我都不怨言，只是我害怕，因我而連累妳。」修程憂傷地說。

我沒有表情地瞧他一眼，這是無可奈何的事。在當時，幾乎丈夫被打為反革命份子，妻子便要「與夫同罪」。我不覺苦笑一下說：「說古代是『株連八族』，現代卻是『株連十八族』。你也不必為我擔心，要來的就讓它來吧！」

修程感激地癡癡望著我，良久良久，他才再開口說話：「我很慚愧！十多年來，我所能帶給予妳的，就只有苦難這東西！」

「不！」我輕輕搖搖頭。「十多年來，你給我的恩愛，我已好滿足。至於生活上苦一點，那又算得了什麼。」

也有十多年了，我倆未曾如此溫存過。

但是，他還是自責地說：

「說來說去，都是我太迷信革命。」

「迷信？」我迷惑。

「是的，迷信革命能救中國。」

「你對革命失望了？」我問。

「不是失望，是認識。」修程輕喟一聲，眼望天花板。

「這話怎麼樣講？」我又問。

「到今天我才認識到什麼叫革命，殘酷、無情、破壞、不擇手段……換句話說，革命根本就是暴力的代名詞。這種近代把戲，藉組織黨名目，假公濟私，爭權奪利，剷除異己；事實上，跟古時開山立寨，嘯聚山林，燒殺擄掠，殺人越貨的強盜，並不兩樣。……

「而一次又一次不休止革命，就猶如嘍囉一次又一次下山打劫殺人，掠奪民脂民膏，最後除了弄得民不堪命，生靈塗炭，國家日衰一日，還會有什麼指望？……

「況且，更可悲的，在一次又一次高舉無產階級革命下。今之中國，已不是古聖先賢遺留下來的五千年傳統文化的中國，而是以馬列為『祖宗』的中國了。……」

修程一口氣說到這裏，忽然掉轉頭深深地瞧著我。半晌，才若有所思地說：

「琴妹！我有句話要對妳說，希望妳能好好聽我這句話。」

「什麼話？」

「琴妹！一有機會離開這裏的話，就離開吧！」修程一副鄭重其事。

離開這裏，誰不想，但為什麼他只要我離開呢？於是，我問：「你呢？」

「當然！有機會，我也是要離開。」修程苦笑說：「這裏，已沒有什麼值得我留戀的了。」

「那麼！子征，女紅呢？我是說，子征若能轉頭回岸……」我試探地問。

「那當然是最美好的事。」但修程臉上並沒有絲毫寄望，只聽他說：「在這種環境下，那個青少年能自拔不受戕害呢？」

我不再言語，他也稍為平靜。最後，他幽幽然說：「我常常想：咱們來自菲律賓，還是回到菲律賓去。……」

這一晚，我倆都在床上輾轉不能成眠。直到天朦朦將轉白，我才昏昏然地睡去。醒來，巷口已是一片的忙碌聲。

不見修程在旁邊，他早已起床了？或根本整晚就未曾睡過？我在想。

披衣起床，步入盥洗間，這一驚真是我終身也不能忘卻。我馬上手足冰冷，渾身發抖，直愣愣地僵在那裡。原來修程趁我昏昏然睡去之後，卻上吊自縊。回想他要我離開的話，他似乎已有計劃了！

我那時是完全不能自已，悲痛欲絕，也想一死了結。

至於子征，真被修程不幸言中。自那晚起，他便在學校的地下室跟一位老工友隔牆而居。據那位老工友後來說：他很不齒他的為人，常常責罵他；而他自那次在台上接受袖標後，雖有過片刻的高興。但從那晚開始，每到子夜，便都會聽到他的痛哭聲從室內傳出。他變得更加沉默、乖戾。每日就蹲在室內不吃、不說話。他當了紅衛兵後，反而不想參加紅衛兵的活動，甚至後來他也將袖標撕掉了。他仇視每一位親近他的紅衛兵。一日，那位當時為他戴袖標的頭頭來找他，不知何故，卻被他用刀子在室內刺死，殺人償命，在拘押審訊時，便活活被刑罰死了。

當然，好壞還是我懷孕十個月所生的孩子。但在悲慟下，我除了無語問蒼天！也許，這是我的命吧！

修程、子征先後死亡後，第二年，女紅便自己到省府當局申請參加邊疆下放勞動去。她這一趟赴新疆，從此便消息杳然。直至開放後，我上疏具報尋人，方得悉當年她赴新疆後不久，抵受不住沙漠的乾燥氣候，得病歿亡了。

十餘年來，我就這樣自己一個人生活著！

……

聽完亞琴表姐在大陸三十餘載前前後後的生活遭遇後，大家既同情又欷歔不已；尤對子征的清算修程，大家更是議論紛紛都不以為然。

大舅道：「為父的向兒子跪地，很是開古今中外聞所未聞。」

二舅說：「很不敢相像，曾幾何時，中國社會道德竟會敗壞到如此地步。」

「何止敗壞，根本已沒有人性！」四姨忿忿地說。

亞季表哥的大伯也說：「千不該！萬不該！中國來實行馬列主義。」

「的確，馬列主義的基本思想就是仇恨。」大舅回答地說。

二舅感慨又說：「總歸一句話，正如修程所言，今之中國，已非五千年傳統文化之中國，而為『馬列』之中國！」

「我覺得這是修程在經歷中國大陸的共產主義生活後的一種覺醒。」亞季表哥的三叔有感地說。

「所以，我也覺得，他的自縊，是出於尊嚴的自衛。」亞季表哥的大伯說。

「素來，他的性格就非常倔強。」亞琴表姐平靜地說。

「就是子征這孩子。」亞季表哥的大伯繼續說：「我也不認為他是怎麼樣壞，他的夜夜哭泣懺悔，這表明他良知還有向善的一面。要是他是生長在菲律賓的話，我敢相信，他一定是學校的模範生。」

「我一直也這樣想。」亞琴表姐又說：「千錯萬錯，錯在咱倆當年不該到大陸去。」

「但是當年修程是為了愛國才回大陸的。」亞季表哥說。

「愛國？哈！」亞琴表姐唇邊微一冷笑說：「這就是我們華僑的悲哀，你自以為愛國，到了那邊，人家才不覺得你是愛國，相反地，覺得你是來跟他們搶飯碗，我在大陸生活了三十多載，最令我苦惱的，就是人家始終都將你當『番客』看待，從未容許你成為他們群裡的一員。」

亞琴表姐這番話一說，不知何故，竟同時在我們這一代的心頭上起了漣漪，大家便不自覺地紛紛抒情起己見來。

「唉！」亞季表哥歎一歎。「華僑！華僑！你的真正名字是浮萍！」

「華僑一踏出國門，就不是中國人了！」亞克表哥接著說。

「所以，認清自己的處境與實力，華僑最好不要去參與中國的政治。」亞泰表弟也發表意見說。

「生於菲律賓，長於菲律賓，安心生活在菲律賓，才是上策。」亞燕表妹踏實地說。

「『生於菲律賓，回歸菲律賓』，修程表姐夫的話，可說是至理之言。」我也插嘴說。

忽然，但聽到姨母對亞琴表姐說：

「亞琴！既然妳想回來，修程也希望妳歸來，那麼！為什麼一開放後，妳不立刻回來呢？」

亞琴表姐瞧了其母親一眼，歉疚地說：

「媽媽！都是我不好。其實，我何嘗不想一開放後就離開大陸。但是，想想當初我不告而別，不僅傷透了妳的心，也害苦了一家人；而我在大陸卻落到如此田地，我實在無顏再見你們。」

「傻孩子！什麼有顏無顏的，媽媽疼妳是永遠不變的。」姨母憐惜地摸摸亞琴表姐的秀髮。

「妹妹！妳知道嗎？這十多年，媽媽尋妳好辛苦呀！」亞季表哥插口說：

亞琴表姐又深深瞧了其母親一眼。「媽媽！請原諒我！」

「傻孩子！」姨母欣慰地說：「媽媽雖有尋妳，但不辛苦。都是你這個哥哥亂說話。」

「不！哥哥說的都是事實。媽媽！我知道。」亞琴表姐眼眶裏閃著淚珠地說：「本來，一開放，我就想要寫信給你們，但恨自己始終沒有勇氣下筆。直到一連接到了你們的兩封信後，我才硬著頭皮，淚流滿臉回信，內心是無限悲恨懊悔。」

「既然如此。那麼！妹妹！」亞季表哥疑惑地問：「妳上次回來，又為什麼顯得那麼冷漠？」

「裝的。」亞琴表姐不好意思地說。

「裝的？這話怎麼樣說？」亞季表哥皺一皺眉。

亞琴表姐紅著面，低下頭說：「本來，我上次回來，就預備要留下來，但來後，看到你們個個都生活得那樣美好，我不覺慚愿萬分，反而不敢留下來。或者，是出於自卑吧！我便跟你們嚴分你我，編詐兒女都成家立業，好武裝自己。……」

經亞琴表姐這樣一解釋，大家方幡然有悟，原來是如此一回事！

姨母嗔怪地說：

「呀！真是的，自己的家，還什麼自卑的敢不敢留下來。」

亞季表哥又問：

「那麼！妳怎麼樣又想回來了呢？」

亞琴表姐抬頭掃了大家一眼。「是你們大家的親情給予了我勇氣。使我到大陸後，終於克服了自卑，便決定回來了。」說著，她便摟住姨母的手臂。「媽！以後讓我好好地陪伴在妳身邊吧！好彌補我過往的不是。」

大家都不覺地發出會心一笑。

亞琴表姐轉向大家說：

「我已虛度了三十多年的光陰，以後我將會好好珍惜在菲律賓的日子！」

一九九七十一月三十日

唐山的親人

（一）

打從菲律賓於七十年代中旬，向兩岸打開門戶後，對旅居在菲律賓的華僑來說，這真是一個天大的喜訊，因為跟唐山闊別了二十餘載的親人，終於可以相見團圓了。一時間，回鄉的道路上，如趕市集般，華僑紛紛首途探親去，進而為幫助改善唐山親人的生活水準，旅菲華僑又紛紛為他們的親人申請移民來菲律賓居住。

在又回鄉探親，又為親人申請移民來菲居住的一片熙熙攘攘熱鬧場中。我於八十年代初旬也隨著父親，到唐山探親去。

這對一個道道地地在菲律賓出生的華裔子弟來說，這是我多年夢寐以求之事。因為我出生後不久就趕上了鬩牆之爭，而「有家歸不得」。所以，自來便不知「唐山」有多大有多長；只是承受庭訓，從小學到中學，我都在華校肄業，接受了數十年的中華文化教育薰陶，總算使我意識裏深知自己是唐山的後裔。漸漸地，對唐山的嚮往，我開始向自己許願，有朝一日必定要回到唐山去，既使不能在那裏居住下來，也要回去瞧瞧。這一念頭，數十年來，無時或忘。

到了唐山，祖父母雖然見不著了，但素昧生平的伯伯、叔叔、姑母、及跟我同輩的堂兄弟、堂姐妹，卻先後見過了面。大家齊集一堂，人數之多，我當時就起了一個疑問，為什麼在父親的家庭成員裏，當年唯父親一人出外謀生呢？這一問題，待還菲後，我便問了父親，父親僅簡單告訴我說，這是各人的志向；然而我有感於事情不是那樣單純，不過，我覺得父親的選擇是對的。起碼，在唐山，當我面對堂兄弟、堂姐妹，望著他們個個那蠟黃的面色，委頓的神情，及邋遢的衣著，營養是那麼的不足！生活是那麼的貧缺！不禁使我想到自己在菲律賓的生活情況。父親浮槎南渡，披荊斬棘，事業雖談不上如何龐大，然卻能使我們兄弟姐妹都無缺地過著無憂無慮的童年生活；且還有個寧靜的環境讓咱們專心向學。我深深地瞧到，我擁有的這種安寧生活，我的堂兄弟、堂姐妹都對我投了羡慕的眼光。我從心底雖然油然感覺無比的欣慰，也為菲國的政治進步感覺驕傲；可更多的感觸，做為唐山的後裔，我禱望唐山人能發奮圖強，急起直追；而更由衷禱望不久的將來，堂兄弟、堂姐妹皆能過著如同我一般的溫馨生活。

大概是我跟父親到達唐山的第十數天，經過一連串忙碌的探親訪故後。一日清晨，絕早，在旅館，我跟父親剛剛起床，便有人敲門。我開門看去，原來是雖我到唐山才認識，然已見了兩三次面的亞崙堂弟。他一踏進房間，就開門見山對父親說：

「二伯！對不起打擾你的清晨。本來，這件事我很早就要拜託你了，但始終都覓不著機會，所以今晨才冒昧找上你來，很對不起……」

「別客氣！有什麼事，你儘管說。」父親和祥地說。

「二伯！我是想移民到菲律賓去，想拜託你幫忙。」

我這位亞崙堂弟，是我四叔的兒子，年齡少我三歲。在當時，同我一樣，尚未立室。

但見父親半開玩笑似地問：

「怎麼樣？不想在唐山生活了？」

「想到外邊見識見識去！」

亞崙堂弟這一句話，幾乎不偏不側地注中父親的神經中樞，為父親所喜聽。父親遂豎起大拇指，稱贊道：

「好！有志氣！」

然，父親的話一說出，幾乎是同時，神情馬上呈現一幅難為情，他好像忽然想到了什麼似的。

「你想到外邊見識見識，我自然是非常贊成，只不過依目前菲律賓的法律……」父親說到這裏不覺支支吾吾起來。

「二伯！有什麼困難嗎？」

「問題是，目前菲政府雖開放了旅遊，移民之門卻還是閉得緊。」父親乾脆一口氣說了。

「但是鄰居亞基的叔父也是菲律賓華僑，為什麼其叔父能夠為他們辦理移民手續。前個月一家人都移民到菲律賓去了？」亞崙堂弟有所不明地說。

我坐在一旁，靜聽著父親跟亞崙堂弟的對話。本來，我這位堂弟，在我第一次見到他時，留給予我的印象是：那似乎是從不梳飾的蓬鬆頭髮，污垢不刮的參差鬍子，及那終年幾乎都未曾洗滌的衣服；再猶如不知負荷了多沉重擔子的佝腰縮背。今晨，一進門，卻似換了一個人般的，頭髮修了，鬍子刮了，而額頭那又深又粗的皺紋，不覺也平坦多了，乍見之下，是一臉的容光煥發；並且，腰枝也挺直了，而那穿在身上的衣著，雖然仍舊是一幅不稱身，然卻顯得清潔多了，只有那銜在嘴角的香煙，依然是輕佻地舞動著。我一眼瞟見，當他聽到父親對有關他請求幫助移民的事，感覺拿捏不住的神情時，他好似忽然受到了什麼挫折，神色驟然一變，額前紋條又深了，背脊又僂了，煙條卡在唇邊一動也不動。我不覺惻然地想，雖說菲律賓移民之門閉得緊，可也不是閉得密不透風；事實上，菲律賓倒還是一個頗講人道的民族，多少同僑，還不是透過團圓之理由，將他們的親眷接過去住嗎？因此，我便自我作主插口道：

「其實，移民不是不可能，只是手續麻煩又拖時。在時間上，你等得了嗎？」

對方猶似在絕望中突然睹見了一道曙光，下意識地將頭掉轉過來，問我道；

「要等多久？」

「或者五載、或者十載，很難說。」

「只要不是三十載、五十載，我願意等。」我瞧到對方眼角浮現一縷希望的喜悅。

✣ ✣ ✣

回菲後，我便馬不停蹄為亞崙堂弟申請辦理起移民手續來。的確，辦理期間，較想像的還要困難得多。今天不是要這手續，明天就是要那手續，麻煩得令我昏頭轉向。父親見了，擔心說：

「當時我不敢一下子答應下來。說實地，就是知道辦這種事是夠麻煩的，現在你要怎樣辦呢？答應了人家的事總是很難推卻的！」

「爸爸！你放心！再怎麼樣麻煩，我也會辦到底。」我堅定地說。

「我就說，你們兄弟中，以你的性格最像我，不答應人家也罷！一答應，既使赴湯蹈火，也在所不辭。」父親欣慰地拍一拍我的肩頭。

「況且，我幫助的並非別人，對方還是我的堂弟呢！」我又接口說。

「好！你有這份堂兄弟的愛心，我很喜歡。」父親對我會心一笑說：「以後辦理期間，有需要什麼費用的話，儘管向我要就是了。」

除了麻煩、花錢以外，的確又非常拖時。一瞬眼，十年過去了，事情到頭來，還是完全沒有頭緒，而在這十年期間裏，我跟亞崙堂弟都先後在兩地成家；父親也在一次的重病下，藥石罔效，一病不起。

到了三年多前，一日上午，大約十點多鐘，我正在公司裏忙著，忽然接到移民局寄來的通知書，內容是通知亞崙堂弟的移民申請批准了。但批准的卻唯他一人，妻兒皆沒有包括在內。我無奈，只好去函告訴他，要他在移民局限定的日子裏來到菲律賓。我在信內一面鼓勵他先來，一面解釋那是因為當初他尚未成家，妻兒都是後來才添辦的，所以未能同時批准。我安慰他說；反正菲律賓的移民法，這幾年來已放寬了不少，相信不久其妻兒也都能隨後批准。

（二）

亞崙堂弟在移民局限定的時間裏，來到菲律賓。我由於顧及他不諳菲語，人地又生疏，讓他一人獨居在外，有些不放心，反正他只孑然一身，便安排他跟我一家人同住在一起，以便可以互相照應。

一切就緒後，第一件事，我便向他提議到那種特為唐山人開辦的華人夜校，學習菲語及英語去。但是我這位堂弟卻覺得他年紀太大了，已不再適宜學習什麼外語，儘管我是那樣地一而再相勸，他不願意就是不願意。一日，我試探地問他說：

「你不想學菲語，要如何在菲律賓謀生呢？」

亞崙堂弟嘴角咬著香煙，輕鬆地回答說：

「哥哥！你放心！俗語說得著，船到橋頭自然直。在日常生活裏學習就夠了，何需再到學校裏去呢？」

他也許有他的道理、看法。不過，我總覺得，他若能先上夜校學一些普通菲語會話，然後再找工作做，應該會較沒有問題。可是，現在，他連一句最普通的菲語也都不懂得講，我真不知該如何為他找工作；而總不能來菲後，坐吃山空。

我說不過他，便想了又想，唯一的辦法，便是把他帶到自己的公司裏工作去；但這卻給我出了一個難題。因為所謂自己的公司，實際上，就是父親生前所創設的那間木材鋸廠；父親過世後，我們兄弟姐妹五位，克紹箕裘，繼承祖業。父親家教的成功，自來就督促得我們兄弟姐妹長幼有序，兄友弟恭；進而我們之間便都能自發地讓棗推梨，向心一致。及至各有了自己的家室後，姐妹依然不忘回娘家幫手，兄弟感情更凝固。因此，在我們五兄弟姐妹分工合作下；公司業務的確較父親生前擴大了好幾倍。

雖然說，亞崙堂弟也是我的兄弟姐妹的堂哥堂弟，可是我自忖，當初卻是我一人自主答應幫他移民來菲的。凡事自是跟兄弟姐妹無關；而想到公司事無巨細，我們兄弟姐妹間，總能互相尊重恪守「公事公辦」之原則。所以，我便有不知該如何安排亞崙堂弟到公司來工作的煩悶。

確然地，我做夢也沒有想到，幫助一個親人從唐山移民來菲，已是夠辛苦困難了；而親人來到菲律賓後，要為其安排生活，找尋工作，也不是椿容易之舉。事實上，我經過了一番斟酌的觀察，發現許許多多來自唐山的親人，在不諳菲語、不熟環境的初期裏，幾乎都是先進入自己親戚的店舖謀個職位。

在無可奈何下，我窺伺了一個機會，自覺很慚愧地便將這計劃向兄弟姐妹提了出來。很出乎意料之外的，哥哥聽了道：

「自己的堂弟，到自己的公司來工作，本來就很合理的。」

姐姐也道：

「你的堂弟也就是我的堂弟，幫助安排堂弟的工作，大家都有責任。」

弟弟妹妹更是同聲道：

「歡迎堂兄到我們的公司來工作。」

兄弟姐妹的親情表現，令我非常感動；而大家商量結果，哥哥姐姐不約而同都主張暫委屈亞崙堂弟一下，到鋸房裏督工去，因為這只需要量度的常識，不須言語。待慢慢在實際生活裏學會了普通的菲語會話，再另安排其工作崗位。

就這樣，亞崙堂弟便進入了公司裏工作。一轉眼，兩年的時間過去了。在這兩年期間裏，我繼續為他的妻兒辦理移民來菲的手續。很慶幸的，移民寸度端的放寬多了。不久，其妻兒便都移民來菲，一家總算團圓在一起。

不過，話說回來，亞崙堂弟自從進入公司工作後，平心而論，表現是很不如理想；甚至可以說，是非常懶惰。最初，我常常碰見他在鋸房裏打盹，我好言相勸時，他還顏色靦腆；漸漸地，他開始走出鋸房到處跑了，說是吃煙去，或吃茶去；到了後來，便索性連一腳也不涉足鋸房了，而是終日躲在辦公室裏，將公司所訂的兩三份中文報，從頭至尾閱個盡。似乎閱報就是他的工作。而他那嗜煙如命的習染，煙癮之大，閱報時，總是一支接一支抽個不停，從不理會旁邊的人，對他口中吐出的濃煙的感受。我的兄弟姐妹瞧在眼裏，雖不說聲怨氣話，但也從此隻字不提有關他的升遷問題。我自覺夾在中間，感覺非常難為情。

（三）

本來，亞崙堂弟的妻兒抵達菲律賓後，亞崙堂弟便對我表示要到外邊租屋去，好便一家人自己住，我自是沒有異議，只是在這人口稠密的大都市裏，一時要覓一處較理想的地方，卻談何容易！亞崙堂弟覓了一段時期，依然沒有著落，令他似乎感覺非常焦急。我見了，便安慰他道：「我屋子雖然不大，但有的是房間，你們只不過是夫妻兒子三人，就在這裏放心住下去，再慢慢覓屋子。」

豈知，我這話一出，不僅自此不見亞崙堂弟再到處覓屋子，幾乎更是已打算要長期在我這裏住下去了。

而亞崙堂弟的妻子，我管稱她亞崙弟媳。一個開始上了中年而漸發胖的婦女，也許還有幾分姿色，所以就如許許多多在社會主義裏長成的女流一般，一旦踏出社會主義之門，突然發現外邊世界原來是那麼新鮮美好，多彩色姿。於是，便急起直追時髦，然，「彼知矉美，而不知矉之所以美」。只知燙髮，卻不知該燙什麼髮型才適宜其臉樣，結果就是將滿髮燙得猶如一叢叢缺了水份的敗草卷縮著；同樣，只知塗脂抹粉，卻不知敷施的技巧，結果是將整張臉敷得白兮兮的，連雙眉都敷上了，談笑說話間，但見瞇成一線的小眼，再加上已是不知是什麼年代嵌上的滿口金齒，使人們不期然連想到馬戲團裏扮演的小丑；而看到人家穿了窄裙，也學起穿窄裙來，然一點都沒有女人味；穿起高跟鞋，一拐一蹩的，猶如跛腳子。這一切一切生活上的失調，影響到心理上的不平衡，所產生的自卑，猶如人世間處處都欠了她似的。

說來也很夠令人悲傷，亞崙弟媳初到吾家，所表現的一份勤勞美德。每晨，她五時就起床開始幫助料理家務事，但這僅僅是數天的工夫而已；接著便是六時才起床，又接著是七時，再接著是八時、九時。家務事也跟著漸漸不理了。她很有交際的本領，來到菲律賓不多久，一下子便結識了四、五位「同鄉姐妹」，她們彼此間，幾乎都有那麼一大廂永遠談不完的話題；見面說不夠，還要繼續在電話裏談下去，且一談就是三、四小時。不是同鄉姐妹給她打電話，就是她給她們打電話，幾乎終日電話就為她所据用。一日下午，小兒在學校裏鬧肚子疼，疼得好厲害，學校老師一方面為小兒找校醫診治吃藥，一方面打電話給家裏，要我們將小兒接回家休息；然打到吾家的電話，無論如何撥，都撥不通，家中電話總在使用中。老師無奈，便把小兒安置在校診室小息，迄放學，內人到學校接小兒，老師方將小兒肚疼及家中電話打不通諸事告訴內人。是晚，我放工回來，內人便把事情轉告於我。我調查結果，得知是日下午都是亞崙弟媳在用電話。我覺得，電話是用在有事情時，交談幾句有關重要的話便夠了，而不是用在閒聊；放是，我窺伺了一個機會，婉轉地對亞崙弟媳相勸說，希望少在電話裏閒聊。豈知，她一聽，便怒氣冒頂，七竅生煙，嗔目一吒，雙手插腰，嗓子又高又尖喊著：

「怎麼樣？我就不可以用電話嗎？跟朋友說幾句話，就犯你的法了？……」

「話不是這樣說。」我和氣解釋說：「電話是在有重要事兒時才用，沒有重要事兒時……」不待我說畢，她便打斷我的話，神經質又哭又叫起來。「好呀！好呀！你們用電話都是有重要的事兒，我用電話就沒有重要的事兒。……我早就對亞崙說過，咱們沒有錢，就唯有受人欺侮。……」

我直覺地覺得她不可理喻，便不再想跟她說下去。以後，她喜歡怎樣用電話，就任她怎樣用去。

在許許多多瑣事中，亞崙弟媳的黑白顛倒行止，很令我不敢領教。例如：他們的房間有時打掃不清潔，她就罵傭人；衣服洗不乾淨，她也罵傭人；她的兒子早上上課遲到了，她也怪到傭人的頭上去，說是傭人怠慢了孩子的用餐換衣時間。傭人被她罵走了，凡事需要躬親動手，她就長吁短嘆道：「哎喲！哎喲！我渾身骨頭都酸疼得要命，想想在唐山，多好命，什麼事都不需自己動手。唉！早知如此，還是不來呂宋好了。……」

真的嗎？天曉得！她在唐山是挨過多少苦難呢？

還有，每年炎熱暑夏裏，或多或少岷市都會發生旱災缺水。內人每晚總要熬夜地守在水龍頭旁貯水，以供明天有水可用。她卻因天氣燥熱，每天定要沖兩次澡，大有你貯你的水，我沖我的澡，楚河漢界不相干，內人向我訴苦，我看在自己親人份上，便勸內人忍耐忍耐，不要多計較。

也許，就是因為有這份親戚之關係，她才敢於如此軟土深掘吧！事事大頭大面，喧賓奪主不說；進一步，她居然大吵大鬧說我們兄弟虧欠了他丈夫不少錢了呢！

（四）

約略是亞崙弟媳住進吾家將近一年的時間。

一晚，用膳時，在飯桌上，亞崙弟媳忽然問我道：

「哥哥！亞崙在你們公司裏工作已將近三年了，菲語多少也已懂得聽、懂得講，為什麼至今還沒有升遷添薪呢？」

我一時不知所措，便沒有正面回答她，掉轉頭望向亞崙堂弟，相勸地說：

「崙弟！你就再回到鋸房去，只要工作表現勤快些，我保證不出兩個月，定會在哥哥姐姐面前為你說情。」

「什麼？那個鬼地方，又髒又悶，我才不想再在那裏工作。」亞崙堂弟吼起來地說。

「你就忍一忍，也不是要你永遠蹲在那裏，只不過做做給哥哥姐姐瞧瞧而已。」我繼續地。

「不！我是連一刻也蹲不下去的。」亞崙堂弟語氣斬釘截鐵。

「別這樣說。」我依然溫和相勸說：「早年，先父在世時，我們兄弟在他老人家指使下，都從那裏工作起。其實，那鋸房並不是骯髒，只是木屑有時令人鼻子有些不大舒服而已。」

「你們是你們，我是我，自來彼此之間生活就不同。」亞崙堂弟不客氣地說。

我無奈，便不再說不去。

又過了一個多月，同樣在晚膳桌上，亞崙弟媳又問我道：

「哥哥！怎麼樣？亞崙的添薪為何尚沒有著落？」

「我已向哥哥姐姐提了，他們皆說，年尾將近，薪水明年再升。」我回答說。

亞崙弟媳一聽，兩條細眼驟然睜得大大的，故作驚奇狀，說：「哦！這就奇了？公司不是你也有份嗎？」

我望著對方的驚愕神情，一時不知是何用意，憨直地便點點頭：「是的。」

「既然如此，你儘可自己主張添薪給予亞崙，何必還要徵得你哥哥姐姐的同意呢？」

「不可以，他們總是我的兄姐。」我解釋說。

「你怕他們？」亞崙弟媳有意挑釁著。

「無所謂怕。」我很自然地說。

「你沒有主見？」亞崙弟媳繼續挑釁著。

我被刺痛了，臉色一沉，鄭重其事地說：「我不想為這種芝麻小事傷害咱兄弟間的感情。」

「什麼？這是芝麻小事？」亞崙弟媳倏地激動叫起來。「是的，我們是小人物，我們的事是芝麻小事。……」

我自覺說錯了話，便將刺痛之心收斂起來緊急陪個不是說：「對不起！我說錯了話。」

但亞崙弟媳理也不理，更加激動地說：「好！我早就知道，你們兄弟是聯合來欺負我們。……就是你，假仁假義，幫助亞崙移民來菲，莫非是想利用亞崙來為你們做牛做馬。……」

有事亂怪到我頭上，我還可忍耐，亂怪到兄弟，我終於忍不可忍了，不相讓也喊著說：

「弟婦！請妳說話放客氣點，咱們兄弟什麼時候聯合欺負你們？什麼時候將亞崙當牛當馬利用？就說你們吧！吃的、穿的都是我的，我什麼時候虧待你們呢？你們有什麼事，儘管找我，不要扯到我的兄弟頭上去。」

「你竟敢吼我！」亞崙弟媳兩隻眼睛發出了火焰，好似要吃人一般的，手指直指著我的鼻子說：「別以為我會被你吼倒。你聽著，我們吃你、住你，也是應該的，亞崙為你們工作了將近三年，你以為這一點點工資就夠了嗎？我對你說，沒有那麼便宜，我還要找你們兄姐算帳去。」她說到這裏，便掉頭對其丈夫說：「亞崙！明天起，我要你辭掉工作，不許你再工作去。每月僅這一點點工資，有什麼出息的日子！」

亞崙弟媳說到這裏，把飯碗推開。「我不吃了。」再瞧瞧其丈夫及兒子。「你們也不用吃了，跟我上樓去。」

望著他們三人魚貫上了樓，我開始有些後悔不應幫助他們移民來菲。

（五）

翌日，我依舊在上午七時便出門到公司去。前些時，亞崙堂弟總是跟我同行，但後來，他經常藉故遲延至九時才上公司，我倆便各行各路。這一日，我到了公司，儘管腦海裏還是那樣清晰輾轉著昨晚所發生的事，然在表面上，我儘量鎮靜下來，忙出又忙入，避免在兄弟姐妹面前露出蛛絲馬跡，可無論如何，心頭總有些心不在焉，不時情不能自己抬頭瞧瞧壁上的掛鐘，心頭禱望亞崙夫婦能忘掉昨晚不愉快的事，亞崙堂弟能於今晨照常上公司來工作。說實地，我昨晚要是不發火，忍一忍，事情也許就會不了了之。掛鐘長短針走過了九點，接著九點一刻，又接著九點半了。哥哥忽然有意無意地問我道：「怎麼樣還不見亞崙堂弟？」我故作淡然，隨便亂扯一句，說：「大概身體不舒適吧！」

迄十時多，亞崙堂弟跟弟媳突然同時出現在公司大門口。這很出乎我意料之外，因為本來，我計算是只有亞崙弟媳會自己一個人到來；因此，隨著他倆相偕的出現，我一顆心便不覺陡地猛然「嘟嘟」亂跳起來，預感著一場大風暴即將來臨。

亞崙弟媳走在前頭，亞崙堂弟跟在後面，倆人一前一後逕直走進辦公室。亞崙弟媳一推進辦公室的玻璃門，也不管裏面的人是否在忙著，便衝著哥哥姐姐興師問罪道：

「喂！你們評評理，我丈夫在你們公司工作了將近三年，僅這一點點工資，不夠費用，我便向你弟弟要求添薪水。」她說著，手指指向我。「他不答應也罷！還吼著侮辱我，對嗎？」

很是天大冤枉，是誰侮辱誰呢？她心中應該有數，要不是她先侮辱我，又侮辱我兄弟，我那裏會吼她？我心頭不由得由不安轉為憤慨，便開口欲申辯；不料，哥哥卻及時阻止了我，說：

「二弟！請稍安勿躁！」

亞崙弟媳驟然抽抽噎噎起來，繼續說：「我一生從未受過人家如此侮辱，我真不知我做錯了什麼事，來到菲律賓後，竟要受到如此大的侮辱。……」她愈說愈顯得無比傷心。

「說得也是。」亞崙堂弟咬著煙，點點頭接口說：「想吾妻之為人，在唐山時，素頗受鄉親鄰人之尊敬。今來到菲律賓後，竟受到如此大侮辱，實屬不幸。……」

聽著他們夫妻一唱一和，哥哥故意不動聲色問：「那該怎麼樣辦？」

「我也不知如何辦才好！」亞崙堂弟聳聳肩，一幅輕佻的態度。

哥哥馬上趁機說：「好！我代表我二弟向你們道歉。」

「唔！道歉？」亞崙堂弟吸一口煙，然後睜大眼睛，哈哈一笑說：「哈哈！僅道歉，就了事，沒有這樣簡單，起碼還要有……」亞崙堂弟拖著尾音賣關著。

「還要有條件，是嗎？」哥哥胸有成竹地說：「好！什麼條件，儘管開出來。」

「侮辱賠償費！」亞崙堂弟直截了當地說。

「是的，受了人家如此大的侮辱，也該討點賠償費。」亞崙弟媳進一步為丈夫申理。她已停止了哭泣，正拿著手帕在拭眼淚。

「好，爽快，要多少賠償費？」哥哥似乎已預知事情一路的發展。

「兩百萬！」亞崙堂弟說。

「不！一百萬！」哥哥討價說。

我們姐弟妹都怔住了，這是一筆什麼樣的交易？但彼此都緘默不語。

「也好！你也夠爽快，一百萬就一百萬，聽你的。」亞崙堂弟一表豪爽地又吸一口煙。

「但我也個條件。」哥哥突然轉了口氣說。

亞崙堂弟愕了一愕，不覺收斂了笑容，迷惑問：「你有什麼條件？」

「第一，搬離開我二弟的家，你們獨居去。第二，我們彼此之間的親戚關係，至此了斷。」哥哥有把握地說。

「這……麼……」亞崙堂弟顯得有些為難情。但忽然，他掐熄煙頭，果斷地說：「好！一切聽你的，咱們今天就搬出你二弟的家；至於這一層親戚關係，你不認我是你的堂弟，我也沒有辦法。」

哥哥不再說話，從抽屜裡拎出支票簿，寫了一張一百萬的支票交給亞崙堂弟。亞崙堂弟接過支票，瞧了瞧，不禁嘻從中來，有些忘形地說：

「其實，這筆錢我拿來，也是應該的。二伯雖然是你的父親，但也是我的二伯。我在公司裏跟了你們兄弟三年，賺錢我總該分有份。」

真是豈有此理，從未見過如此厚顏的人。

然哥哥似乎不再想聽亞崙堂弟的「廢話」，揮揮手示意對方說：「你可以走了。」

亞崙堂弟夫妻離開後，弟弟第一個便問哥哥道：

「哥哥！你為什麼給予這樣多錢？」

「是的，既使二哥真地侮辱了她，也不須賠償這樣多錢。」妹妹抱怨哥哥說。

姐姐也說：「從未聽見有這樣子的『侮辱賠償費』，況且，也不須急著給錢。」

「其實，我並沒有侮辱她，是她先侮辱我，也侮辱你們，我忍不住，才吼她。」我感覺內疚地解釋說。

「二弟！你不必歉疚，我明白。」哥哥投了我一眼諒解的眼光。然後，掃過姐弟妹一眼，無奈地深深漢了一口氣，道：「也許，我在處理這件事情時，在你們看來，有些納罕；但是，你們可曉得嗎？像這種事情，在當今華社裏已不知發生了多少？藉著親戚這層關係來敲詐親戚，已是今之許許多多如亞崙夫婦這種唐山人的慣技，而他們就是以無理取鬧，來纏到目的。不錯，我可能出手是太大方了些，然而，想想看，你今天不給或給少了，他們便天天來纏你，你還有時間及心神做生意嗎？我乾脆給多了些，也在今天了斷，就是希望以後他們不要再來打擾我們。」

「哥哥！我就不明白，要是他們天天來纏，不是儘可喚警察來捉人嗎？」弟弟不解地問。

「當然是可以。」哥哥說：「可是，總是自己的親戚，動上法律，反而有點過於不去。」

姐姐輕喟一聲：「或者，這就是我們的弱點：太顧全親戚關係。所以，他們才膽敢如此肆無忌憚取鬧。」

「都是我不好，當初不應該幫助他們移民來菲。」我心情難過地說。

「哦！二弟！你不必懊悔。」哥哥不以為然地說：「正如父親生前所言：你有這份堂兄弟的愛心，是令人可敬的；唯不幸，你的這份愛心，卻被他們加以利用。就是我，當時歡迎亞崙到公司來幫手，還不是念在是自己的親人上，總希望自己的親人不會如他人一般，但……一切就是那樣令人失望。……」哥哥說到這裏不覺搖搖頭，若有所思又說：「我不了解，今之唐山人，為什麼就跟我們的父執輩完全不同呢？想想我們父執輩的守望相助精神，真是不可同日而言了！」

「這的確是一個值得探討的問題！」姐姐不覺喃喃說。

一九九八年六月十二日

醒

柯農福是位小商人，在大岷市經營一爿小雜貨，現賺現用，數十年如一日。

六十年代初期，柯農福三十七、八歲，是兩個男孩的父親，長兒七歲，名安世，次兒五歲，叫安界。那時候，「新中國」才成立十多年。柯農福雖然是位華僑，生活在菲律賓；然而，他那一顆熱愛祖國的心，目睹國家連年兵荒馬亂，外侮紛至，民生凋敝，國亡無日。在時代苦悶下，正如國內一般熱血激進的青年人，儘管對社會主義論理的認識是那樣膚淺，甚或一無所知，卻逐波隨流，嚮往起社會主義來；於是便如一般社會主義信仰者，他也深信，唯有社會主義階級革命才能救中國，亦唯有實行馬列主義，中國才有光明的前途。

當時，他有幾位意味相投，也跟他懷有一樣理念的要好朋友，都以行動先後紛紛將子女送到新中國接受最進步的社會主義教育，柯農福便想：安世如今剛巧是七歲，正是開始入學讀書的年齡，何不乾脆也將他送到新中國讀書去呢！

主意打定，柯農福便向太太提了。柯太太雖非出身什麼名門閨秀，但承受傳統美德，生性溫柔文靜，為人端莊賢淑。出閣後，更以相夫教子為己任；然也像一般家庭主婦一樣，一離開廚房，天下事便什麼都不曉得，所以，一聽到丈夫的提議，便愣了一愣，疑惑地問？

「為什麼要把孩子送到新中國讀書去，這裏不是也有華校的設立嗎？」

「但是教育內容不同呀！」柯農福說。

「有什麼不同？」

「哎喲！我的好太太！妳還不曉得當今新中國是最進步的國家了嗎？」

柯太太只管直楞楞盯著丈夫看。

柯農福無奈，只好向太太解釋，說是自從中國大陸解放後，實行了社會主義，搞了階級革命，神州大地方見一片欣欣向榮；因此，在可預見的將來，新中國將迅速成為世界上最強盛的國家，將安世送到新中國讀書去，既可讓他接受當今世上最進步的階級革命教育。同時，也才不會「變番」……

儘管柯農福解釋得舌敝唇焦，柯太太依然無動於衷，雖然她也明瞭什麼「民族」、「國家」這類東西，也希望中國能夠強大；可是，在她的心坎底處，子女卻佔盡了全部地位。

「但是安世年紀還小，還不能自己生活。」柯太太帶著「婦人之見」說。

「哎喲！我的好太太！」柯農福又無奈地歎一口氣。「妳真是不諳當今新中國所實施的社會主義公有制的偉大之處嗎？一個孩子從呱呱墮地到長大成人，政府就會代父母撫養、教育。做父母的可不必負擔分毫。」

柯太太聽罷，她不明白這種公有制的好處在那裡。自己所生的子女，當然是由自己來養、自己來疼。她無法想像一個後母如何會去疼她丈夫前妻所生子女?可惜她素來就不懂跟人爭辯，而不知要從何說起，因而不覺地她反而哀求丈夫說：

「孩子總是我生的，我實在不忍這樣小就讓他離開我。我想，還是再等幾年，待他較大了些，也較懂事了，再將他送到新中國讀書去。」

「哦！這怎樣可以！一個人一生中最重要的階級就是啟蒙時期。有怎麼樣的啟蒙，就會有怎麼樣的人生觀。所以，安世能一開始接受偉大的階級革命教育，有了階級革命基礎，將來才會有著偉大的理想，有所貢獻於國家。」柯農福一口氣說了一大堆道理。

柯太太說不過丈夫，低下頭便傷心地流著淚。

「其實，這也不是什麼大不了的事情，安世到了新中國讀書後，妳也可以常常去看望他；況且，那邊還有安世的祖母、伯叔，也會幫忙看顧他。」柯農福瞧到太太傷心流淚，便安慰太太說。

「不！我就是不要孩子離開我。」

也許，是骨肉的關係，平時溫文的柯太太，到了這骨節上，也變得非常堅決。這樣，折騰了一段時期；最後，柯太太覺得她畢竟是位女流，太拂逆丈夫，對她也不會有什麼好處，只好忍痛讓安世離開她到新中國讀書去，可是，她也跟丈夫協定，送走安世，安界是要留在她身邊的。

✣ ✣ ✣

日子過得很快，夏去雨來，一瞬息，已過去了十多二十的歲暮。

安界在柯太太身邊的呵護下，已上了大學，個子不僅長得又高又結實，而高中帶細，還顯得風采英發，一表人材。他有志於醫學，因而大學就入醫學院就讀；閒時，再到雜貨舖幫助父親買賣。

至於安世，自從柯農福將他送到神州廈門讀書後，夫妻倆便一年保持兩、三次經香港轉內地探望去。這樣經過了三、四年。不料，文化大革命爆發了，唐山之門便不得而入，柯農福夫妻既瞧不著兒子，音訊又杳然，除了憂傷與焦急，柯太太更常常在夜裏做惡夢，幾乎有一段很長的時間，柯太太變得寡歡又少話；到後來，還是柯農福四處奔波，方輾轉從一位朋友的國內親戚處獲得一訊息，說安世參加「紅衛兵」到邊疆墾荒去。

柯農福雖然生活在海外，但對國情的關懷，他也曉得紅衛兵是毛澤東為發動文化大革命，所培養的少年幹部。當然，不是每一位青少年都能當上紅衛兵的，除思想純正，背景可靠，最大的條件，還是要這位青少年自身對階級革命教育有心得與領悟。很不想到，安世才去了幾年，就這樣快便能抓住階級革命的中心思想，而能在文化大革命脫穎而出。柯農福除了欣慰，還多一份喜出望外，因此，他愈發覺得他將安世送到新中國讀書去，是百分之百做對了；相反地他便有些遺憾當時為什麼不堅持同時也將安界送過去。

柯農福回到家，馬上將消息告訴太太，希望能跟太太分享喜悅。那曉得，柯太太只是關心安世的起居生活，對參加什麼紅衛兵的事，則不歡也不樂，她只問：

「這消息可靠嗎？」

「我朋友的這位親戚是個省級幹部，算也是當今國內的紅人，他的消息自是可靠的。」

「但是安世年紀還小，經得起墾荒的生活嗎？」柯太太有所顧慮再問。

「哎喲！好太太！墾荒是一種鍛鍊。諺曰：『吃得苦中苦，方為人上人』。階級革命教育就是要鍛鍊青少年有吃苦的精神。」柯農福不耐煩地說。

柯太太瞟了丈夫一眼，便不再說什麼。

不久，毛澤東死了，文化大革命也結束了，新中國大門洞開了。柯太太好不容易盼到這時機，便迫不及待馬上要到神州看望安世去，柯農福便帶著她去。來到了廈門，才發現安世的祖母早已去世多年，安世的伯叔父也都不知去向，安世呢？還在邊疆未回來。柯太太便要丈夫向政府申請到邊疆看望兒子去，可是政府諭示下來的公文卻告稱：目前新中國開放的地方唯沿海一帶，內陸還不允外人出入。柯農福夫妻無奈，便退而求其次，要討個兒子的通信地址，豈知，政府又告訴他倆說：當年到邊疆懇荒的青少年太多，而一時手頭又沒有足夠資料，故須到那邊查詢，待查到此人的住處後，再轉告他倆。

然而，一查，就是數十載！

幸得，隨著歲月的流逝，柯太太似乎愈來愈看得開了。人生本來就是有很多的無奈，凡事唯有淡然處之；反正，身邊總算還有一位安界。看著安界長大成人，也有所彌補的可獲得另一份安慰。

✣ ✣ ✣

安界醫科畢業後，便到醫院見習。在醫院裏，由於工作上的需要，他要常常跟護士組的主管接觸。在六、七組的護士組裏，每一組都有一個女主管；而這六、七位女主管，有一女主管名沙莉，是位菲律賓女子，出生書香世家，祖籍依沙迷拉人，天生資質秀麗，杏眼翠眉，玉頰皓貝。她畢業護士學後，就到醫院當護士，後升為護士主管。她在醫院服務先後已有四、五年光景。

不知是所謂「郎才女貌」，本是「天作之合」的一對？或是因經常接觸的原故，而「日久生情」？總之，安界的俊俏才華，不知令多少少女傾心，但他卻始終不動於衷；同樣地，沙莉的蕙質蘭心，也不知使多少男子拜倒在其石榴裙下，而她也是連看也不肯看一眼，倒是倆人在一起時，卻不知不覺地互吐起傾慕之情來。

一日向晚，倆人工作完畢，相偕到醫院對面街一間快食餐廳用餐，一人一餐，邊用邊聊著。安界道：

「再過兩個月，我見習就結束了，參加政府考試後，我就可掛牌行醫。」

「你真了不起，未掛牌，病家便都要找你；一旦掛了牌，病人更不知要如何找上你。」沙莉呷了一口橘子汁，敬服地說。

「算不了什麼。」安界不以為意。

「你謙虛。」

「真地。」安界重申道：「其實，做醫生的，重在醫德，要體貼病家，對病人要溫順，有能耐。」

「說得也是。」沙莉同意點點頭。

「可是，醫生常常是醫得了病人，卻醫不了自己。」安界驟然帶著玄機說。

沙莉不覺睜大眼睛，疑惑望著安界。「你這是指什麼？我聽不懂。」

「譬如說：我的心怯真不知要如何醫治！」安界緊接說。

「你心怯？」沙莉怔一怔。

「是的，好久了！」

「為什麼會心怯？」沙莉緊張起來。

「因為我……我不知要如何向妳示愛。」安界終於提起勇氣地說。

沙莉像漏了氣的氣球，一下子緊張的神情完全消失了。握起拳頭作勢要揍安界。「你這人真該揍，人家是跟你認真的，你卻在玩弄人家，不來了。」

「沙莉！真地！」安界一臉鄭重其事。「我老早就要向妳求婚了，但始終沒有勇氣說出口。」

沙莉俯下頭，羞澀得連耳根都發紅。

「沙莉！妳不會反對吧！」安界趁機抓住沙莉放在桌上的左手。

沙莉抬起頭，瞟了安界一眼，半晌，方徐徐地道：「反對的恐怕是你的父母親。」

「不會的。」安界不同意地說。

「不！」沙莉搖一搖頭。「我是菲律賓人。」

「菲律賓人又怎麼樣？」

「在你們中國人眼中，你們的長輩是不會允許他們的子女跟菲律賓人通婚的。」

「但是婚姻是我的事。」安界不服地說。

沙莉再搖一搖頭。「據說：你們中國人的婚姻，是掌握在父母親手裏！」

「不！」安界倏然提高聲音，急促地說：「我的婚姻是掌握在我的手裏。」

「你真地不怕你父母親反對？」

「我會爭！」安界堅決地說。

沙莉沒有再作聲，只直瞪著安界。良久良久，才反過手來，跟安界緊緊相握著，道：「安界！我愛你，但我不想破壞你們的家庭。」說罷，心頭卻隱隱然有些傷感。

✣　✣　✣

的確，柯農福是反對這樁婚姻的，理由就是沙莉是位菲律賓女子。猶如許許多多在戰前生長的一代華僑，柯農福也是一樣，但覺中菲文化殊異，根本無法在一起生活；且中華民族文化悠久，豈有去跟一個文化低落的民族通婚？在平時，他就是最瞧不起那些跟菲律賓人通婚的朋友。如今，忽然得悉其兒子在跟一位菲律賓女子相戀，且已論及婚姻大事。他無不勃然大怒，激烈反對這樁婚事，因而對安界警告說：

「你若膽敢娶番仔婆（註一），你就滾出這個家！」

「爸爸！沙莉是個好女孩，你先看看她再說。」安界哀求道。

「沒有什麼好看的，番仔婆就是番仔婆。」柯農福咬定地說。

「爸！你所指的番仔婆也許是那些沒有受到多大教育的，可是沙莉是受過高等教育的人，父母親又都是大學教授。」安界忍耐地說。

「我不管她受過什麼教育，她總也是個番仔婆。」柯農福一味執拗。

安界有些著煩了。「爸！你是怎麼樣？別番仔婆番仔婆的，並不是個個菲律賓女子都不好，也不是個個中國女子就都好。」

「我不要跟你論理，我就是不要你娶番仔婆。」柯農福依然不容分辯地說。

安界激動起來。「但是婚姻是我的事。」

「可是我是你父親，你敢！」

猶似兩隻待鬥的公雞僵持著。安世想起了他跟沙莉的對話。

好在還是柯太太冷靜，也許是疼兒心切，便遷就地將安界叫到一邊關懷問：

「你喜歡沙莉？」

「是。」安界斷然地點點頭。

「你有想到你倆的文化背景不同，你倆以後能共同生活得來嗎？」

「媽！雖說沙莉是菲律賓人，然我卻是在菲律賓長大，我不知這之間有什麼分別！」安界聲音鏗鏘有力。

柯太太被說服了。「我尊重你。」然後尋了個機會對丈夫說：「你就成全他倆吧！」

「妳……妳發什麼神經病？」柯農福雙眼直瞪著太太。「妳可知道這……這是多丟臉的事嗎？」

「丟臉？」柯太太楞一楞，而後不覺噗哧一笑。「也不是打劫、販毒，有什麼可丟臉的？你也未免把事情看得太嚴重了！」

「怎樣？這還不夠嚴重！」柯農福狠狠地白了太太一眼。

柯太太沒有再作聲，她待丈夫心頭上的火氣稍為消退了，才分解對丈夫說：「其實！在我心底深處，我又何嘗贊成安界這樁婚事。」她不知那來的智慧。「可是情勢比人強。想想看，就以咱們來說吧！為了追求個較好的生活，咱們寧願長年累月在菲律賓居住下去，後來甚至還入了籍。這樣影響到下一代，將是怎麼樣一幅畫面呢？他們不僅生活在菲律賓，感情更在菲律賓了。」柯太太繼續說：「好吧！你阻擋得了你的兒子不可娶菲律賓女子，可你阻擋得了你的孫子、玄孫嗎？菲華僑社今日處境無奈已走到此田地，你又有什麼力量能將這趨勢扭轉過來呢？所以，一切還是聽其自然發展吧！」柯太太嚥一口唾液。「況且，再一說，感情這回事，不是意志所能左右得來的，一旦壓制不得其法，反而貽害孩子走入歧途，咱們做父母的豈不是更要悔恨終生了！」

柯太太的一番話，說得合情又合理，令柯農福一時無詞以對，而不得不接受太太的勸告，然心坎裏還是一百個的不願意。於是，便對太太提出條件說：「好！安界的婚姻我就不理好了，他要怎麼樣就由他去，但婚後他們最好自己居住去，我是絕不認這番仔婆做為我的兒媳婦的。」

在柯太太一手料理下，安界終於跟沙莉結為連理。倆人就在外面租屋子組織小家庭。婚後，安界在醫院掛牌行醫，沙莉繼續任職護士主管。兩口小子，同出同歸，恩愛異常。

✣ ✣ ✣

倒是柯農福，自從安界結婚後，他心頭便猶如「死了一個兒子」似的。因為他覺得，兒子娶了番仔婆就是「變番」了，一旦「變番」了，這跟「死了」沒有什麼分別。他實在想不通，以安界的條件，論儀表；他英姿軒昂；論人品；他溫馴敦厚；論學歷；他當今已是位醫生，不會沒有中國女孩不想跟他做朋友的。其實，他也曾經從中介紹過不少中國女孩給他，就是竟沒有一位令他中意。記得有一次，他要太太給他介紹一位朋友的朋友的女兒，他到她家坐去，回來後，便對母親大發嚕嗦說什麼他以後不要再到她家坐去，原因是不過做做朋友，對方父母便把他從頭瞧到腳，查起他的身世來，猶如他是個犯人似的，真是討人厭！太太聽了，回道：這也難怪，誰家父母不疼愛其子女的呢？查查身世，只想討個保障，有什麼不對？他卻喊起來，又說什麼做朋友就需論及婚姻了嗎？未免太俗氣！還是跟菲律賓女子做朋友來得自由自在！就是這種「番仔思想」令他不想接近中國女孩。

再有一次，他給他介紹他一位朋友的女兒，這位朋友的女兒是在唐山長大，來到菲律賓才不多久，完全是十足的「中國化」，以他看來，是最理想不夠的兒媳婦，但安界卻連瞧也不想瞧對方一眼，便將整個腦袋搖得幾乎要掉了似的，說什麼兩地社會制度不同，教育環境殊異，要如何相處得來呢？番道理一大堆。唉！都是「番仔思想」在作祟！……

柯農福愈想愈越感覺安界之所以會形成這種「番仔思想」，追根究底，都是當初未能橫下心也將他送到新中國讀書去；因此，相對地，他對安世便愈加懷念起來。

而湊巧得很，就在這時，新中國政府忽然有了消息，說是查到安世在邊疆的戶口了。只是那地方直至現在，還不允外人進出。

柯農福喜出望外之餘，便將安界婚姻的惱事丟在一旁，馬上去信，要安世回來一趟，既使見一見面後再回去，假如他的生活已在大陸的話。因為畢竟已有二十多載沒有見過一面了。

柯農福將信寄出後，一面等著兒子的回音，一面腦裏不自禁地起了許許多多的聯想，他聯想到如他在雜誌頁上所看到的，一個戴著解放軍帽子，肩頭扛著一把鋤頭，在一幅偉大紅太陽的背景襯托下，那捲起袖子的雙臂是顯得那樣粗大又結實，高高昂起的頭顱，戰鬥精神又是那樣旺盛；而在那旺盛的神情下，最難能可貴的，還嵌現著一個具有強烈民族意識、愛國心重、有進取心、有責任感……。總之，是一個不折不扣新中國青年一代的典型。是的，安世在「新中國」培養下，也將是這樣子。……柯農福想著想著，愈想愈奮興、愈想愈得意。那微禿的前額發亮了，眉目疏朗了。他再一次給予自己肯定，當初將安世送到新中國讀書去，是他一生中最最做對了的一樁事；相反的，未能將安界也送到新中國讀書去，也是他一生中最最遺憾的事。

可是，很快的，柯農福「新中國青年一代典型」的幻想便破滅了！

因為不久，安世有了回音，說他要回菲律賓居住。

於是便開始辦理移民手續，由於安世一方面有海外關係，另一方面他本是在菲律賓出生，移民手續一下子便辦妥。他終於又踏上他闊別三十多載的菲律賓。

剛步出機場，柯農福一眼看到安世，先是一怔，然後再定神一瞧，無不倒抽了一口氣，那蓬鬆散亂的頭髮，風霜多紋的前額，呆板無神的雙眼，及那脊彎背駝的身腰，齷齪不稱身的衣服，猶如是個從烽火中逃出來的難民；尤其是一路上，他那濃濃煙臭的口腔，是一枝煙接過一枝煙吸個不停，更儼若一癮君子似的。柯農福幾乎不敢置信，這就是他日夜思念「幻夢中」的兒子？他實在無法將眼前這個人跟他聯想中那個壯碩氣昂的「新中國青年一代」聯繫起來。這是怎麼樣一回事？他有點感覺迷惑。好多次，他忍不住相勸道：

「世兒！你還是少吸煙吧！」

「哈！」安世總是冷冷一笑回道：「毛澤東、鄧小平這樣的大人物，尚且要他們少吸煙也少不來，何況要我這無名小卒。」

✣　✣　✣

再說安世回到菲律賓，見過父母親與弟弟，及被引見一些親朋戚友以後，便被柯農福帶到雜貨舖學習去。柯農福本希望安世能好好在雜貨舖學習，將來好能接他的手。然而，安世卻帶著一種懶散的態度，什麼都不想學；而時在對待菲工，還常有暴力的傾向。他在店鋪只待了兩個月，便不再想蹲下來。一日，他便對柯農福說：

「爸！我在裏已學了兩個月，菲語多少已懂得聽，懂得說，東西南北也分得來。現在我正想跟兩位朋友合夥做生意去。」

「你兩位朋友是誰？」柯農福聽到安世要跟朋友合夥做生意，他並沒有反對，覺得兒子要自己發展去，也是好事，因而關心地問。

「跟我一樣，也是從大陸來的，只不過來了好多年了。」

「你們想做什麼生意？」

「塑膠廠。」

「資本呢？」

「我的兩位朋友他們都有足夠的資金，他們只要我出力。」

就這樣，安世便跟他的兩位朋友合夥做生意去。他的生活開始顛倒過來，夜出晨歸，而不時又需要赴大陸，兩地來來往往，柯農福問了，他便解釋說，赴大陸是辦貨去，而工廠是二十四小時開工，說好的，他是值夜班。不久，他出出入入又有了一部新轎車，他便又解釋說，是公司買給他用的。

在安世跟朋友合夥做生意期間，柯太太一直希望他能立室，因為他年紀已經不小了。但他卻對柯太太說，男人志在四方，待事業有成了，再立室還不遲。這樣一拖再拖，便拖了一年多。

一夜，是個颱風過境的晚上，如平常一般，安世用畢晚膳，七時一刻，便自己駕車到工廠值班去。整夜，風雨交加不歇，到了子夜，忽然沒了電，四周更加顯得陰森森一片。柯太太不放心，上床前，便整間屋子上下樓巡查一番。她來到安世的臥室，拿著手電筒上上下下照射著，陡見床頭的牆壁上，有著一條水路從天花板的旁邊沿壁上流下來。她走過去，順著水路照下去，一直照到床底，陡又見床底下放有著一厚紙板的小箱子。她擔心水路浸進箱裡，濕了裡面的東西，蹲下來便把箱子拉出來，打開一瞧，上面放了一層毛毯，毛毯拿掉，便是一包包用小塑膠袋包好的東西。柯太太一時好奇心起，便拿起一包塑膠袋用手電筒仔細照一照，但見塑膠袋內都是一些粉末。她沒有懷疑什麼再看看其他包好的粉末，並沒有被水浸濕，才放心將東西放回原處，蓋上毛毯，想將箱子移往別處。正剛站起身，柯農福也拎了一枝手電筒走進來，瞧見那小箱子，便隨口問太太：

「箱子裏是什麼東西？」

「一些用塑膠袋包好的粉末。」

「粉末！」柯農福猶如觸到了什麼，渾身驟然一震，因為這種事情近年來發生太多了。「拿一包讓我瞧瞧。」他說。

在微弱的手電筒光線下一瞧，柯農福愕住了，這不是毒品是什麼？他心頭馬上五味雜陳，是驚？是懼？是怒？還是迷惑？世兒在販毒？他會販毒嗎？他會是這樣的人嗎？他為什麼要販毒？他所謂跟朋友合夥做生意，難道是跟朋友合夥販毒？他夜出晨歸，所謂值夜班；他常常來往兩地，所謂辦貨，難道都是一種欺瞞？莫怪他這樣快便擁有轎車可代步了！一連串問題馬上掠過他腦海。他將包粉末放在手裏稱一稱，問太太說：

「妳可曉得這是什麼嗎？」

「肥皂粉。」柯太太即刻回答說。

「太太！妳錯了！這……這是毒品。」

「什麼？毒品！」柯太太嚇了一跳。「七說八說，這怎麼樣會是毒品！」

「太太！我騙妳做什麼？」柯農福搖搖頭痛心地說。

「你意思是說，世兒在販毒？」柯太太兩眼睜得大大的。窗外狂風吹著，暴雨下著，室內又是一片漆黑。柯太太不覺心驚肉跳起來。她退了一步，失聲喊著：「我不信！我不信！世兒不會做這種事情的！」

「太太，別緊張！好壞如何，待明天世兒回家了，問個底兒就清楚。」柯農福要太太將箱子放回床底原處，他只拿了一包粉末，便跟太太回房休息去。

✣　✣　✣

由於整夜風雨交加不停，翌日，天空雖然轉晴了，大街小巷卻都漲了大水。安世直待至中午時分才回家，一回家，便蒙頭大睡。反正柯農福看店去，不在家，柯太太卻不便提粉末之事。到了傍晚，柯農福回家，安世也睡醒，大家圍在一起用晚膳。柯農福才將那包粉末拿出來，放在桌上，望著安世問著：

「世兒！這是什麼東西呢？」

安世瞧到那包放在桌上用塑膠袋包裹得滿滿的粉末，不動聲色地說：「一包洗衣粉。」

「真地是洗衣粉？」

安世唇角奸笑一聲。「不相信又何必問我。」

「世兒！我問你，你為什麼販毒？」柯農福臉色一沉，直截了當嚴肅地問。

安世不避父親的問話，輕佻地說：「還不是為了錢？」

「錢？你在這裏不愁食不愁用，還需要什麼錢？」

「生活在社會主義裏的人，同樣也需要享受。」

「然而君子愛財，取之有道！」

「在通往社會主義的革命道路上，一切只問目的，不問手段。」

「在社會主義裏，也有法律存在……」

「不！在社會主義經典裏，手段就是法律。」

「這樣說來，你跟朋友所謂合夥經營塑膠廠，全是假的，騙人的？」

「可以這樣說。」安世不避嫌地點點頭。

柯農福沉吟一下，又傷痛地問：

「你販毒有多久了？是來到菲律賓後才開始跟朋友販毒的嗎？」

「打從大陸開放開始，就幹起這勾當。」

「……」柯農福跟太太一聽，皆不禁怔住。

原來——

安世自從七歲到新中國接受社會主義教育後，到了十五歲時，已是中學二年級了。那一年，文化大革命已進入第五年頭。在那期間，他的許許多多同學都已先後加入了紅衛兵，他卻由於有「海外華僑」的背景，便始終未能跨門而入。正當他終日悶悶不得其志之際，一日，在上課時，老師在講台上授課毛澤東的革命論理時說，毛主席為達到階級革命的最後勝利，不惜在文化大革命中，利用「陽謀」來引蛇出洞，好將資產階級敵人打倒……。這唯以目的為訴求的「毛澤東階級革命論理」，猶似醍醐灌頂，馬上打開了安世的腦門，他不覺得意一笑，知道要如何做了。父母遠在海外，奈何不了，但這裏有祖母、有伯叔。於是，他先揪鬥祖母，再揪鬥伯叔，待一個個揪鬥完了，他也贏得了「毛主席的好門生」，終於做起紅衛兵來；不久，他便隨著紅衛兵團到邊疆上山下鄉墾荒去，也就在那裏落戶。

開放後，他繼續在邊疆住下去，那是因為他已在那裏落戶，政府一時不允他們遷移；只是「鐵飯碗」沒有了，他們必須靠自己找尋生活去。他便在邊疆流浪，前後當過搬運工人、開礦工人、建築工人，然都是屬於一些短漸的工作，他常常是飽一頓，餓一頓。這時候，階級革命熱潮已在社會裏消失得無影無蹤，取而代之的，人人開始朝錢看，他為改善窮困的生活，他也唯有朝錢看；於是，錢！錢！錢！畢竟，他已是社會主義的「好門生」，為達到「有錢」目的，他再一次靈活地運用起「以目的為訴求的毛澤東階級革命論理」。他藉官商勾結，利用邊界之便，走私、販毒……一下子，他富有了，便到處恣意花天酒地、賭博、泡女人……。

一天，他忽然接到一封陌生信，他打開一看，原來是他早已忘卻了的菲律賓家信，是父親寫給他的，信內除了充滿懷念之情，就是希望他能回菲一趟，不管他願不願意留下來。他閱畢了信，馬上起了個信念。好久好久以前，他就聽到人家說，東南亞遍地黃金，旅居在東南亞的華僑個個都是富豪，自然也包括他父親在內。他想著，雖然在這裏販毒有可觀的收入，但究竟不是長久之計，還是父親那裏，有龐大的事業，有用不完的錢，什麼都隱如泰山，同樣，有了錢，也可以喝、賭、泡女人。於是，他便決定投靠父親，到菲律賓定居。

豈料到了菲律賓，發現父親既沒有什麼龐大的事業，更沒有什麼用不完的財產；相反地，父親只是一位小商人，一爿夠吃夠用的小雜貨鋪。失望之餘，他便決定在菲律賓重操舊業，湊巧的，這時他遇到了兩位同也是來自大陸不久的朋友，三人便一拍即合。

「莫怪小雜貨鋪你是蹲不下去的。」柯農福深深地嘆一口氣。

「是的。」安世不屑地說：「那種一仙一圓地賺，再一仙一圓地儲蓄起來。說實地，我沒有那種耐性。也覺得是在浪費時間。因為我已沒有時間可再浪費了。」

「你這是什麼話？怎樣是在浪費時間？又怎樣沒有時間可再浪費了？」柯農福不解地問。

陡地，安世表情一變，充滿悲憤地反問道：「爸！我問你！當初你為什麼將我送到中國大陸讀書去呢？」

「還不是為你好，使你不變番！」柯農福怔了一怔，機械般地說。

「變番？哈哈哈！」安世狂笑起來，笑聲是那麼淒厲，眼神是那麼銳利。「變番有什麼不好？瞧瞧弟弟吧，你不是說他變番了？但卻是一表人材，有才幹、有前途。我呢？階級革命！階級革命！青春被階級革命浪費了！前途被階級革命毀了！到頭來，還剩下什麼？……爸爸！我再問你，你開口閉口，新中國是如何又如何偉大，然究竟你對新中國又了解多少呢？……哈哈哈！我好恨！好恨！也好不甘心！好不甘心！我要不擇手段討回我那蹉跎了的歲月！……」

這晚，安世便離家他去。

✣ ✣ ✣

一連幾晚，柯農福夫妻都輾轉在床上不能成眠，尤其是柯農福，內心不僅悲痛萬分，無以言宣，思潮更是起伏不定。他始終想不通，當初，他將安世送到新中國讀書去，就是希望他能接受當代最進步的革命教育。想不到，回菲後，不僅身子枯瘦得如患了重病一般，一幅癮君子模樣。更令人震驚的，竟然變成了個毒販；相對之下，安界的俊華才識，一個懸壺濟世的醫生，兩者的確完全無法相比。……是社會主義出了什麼毛病了嗎？……或者，如安世對他所言，他對社會主義新中國了解多少呢？

約略是安世離家後的第五天，已是子夜了，柯農福夫妻依然還為安世的販毒離家出走輾轉在床上不能入眠。在靜謐中，電話鈴聲突然尖銳地響起來。

柯太太爬起床，到客廳聽電話去。

話筒裏轉來安界的急促聲音。

「媽媽！我是安界，我還在醫院忙著。哥哥受了嚴重的槍傷正在急救室急救著。」

「什麼？你說什麼？」猶如晴天霞靂打在柯太太頭上。「他為什麼受到槍傷？」

「我也不大清楚。」安界在電話裏說：「據說：他跟他的兩位朋友在馬加智販毒，被警察發現了，他們三位便跟警察交鋒起來，三位都被警察槍傷。」

「傷勢有危險嗎？」柯太太惶恐地問。

「哥哥的兩位朋友到醫院後都先後去逝，哥哥……」

「你哥哥怎麼樣了？」柯太太渾身已瑟縮地起了激烈的顫抖。

「哥哥……他……」

「快說呀！別吞吞吐吐。」

「哥哥……哥哥也只有十分之一的希望。」

「……」柯太太舉手掩著嘴；哀慟地抽泣起來。「好！我就跟你爸爸馬上到醫院看去。」

「不！」陡地一聲決斷的「不」字聲在柯太太背後響起來，柯太太掉頭一瞧，在淒淡的燈光下，原來丈夫已不知在什麼時候來到了她的背後。

「為什麼？」她問。一面慢慢地把電話筒放下。

但見柯農福悲戚地搖搖頭。「去不得……」

「為什麼去不得？」柯太太自持不住了，嚎啕地大哭著。

「因為這種事非同小可。」柯農福一臉無奈。

「我就不明白，他為什麼要販毒？為什麼販毒呢？」柯太太已哭得成個淚人，漸漸地，她有些失態了。「都是你！都是你這個好父親，什麼地方不好讀書去，一定要送去什麼新中國讀書。他不應該到新中國讀書去，不應該到新中國讀書去……。」

柯農福內心激烈掙扎著，神情無限委靡。結婚以來第一遭，他覺得他對不起太太。「都是我錯了！太太！請原諒我！一切都是我不好！」

當晚，安世也回天乏術地走了。柯農福忍著椎心之痛，連夜差人把他屍體帶往殯儀館入殮。連看也不敢去看一眼，就叫人草草地將他埋了。

✣ ✣ ✣

自從安世因販毒被警察擊斃後，柯農福便患了一場大病。在病間，他夜來常常做惡夢，夢見安世從遙遠飄到他面前，滿臉流著血指斥他道：「爸！你為什麼把我送到新中國讀書去？我問你，你對新中國了解多少呢？對共產主義又懂得多少呢？爸爸！你錯了！你錯了！……」每次驚醒過來，病情便更趨惡化，神智更加迷糊不清，總需要有人照顧。柯太太也因刺激過度，身體迅速地衰弱下來，根本已無能為力再照顧丈夫，只好僱了家庭護士，但護士卻三天兩頭便辭掉不幹，說是病人性情怪難照顧。安界每天在上班前及下班後，都要來給父親診察一下。看到這情形，一日，回去後，便對沙莉說了，沙莉一聽，馬上自告奮勇說：「那就讓我照顧爸爸去。」

安界怔一怔，「妳的工作呢？」

「我可以辭掉，看顧爸爸要緊。」

「但爸爸會答應嗎？」

沙莉白了安界一眼。「你還顧慮這些做什麼？」

安界深情地瞧著沙莉。「你真地對爸爸一點都沒有存有芥蒂嗎？」

「存什麼芥蒂？」沙莉嫣然一笑。「這之間只是缺少溝通，一旦有所溝通了，也就冰消瓦解了。」

「沙莉！妳太好了！」安界感激地說。

就這樣，沙莉便辭掉工作，日夜在床邊看顧柯農福。柯農福在昏昏迷迷中，但覺有個菲女子在細心地照顧他，令他在病中減少了不少的痛苦。漸漸地，他病情有些好轉了。一晚，安界下班後來給他診察，他腦海忽然轉清過來，睜開眼睛望著安界，再望著柯太太，然後便盯著身邊的沙莉，良久良久，才指著沙莉問太太說：

「她是那一位護士？真感謝她給予我的照顧。」

「她是沙莉。」柯太太有些擔心地說。

「沙莉？」柯農福在找尋那游散的記憶，這名字好熟悉，驟地他記起了。不覺咧嘴一哂；「唔！原來是我的媳婦在照顧我。」

一聽到「媳婦」兩字從柯農福嘴邊滑出，安界愕住了，柯太太也驚住了。

柯農福只管感覺內疚地繼續對沙莉說：

「我太對不起妳，妳不會生我的氣吧？」

「爸爸！你沒有做什麼不對的事情，我為什麼要生氣你。」沙莉溫和地說。

柯太太感動極了，便插進口，故意搶白丈夫說：「是你在生人家的氣，人家才沒有那樣多氣可生。」

柯農福忽然想到了什麼，遲鈍地環視了一下四周，問著安界：

「孩子呢？」

「在家裡。」

「你們還沒有搬過來住？」大家又是一愣。

「怕對爸爸不方便。」沙莉笑著說。

「辛苦妳了！」柯農福感激地瞧著沙莉。「孩子也不能沒有母親，你們就一同搬過來住。」

「你不會趕他們出去吧？」柯太太又再一次故意地搶白丈夫。

「都是我不好！」

就這樣，大家便住在一起了，由於安界已有了兩個孩子，一男一女，靜寂的屋子頓時熱鬧起來，每個角落都充滿了生氣。柯太太開心，柯農福也樂了；尤其是柯農福，在沙莉媳婦的細心照拂下，及兩位小孩的天真無邪笑聲裏，復元得非常迅速，經過一年多，已康健如昔。算算他已七十多歲，年事已高，也該退休了，便將雜貨舖歇了，終日在家裡含飴弄孫。他問孫女道：

「妳今年幾歲？」

「七歲。」孫女答。

「你呢？」他轉問孫兒。

「五歲。」

他又問孫女：

「妳讀幾年級了？」

「我讀一年級。」
「你呢？」
「幼稚園」。
「公公！」孫女叫著。
「什麼事？」
「我要在菲律賓好好讀書，將來好可像媽媽，做個好護士。」
「對！」柯農福含笑點點頭。
「公公！我也要在菲律賓好好讀書，將來好可像爸爸，做個好醫生。」
「對！」柯農福再咧嘴一笑點點頭。

一九九九正月

＊註一：『番仔婆』對菲女子輕蔑之呼稱。

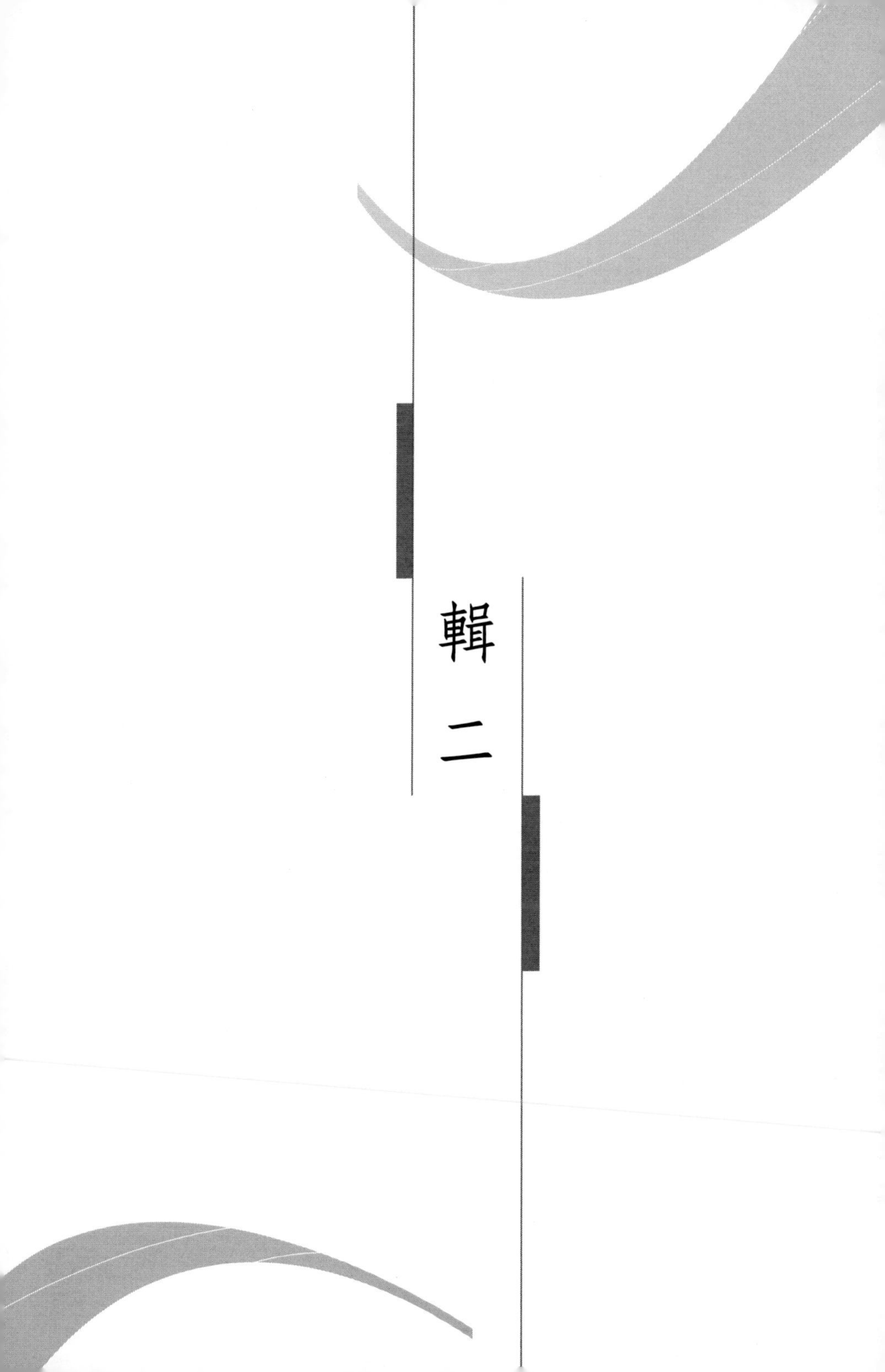

輯二

鳴弟的婚姻

今年六月，我跟妻子出國遠遊去。回菲後，已是七月中旬。感謝傭僕，去國個把月，在沒有主人之下，還是將整個家打掃得清清潔潔，井然不紊。我踏入書房，但見書桌上放著一張便帖，我隨手取過來，正要打開一瞧，不慎，帖內卻滑出一張便箋及兩張機票來，我馬上接住。為了好奇，我反而把便箋先看了。

民兄：

六月七日是我跟妻子結婚五週年，本來並不想慶祝，唯想到三年前你來了一趟納卯接受我女兒領洗拜為乾爹後，就未再謀面，想是事忙；不過，非有要事，想你也未必會再到納卯來，故藉婚姻紀念事由，望再次邀你再到納卯一遊。所謂慶祝，也不過是準備在家裏請幾位較知己痛飲一番，所以，只發便帖，盼勿見怪。到時你是第一位最重要的客人，正如我妻子常常說：你是我倆的大恩人。希望勿讓我倆失望。

祝

商安

弟鳴　敬上

另註：附上來回機票兩張，等著你跟你的太太。

看畢信箋，心中先是掠過一陣歉疚；然後，一個平頭，身材稍胖，樂天知命的影子便出現在我眼前。

我認識鳴弟那一年，他是二十三歲，我二十四，多他一歲。那時，他在岷市中路區一間鞋莊擔任購貨主管，而我剛進入一鞋廠當推銷員。據他說：他是十八歲中學畢業後，大學半工半讀，就到這鞋莊工作，先由棧房點貨收貨做起，後當店鋪賣貨員，而後便是購貨主管。大概是投緣，當我第一次來到其店鋪兜攬生意時，兩人便一見如故；而成為以後無所不談的好朋友，更在生意上合作過一段時期。

鳴弟天性樂觀，喜歡女孩。他自己說：中學時代以追求女同學為能事。因之，當鞋莊二樓民宿搬進一位華裔女孩時，馬上引起了他的注意，迅速地，他也查清楚了對方的來歷：姓黃，二十歲，遠東大學商科二年級，家住內湖省仙北洛社，父親在當地經營鏡坊。為讀書方便起見，她跟弟弟倆人便在岷市租屋寄住，父母親則常常往來於兩地探望他們。

記得是一個下午，我來找鳴弟，向他兜生意。正談話間，鳴弟驟然把話打住，睜大眼睜，指著店口說：

「民兄！快瞧！快瞧！那個女孩美不美？」

我本坐在桌前，面對桌內的鳴弟，背向店口，經鳴弟一喊，我趕快連椅帶人轉過去。果然，但見一位長髮披肩，膚白如雪，玲瓏嬌小的小姐，從店門口跨過去。

我回過頭望一望鳴弟。「這就是黃小姐？」

「是，你看怎麼樣。」

「瞧樣子，姣好大方，交過臂沒有？」

「還在伺機會。」

我一笑置之。

不久，便聽鳴弟說他倆認識了；再不久，又聽鳴弟說他邀了黃小姐出遊、看電影、用館子。我便鄭重其事問鳴弟說：

「是做做朋友嗎？」

「打從心底說，我很喜歡她。」鳴弟一臉正經。

想起鳴弟的樂觀好動性格，我不覺又問：「是認真的？」

「絕對認真的！」

「她對你印象如何？」我又問。

「沒有絕對把握，但相信是好的。」

漸漸地，倆人的出雙入對已公開化，黃小姐更是大大方方的不避嫌閒；進而，連鳴弟的午餐都由黃小姐差傭人拿下樓給他用，每天黃昏後，店門關了，鳴弟也爬上樓在那裏吃晚膳，常常逗留至夜晚才告辭回家。倆人的感情已發展到了只差論婚的地步了。

當然了，自從鳴弟墜入情網後，整張臉總是喜氣洋洋，春風滿面的。每當我的到來，一挨生意做完後，他便會在我面前大談黃小姐這樣好，那樣好，愈談愈起勁，愈談愈忘形。談過了鐘頭，便強拉我到樓上用飯。這一來，我也跟黃小姐見過了幾次面。

黃小姐給予我的印象，嫻靜高雅，溫柔婉約，杏眼桃腮，十分標緻；尤其是那白得似牛奶的肌膚，玉潤光滑，讓人直覺的有著「芙蓉出水，纖塵不染」之感。談話間，一顰一笑，瓠犀微露，梨渦淺現，更是青春可人。我心想，這可能是鳴弟為之撼心的所在。可惜，美中不足處，黃小姐身材猶似矯小了點，而有弱不勝衣之概。

兩年時間一瞬眼過去了，黃小姐大學商科畢業後，便在一間銀行謀事。所謂「男大當娶，女大當嫁」，一面謀事，也是一面選擇對象的開始。黃小姐心中既然早有所屬，就更是論婚的時候了。黃小姐口中不說，行止之間，對鳴弟表現的百依百順，鳴弟看在眼裏，心中也早已有數。

一日傍晚，鳴弟約我到王彬街館子用飯，一邊吃著，一邊神情嚴肅地對我說：

「民兄！有一事要跟你商量。」

「你不必說，我也曉得要商量什麼。」我自作聰明地對他打了個眼色。

他一愣。「你曉得了！我卻可未曾對任何人提起過。」

「這種事，還要事先對任何人說什麼？」我再道：「黃小姐畢業了，你也該跟他結婚了。婚姻是終身大事，總不能馬虎兒戲，故隆重舉行婚禮前，找朋友商量，徵求朋友的意見，本就無可厚非。」

鳴弟忍不住縱聲大笑起來。「你很會自作多情。我的婚姻計劃，正跟你剛剛說的相反，我正預備延後兩年才結婚。」

「什麼？」我驚叫起來。「黃小姐可同意嗎？」

「別大驚小怪！」鳴弟伸手向我作鎮靜狀。「我已向黃小姐暗示過。」

「她可願意？」

「她好溫柔。」鳴弟得意地回答。

「那你找我是要商量什麼事？說說來聽。」

鳴弟把身子挪正一下，乾咳一聲，句清字明說：

「打從我認識黃小姐開始，當然地我便須為日後組織家庭著想負責；兩年來，我無時不在計劃著開創自己的一番事業，唯時機未成熟，不便向任何人吐露，包括你在內。雖然說，我在這鞋鋪工作已有六、七載，報酬之可觀，以現水準來說，的確是夠我成家尚有餘；然而，諺云：男人志在四方。我總不能一輩子都是個受薪階級者。……」

「有志氣！」我插一口。

「別打岔！」他瞟我一眼。

「好！談談你的計劃。」

嗚弟繼續說著：「前些時，我去了兩、三趟岷蘭佬，將整個岷蘭佬走夠盡。經過一番觀察後，我發現岷蘭佬地廣人稀，土地肥沃，當地人靠土產發達，幾乎都很富有。唯一缺憾的，是岷蘭佬屬開墾初期，物質應用方面，跟岷市比較下還差了一大截，所以，只要有冒險苦幹的精神，捷足先登，發展的空間還是非常大。我自信可在那裏搞出一番事業來。」

「準備搞那一行業？」

「所謂『在途學途』，除了鞋行，我還能搞些什麼！」嗚弟停一停。「不過，有別於我店裏的格式。」

「還有花樣。」我開玩笑說。

「這就是今天我約你來的目的。」嗚弟不理會我的開玩笑。「想想看，同是菲律賓，兩地生活物質卻相差如天壤，歸因還不是交通閉塞所致，要不然，那邊土產之盛，當地人不是不懂得花錢。所以，做為第一步，我打算在這裏躉批殺價買進過時的拖鞋類，再運往那邊發售。通常，在這裏是過時貨，到了那邊是新奇。」

「好計策！有眼光！」我讚嘆著。

「不過，卻需要你幫忙。」

「幫你辦貨！」我一猜便猜到八、九分。

「讓我倆來合作好嗎？」嗚弟眼睛直望著我。「我經過良久分析，想來想去，覺得找你還是最妥切。首先，你為人忠厚可靠，其次，你的職業又是推銷員。說實地，要早要晚，時間都是在你手中，這就是做推銷員的好處，在不妨害你的職業下，你可一身兼兩職，相信，以你現下的經驗、人際關係，市場情形又較我熟悉清楚，想必能勝任無疑。」

「是的，這點工作對我來說，應該是沒有問題的。」我點點頭，有感這確然是為我所能勝任。

「所以，我到南部去，你在岷市採辦，彼此時而來來往往。」嗚弟繼續道：「不過，依我看，這種買舊賣新的方式，是有時間局限性，因為一旦岷蘭佬交通稍為開闢，岷蘭佬人便也會懂得追趕岷市人了。因此，我以五年為期，五年後基礎穩固了，便擴充為小型百貨市場，再五年……。」

「好！」我打斷他的話。「我跟你合作五年。」

「一言為定！」

「地點選在那個城市！」我問。

「納卯市！」他回答。

「黃小姐方面呢！」

「我自然會向她說明去。不過，我已對她暗示過，她卻說：男人能有事業心，做為他日後的妻子才有幸福可言。」

就這樣，嗚弟往納卯去了。他很有生意眼光。一開市，人潮便如過江之鯽。他固定每兩個月回岷一次，除來瞭解岷市商情及探望父母，更主要的，當然是能跟黃小姐見見面。我呢？三、四個月不等，也跑一趟納卯，為的也是對那邊能有所明瞭，然後，互相磋商，研究，討論……

每次見面，我都關切地向他問起黃小姐。鳴弟總是十分快活地說：「黃小姐實在太好了，我幾次內疚地向她表示不能常常同她見面，她反而安慰我何必急於一時，並鼓勵我專心在事業上發展。」我心想：鳴弟是幾世修來的福運，遇上黃小姐，通情達理，又美麗嫻淑，真謂夫復何求！我不禁無限羨慕。

兩年終於過去了！

在這兩年期間，生意的一帆風順，令鳴弟完全沒有了後顧。於是，他說：

「是實行諾言的時候了，我該向黃小姐求婚去了。」

「快去吧。」我說：「男人年齡無所謂。女人青春容易逝。」

鳴弟懷著滿心的幸福求婚去！

可是，一下子，不但沒有聽到他要結婚的消息，彼此見面時，他也隻字不提黃小姐的名字。在狐疑下，我幾次追問著：

「怎麼樣！求婚如何了？」

他總是顧左右而言他。「時間還早。」然後話題一轉便轉到商場去。

自然，望著他強裝笑容的顏面。我暗忖，該不會是求婚出了什麼問題吧？因為不管從那個角度看，黃小姐幾乎是不會拒絕他的；那麼，是有關求婚的其他枝節？如聘金，擇日，宴桌……但我又一想，也是不會罷，這些小事，難道還會難倒鳴弟不可？然而，除此，我卻猜也猜不出其他端倪來。最後，我實在忍耐不住，便拉住鳴弟，非問個水落石出不可。

他才終於幽幽然地告訴了我。

「當我正式向黃小姐提出求婚時，她即刻對我說，她媽媽要見我，當然，婚姻是終身大事，岳母要見準女婿，是理所當然的事；其實，她媽媽我已見過好幾次，這次要再見我，也許是為慎重起見。便約定一日下午見面。我到府上時，她媽媽早已從內湖省來了，正兀坐在客廳裏等著我。我禮貌地叫了一聲伯母，視線朝客廳一掃，卻不見黃小姐的影子，我不覺空氣好似有異。這時她媽媽好像已看出我的遲疑神情，便道：

『亞薇有事出去一下，你先坐下，我有話要跟你談談。』

『伯母！不客氣！』我輕聲說，坐下來。

『亞薇告訴我，你向她求婚了。本來，你倆的事，我是不想過問的。不過，女兒到底是我的，我關心她也是應該的，我想問你，你為何不在岷市發展事業，而跑到納卯去呢？』

『那裏地廣人稀，比較好發展。』我解釋說。

『可是，你不覺得遠了一點？』

『遠？』」

嗚弟說到這裏忽然對我說：「民兄！說實地，當時我一心一意只想做生意，並不想到『遠』這問題上。雖說岷蘭佬交通落後，納卯卻有航線，來回岷市只須一小時半，較乘車去碧瑤，時間上是縮短得多了；況且，在納卯有生意的家庭，平日來來往往於岷市的，不是稀鬆得很嗎？所以我便回答她媽媽說：「同是菲律賓。」

「『但我實在放心不下讓亞薇到那樣遙遠的地方去。』她媽媽開始堅持著。

『她可以常常回來。』我安慰她媽媽。

『最好，』對方突然顯得一臉的堅決。『你能把事業轉移到岷市發展。』

『伯母！』我急起來。『兩年來，我在納卯已發展得非常順利。』

『好了！不必多說了。』她好決斷。『我的提議，你可回去考慮考慮一下。』」

「聽她的口氣，似乎是發出了最後通牒，我已沒有置啄的餘地。我腦海裏忽然靈光一閃，我相信黃小姐是愛我的，反正婚姻是我倆的事，只要黃小姐肯嫁給我，妳做母親的又奈何得了呢？畢竟時代不同了。於是，我大著膽子問：

『亞薇幾時回來？我想跟她談一談。』

『在你答覆之前，亞薇是不會見你的。』對方好一幅截然的表情。

「但是，我不相信，也不死心，我深深相信黃小姐是愛我的。我心中忽轉過一個念頭；好！妳今天不讓我見妳女兒，明天妳回內湖省去了，我才來見她。可是，翌日一早，我去了，擋住門的是她弟弟，說姐姐不在，再一日，依舊是這情形，我便改換用電話找人，依然不得要領。於是，我疑惑了，而我無論用什麼方法，她不見我就是不見我，眼看大勢已去，我還能做些什麼呢？……」

嗚弟講到這裏，算是把真相講明白。他驟地激動衝著我問：

「民兄！我到納卯發展事業是錯了嗎？」

「嗚弟！你曾經自己說：男人志在四方。古今中外，誰能否認這句話是不對的！」我說。心中卻起了個疙瘩：為什麼黃小姐態度會來個大轉變呢？

不日，我便找黃小姐，意外地，她馬上接見我。

「黃小姐！妳跟嗚弟的婚姻如何呢？」我問。

「一切媽媽做主？」黃小姐溫柔地說。

「難道妳不愛鳴弟？」我進一步逼問著。

「我不知道。」她把頭俯得低低的。

「難道妳對鳴弟一點感情都沒有？」我單刀直入。

「我不知道。」

不知道！不知道！我倏地覺得眼前這個女子是怎樣搞的？多麼難於瞭解啊！所幸！鳴弟看得開，不出多時，他的創傷已結疤，除了偶而談起黃小姐尚帶有淡淡惆悵外，他已完全恢復了樂天的個性。不久，便傳出黃小姐跟一位姓劉的先生結婚了。鳴弟不禁搖搖頭感歎說：

「民兄！你不瞭解她，我又何嘗瞭解她呢？」

鳴弟的「失戀」打擊遭遇，朋友弟兄，無不寄予同情，甚感抱不平。因此，有些「好心人」朋友便關懷提供意見說：「既然事業在納卯，便就地取材，物色當地一位華僑小姐好了。」或者，基於理由的落實，鳴弟便接受朋友的介紹，認識了當地一位戴姓華僑小姐。這位戴小姐雖不比黃小姐白皙美麗，卻較黃小姐高大，性格也較開朗活潑。我心想：這一次該是搭對了，暗中不禁為鳴弟竊喜。

「喜酒該是吃定了。」我開玩笑對鳴弟說。

「還言之過早！」

「會有問題嗎？」

「民兄！所謂『一朝被蛇咬，終生怕草繩』。對感情這勞什子，我是不敢大意了！」

但是，他還是被刺痛了！

畢竟，鳴弟是個樂觀者。當他跟戴小姐交誼一段時期後，不知不覺，還是把感情付出。戴小姐卻開誠布公對他道：

「你能帶我到美國去嗎？」

「去旅遊？」

「不……移民！」戴小姐說：「這是我的心願。」

「到美國做什麼？」

「到那邊生活去。」

「菲律賓不是也能生活嗎？」

戴小姐即刻對鳴弟攤明態度，誰能帶她到美國生活去，她就嫁給誰。至此，鳴弟唯有知難而退。

「華僑女子是如此重視條件嗎？」鳴弟有些憤懣地對我說：「前些時，我覺得黃小姐並不是不愛我，但後來我想了想，她就是不想居住岷蘭佬；至於戴小姐，虛榮心也忒重了！」

就在婚姻一波三折下，很快地，鳴弟到納卯經商一下子竟五年了；換句話說，咱倆協約期已滿。這時，我剛過三十，他巧三十，他歷經兩次感情挫折的同時，我卻獲得愛情；由認識、戀愛、而後結婚。有了家室，我開始萌生固定的生活，盼開爿自己的商店，不想繼續當推銷員。事實上，鳴弟在納卯所經營的鞋店，業務的蒸蒸日上，計劃五年進軍百貨商，已提早一年擴具雛型，買舊賣新的格式，逐步在淘汰中；加上營業基礎愈發穩定，知名度愈越普及，廠商，批發商皆自動上門招生意，我這個採辦工作便越來越不受用。因此，基於上述理由，趁此期滿之際，我便找鳴弟說明心意。

記得是我開市營業的第一天，我備辦了簡單的茶點招待一些朋友，算是吉祥的象徵。鳴弟匆匆從納卯趕過來。在店裏，他遇見我一位表妹。我這位表妹是出了名的「媒婆」，交談之下，得知鳴弟尚沒妻室，便自告奮勇滔滔地說：

「我給你介紹好嗎？我的一位朋友的妹妹，大學剛畢業，生得秀外慧中，相信你看見了，一定會滿意……」

「什麼時候介紹？」我插進嘴問。

「後天下午有空嗎？」表妹計算一下。

我望一眼嗚弟，他唇邊正浮上一抹淺笑，不置可否地把一塊小糕子悠閒往嘴裏送。我不禁用手肘碰他一碰。「怎麼樣？」

他含口點點頭簡單道：「也好！」

「你放心，經我介紹的女朋友，沒有一對不成功的。」表妹自信地拋下這句話後，便轉身跟其他朋友談天去了。

然而，表妹這一次的「自信」，卻陰溝裏翻了船。

而幸得，嗚弟自始至終所表現的「有可無不可」態度，一顆結了疤的心總算才不再有新傷痕！

當表妹走開後，我拍拍嗚弟的肩頭道：「為什麼這樣冷淡？」

「我不是說過，對感情這勞什子，我已不敢存有太大的企望。」

「別這樣消極，也許是緣份未到。」

「緣份？」嗚弟哈哈一笑。「民兄，你很會尋話詞來安慰我，謝謝你！」

「無論怎樣說，我表妹是一份熱心，先做做朋友也不見得不好！」我打氣說。

「只怕枉費你表妹心機。」

「試試看。」我鼓勵他說。

真地試了。第一次見白小姐去，第二次從納卯來又見去，第三次、第四次……再見去。第五次……嗚弟突然對我說：

「打退堂了！」

「又是什麼原因？」我急急地問。

「原因是一次比一次可怕！」

「說來聽聽！」

「對方需要的是一位入贅的女婿！」

「有什麼不好！」我半開玩笑說。

嗚弟卻一本嚴肅：「也許沒有什麼不好，可是我這身骨頭就是接受不了。白小姐的媽媽很會說話，說什麼我一表人材，很會做生意，正好是白小姐爸爸的好幫手；又說什麼白小姐自小嬌生慣養，長大到現在還未曾一刻離開過她身邊。……言外之意，使我不期然聯想起黃小姐，額頭不覺涔涔出汗，我實在不敢再碰那問題，還是三十六計，走為上策。」

「白小姐呢？」

「這次較好，她坐在她媽媽身邊，但一句話也不說，她會有什麼主見呢？」

嗚弟說到這裏，斜睨我一眼，深深嘆一口氣，背脊便從椅背上滑下去，整個身子彎彎地靠進椅子裏。空氣猶似驟然凝滯般，他望著天花板，良久良久，才有所思自言自語似地說：

「做為一位菲華青年，我到今天才感覺到，要娶個同僑女子竟是如此困難。」

假使我不錯的話，在往後五、六年，嗚弟似乎不再涉及任何感情的事，他把全部時間與精神完全放在事業上發展。短短幾年，不僅一棟四層樓高的大型百貨市場堂而皇之在納卯市中心矗立起來，進而更將營業市場伸展至將軍市，忙碌情況，可想而知，然而，他不管怎麼樣忙碌，他還是保持每兩個月回岷省親一次；反而是我，自開了店以後，幾乎就未曾再去過納卯。

有一次，嗚弟到岷後，打電話給我，鄭重其事對我說：「晚上七時半，見個面，一起用晚膳如何？」他的鄭重其事是我下意識裏覺得他有什麼重要的事要對我說，因為他每次回岷，我倆總是要見面的。

果然，一見面，他便一臉嚴肅，劈頭問我道：

「對菲律賓人，你的看法如何？」

「沒有什麼看法。」對他沒頭沒腦的問話，令我一時摸不著頭緒，便搖了搖頭。

「總不會連點感應也沒有！」

「大體上說，菲人比較沒有心機，因此，有時比中國人單純得多。」

「好！衝著你這句話，我大膽要求你幫我一件事。」

「什麼事？」

他頓一頓，伸出右手緊握住我放在桌上的左手手腕說：「我愛上了一位菲女子。」

我乍一聽，不禁一愕，但他再說：「不是嗎？咱們同是生長在菲律賓，除意識裏覺得自己是中國人外，更多時候生活上已老早是跟菲律賓人打成一片了。……」

瞧著他激動的神情，再想到他接二連三遭遇「同僑戀」的挫折，而走上「異族戀」的路上，也是自然而然的事。於是，我便心平氣和開始一連串的查詢：

「認識多久了？」

「有半載了！」

「那裏人？」

「三寶顏，菲西混血兒。」

「父親是來自西班牙的移民？」

「不是，父親是第二代菲籍西班牙人。現任三寶顏大學教授，母親是三寶顏公立學校中學教師。」

「她呢？」

「大學剛畢業！」

「讀什麼系？」

「棉蘭佬國立大學醫學腦科系，現在納卯總醫院見習。」

我不禁仰慕地說：「總算是書香世家。」

「但是，卻需要你幫忙。」鳴弟介意說。

「幫什麼忙呢？」我疑惑地問。

「說服我母親！」

「你母親反對！」我淡淡一笑，這是我意料中之事。

「我試探過。」鳴弟口齒清晰地道：「前次我回來，打了個譬喻問母親：假使妳有個菲媳婦……。她一聽到『菲媳婦』三個字，也不管我說完不說完，便直搖頭喃喃道：受不了，受不了……」

我聽著，心底卻不禁在想，這可不是一樁容易辦的事！兩代間生活及環境的差別，所形成在意識上、思想上的隔閡和偏見，不是三言兩語馬上便能化解的。

但，為朋友，我總不能不盡點力！

於是，也為好奇，我先跑趟納卯，想對事情有進一步瞭解，再慢慢來說服其母親。在納卯，經鳴弟介紹，我瞧見了畢玲。她那先天異配刻劃在面龐上的混血模型，一頭濃而密的長髮披瀉如流，修長的青蛾又飄然入鬢；而雙眼皮下，一對朗若明星的碧眼卻盈盈欲語，挺直的鼻樑，熱火似的口唇，誠然是一西方美人；唯可惜，也許是愛好運動的緣故，肌膚有些呈古銅色，幸而那豐滿的筋肉，很適中地取長補短的襯托出一幅健康美來。她跟鳴弟並肩站在一起，倆人高低剛剛齊平。

而經過幾次接觸後，我更發現，畢玲這個菲女子，舉止談吐間，自然而然所流露的高雅氣質，她還是位充滿智慧的女子。

於是，我開始找伯母去，但一切如預期所料，所得的答覆不是「世代未曾跟異族通婚」，就是「菲中兩民族傳統風俗迴然」，或「我觀念容不了」，甚或「菲律賓女子不可靠」……等等。弄到後來，伯母直截了當對我說：「不要為亞鳴想娶『蕃仔婆』（註一）的事再來找我，我至死是不會答應的。」

可是，鳴弟一點皆不感悲傷，相反地，他更加樂觀。我愕了，問了原因，他說：「畢玲說這樣才好，可以考驗咱倆的愛情；況且，畢玲還計劃要到日本深造兩年。」

很是意料之外，畢玲兩年的日本深造，竟帶來了轉機，在這兩年間，伯母到處托朋友為鳴弟作媒，然鳴弟不是直推說事務忙，便是婚姻之事以後慢慢再講，弄得伯母又急又氣，眼看著鳴弟已步進四十，她這才心軟下來。一日下午，忽打個電話找我去，對我說：

「好！你是亞鳴的好朋友，對他說去，他的婚姻要怎麼樣就怎麼樣。我是不會干涉了。只要他能在我眼睛還睜著時，有個家，我就別無他求。」

當晚，在長途電話裏，我便把這話轉告鳴弟，鳴弟得悉後，雀躍不已連疊地問：

「民兄！你是怎樣說服我母親的。」

「我還敢去說服你母親。」我嗔怪地說。

「很對不起！民兄！」鳴弟抱歉地說。

「別認真，沒有的事，開開玩笑。」

就這樣，鳴弟的婚事便在畢玲深造回菲後的六月裏舉行，所謂「有情人終成眷屬」，在天主面前，我祝福他倆永遠相親相愛，白頭偕老。

當婚禮完畢後，走出教堂，站在門口，我這樣問畢玲：

「妳真地愛鳴弟嗎？」

「不愛她，今天為什麼要跟他結婚？」畢玲反而狐疑地望了我一眼。

「假使當初有人反對妳的婚姻呢？」我猶豫一下。「比喻說妳的母親。」

「她為什麼要反對我？」畢玲聽不懂我的話。

「我的意思是：假如妳母親當初也像鳴弟的母親一般，反對你們在一起，妳將如何？」我進一步加以說明。

「噢！婚姻是我個人的事，幸福握在我掌中，父母提供善意意見，我可參考。父母反對，我將盡力爭取。」

婚車來了，新郎新娘在親戚朋友擁簇下，跨上車廂。畢玲一腳剛跨上車裡，便回頭對我拋下了一句話：

「等！是一種緩兵之計的爭取，你懂嗎？」然後向我做了個眼色。

「好厲害的傢伙！」我微笑瞧她一眼，心裏叫著。

婚後第二年，畢玲生了個白白胖胖的女娃娃，鳴弟馬上找我道：

「不可推卻，你是理所當然的乾爹！」

在天主面前，我接受了孩子的洗拜。

也在天主面前，我問：

「鳴弟！你不後悔？」

「後悔什麼？」

「婚姻！」

「我好幸福！」鳴弟斬釘截鐵地回答。

的確地，倆口子是好幸福的。鳴弟繼續經營他的事業，畢玲回國後，便在納卯醫院掛牌行起醫來，她現在已是一位成名的腦科專家。三年前，由於鳴弟的父親去逝，最幼弟弟結婚成家，惟恐母親伶仃孤寂。鳴弟便把其母親接到納卯去，共同住在一起；而鳴弟索性也不再到岷市來，專心一意在岷蘭佬發展事業，在納卯生活，享受天倫之樂。

✣ ✣ ✣

我把便帖放回桌上，在歉仄下，便籌劃著：先打個長途電話向鳴弟解釋，致歉；然後，八月間，生意淡季時，再到納卯跟鳴弟西窗剪燭一番，順便一遊！

一九九五年七月

＊註一：「蕃仔婆」意指菲婦或菲女子，帶有輕蔑之意。

翠　蓮

床頭的小鐘劃破四周的沉寂，突然地響了起來。

翠蓮轉醒過來，伸手按掉小鐘的聲鈕。這是她每晚睡前撥好的時間——凌晨五時正。她該起床了。

她伸個懶腰，鬆一鬆四肢，翻身正要起床，驟覺腦袋沉重得很，不由得便又躺了下去。她明白，這是睡眠不足所致，因為這情況已不止數十次了。自從她丈夫「捲款而逃」後，將近半年來，她幾乎沒有一晚能倒頭便睡，直至天明。往往要在床上輾轉至凌晨兩、三點鐘，才朦朧有了睡意；而在似睡非睡昏昏然不知亂七八糟在做什麼夢時，床頭的小鐘卻將她從夢中喚醒過來，令她自己也弄不清究竟她是否有睡過覺？

的確地，這打擊是太沉重太沉重了！

在床上閉目養神一會兒，小鐘一下子便走過了二十多分鐘。翠蓮不得不起床來，要不然，雲兒便趕不上上學的時間。雲兒一知要遲到，便會急得哭起來，這孩子委實太乖巧。這半年來，要不是這孩子撐著她朝前走，也許她早已崩潰自殺了。她做夢怎樣也想不通，天下竟會有這種欲置妻兒於死地的男人呢？沒有絲毫責任感！沒有絲毫良心！情何以堪！這些日子來，她就總想著一個問題——一個不僅是她的「咱人長輩」篤信不惑，她的「咱人朋友」也接受不疑——說什麼「咱人」總比「菲人」來得有責任感，「咱人男人」也總較「菲人男人」來得靠得住，是嗎？然以她現在的遭遇看來，她卻感覺無限迷惑。

她撐起身子，頭部感覺舒服多了。在床沿坐了一會兒，一切幾乎已恢復正常，便下樓來，開始著手預備早餐。

但她雖忙著做早餐，腦海裏卻蠲除不去對那問題的思索，因此時而迷惑，時而發癡。的確地，這問題是那樣深深地影響著她的一生……

——八年前，翠蓮芳齡雙十，大學剛畢業不久，父親便患了食道癌去逝。彌留間，她曾聽到父親苦口婆心對母親交代說：

「妳為我生了兩男一女，當然他們都是出世仔，但是妳了解我心意，我都要他們做起中國人來，所以，自幼我就讓他們唸咱人書、講咱人話，總希望他們將來長大後，處處能表現一個中國人的情操，一個中國人的生活，這其中自然也包括婚姻、成家。然如今，長子亞忠已令我失望，娶了菲女子為妻；幸而次子亞勇較乖，聽我話，跟一位華女來往。不過，我現在是看開了，他倆兄弟婚姻如何，我都不想管，好壞由他們去，畢竟他們是男人。倒教我不放心的，還是這個么女，嫁錯郎就要終身吃大虧，因此，無論如何，妳一定要讓她嫁個咱人，好壞咱人總是比較靠得住的。」

母親雖為一菲婦，自入門後，卻能隨遇而安，嫁雞隨雞，凡事都以父親馬首是瞻，幾乎父親的見解就是她的見解。所以父親一過世，母親便相勸對她說：

「相信妳父親生前交代的話，妳都聽見了，他是希望妳能嫁咱人。我知道，妳跟羅拔要好，這對妳來說，是個沉重的打擊。然我又不忍違背妳父親的話，只好來勸勸妳。翠蓮！妳就行一次孝道吧！其實，話說回來，妳父親也是為妳好，咱人的確是比較有責任感，靠得住的。」

也許，是因為翠蓮身上具有雙重血統，天生便長得姣好娟麗，那纖細的身材，結實的胸脯，及健康的膚色，完全有著亞熱帶美女的本色：尤其是那面部的五官，柔和似流水的長髮，濃而密的娥眉，與雙眼皮下那水汪汪又圓又黑亮的大眸子、挺鼻子、紅艷欲滴的櫻唇，在在更凸顯亞熱帶少女的早熟。

而還難能可貴的，翠蓮除了那娟好的外表外，她那溫和善良的性情，任誰跟她接觸後，都會馬上對她產生好感。青春笑靨似乎永遠蕩漾在她唇邊，而每次談笑之間，瓠犀微露，梨渦淺現，更是人見人愛；再加上那流盼的眼神，動不動如翦水生春，真不知傾倒了多少男生。

然在眾男生追求下，翠蓮芳心卻獨中意她的一位要好同窗，名叫羅拔。羅拔是天生菲人，長得英俊又聰明。四年的大學同窗，常常幫助翠蓮做作業。

翠蓮望著母親那失夫之痛的表情，但覺母親雖脂粉不施，風韻猶在。其實，母親才坐四望五，只是父親走得太早，五十中旬就丟下他們一家人而去。她看到母親年紀輕輕就守寡，心頭委實不忍讓母親傷心，也不忍讓父親九泉之下不瞑目；並且，父母親的「咱人比較靠得住」，也許也不是沒有他們的道理。天下父母心，誰不希望自己的子女幸福快樂呢？翠蓮想到這裏，便不期然點點頭答應了母親。

從此，翠蓮便跟羅拔斷絕往來。

翠蓮做完早餐後，就將雲兒喚醒，再為雲兒換上校服，便一起進早餐；然後，鎖上門，帶著雲兒搭車上學去。

一路上，翠蓮習慣性地一面不斷撫摩著雲兒的後腦，一面親暱地小心叮嚀說：

「上課時，要注意聽老師講課，不可以吵鬧，曉得嗎？」

「我曉得，媽媽！」雲兒靈巧地點點頭。那紅潤的雙頰，又嫩又甜的。她今年七歲，在華校上小學一年級。

「這樣才是媽媽的好女兒。」翠蓮打從心底湧起一股欣悅。她不禁伸過手去，輕輕在雲兒右頰上捏一捏。「放學回家後，媽媽弄冰草莓給妳吃。」

「冰草莓！我愛吃，媽媽妳很好！」雲兒快活地抱住翠蓮的手臂，笑嘻嘻地說。

「我就知道妳愛吃。」翠蓮向雲兒做個鬼臉。

「爸爸也愛吃。」雲兒無心地接口說。驟然，他小小心靈好似觸到了什麼，望一望翠蓮，蹙起眉頭，不解地問：「媽媽！爸爸為什麼好久沒有回家了呢？」

「我不是告訴過妳了嗎？爸爸到大陸探親去。」每一次，雲兒問到這問題，翠蓮都只能強作鎮靜撒謊地說。

「為什麼去這樣久？」雲兒繼續問。

「因為爸爸在大陸有許多親戚，也有許多事要做，所以要好久才能回家。」翠蓮掩住悲痛地說。

「好久？要好久到什麼時候呢？」雲兒還是不放鬆地問。

「我也不知道的。」翠蓮不自然地向雲兒笑一笑，她的聲音有些哽咽。

「妳為什麼沒有寫信問爸爸去？」

「……」翠蓮不能說話了，她的眼淚幾乎要奪眶而出。

幸得，這時車子已到了學校門口，翠蓮嚥一口唾液，趁機顧左右而言他，說：「雲兒！學校到了，下車吧！」

瞧著雲兒跨進校內，翠蓮站在校門口，潛意識仰空一眺，夫婿臉龐便在她腦海裏掠過去，她不覺又想起了那個問題。迷惑再次襲上心頭，她不自禁噓唏地輕捽一下腦袋。

——其實，影響翠蓮婚姻最大者，父母親只是規勸她不要嫁菲男人，倒是父親生前的一位針芥相投至友，竟是她的紅線人。他們三兄妹都管稱這位紅線人為振伯。父親在世時，振伯是其家裏的常客，父親過世後，振伯依舊還是經常到他們家中走動，並且對他們一家人關心備至；尤對翠蓮的婚事，振伯更是會三不五時告誡翠蓮說：

「翠蓮！將來要結婚的話，對象一定要是個咱人，因為咱人才靠得住；而況且，這不僅是妳父親生前的願望，也是他將斷氣時囑託我的事。」

又是「咱人比較靠得住」，翠蓮聽在耳朵裏，幾乎對這「至理名言」也深信不疑。

為遣除跟羅拔分手後的憂悶，翠蓮日間便到一家銀行任職去；閒來，不是幫忙母親料理家務，就是幫二哥看雜貨店去，好讓忙碌來醫治她的創傷。翠蓮也真能放得下；隔不久，她心境已完全恢復了平靜。

一日，振伯匆匆忙忙來到家中，劈頭就對母親說：

「亞邦弟婦！好消息！我要給翠蓮介紹一個男朋友——一位咱人！」

「是誰？」母親本能地問一問。

「這男人是在唐山長大，十足的咱人氣味！」

「哦！那很好！」母親同意地點點頭。

「況且他還是我的同鄉。」振伯將能誘惑母親的條件都搬出來。

母親果然被誘中了，歡迎地說：「對方還是你的同鄉，那更是好極了，你就帶他過來坐吧！讓我瞧瞧。」

隔兩天，振伯將這男人帶來了。說實地，翠蓮第一眼看到這男人，一點好感都沒有。那齷齪的外表，委靡的神情，浪蕩的體態，約略已有四十開頭；尤從見面到離去，就未見煙離過他的手，連母親瞧了也都有些想打退堂鼓。

可是，振伯卻有他的一套理由。

「亞邦弟婦！他剛從唐山移民來菲，生活起居自是未上軌道。」

「然而瞧瞧他的衣著、神情……」母親還是按捺不住憂慮地說。

「哎唷！亞邦弟婦！妳也曉得，中國窮，生活苦，人人那有好日子可過？夠吃夠用已不錯了，那來餘錢講究衣著？而貧苦已將人壓得幾乎喘不過氣來，還那來有神采飛揚的精神呢？」

「但那嗜煙習性……」母親依舊不以為然。

「亞邦弟婦！相信妳也是明白的，十年文革，人們是生活在一種怎麼樣的苦悶裏，幾乎舉國上下，不分男女老幼，都唯有藉吃煙來解除內心的痛苦；久而久之，終積成煙癮，這是時代的錯誤，希望妳能體諒他們。」振伯滔滔不絕地說。

母親低下頭沉吟片刻，還是放心不下再說：「看他年紀大了些，跟翠蓮好似有些不配。」

「哦！亞邦弟婦！妳的掛慮也未免太多了。」振伯搖一搖頭再擺一擺手。「男人年紀大些，有什麼關係？」

「我是擔心他年紀這麼大，也許在大陸老早就有了妻兒。」母親坦誠地說。

「哈哈哈！」振伯拍拍胸膛。「這一點，我絕對向妳保證，妳儘可放心。事實上，他窮，他自卑感，始終不敢有成家的念頭，今次還是我催他娶妻的。」振伯提高聲音說：「其實，一個男人窮算得了什麼？外表美醜又算得了什麼？最重要的是具有責任感、可靠！而他這人又是在唐山長大，百份百是靠得住。」

母親沒話再說。此後，振伯便不遺餘力地促成這門婚事，他不僅一面主動邀請這男人要經常找翠蓮坐坐，一面不時為這男人在母親面前不厭重復又重復地說好話。

一個晚上，母親將翠蓮喚到房裏懇切地問道：

「翠蓮！妳對這男人的看法如何？」

「媽媽作主就是了。」翠蓮只想順從母親的意見，雖然她對這個男人並沒有什麼好感。

「他是妳振伯的同鄉，雖外表不揚，年紀又大些；但做為女人的咱們，最需要的還是一個靠得住的男人，相信妳振伯是不會介紹錯人的。」

「媽媽！只要妳看好就是了。」翠蓮抱住母親的右手臂。她相信母親。

母女相視一眼，會心地笑一笑。

翠蓮離開學校，瞧瞧手錶，已是七點多鐘，她必須要趕在八點鐘到達公司，雖然公司為大哥所主有，然職責所在，她不願攀親帶故，她不僅要跟所有職員一般，準時上班；甚或還要較他們更盡職。誠然地，要沒有大哥，她今天可能已鋃鐺入獄。夫婿捲款而逃後，不要說雜貨店做不下去，還是大哥代她還清了所有的債務，然後再將她按插在公司裏工作，使她母子倆生活有了著落。

在感激之餘，她唯一所能報答大哥的，就是盡本份地為公司工作。

實際上，大哥自來是護著她、疼著她的。想當初有關她的婚事，大哥是反對最力，實際上卻是處處為她著想。

——自從那晚翠蓮答應母親的婚事後，家裏便昇起一股喜慶的氣氛，振伯更是笑口大開地大幫起喜事來。在大家忙得不亦樂乎之間，唯獨大哥不喜不忙，伺一機會，板起臉，將翠蓮拉到一邊，問著：

「妳真地愛這男人嗎？」

翠蓮搖搖頭。

「妳不愛他，為什麼要跟他結婚？」大哥不解皺一皺眉。

「振伯說他靠得住，媽媽也說他靠得住。」

「這是妳要跟他結婚的理由？」

「我……我不知道。」翠蓮懊惱地搖搖頭。

「絲毫感情也沒有？」大哥進一步地問。

「婚後可慢慢培養。」翠蓮寄望地說。

「妹妹！妳瘋了嗎？這是什麼時代了？」大哥雙手緊緊捏住翠蓮的肩膀。

翠蓮被捏痛了，低聲喊著：「大哥！好痛呀！」便把大哥雙手撥開，反問著：「你要我怎麼辦？」

「自己作主！」

「媽媽作主也一樣。」翠蓮哀求地說。

「不一樣！」大哥大聲說。

「大哥！」翠蓮委屈地說：「你應該知道，做女人跟做男人不同，你們男人可以隨心所欲到處去找覓你們理想中的對象，我們女人可不能這樣子。」

「但起碼也應該多少了解對方。」

「振伯不是說了，他是位可靠的男人嗎？」

「哎喲！我的好妹妹，妳怎樣可如此輕易相信他人。我第一眼看見這男人，就覺得他不是一個可以托付終身的男人。」大哥繼續說：「爸爸生前不希望妳嫁菲男子，但華社裏華裔子弟多的是，為什麼卻偏偏要嫁給這樣一個來自大陸的男人呢？」

「振伯說，來自大陸的男人才百份之百靠得住。」

「妹妹！別聽振伯胡說吧！拿出勇氣來！不要將妳的幸福交託在他人手中！」大哥氣忿地說。

「大哥！我是女人，我不曉得該如何覓尋我自己的幸福！」翠蓮傷感地說。

來到公司，還差一刻方八點。翠蓮在門口接受守警請安後，便跨門進去。

這間偌大的建築公司，是大哥一手創建的。大哥的確是夠本領，從創業到成業，從未向父親要過一分一毫。那一年，他大學建築設計系修畢後，打算要跟一位他相戀多年的菲少女結褵，父親卻極力反對，他卻極力堅持；在彼此相持不下之下，父親便對他發出「最後通牒」：他要那位菲少女的話，就離開這個家。他真地離開了，兩手空空地離開；迄至他創設了這間建築公司，才再在家門口出現。這時，他已娶了那位菲少女為妻，並已有了倆個小孩。一切事情都木已成舟，父親再如何不滿，也只好無奈接受了。據他說：離家後，他就是憑他大學所學得的知識，赤手空拳混出這一番事業來。

而一年過一年，大哥的建築公司是愈混愈大。

一家人反而都接受了大哥的幫忙。

——跟大哥的談話沒有結果後，直至結婚，大哥便不再向她提過有關她的終身大事。

倒是結婚前夕，母親將翠蓮叫到房裏去，在衣櫃裏的一層抽屜內，取出一本銀行儲蓄摺子，交給翠蓮道：

「這本銀行儲蓄摺子是一百萬，是妳父親生前交代的，要給妳做嫁妝。」

「一百萬！」翠蓮楞了一楞。「爸爸那來的一百萬？」

「是他生前一點一滴儲蓄下來的。」母親緬懷地說。

他們並不富裕，父親生前是經營一間蠅頭微利的雜貨店，幾乎是只夠吃夠用，那裏談得上還有餘錢可積存，而父親居然還能儲起這樣一筆巨款來，真不知父親是如何蓄積個法，更不知父親是花了多少年，才積存起這筆巨款來的呢？

翠蓮盯著銀行儲蓄摺子，心頭不覺百感交集。

但聽到母親又說：「你父親一生勤勞儉樸，粗衣淡食，能省就省。他生前已計劃好，妳大哥自行發展去，雜貨店就留給妳二哥，因為妳是女子，將來結婚後，總要嫁雞隨雞，所以他認為能給妳預備一筆款子做嫁妝最妥，放在妳身邊，有急需時，隨時可以拿出來用。」

「但也無須如此巨額。」翠蓮抬頭望了母親一眼。「我看，媽媽！這本銀行儲蓄摺子，還是妳收回去好，妳年紀大了，須要常常檢查身體，買補品吃。我結婚後，可以繼續到銀行任職去，依然是有收入。」

「嗯！妳結婚後，不久就會有孩子的，那還容妳繼續到銀行工作去。妳就將這本銀行儲蓄摺子收起來，反正是妳父親要給妳做嫁妝的。」母親溫和地說：「至於我的生活，有妳大哥的照顧，每月供給我的費用，是足穿足食還有餘呢！」

「但這樣大筆錢；我也是不需要。」翠蓮依然不想要。

「其實，這筆款子，算起來，也是妳大哥要給妳做嫁妝的。」母親忽有所思地說：「或者妳不知道吧！妳父親得食道癌後，延醫三個月，醫院、藥費、醫生禮，花了將近七十萬，家裏那有這筆錢，都是妳大哥先墊出來的。待妳父親死後，我唯一所能辦到的，就是將妳父親要給妳做嫁妝錢拿出來還妳大哥。因為我總覺得自他被妳父親趕出家門後，自食其力，實在沒有理由再教他負起家庭中的任何責任來。可妳大哥不但不收；且得知那是妳的嫁妝錢，更堅持得連一圓也不要了。……」

翠蓮聽著聽著，對大哥的人格又是敬仰又是感動。

母親像在講故事一般，幽幽再說：「所以，這一筆錢合該為妳所擁有。妳若是不介意的話，我倒是有一個建議。結婚後，拿這筆錢開間雜貨店去，這是我們的老本行。夫妻互相照料，他是個受薪者，自己開店做生意總比受薪來得有出路。」

翠蓮走到自己的寫字檯，隨手將手提包放在檯邊，坐下來，便開始聚精會神地工作起來。同事們已陸陸續續地上班了。

忽然，一位菲男同事來到翠蓮檯前，把一包糖果放在檯上，開心地對翠蓮輕聲說：

「翠蓮女士！早上好！這包糖果送給妳。」

「送給我糖果做什麼？」翠蓮錯愕地問。

「因為我要將我的快樂分享給予我的朋友。」男同事一臉喜悅地說。

「是什麼事令妳如此快活？」

「我的妻子懷孕了！」男同事無法壓住內心的喜樂。「昨天下午放工後，我帶她找醫生去，經過一番檢驗，證實有孕。期盼了三年，我們終於有孩子了。」

「那恭喜你！」翠蓮好像也感染了一份喜悅。

「希望妳能祝福我內人早生貴子。」

「當然！我會祝福她。」翠蓮含笑說。

「謝謝妳！翠蓮女士！」

「也謝謝你的糖果。」

望著男同事走開，翠蓮一時還未能從感染的喜悅中轉過來。確然的，在婚姻道路上，翠蓮也有過一段令她陶醉的歲月。

——婚後，翠蓮終於接受母親的建議，利用那筆嫁妝錢，跟夫婿開了家雜貨店。母親的見地，的確做起來得心應手多了，只是由於夫婿是以遊客身份來菲，又早已逾期居留，雖然他倆正式公證結婚，然夫婿觸犯移民法律在先，翠蓮以其天生菲人身份，為其夫婿申請轉籍時，移民當局便以「須進一步調查此人結婚的合法性」為由，不給予即刻批准呈送司法部處理「隨婦轉籍」，唯讓他暫時有合法居留權而已。

起初，翠蓮見夫婿未能馬上隨她身份轉籍，耿耿於懷；反倒是夫婿，好似不在乎。當翠蓮難為情地對他說：「很對不起！因為你逾期居留緣故，移民局對你的轉籍申請，說需要斟酌一下，不能即刻呈送司法部。」夫婿聽罷，卻哈哈大笑說：「翠蓮！我有合法居留身份已夠了，急什麼。」

看著夫婿每天早上五時起床，五時半就匆匆開店去，直至晚上打烊才回家；回家後，又忙著幫家務。有時，翠蓮過意不去，便說：

「你在店中幹了一整天的活，也累了，休息去吧！家務讓我來。」

「我不累。」夫婿和氣地說：「妳不也是天天到店裏去嗎？」

「但我總是遲到早回。算不上幹什麼活。」由於她對市場比較熟悉，因此每天都要抽出時間，到店中巡視一番，幫忙料理一些事。

「但無論是到店中幹活，還是在家裏做家務。夫妻一場，總是需要同舟共濟才是。」

翠蓮瞟了夫婿一眼，好個明理體貼的丈夫！心裏不覺甜甜的。不禁想著，雖說夫婿外表不揚，又嗜煙如命，然若認真推敲一下，外表不揚，是與生俱來，無可厚非；而嗜煙也，天下有幾個男人沒有吞雲吐霧的習慣呢？而一個結了婚的女人，最需要的，似乎是丈夫的可靠與責任感。她又不覺瞧了夫婿一眼，打從心底湧起的一股欣慰，她深深地慶幸她聽從了母親的話並沒有不對。

一個早上，翠蓮起床後，忽感頭昏腦漲，要嘔吐又嘔不出來。經醫生檢查，發現她有了孕。驚喜之餘，她馬上將這消息告訴夫婿。

夫婿在一陣喜悅之後，忽有所思，沉吟片刻，顧慮地問：

「孩子出世後，身份要如何辦？」

「什麼身份？」翠蓮摸不著頭緒。

「我的意思是說，孩子出世後，身份要從誰呢？」

「當然是從父親。」翠蓮不加思索地說。

「不！」夫婿搖搖頭。「我今天還是中國籍，從我的話，依照菲律賓法律，孩子唯能做個只有永遠居留權的中國籍僑民。以後長大了，在社會上做事，受菲化限制，對孩子的前途是諸多不便呢！」

「但你不久就可轉籍了。」翠蓮兩眼睜得大大的，凝眸直視著夫婿。

「還是暫時從妳來得妥當。」夫婿溫文地說：「待我轉籍批准了，再轉到我的名下。」

「這也好。」翠蓮同意點點頭，懇切再說：「我會儘量為你辦理轉籍。」

「謝謝妳！翠蓮！」夫婿柔情地將翠蓮抱進懷裏。

這一時期，可以說，是翠蓮婚姻生活最難忘的甜蜜日子。

突然，檯邊的電話響了起來，將翠蓮嚇了一跳，也將她的甜蜜的回憶驅走。

翠蓮接了電話，原來是菲律賓水泥公司打來報價。

掛斷了電話，甜蜜回憶再也喚不回來；取而代之的，幾乎是那淒涼悲慘的歲月了。

夫婿忽然來了一百八十度的轉變。

——雲兒誕生後，一轉眼已兩歲，夫婿的轉籍申請卻遲遲還不呈送司法部勘核處理。

夫婿等得實在有些不耐煩了。

一晚用膳時，夫婿問翠蓮：

「我的轉籍申請怎麼樣了？將近三年多了，竟連一點頭緒還沒有。」

「我也不知道是怎麼樣的！」翠蓮歉意地說：「若說你逾期居留，那是三年前的事，三年來，你已名正言順可居留下來，就是不曉得移民局為什麼還不呈送司法部。」

「其實。」夫婿鄭重地說：「我能否轉籍，都不重要，我只是為孩子著想。」

「我明白，明天一早我再到移民局瞧瞧去。」

可是，又過去了兩個月，事情依然如石沉大海。

再一次晚膳，夫婿稍為不滿。

「事情究竟是如何了呢？」

「我也不曉得。」翠蓮也有些煩了。「我幾乎每日都打電話到移民局催去，人也每星期到移民局走動，不想到事情竟是如此僵著。」

「呀！」夫婿嘆一口氣，再一次鄭重說：「我既使終身不轉籍，都算不了一回事，然總不能教孩子終身隨母姓。」

「我會盡力地辦。」翠蓮最後誠懇說：「我也希望孩子能早日隨父姓。」

第三次，夫婿發起脾氣了，他將轉籍申請不得要領的事完全怪到翠蓮頭上來。

「我看，都是妳沒有積極在辦理。」

「我已盡力在辦！」翠蓮急切辯護著。

「妳就只會盡力在辦於嘴邊！」夫婿指責說。

「你要教我怎麼樣？」翠蓮委屈地說：「移民局不呈送司法部，我又能做什麼？」

「好了！好了！不跟妳說了。」夫婿吼起來。「孩子反正是從妳肚皮出來的，妳主意就是了。」說罷，便將飯碗推開，不想繼續用飯，站起身，掉頭上樓去。

翠蓮呆坐在飯桌前，也似乎沒有胃口再用飯。

不一會兒，夫婿換好衣服下樓來。翠蓮見了，便小聲問：「要到那兒去？」

「悶得很，到外邊散散步去。」

「這樣晚了，還要散步去？」

「還早呢！」夫婿故意唱反調，便大步踏出門去。

這一晚，夫婿沒有回家，翠蓮也整夜沒有睡覺地坐在沙發裏望眼欲穿。直至凌晨四時許，夫婿才顛顛搖搖拖著滿身酒氣回家，勉強上了樓，扭開房門，往床上一倒，便呼呼入眠。翠蓮連怪也不怪地溫順為夫婿脫去鞋襪，換上睡衣，再用熱毛巾為他拭拭臉。一切事情剛做完，天邊已露曙光。翠蓮沈吟一下，自己換上衣服，再到嬰兒房瞧瞧酣睡中的小兒，交代顧嬰婆一些事情，便出門開店去。

這一天，夫婿沒有到店中幹活。

再一次，電話響聲打斷翠蓮的思潮，這次是由接線員透過總機轉接過來。

「哈囉！」翠蓮拎起電話筒。

「是翠蓮嗎？我是小胖。」

「什麼事？」

「妳哥哥在嗎？」

「他今天上午有重要的事要辦，一大早，便出去了。」

「哦！那麼請妳轉告他，他的老朋友老蘇從美國回來，明晚要為他接風，飲個痛快。」

「好！我會代轉的。」

翠蓮放下電話筒，耳畔還徊響著小胖的餘音：要飲個痛快。腦海裏便倏然閃過一個問題，酒！這類東西是好還是壞呢？淡淡一杯，可以提神健身；淡淡地飲，也可以在酒杯中交道，輔助事業的成功，但無休無止的暴飲呢？……。

——自此，溫馨似乎忽然離開這個家遠去。夫婿在未能獲准轉籍之下，幾乎完全變了，他不再到店中去，也不再幫忙料理家務。開始藉杯中物遣日，每晚都要飲至三更半夜才醉醺醺地回家。回到家，有幸的話，便蒙頭大睡；要不然，就是大吵大鬧。

「喂！我的轉籍申請批准了嗎？」夫婿滿臉通紅，身子左晃右擺，嚼字生硬大聲地問。

「還……還沒有。」翠蓮囁嚅說。

「飯桶！真是飯桶！」夫婿白了翠蓮一眼，身子便投進沙發裏，閉起眼睛，頤指氣使差遣著：「拿塊熱毛巾讓我拭拭臉。」

翠蓮忍氣吞聲照辦著。

「唷！好燙啊！」夫婿接過熱毛巾，從椅子裏跳起來。「妳要燙死我嗎？」兩眼露出兇光，將毛巾朝翠蓮臉上狠狠甩過去。

翠蓮左頰馬上出現一道紅痕，她接住毛巾，忍著淚說：「你甩我！」

「不但甩妳，還要打妳。」夫婿厲聲地說，一記巴掌便摑在翠蓮右頰上。

「你……你……」翠蓮掩住右頰，眼淚奪眶而出。

「怎麼樣？」夫婿顯威道：「妳這個窩囊廢，早就該打，我及孩子都被妳害慘了。」

翠蓮咽一口淚水也不示弱地道：「你別欺人太甚，血口噴人，我如何害你？其實，我什麼時候沒有在為你奔波辦理？移民局不批准呈交，我又有什麼辦法？」

「沒有辦法，就想辦法。」夫婿打一口酒呃地說。

「那你有什麼辦法？」翠蓮頂一頂嘴。

「辦法當然是妳去想，哪有教我想的理由。」夫婿橫柴放豎灶說。

「你……你……不可理喻！」翠蓮氣得幾乎說不出話來，她不再想跟夫婿說下去，轉身上了樓，也不想再見夫婿的臉，便進入嬰兒室，將門鎖上，躺在雪兒旁邊低聲飲泣著。

她實在太累了，日間要看店，回家又要操勞家務，所幸雲兒的可愛令她在精神上獲得了不少安慰。

似乎才埋首一會兒，已是中午十二時，用過午飯，休息片刻，再繼續工作，一下子又是下午三時了。翠蓮不得不停下工作，把案上的文件收拾好，因為她必須到學校接雲兒去了。

她轉進大哥辦公室，這是她慣例先行離去時需要通知大哥一聲，順便也報告一些工作上的事情。大哥於下午一時半回公司。

「大哥！菲律賓××公司辦公樓投標書，我擬就了，你過目吧！有不妥的地方，你註明在旁邊，我再改，」翠蓮說著便將擬就好的投標書遞給大哥。

「很好，明天我再仔細研究一番。」大哥接過投標書，順手放在案邊。

「還有，跟菲律賓××公司的合同書我也改好了，明後天就可跟他們簽約。」

「那很好！」大哥點點頭。

「大哥！沒有別的事，三點了，我要接雲兒去。」

大哥本能瞧一瞧手錶，笑著說：「雲兒這孩子乖巧得很，趕快去吧！別讓孩子在校門口久等妳。」

接了雲兒，回家路上，又是有說有笑。

「媽媽！老師獎我一枝米老鼠的鉛筆。」雲兒把老師獎她的米老鼠鉛筆拿給翠蓮過眼。

「好美的鉛筆。」翠蓮瞧一瞧。「老師為什麼獎你？」

「因為我今天考一百分。」

「哦！你今天考一百分。」翠蓮內心一片欣慰。「那麼！媽媽也應該獎你一件東西。」

「媽媽要獎我什麼東西？」

翠蓮沉吟一下。「媽媽獎你吃佳而美的炸雞，好嗎？」

「佳而美的炸雞，我要！我要！挺好吃的，媽媽！」

「好！晚上，媽媽便買佳而美的炸雞給你做晚膳，再弄個冰草莓給你當飯後甜點。」

「哦！我要吃得飽飽的。」雲兒一面說，一面作了一副饞嘴相，將翠蓮逗得哈哈大笑起來。笑罷，便隨手把雲兒兜進胳臂裏，情不自禁地在孩子額上吻了又吻。

的確地，像這樣一位聰穎又乖巧的孩子，幾乎是人見人疼。可是，翠蓮就是直至今天還弄不清楚，夫婿是否也疼這孩子呢？他為孩子的將來，耿耿不忘轉籍；然他又忍心丟下他倆母子於不顧？事實上，打從雲兒出生到會走路說話、入學讀書，就未見夫婿正視過孩子一眼，親近過孩子一次；甚至可以說，他似乎還有些討厭這孩子。

——夫婿是愈來愈越沉溺於杯中物，幾乎已是到了夜夜非飲得爛醉如泥不可的田地。一晚，雲兒感冒高燒，因身體不適，整夜啼哭不已。夫婿泥醉回來，本來什麼都不管便入房睡著了；然不久，因孩子的啼哭聲陣陣從隔房傳將過去，將他擾醒。在頭昏腦漲之下，也不問一問孩子啼哭的因由。一滑碌爬起身來，衝進嬰兒至，咆哮指責孩子：「哭什麼的你。」便往孩子右嘴巴重重地摑過去。

這一摑，令在旁邊看顧雲兒的翠蓮及顧嬰婆都猝不及防，一時嚇呆了，孩子的右嘴巴馬上呈露血紅的五指痕，更淒厲地大哭起來。

或者這一巴掌打在翠蓮面頰上，她還可以忍受；可是打在雲兒身上，對她猶如是椎心之痛，她再也忍耐不住了，抱起雲兒，摸摸紅漲的面頰，孩子是哭得幾乎要噎氣，她勃然震怒，瞋目一叱，厲聲問著：

「你……你是發什麼神經病的？幹麼摑孩子？」

「妳不聽見哭哭啼啼的，煩死人呀！」夫婿也挺有理地忿怒指著孩子說。

「但你可知孩子病了嗎？」翠蓮氣憤地問。

「病了，也不需哭哭啼啼的。」夫婿無動於衷。

「怎樣不哭哭啼啼的！」翠蓮分辯著：「孩子無知，病了，身體不舒適。」

「我不管，擾我清夢，就該打。」夫婿睜大佈滿紅絲的兩眼，強詞奪理地說。

「你……你這是什麼話？」翠蓮更是怒火中燒。「哼！堂堂男子漢，就只懂得摑人！」

夫婿陡地老羞成怒，一臉猙獰地說：「是的，摑妳，是因為妳是個笨女人；摑孩子，是因為孩子討人厭。」

「孩子是你的，你竟討厭他，虧你說得出。」翠蓮呼吸急促渾身顫抖說：「你是否還有理性？是否還是人？你真是夠傷透我的心！」

……

這一晚，翠蓮真地崩潰了，她憐惜地抱著雲兒任由眼淚如開了閘似的涔涔流了一整夜。

回到家，雲兒換掉校服，喝了杯牛奶，不待媽媽叫喊，便自行作功課去。這也是雲兒乖巧的另一地方，使翠蓮不必為孩子的作業操心，又有時間做家務事；孩子有不明白之處，她才過去稍為督教一下。

雲兒做完功課，已是向晚時分。這時，翠蓮的家務事也做了一段落，便預備要給雲兒洗澡。

「雲兒！洗澡了，洗完好用晚膳，佳而美的炸雞已送來了。」

「好呀！佳而美炸雞來了，我洗澡吧！」孩子忽有所思。「但是，媽媽！我自己洗。」

「你洗不乾淨的。」

「我會的。」

「還是我來。」

「媽媽！我的同學都是自己洗澡了啊！」雲兒懇求著。

翠蓮但覺孩子覓求生活的獨立是應該被尊重才對，她便不再堅持說：「好！媽媽就尊重你，讓你自己洗澡，不過要洗得乾淨。」

雲兒喜出望外。「謝謝媽媽！我一定會洗得乾乾淨淨的。」

瞧著雲兒進入浴室，翠蓮心頭若有所觸，雲兒不僅天資聰慧，還有早熟的趨向，這是否跟家庭環境有關呢？

這個家，風風雨雨，時陰，時晴，忽然又見放晴了。……

——正當生活陷於愁雲慘霧裏，夫婿的轉籍申請忽然由移民局呈送司法部，司法部不出一星期便批准下來。

翠蓮欣喜之餘，肩頭猶如卸下一樁重擔似的，覺得對夫婿總算有所交代了

而夫婿在獲得轉籍後，心中也有所覺悟，他覺得他實在冤枉了翠蓮，虧待了翠蓮。

帶著懺悔的心，夫婿請求翠蓮原諒他。

「都是我不好，看扁了妳，請原諒我。」

「夫婦一場，勿見外。」翠蓮諒解地說：「其實！你也是為了雲兒，只是心太切了！」

「說的也是，不過，還是我不好。」夫婿歉疚地說：「今後我會痛改前非，不再暴飲鬧事。」

「希望今後能以家庭為重。」翠蓮勸勉地說。

「是的，辛苦妳了！」夫婿悔恨地說。

「現在孩子可隨你換姓了。」翠蓮鄭重地說。

可是，夫婿態度卻有些轉變。「不急！不急！反正我已轉籍了，孩子隨時都可以隨我，不須急在一時。」然後誠懇提議說：「我倒覺得妳的身體要緊，妳瘦了！我想，以後妳就不要再到店中幹活，就在家裏料理家務，休息休息吧！」

自此，翠蓮便整天留在家裏料理家務及看顧雲兒。這時雲兒已較大了，無須顧保姆。夫婿又恢復了當初的生活，每天一早就開店去。他真地不再暴飲鬧事，中規中矩地生活著。翠蓮為尊重夫起見，對店裏買賣也不想過問，完全信任地讓他一手經營去。

這樣安寧的生活，一轉眼，便過去了兩年。翠蓮但覺幸福又回來了。

雲兒用著佳而美的炸雞，用得津津有味。飯後，再飲杯冰草莓。翠蓮看見雲兒用得飽飽的，便道：「看你用得好飽，到走廊散散步去。」

「是的，媽媽！」

翠蓮收拾好碗碟，也到走廊陪雲兒散步。

倆人散步了好一會兒，雲兒偶然抬頭一望，但見一顆月亮懸掛在天邊。

「媽媽！妳看，前天月亮還圓光光的，今夜卻缺一角。」雲兒指著天邊的月亮說。

「雖是缺了一角，但還是頗光亮。」翠蓮隨著雲兒所指，也抬頭望一望。

然隨即，一塊黑雲掠空而過，掩住了月亮，大地馬上漆黑一片。天邊打出了閃電，雷聲跟著響了起來。翠蓮瞧一瞧天邊，對雲兒說：

「看樣子，要下雨了，進屋去吧！」

進了屋，看了片刻電視，已是八點半多鐘，明天還要上學，雲兒便上床睡覺去。

陪著雲兒，翠蓮也躺在旁邊自己的床上休息。窗外，還不斷打著閃電，就是不見雨下來。

是的，半年前，幾乎也是一個如此乾閃電不見雨的夜晚。幸福驟然又遠離了她去。

——壁鐘敲了午夜十二時，還未見夫婿回來，這是夫婿自「改過自新」後，從未見過的情形。每次打烊後，都是逕直回家，雖一、兩次偶遇有事情，但至晚十一時也一定到家的；今晚是發生了什麼事情了呢？翠蓮開始有些杌隉不寧，她撥電話到雜貨店去，然而店裏電話卻光鈴響著，沒有人接；她便想到店鋪走一趟瞧瞧去，卻覺得時間太晚了，唯有坐在家裏乾焦急地等著夫婿回來。時間一分一秒地過去，雖是過得那樣慢，然終過了凌晨一時，又過了凌晨二時，依舊不見夫婿回來，甚至連個電話也沒有，夫婿究竟是出了什麼事了呢？翠蓮由心緒不寧轉為恐懼了。

好不容易挨到天邊出現魚肚白，翠蓮再也管不了雲兒是否還在酣睡，便把他叫醒帶往雜貨店走一趟。儘管她一晚未曾合過眼，卻絲毫倦意也沒有。來到店中，但見店門緊鎖著，說明夫婿並沒有在店內。翠蓮打開店門，入內瞧瞧，她雖然已好久沒有到這裏來，但並不生疏。環視一下，覺得沒有什麼異樣，只是貨架裏的貨品寥寥落落，她便想：為什麼夫婿沒有進貨呢？走到櫃台，看到櫃台邊堆了一疊各類進貨單，她便順手取過來翻看一下。豈知，不瞧也罷，一瞧，她嚇呆了，夫婿原來是進了那樣多貨，較平常幾乎多出五、六倍強。依常理來判斷，即使店裏生意好，這些貨物也要貯積上至少五、六個月才能賣罄，而且貨物又到哪裏去了呢？夫婿兼做批發？為什麼沒有聽說過。

而夫婿在整夜不歸後，從此便下落不明。接下來的日子，便出現了討債、逼債。

原來夫婿所進的貨，不是單單尚未付；就是付了的支票，也張張被退回。到銀行查一查帳戶，在失蹤前早已領得一空。

至此，翠蓮依稀裏似乎明瞭這是一回什麼事了，只是她不敢置信，夫婿竟會做出這種悖逆倫常的事。她把那些討債、逼債的款項計算一下，竟高達一千多萬。她慌了，如熱鍋上的螞蟻，不知所措，因為雜貨店的營業執照上是她的名字，她是責無旁貸的，她要到那裏籌這一筆錢還人家呢？

人家告上了她，她唯有坐以待斃，預備鋃鐺入獄。

她沒有傷心，沒有悲痛，她是麻木了。她認了，這是她的命，是她前生欠了夫婿的債。只是一個老問題老教她想不通，不是說，中國男子是比較靠得住，尤其是來自唐山的男子更靠得住嗎？

幸得大哥出面，替她付了一切的債務。

債務還清後，雜貨店關門大吉，大哥為她安排到他公司裏工作，夫婿也從此音訊杳然。

……

「鈴……鈴……」

突然有人按門鈴，將翠蓮從回憶裏喚醒過來，她爬起床，下樓開門去。

原來是大哥陪母親到訪。

「妳睡著了？」母親問著跨進客廳。

「還沒有，只是躺著休息。」

「雲兒呢？」

「睡著了。」

「前兩天我就想要來看妳。」母親一面說一面坐下沙發。「但妳二哥一直忙著沒有時間陪我來；今夜妳大哥剛好沒事在家，我就打電話叫他載我來看妳。」

「媽媽！沒有時間不要勉強來。」翠蓮跟大哥也同時坐下沙發。「我跟雲兒平平安安的，沒有什麼事。」

「但瞧妳憔悴多了。」母親疼憐地說：「都是媽媽不好，害了妳！」

「媽媽別這樣說，這是我的命。」翠蓮迅速糾正母親的話。「況且，他還是雲兒的爸，有朝一日他是會回來的。」

「唉！妹妹！妳就是太善良了，還盼望他能回來。」大哥感慨地說：「其實，自始至終，這都是一場騙局。」

「騙局？這話怎麼講？」母親睜大眼睛不解地望著大哥。

「不是嗎？」大哥解釋說：「他以遊客身份來菲，先騙得妹妹的婚姻，好取得永久居留權，再利用妹妹的天生菲人，藉婚姻這層關係，申請轉籍。畢竟，雖是有了永久居留權，卻比不上入了籍可海闊天空任逍遙來得好。豈料，移民局卻一擱再擱，遲遲不呈上司法部，令他計劃未能呈現，於是，失望之下，心中一股怨氣無處發漏，便天天藉酗酒、打罵妹妹消『霉氣』；而當突然轉籍批准了，由永久居留進而菲籍，計劃一步步實現了，他便又對妹妹好起來，那是因為這時他須要撈一筆資本，故先在生活上來個『回頭是岸』，好博取妹妹對他的信任，從而讓妹妹將雜貨店全交他料理。他便可以不動聲色的開始著手使出瞞天過海詭計，不光把雜貨店的資本搜括一空，還欠下巨債讓妹妹去承當，然後悄悄地一走了之，無影無蹤……。至於雲兒隨父轉姓問題，最後也不急了，因為那僅是藉口而已。」

「好厲害陰險的傢伙！」母親聽得發呆，喃喃地說。

「何止厲害陰險！」大哥輕歎一口氣。

「但……但你怎麼樣會知道這一切？」母親忽有所疑惑。

「哎唷！媽媽！這是一般常理呀！」大哥不耐煩地說：「我也是事情發生後，再詳加研究一番他這幾年來跟妹妹在一起的心態及舉止表現，一切事情的曲曲折折不是很明顯地擺在眼前了嗎？」

「說得也是。」母親歉疚地望著翠蓮。「我總以為咱人是比較靠得住的，因為我看到妳父親跟他的朋友，都是那樣勤勞、忠厚、老實、講信用；而我生為一個菲人，對中國社會了解又不多，完全都是以妳父親的標準來看其他中國人。……」

翠蓮覺得母親的話，跟她想到的那個問題，有著同樣的迷惑。

「媽媽！這不能怪妳。」但聽大哥再說：「說到爸爸跟他的儕輩朋友，他們之所以會那樣勤勞、忠厚、老實、講信用，那是因為他們所承受的教育是中國古老的儒家文化；相反地，現在在大陸長大的中國人，他們所承受的教育是共產文化。共產文化剛好是跟中國古老文化對立的，所以共產黨一立國，就以推毀中國文化為致志。像妹妹的夫婿這種人，在今天中國大陸多得是；而很不幸的，他們正一個個從唐山來到菲律賓，利用往昔老華僑在海外的聲望美德，或誘騙菲女孩，或巧詐華裔女子。總之，妹妹的悲劇將會在菲律賓社會裏翻版的一幕又一幕演下去。」

「我不知今日中國社會已變得如此可怕了！」母親無奈地輕輕感歎了一聲。

「這樣說，大哥！」翠蓮說：「你當時想勸阻我婚姻的時候，你就已看明這一切了？」

「也不是。」大哥搖搖頭。「當時我阻擋妳，只覺他人獐頭鼠目，品行不端而已；但後來，看到此類人在菲國是何其多，才逐漸地發現，原來這跟他們的生長地方與教育背景有著不可分割的關係。」

「……」翠蓮默然低下頭。

「妹妹！」大哥驟地叫著。

「什麼事？」

大哥揚聲道：「往事已矣！希望妳能勇敢站起來，去追求那燦爛的未來。」

翠蓮聽了大哥的解釋後，對那個問題，心中已豁然有所了解。便含笑瞧了大哥一眼，堅強地說：

「大哥！你放心！我不會令你們失望的。」

「那我有一事要告訴妳。」大哥忽然神秘起來。

「又是什麼事？」

「我前兩天在計順市遇到羅拔。」大哥說：「他問起妳的近況，我對他說了妳的遭遇，他聽了非常同情妳。妹妹！妳知道嗎？他直到今天還是個王老五，對妳依然念念不忘，很想來看看妳，但我不敢一口答應，說先徵求妳的意見再答覆他。」

「大哥！我現在是生活得平平靜靜，有了雲兒已足矣！」翠蓮婉拒地說。

「那很好！」大哥同意地微笑點點頭。

一九九九年十二月

一個菲少女的遭遇

（一）

一個炎熱的星期日傍晚。

用畢晚膳，我閒著無事坐在廳裏閱報，忽然，門口傳來急促的敲門聲，女僕真聞聲即刻從廚房奔出應門去。

一陣迫切的聲音在門外喊著：「真！妳趕快！妳小妹發生了意外。」

「什麼！」真驚叫起來。

我放下報紙，同時，妻子似乎在房裏也聽到了聲音，跑出房，匆匆忙忙接口問：「什麼人發生了意外？」

真把頭轉向妻子，右手指著門外一位約略三十左右歲的婦人道：「她說，我小妹發生了意外。」

「我也不大清楚，我是莎拉的鄰居。我一家在用晚飯時，莎拉的同宿者突然敲門跑來我家求救，說是莎拉昏倒在床，渾身冰冷。我跟丈夫聞訊，馬上趕過去，只見她癱在床上，已不省人事，左手腕脈上，又不斷大量地流血，我丈夫見狀，便一面把她送往附近的醫院，一面要我到這裏來通知他姐姐。」那位婦人一口氣將她所知的全部經過報告妻子。

妻子聽了，自然明白救人要緊，便不再多問，對真說：

「妳廚房的事暫時擱下，趕快跟這位婦人到醫院瞧瞧妳妹妹去。」

女僕真去而復還時，已是子夜時分。儘管我跟妻子早已躺在床上休息，可一點睡意也沒有，不約而同地等著真回來，所以，當真扭動門鎖時，妻子一聽到聲音，便披衣下床，我也跟隨在後，走出房門，妻子劈面便問真。

「妳妹妹怎麼樣？」

「感謝上帝，脫險了。太太！謝謝妳的關懷。」

「她究竟是發生了什麼事？」

「她割腕想自殺。」

我和妻子都不覺吃了一驚，妻子進一步又問：

「為什麼要自殺？」

「我也不清楚，我到醫院時，她還昏迷不省人事，醒來後，她又不想說話，只不斷地流著淚。」

往後數日，真每日都向妻子請假一、兩小時到醫院探望其妹妹。一星期後，一個黃昏，真從醫院回來，囁囁嚅嚅地對妻子說：

「太太！託上帝的庇佑，醫生說：我妹妹明天就可出院了，但是我不放心她，我害怕她或者會再看不開。所以……所以……太太！我想向妳商量一下，我是否可以將我的妹妹帶到這裡來，以便我可照顧她。」

妻子是個爽快的人，一口便應允下來。「好！妳就跟她同房住。」

「謝謝太太！謝謝太太！」真喜出望外地感激不已。

（二）

真被僱在我家中當女傭，已有五年久時間，她是依沙迷拉人，祖家以務農為業，由於家鄉生活困苦，兄弟姐妹便紛紛離鄉背井，到岷市謀生。她們共有兄弟姐妹七人，三男四女，在女子中，真是老大，莎拉是么妹。五年前，真到岷市求職，便被介紹到我家當女傭，她那時已三十多歲，尚沒有意中人，這或者跟她的外表有關，她生得矮矮肥肥，皮膚黝黑，高額扁鼻，闊嘴厚唇，整個臉部，除了那雙黑亮靈活的瞳子外，的確再也找不出其他美觀的部份。她在我家裏工作的五年內，其兄弟都不時會輪流到我家造訪她，以保持兄弟間的聯絡；而最常出現在我家中的，要算是她的么妹莎拉。據說，莎拉最喜歡她，她也非常疼愛其么妹，但么妹相貌外觀卻跟她截然不同。莎拉少其姐姐十多歲，不僅有個窈窕的身材，高度不高也不矮，膚光白膩，五官端正，活潑又聰慧。也許是么妹命運好，兄弟如眾星拱北辰，大家賺錢供她一人唸書。那一年，真到我家當女傭，她已就讀大學會計二年級，畢業後，就在一家據說是台灣人開設的出入口貿易公司當會計。她的開朗性格，應該是一個無憂無慮樂觀的女孩；然而，倏然間，她卻想以自殺來結束她的寶貴生命，實令認識她的人無不驚訝不已。

她從醫院出來，身體還是非常孱弱，在我家中休息的一星期內，終日臥在榻上，不食不喝，也不說話。每次妻子向真問起她的病況，真總是憂心忡忡地訴苦似地說：

「我也不知如何是好，她就是不食不喝，問她，她不答，想搭上跟她談話，她也不理，終日愁頭苦臉，頹神喪氣，身體那裏會康復起來。」

妻子聽了有些不忍，索性自己進房去，對莎拉道：

「妳這樣不吃不飲，除了跟自己的身體過不去，又有什麼用呢！」

也許，礙於妻子出面了，她才不得不起床用幾口飯，跟其姐姐談幾句話；但依然懶得走動。

妻子又進房去，對她說：

「莎拉！妳終日悶在房內總不是辦法，到房外走動走動，心情也才會開朗起來。」

莎拉不敢違背妻子的話，開始打起精神，走出房，幫助乃姐料理家務。

妻子看在眼內，對我說：

「可憐的孩子，一定為情所困。」

一日，大約是晚上七點半多鐘，孩子都在各自房內做功課，真姐妹在廚房摒擋火灶，我與妻子坐在廳裏看電視聊著。莎拉從廚房走出來，穿過廳旁到屋外倒垃圾去，妻子眼尖，突然在她身上發現了什麼似的，眼線一直追隨她的身影走，待她倒完垃圾入門來，妻子即刻將她喊住：

「莎拉！妳過來。」

「太太！什麼事？」

「我有話問妳。」莎拉來到妻子面前，妻子頓了頓，和藹地問：「她是不是有了孕？」

這一問，她怔住了，我愕然了，真也驚惶地從廚房跑出來。但見莎拉把頭俯得低低的，兩手交叉放在腹下玩弄著。

「莎拉！這是瞞不了的事，妳今天瞞得了，再過些時，肚子又凸大了，人家還是瞧得出。我早就猜疑著，妳是有什麼重大的心事。妳說，已有幾個月了？」

「四個月。」莎拉膽怯地回答。

「四個月！看不出，這麼小。」妻子端詳一下，進一步問：「誰的？」

莎拉已發現乃姐來到其身後，不覺轉頭帶著懇求的神色望了姐姐一眼，再轉向妻子，細聲地說：

「是我公司的老闆。」

「那個台灣老闆！」妻子駭然一跳，忽然明白了什麼。「他玩弄妳！」

莎拉驟然雙手掩住臉，傷心地抽咽起來。妻子暫不理會她，讓她低泣了幾分鐘，待她心胸逐漸恢復了平靜，才順和地說：

「妳就將事情經過說說吧！也好消洩一肚氣，總比隱在心裏好受。」

她停止了抽泣，然有所顧慮地瞧瞧其姐姐一眼，妻子似乎很明白，便道：

「妳放心，大家都會原諒妳；我相信，妳姐姐也會諒解妳。」妻子說罷，便轉向真。「拿張椅子過來，讓妳妹妹坐下，妳也坐在她身邊。」

莎拉還是不放心再瞧其姐姐一眼。

「大家都會原諒妳，我對妳保證。」妻子再一次鄭重地說。

於是，一場故事開始了。

(三)

兩年前，我大學畢業後，就進入間台灣人投資的貿易公司任會計。我是在報紙徵聘啟示欄上找到這份工作的，我應徵時，經過一番簡單的問話後，便被錄取了。我自然感覺很慶幸，因為大學一畢業，馬上就有了工作，所以，我對這間公司給予我錄用非常感激。一開始，我就認真地工作，不久，我發現這間公司出入買賣非常龐大，老闆又是一位三十方出頭的青年人，他那高高的身材，不僅為人斯文有禮，更是一表人材。我對他印象不但頗佳，還非常尊敬他。

由於我的工作是會計，所以出入銀行也包括在我工作範圍內，我幾乎每日都須到銀行存款去，而每次都是由司機駕小轎車送我去；後來，由於治安愈來愈不靖，報上也常常有刊載司機跟匪徒串通的消息，老闆便開始不放心。於是，一日，我預備到銀行去，他便對我說：

「不要讓司機送，我送妳去好了。」

「司機閒著無事，讓他送好了，我小心就是，反正，又都是支票。」我解釋道。

「不！既使支票，丟了也是夠麻煩的。」

他是老闆，他的堅持我只有順從；況且，再一說，一旦真地有了什麼三長兩短，我也是擔當不起的。

可是，這是一個開始，經常我到銀行去的時間是上午十點一刻左右，自從換他駕駛後，時間便逐漸往後拖，常常要拖到將近中午時分，他才送我去。

莎拉說到這裡，不覺抬頭望向窗外，若有所思地說：「其實，這完全是他的一種計劃，我卻渾然不知。」

大家目光都對著她，卻誰人也沒有搭上一句話。

她把眼線收回來，然後繼續講著——

他很有一套，當我在銀行辦完存款後，坐上車，他就一面開動引擎，一面用老闆的口吻道：

「已是中午十二時了，就在外邊用飯。」我自是無法拒絕。

在飯桌上，他表現了十足的紳士風度，不斷給我挾菜舀湯，同時問我喜歡不喜歡吃。說是用飯時，是不分身份的。他的殷勤服務，再面對著他那一派的倜儻清逸，我相信沒有一個少女是不會動情的。誠然地，他已不動聲色的竊取了我的心。

接下去，他很會觀眼用計。在車裏，或在餐館裏，一有機會，他便跟我講公司以外的個人事，他講他在台灣的生活，講他第一次來到菲律賓，便深深地被這裏的風物人情所吸引，而產生了來菲投資的心念。然後，便問我的嗜好，我的生活起居，我的家庭，我心無城府一一都據實告訴了他。漸漸地，彼此稍為放縱了，有說又有笑。一日，他說道：「下星期二是我的生日，妳願意給予我賞光呢？」

「你的生日，應該跟你的家人在一起才是。」我說。

「你明知我還沒有成家，那來的家人。」

「你的親人，你的朋友。」

「唉！妳也知道，我的親人都在台灣。」他忽然顯出一幅落寞之情。「至於朋友，在菲律賓我可說是沒有朋友的。」

他說到這裏，掉頭瞟我一眼，再接下去道：

「自我來到菲律賓後，不知怎麼樣的，一日之間，我最怕害的是黃昏時刻，因為黃昏一過，黑幕就降臨大地了，回到家中，冷冷靜靜地沒有一個說話的對象，除了看電視、睡覺，寂寞是那樣重重地包圍著四週。的確地，每個夜晚都是難挨的，躺在床上，有時我會想，好好的在台灣，為什麼要跑來菲律賓呢？那邊有的是父母、兄弟、及眾多的朋友，……那時刻，我是恨不得能夠立刻飛回去。……但翌日一醒，陽光普照大地，我又感覺生活是忙碌又充實的了。」

他這一番話，真把我打從心底發出無限的同情。

「所以希望我的生日，妳能帶給我一個快樂的夜晚，及留下美麗的回憶。」

我的防線破了，情不自禁的含情脈脈地瞥了他一眼，發自心底深處的一陣微笑，我是完全接受他的邀請了。

在一間豪華的旅館餐室，選了一角較幽暗的座位，我倆交觥慶祝他的生日。用了一餐豐富的晚膳，離開餐廳，才八點多鐘，時間尚早，他便提議到他家參觀一會兒。不知如何，我竟不加思索一口就答應。他的住所在馬加智富人村，如一般富人的邸第一般，亭台庭園，精緻優雅，惜一進門，就有一股冷寂之感迎面擊來。我不禁想，家室無論佈置得如何美輪美奐，一沒有了主婦，再高貴也缺了什麼似的。這一晚，我便在他住宅內，跟他發生了關係。

有了這一層關係後，他對我更顯得溫柔體貼，信誓旦旦地保證不會拋棄我，一定會跟我結婚，他說：「事實上，我第一次看見妳，就深深地愛上了妳。」他很會耍手腕，在我面前，他打開日曆，藉日曆下那些蠅頭中文小字，知我不懂得看，不懂得讀，把日曆翻了又翻，然後滿臉愁苦地說：「一連三個月都沒有黃道吉日可以結婚。」再悲傷對我說：「親愛的！妳能等嗎？我保證我是愛妳的，只因為妳也曉得，中國人是非常重視黃道吉日，且相信我，黃道吉日一到，我定跟妳舉行婚禮。」

我愛他，自然是相信他，他的表現也絕對沒有絲毫讓我起疑。他開始喚裁縫師為我量身，開始陪我選購家具去，他說：「一切先預備，免得到時弄得手忙腳亂。」我覺得他做事很有果斷，我滿心快活又感激，感覺生命是無限幸福。當然，我們的幽會是繼續著。不過，在公司裏，我倆還是保持著距離，這是我提議的，因為在沒有正式結婚之前，我不願讓人在背後蜚長流短，我未曾向我的任何一個親人提起過，唯因有時掩不住幸福之感，方在一、兩比較知己的朋友面前，含蓄地披露我已有了愛人，至於朋友問是誰？我便適可而止，閉口不漏了。

三個月過去了，黃道吉日來臨了，我滿懷興奮預備踏上紅毯。說實地，那個少女不憧憬著新娘夢呢！我自也不例外。但是，忽然間，他匆匆拿了一張急電給我看，說是從台灣打來的，內文摘要是：他父親病危，要他從速回台。他很聰明，反問我要怎麼辦，我想著，我倆早已是行了夫妻之實，婚禮不過是一種名譽上的儀式，早舉行、晚舉行，都不是問題，反而是他的父親，倘若有了三長兩短，未能見最後一面，我罪過該何重！於是，我便說：「你父親的病比什麼都重要，你還是趕快回去吧。我們的婚姻延後再說。」他卻顯得依依不捨的樣子，歉疚道：「真是人算不如天算，莎拉！妳不會怪我吧！」他是那樣誠懇。「莎拉！我愛妳，我向妳保證，晚至一個月，我一定回來。」他回台了，婚姻延期了；但是，一個月後，他真的回來了。

誤過了吉日，當然要重新再看日曆選日。一看，他便驚愕道：

「什麼？一延就須半載才再有黃道吉日，這如何是好！」他顯得無限焦急。

「你再斟酌一下。」我也感愴然。「你會不會漏過了。」

他再開始慢慢地把日曆一張張地翻著，翻過了一大疊，終於失望搖搖頭說：

「沒有，真地半年後才有黃道吉日。」他一臉垂頭喪氣，我也低首默然。

「唉！」他喟然一嘆，自言自語地說：「對等待者來說，半年時間是難熬的。」他忽然把頭抬得高高的，猶似忿憒了。「等！等！等！等個屁，不等了！什麼黃道吉日不黃道吉日的，下個月我們就結婚吧。」

我當然是極願意的，要是能夠明天，我更是求之不得。但是，我驟然迷信起來，我害怕一旦亂擇日子成婚，婚後如真地遭逢什麼不測，豈不是更成問題。婚姻不是兒戲，婚姻是倆人終身大事，絕不能感情用事，所以，我便柔聲地說：

「我一等也等了四個月，再等半載又算得什麼！」

「可是我等不得。」

「承！等或不等又有什麼關係，我不是隨時隨地都在你身邊嗎？」

他靜靜地望著我，好久好久，才問了問：「妳不見怪？」

我嫣然一笑搖搖頭。

他木然片刻，接著開心地笑起來，把我緊緊摟在懷裡。「莎拉！我不知要如何感謝妳！莎拉！妳太好了！妳太好了！」

時間又滑過去兩個月，一日早晨，我一起床，便感頭昏腦漲，胃部不舒，欲嘔又嘔不出，猛然間，我若有所悟，我向公司請了半天假，找醫生去，經醫生證實，我有了孕。這一來，我不覺恐懼起來，未婚先有了孕，我怎麼樣見得人，我該怎麼樣辦？我該怎麼樣辦？我徬徨著，然後我就直奔公司。到了公司，我直往他的辦公室，一看見他，我就按捺不住掩著臉抽泣起來。他驚奇問：

「是發生了什麼事？親愛的！」

「我……我有了身孕。」

「妳有了身孕！」他從椅子跳起來，哈哈大笑。「應該歡喜才是，妳為什麼哭了！」

「我們……我們尚未結婚呀！」

「好！速戰速解，我們今天就到市府證婚去。」

我忽然又迷信起來了，不覺禁止道：「不！我要在黃道吉日才結婚。」

「那該怎麼樣辦？」他迷惑。

我沉吟片刻，問：「你真地愛我嗎？」

「向天發誓。」他一臉認真。

我不覺破涕一笑，道：「別這樣一臉認真的神情，我相信你就是了，不過，我有一個要求，現在距離黃道吉日尚有四個月，希望到時，無論如何婚期要如期舉行。」

他聽了，馬上舉起手說：「天崩地裂，不再更期。」

我放心了。心想……四個月一轉眼便到，我只要著衣時，寬敞一下，肚子便不容易被人發覺。反正，孩子誕下時，我們已成家，也就好了。

我又心安理得地生活著，對我有了身孕，他是那樣無微不至地關懷著，我心頭總是感覺一股甜甜的，對他的信賴是有增無減。

婚期愈來愈近了，大約距離婚期尚有兩星期。一個晚上，他拿出一封厚厚的信封，封面黏貼得緊緊的，放在我的面前說：「我的好莎拉！妳能幫我把這封信帶到宿霧去嗎？」他停一停，我狐疑看著他，他解釋道：「我有位朋友在宿霧投資了一間化石工廠，以我所知，資本足有二億披索，我很希望能跟他搭上做生意。本來，這封信，我是可以投郵，但為誠意起見，我是希望能親手送到他面前，因為中國有句話說：『見面三分情』，意思是說，見了面彼此有事，也較不便好拒絕，其實，這也是一種心理戰術。所以，我很希望在我們結婚前，便能跟這位朋友搭上買賣，然而，這兩天我又在等台北的一個長途電話。而兩星期後我倆又要結婚了，我怕時間安排不及，一旦婚期又耽誤了，我死也不能原諒我自己，因此，我想了想，唯一的辦法，便是請妳代我走一趟，以我未婚妻的分身，當面呈交給對方，相信他也會了解我的誠意的。」

他說得有條有理，我也就欣然接受了。

他見我接受後，又細心交代說：「公司名稱及地址，都在這封面上，妳見了我這位朋友後，要鄭重對他說，是我特地派妳去的。」

第二日，我就往宿霧去了。豈知，這是他調虎離山之計。

我到了宿霧，按著地址找去，地址是找著了，卻找不到那間公司，找了整日，問了多少當地人，竟然沒有人知道宿霧有這麼一間公司，我無奈，只好打長途電話回去，他在電話裏答覆說：可能因為是新公司，所以當地人還不認識，至於地址呢？或者有誤，他要我在旅館多住一、兩天，待他再詳細調查一下。他說他自會回電話給我，而我除了聽從他的話，我又能做什麼？但是，在旅館逗了兩天，他並沒有長途電話來，我忍不下去，便又打回去。這一回，公司電話卻一直響著沒有人接，我不覺事情有些蹊蹺，心也寒了，先是想著公司究竟是發生了什麼事？後來愈想愈不對勁，總覺得每次婚期來臨前就會萌生別的事情來。心頭開始有著什麼不祥似的，便不再理會他交代的事，馬上飛回岷市。

到達岷機場，我馬不停蹄直奔公司，遠遠地，看見公司大門緊關著，一群人正圍在門外談論什麼似的，我下意識地有感公司是發生什麼事。我急忙走近去，認得出那群人都是我們公司貨品來源的供應廠商，看著他們個個都焦頭爛額的，於是，我問：

「你們有什麼事嗎？」

大家聽到聲音，不約而同都轉過頭來看我。有些是認識我的，便趨前問我道：

「莎拉！妳來得正好，妳老闆到哪裏去了？」

我一怔。「是發生了什麼事？」

「哦！妳不知道嗎？這兩天，妳公司大門始終關著，老闆也找不著。」

猶如晴天霹靂，我背脊不覺透出冰冷，我感覺到事情的嚴重性，我幾乎是哭喪著臉說：

「我的確不知道，三天前，老闆差我到宿霧送封信給他的一位朋友，地址是找到了，卻沒有那間他朋友投資的公司，我打長途電話回來，說明情況，他說地址可能有誤，需再詳細調查一下，要我在宿霧多逗留兩天。這是我最後一次跟他交接電話，因為電話掛斷後，我等了兩天，都未能再接上他，所以我就回來了。」

我向他們講明後，掉頭便走，我再也忍不住，眼淚直簌簌地流下，我的心亂極了，我什麼都明白了，他來菲投資，是個幌子，騙財又騙情，廠商被他騙了財，我被他騙了情；好了，這也是我自作自受，怪不得他人，但肚裏的孩子該怎麼樣辦呢？

我還不死心，離開公司，便直奔其家，家門也是緊閉著，我如發瘋了一般，在門口亂敲一場；不是敲開我所敲的門，而是敲開隔鄰的門。也許，是我敲得太大聲了，竟打擾了隔鄰，一個傭人模樣的婦人開門探個究竟，便對我說：「這裏已沒有人居住，兩天前搬走了。」我聽了，又是一陣昏眩，兩隻腳幾乎要軟下去，再也動彈不得，我不知我在那裏站了多久才離去。

一連數天，我依舊到公司門口徘徊，到其住宅探頭，然而什麼都不得要領。我真恨自己，恨自己的愚蠢。

於是，我萌生了自殺的念頭，因為我實在無顏再見我的的父母親，我的兄弟姐妹，以及親戚朋友。那一日，就趁同宿的人外出購物去，在臥室裏企圖割脈自殺，以便了結我的恥辱，也了結肚裏孩子的蒙羞，一了百了！

大家聽到這裏，都發出同情的神情。其實，自從菲國向港台與大陸開放後，不知有多少菲少女被玩弄過。她們也是夠可憐的，往往為了謀生，孤身隻影離開家鄉，來到這花花綠綠的都市。在光怪陸離迷茫的人海，身邊既沒有父母指導，又沒有兄長提醒，老油條的外商就看準了這一點，以滿足一己之私慾，忘卻自己也有姐妹、女兒，殘酷地摧花折枝，造成對方心神皆碎，陷於萬劫不復之地而後已。

妻子和祥地對莎拉安慰說：「事已如此，妳也不必過於自責難過，誰人沒有情感，我少女時代也憧憬著戀愛，但是我們又永遠抵不住命運。妳我都是天主教徒，天主賜我們生命，我們必須要珍惜它，妳若自殺了，不僅毀了妳的生命，還毀了另一個生命，妳這豈不是違背天主了嗎？所以，莎拉！好好把孩子生下來，沒有人會責備妳，包括妳的家庭，坐在妳身邊的姐姐，妳放心，我對妳保證。」

莎拉把頭放得低低地，細聲道：「太太，我會聽妳的，我不會再尋找短見了。」

「其實，當妳把孩子生下來後，妳的人生觀會完全改變的。」妻子本著自己生子的經驗，最後對莎拉這樣說。

（四）

一日黃昏，我放工回家，對妻子說：「今天，我在外面聽到一個消息。」

「什麼消息？」妻子問。

「聽說莎拉所任職的那間台灣人投資的公司，倒帳廠商，足有億多。」

「那莎拉的老闆現在在什麼地方呢？」妻子關心地問。

「聽說已避回台灣。」

「原來自始至終都是一種計劃，一種圈套，可憐的莎拉！」

「我也聽說，那個台灣人在菲律賓玩弄的女子，不僅莎拉一個。」

「唉！」妻子感嘆地說：「可憐這些菲女子。」

莎拉就住在我家裏直至分娩。妻子一直對她關懷備至，她也安安靜靜地生活著，在家幫助其姐姐料理家務。當她從醫院抱著嬰兒回來後，雖是一臉疲倦，卻透著一種欣慰滿足的神情，看到了妻子，劈頭便道：「我會盡心盡力，一身兼兩職，將這孩子撫育長大。太太！妳的話不錯，我的思想確是忽然有了一百八十度轉變了。」

一九九六、三、二十一

方老師最後的話

方老師逝世了！

當我得悉這一消息時，吾人正在南島出差。是純飛從長途電話告訴我這一消息的。

純飛是我中學時代的同學，方老師是我們高中的國文課師。師生之誼，二十多年來，始終沒有間斷。

兩年多前，方老師有感於胃口不舒，食慾不振，到醫院求診去，經X光檢查，發現胃部有塊拳頭大的瘤物。開刀後，取出瘤物一驗，認定是惡癌。醫生便告訴師母說：方老師的壽命只有六個月。方老師自此便退休在家療養。而我與純飛得知了方老師得此絕症後，幾乎每星期我倆皆相約探望方老師去。

每次到方老師府上，他都如往昔一般，親自迎接我們；然後，把我們帶到他的書房。時給予我們講書，時跟我們聊話。講書時，依舊是那樣滔滔不絕，兩三個鐘頭下來，絲毫沒有倦意。有時，我面對著他那講書的奕奕神情，還懷疑他根本沒有病，是醫生搞錯了。

果然，一年過去了，他依然還活著。不過，也瞧得出，他求生意志的堅強，他一直是那麼冷靜地面對著自己的癌症。他覺得癌症沒有什麼好可怕，大不了一死，而人生自古誰無死？僅是時間的早晚而已。在病間他還思索著華社華文教育未來的若干問題，想計劃將他積四十多年的教學經驗記下來。他笑著對我們說：「得了癌症倒好，這下子，我可擁有充分的時間對咱們這個華社的華文教育做個通盤的研究。」其實，這是他若干年前的抱負，當他目睹華社華文教育日趨式微，便深深地感覺焦慮，令他反省，絞盡腦汁急欲找出一個拯救辦法，無奈，生活擔子卻始終卸不下來。

而不管他求生意志有多麼堅強，在經過跟病魔纏鬥一年多後，不可避免的，他是顯得蒼老多了，身體也消瘦了不少。

終於，三個月前，他病情出現了不穩，繼而迅速地惡化。他不能再坐在書房裏給予我們講書，終日躺在床上，昏昏迷迷，偶而遇著我倆來時他有著清醒時候，也僅片刻工夫，跟我倆搭不上兩句話，便又閉上眼懶得再開口。我倆便坐在他床邊的椅子裏默默地陪伴著他。

兩星期前，公司有事，要我到南島出差。行前，我邀約純飛探望方老師去。很出乎意料之外的，方老師突然精神大好起來，跟我倆談了好多話，最後他說：「死並不足懼，只是我不甘心，對中華文化我才開始有了認識，便倒下去了。對華文教育我還沒有貢獻，對華青我還沒有交代。我是白走了一趟人生。」原來這是迴光反照，是他最後一次跟我們交談。

當然，那時在向方老師告辭後，我還禱望南島歸來後，尚有機會跟方老師再見面。

可是，就在我到南島一星期後，純飛十二分火急地在長途電話裏將噩耗告訴了我；由於公務繫身，我居然趕不及回來參加方老師的葬禮。

我除了感覺遺憾，什麼也於事無補！

所以，一回岷，在機場見到接我的純飛，二話不說便一同乘車直馳方老師府上。為我們開門的是方師母。現在我只有在方家所設的靈位，向方老師拈香頂禮，瞻仰遺像，然後，再向方師母表示歉意。

「方老師生前兩袖清風，死後也不想麻煩他人，所以他特別囑咐不要在報上登訃文。他是火化的，因他是佛教徒，骨灰便放在寺廟裏。」方師母將方老師身後事扼要告訴我說。

然後，方師母又說：

「現在你倆位都在這裏了，方老師最後交代的一件事。」說著，她便從靈位後掏出一本小冊子，遞放在我倆面前。「這是方老師病情呈惡化的最後三個月，每次晚上，他若稍轉清醒，便一面躺在床上思考著，一面要我記下來，片片段段的，終也積成他生命最後的一些話。他盼望他這些最後的話能對今後這個華社的華文教育起有參考價值。」

我不客氣接過小冊子，再掉頭對純飛說：「讓我先目睹為快吧！」

純飛同意地點點頭。

是夜，我打開小冊子，心無旁騖一邊閱讀著，一邊思考著。

一

我承認我是輸了，經過兩年多求生意志的堅持，最後還是輸給上帝。其實，死，我並不恐懼，只是不甘心，因為我責任未了。

二

我執教鞭四十多年，人家都說我桃李滿天下；尤其是老同學謝更說我是一位人格完整的人，固守本位，不為金錢世界所動。我除了一笑置之，目睹四十多年華文教育過程，是一年不如一年。我自覺慚愧以外，心頭也有一份卸不下的責任。

三

謝經常來探望我，他雖是一位商人，倒非常關心華社的華文教育。

四

謝對華文教育興衰的探討，似乎很有心得。檢討華文教育的式微，因素之多：菲化、師資、課材、環境、家庭……不一而足。事實上，這些因素都早已被大家討論過，討論的文章也不止百篇、千篇。但是謝說：「深研一層，一切因素總歸都來自一個『結』。」

五

我問：「何結？」

其曰：「華文發源地也！」

六

確然，在討論華文教育沒落之因素時，常常聽到人們不加思索都是首先這樣說：「菲化也！沒有菲化，今天華文教育便不會沒落至此田地！」大有菲化是華文沒落之主因。

謝道：「我認為這是搪塞之詞。」

七

冷靜想一想，菲化何來？

諺言：「人必自辱，而後人辱之。」國人若能自愛，不搞國土分裂，外人那膽敢以「菲化」相欺？

八

謝又道：回憶中學時代，師資之高，皆來自國內知名學府，惜打從五十年代起，此路便被政治因素所打斷。

此為師資不足問題開始也！

九

謝此一說，讓我也記起，當年就讀高中第三年時，一日早上，我上學去，到了學校，但覺校內氣氛有異，上課鈴聲響後，坐在課室裡，久久不見老師到來。大家正滿懷疑惑，猜不透今天學校究竟是發生一回什麼事；不久，但見教務主任走進課室來，帶著悲戚的表情對大家說：「你們的國文老師今晨忽然有急事，不能來為他們授課，你們就自己溫習功課吧！」說罷，便轉身而去。後來，我們才知道，國文老師被捕了。被捕的原因，說是「思想有嫌疑」，這無不令我們大吃一驚。老師平素為人，沉默寡言，謙恭謹慎；既使他授課於我們國文時，也從未逾越說什麼課外話，這著實叫我們摸不著頭緒。雖說一星期後，他「無罪」釋放，卻從此他對教學便打不起精神來，馬馬虎虎挨到學年結束，便向學校當局辭掉教學工作，轉向商場謀生去了。

這是華社教育界的悲哀！也是華社教育界的損失！

十

說戰後將近五十年來，華社華文教育沒有受到兩岸政治所左右，這是不負責任的話。甚至可以說，五、六十年代遴選師資，「思想純正」第一，資歷第二。

「師資不足問題更趨惡化也！」謝指出說。

十一

謝又繼續指出：「儘管五、六十年代，台灣籍老師來填補不足，然台灣老師都幾乎負有政治任務，到了七、八十年代，大陸之門打開了，然大陸來的老師，何嘗又不是負有政治任務，到頭來，師資不足之問題，依舊懸而不決。」

十二

我道：「就地取材，才是最根本辦法。」

謝答：「這話雖不錯，然吾今華社有為之士，皆不屑於此一行業。因社會觀念使然也，事實也缺乏鼓勵。」

我道：「我是不行也，但願你能參與這鼓勵工作。」

謝堅決道：「我願意！只是這不是短時間內可以見效的工作。」

我緊緊握住謝的手：「不要灰心！」

十三

謝一星期不來了。我躺在床上，無事可做，繼續思索華社的華文教育問題。

十四

說兩岸政治左右華社華文教育，是事實。

也說兩岸政府，關心海外華文教育是有政治目的，同樣也是事實。

十五

前不久，我在一本報刊上看到一則這樣的新聞報告：說是法國為熱愛與珍惜自己的傳統文化，不惜每年花費鉅資，在國內，採取多項措施，以期達到弘揚及普及；對國外，更積極展開文化活動，使自己的文化在國際間愈加發揚光大。報告又說：法國國庫並不寬裕，但每年開支在文化費用上，卻始終保持在五十億法郎，相當於外交部總預算的三分之一；長期以來，法國政府及至民間，誰都不想削減這預算。反而還有人提議預算不夠，應該增加。

其實，除法國外，諸如德國、日本、美國、加拿大，那些比較有豐富文化的國家，也都一樣，每年不惜花鉅款，為弘揚自己的文化不遺餘力地努力工作。

唯獨中國這個有著五千年文化的國家，卻從未聽到政府有著鉅大的預算，做為弘揚文化工作之用。相反地，只聽到有著鉅大的預算，做為宣傳政治意識工作之用。

十六

不是嗎？兩岸為展開外交戰，不惜花鉅款拉攏友邦，卻置海外華文教育與衰完全於不顧。

十七

更令人啼笑皆非的，兩岸還為此各自津津自喜。

十八

的確，很令人感嘆，當今兩岸政府，都在誇耀其財富，一說他們的金錢富得可以淹腳目，一說他們國庫存款已超越一千億美元；然而，可悲得很，雙方都不懂得如何利用其財富。

十九

謝又來了，他說：兩岸不僅不關心海外華文教育，也不重視自己的文化，真叫人心寒。

二十

他憤慨又說：「國人不重視自己的文化，這要怎樣叫海外華人重視起中華文化來。」

我在一旁聽了默然無語。

謝因有事，匆匆又走了。

二十一

謝走後，我忽然又連想到另一個問題來。

兩岸不僅不重視自己的文化，另一方還想摧毀自己的文化。

二十二

相信，古今中外，也唯有當今中國才有這種怪現象，同為一種文化、字體、竟還有繁簡之分，很教人笑掉牙齒。

二十三

中華文字之優美，在於文字之構造，都象徵著字體本身之意義。開而無門，愛而無心，濱不見貝而見兵，漢字之構造，將大大失去其意義。

二十四

記得三年前，趁暑假之便，我跟內人到泰國一遊，在林×香肉脯行買幾包肉絲肉脯，見其塑膠袋一面用泰字印上其商號及住址，一面則為繁體字，不覺問曰：「還用繁體字？」答曰：「鄙老鋪歷經八十餘年歷史，承襲傳統，買賣年年風調雨順，何須改之？」

二十五

標新立異，並非強國之道；反對傳統，亦非救國之道。日本明治維新的成功，就是在於接受西方文化的同時，繼續對自己的傳統文化給予發揚光大；相對地，中國在接受西方文化的同時，卻無情地對固有文化連根帶拔地加以貶損。

二十六

傳統是什麼？傳統並非包袱，亦非落後。傳統是先輩世世代代積累下來的智識結晶。因之一個有深度文化的民族，是會重視傳統的。

二十七

我們對西方文化了解多少？說穿心，都是霧裡觀月，蜻蜓點水。

二十八

可以說，我們幾乎只看到西方物質文明狂熱生活的一面。

二十九

達爾文的進化論，雖促進了科技的突飛猛進，也帶來了人類生活的空前方便。不過，卻也令享樂主義抬頭。人們在高度追逐物質享樂下，僅問手段，不問良心。人幾乎已不再是人，而成為了物質的奴隸。

三十

儒、道、佛三個層面所構成的主軸：儒家在社會層面所提供的人倫關係，維繫了人際間一定的程序與安定；道家在人類心靈上所提供的豁達自在，使人生活在現實裏不致迷失，而感覺空虛與壓世；佛家在宗教上的安排，使人精神有所寄托。

三十一

多麼完美的人生文化！

三十二

中華文化萬萬廢不得！

三十三

我熱愛中華文化。

三十四

華文教育的沒落實在令人痛心！

三十五

救救華文教育！

三十六

徹徹底底擺脫兩岸的政治陰影！

三十七

華社事唯有華社人最了解，亦唯有華社人才能解決華社事。故華社華文教育之興衰，是掌握在咱們華社人手中，而非掌握在兩岸人手中。

三十八

尤其是今日咱們的「處境」，兩岸人皆屬「外來人」。

三十九

有一事，很想希望能跟華社華文教育同仁相勸勉：在做教育時，勿搞「口號教育」，勿搞「浮誇教育」。

四十

在搞華文教育運動時，華社有一句這樣口號：「讀好華語，走遍世界」。一個稍有出國經驗的人都明白，一踏上人家國土，就需預備好英語以跟他國海關人員對話。一個最明顯的事實，任何美國人到中國國土旅遊，在中國海關裏，是中國海關人員需用英語跟美國旅遊者對話；同樣地，一位中國人到美國國土旅遊，在美國海關裏，也是中國人需用英語回答美國海關人員的問話。孰重熟輕，我們必須勇於承認，今之世界還是英語世界。

四十一

我並非在折自己之意志，長他人之氣燄。我只是不忍心讓下一代有受騙的感覺。

四十二

近這十幾年來，常常聽到有如此調子教導我們的孩子們說：「二十一世紀是中國的世紀，中國人將是二十一世紀的主人翁；所以，華語是二十一世紀的語言。」我每聽到這話調，總會不期然而然連想到我學生時代，是長輩，是老師一而再對我們強調說：「學好中文，將來才能回到祖國生活去。」一晃數十寒暑過去了，我已是行將就木的人了，中國還離我那樣遙遠的。心底深處，我幾乎有受騙的感覺。

四十三

二十一世紀是否是中國的世紀，這不是咱們這個「小華社」的「小僑民」所能決定的事。其實，稍有世界觀的人都了解，關乎一國強弱的先決條件，不在乎金錢淹腳目，亦不在乎飛彈滿天飛，而決定於國民之素質。

四十四

這幾年來，常聽到商場朋友說：很不敢跟兩岸三地來的人做生意，問何故？曰：「沒有信用！」

一個不知信用為何物的民族。這民族、這國家會有前程嗎？

四十五

其實，何不如此告訴下一代說：「儘管咱們已落地生根成為菲律賓人；但做為菲律賓大社會裏一少數民族的華裔的咱們，之所以在今日社會各方面都有成績的話，那是因為咱們的祖輩從唐山帶來的那一套文化，經時間考驗，證實是待人處世的無價之寶，咱們有幸浴於其間，受益無量。今之咱們不但要承襲保有它，還要繼往開來，讓它在菲大社會裏發揚光大。」

四十六

我是愈來愈不行了。我曉得，我的生命現在是在計日生活著。有今天，不知是不是還有明天。

四十七

今天黃昏，老同學謝再來看我，告訴我說：「醞釀多年的校友會終於成立了，這是一個多麼教人欣慰的消息。華文教育需要華校，華校需要校友會。謝還被當選首居校友會主席；謝出錢出力，很令人佩服。但他卻感喟道：「生為我們這一代很痛苦，現實的壓力，使我們不能不首先著重下一代的英文教育，然想到咱們是華裔，又不能不重視華文。」

謝的話正道出了今日千千萬萬生長在菲律賓的家長的矛盾心聲！

四十八

我忽然有悟，唯有互相溝通、了解，方是振興華文教育的最佳途徑。但願華社各階層人士，能攜手合作，群策群力，為華社華文教育開創美好的前途。

四十九

我很高興，很欣慰，因為我是知道愈來愈多的人關懷咱們這個華社的華文教育了。我雖然很遺憾不能再為華文教育工作，但我相信我死後不久華社華文教育便會長出成果來。

五十

我真地不行了，也許不是明天，而是下一刻，我便會走了。然我心底是滿懷高興、滿懷欣慰……。

方師母記到這裏，沒有再記下去。也許，真地，方老師在下一刻便走了。雖說，方老師這些片段話，讀來有些令人感覺紊亂。然想想他在病危時，還能提供如此寶貴的意見，實在難得。我把小冊子闔上，稍微將頭抬起，本能閉一閉眼，馬上一個身材清矐，鬢髮斑白，一幅老花眼鏡，及那溫文儒雅的學者風度，便出現在我眼前。方老師走了！但他的精神將永存在我心坎深處！

我不覺潸然淚下——

一九九七年六月十五日

絶望的呼聲

×月×日

上午，九時一刻。

如昔常一般，吾兒小欽自己駕著小車到銀行交款去，這是他兩年多來的一貫工作。

我坐在店鋪內望著他駕車而去，唇角不覺輕微一笑。我也不曉得這是怎麼樣的一回事，每次看著他那碩壯的身影，心坎總會油然生起一股欣慰之情。

或者，是跟這孩子的乖巧有關吧！我育有兩子一女，小欽排行老二，上有哥哥，下有妹妹。在他們弟兄中，小欽自來就最讓我少操心。既不像他哥哥頑皮，也不像他妹妹淘氣；他不跟哥哥吵架，也會讓妹妹。中小學時代，他的勤學，每年學期結束，都是榜上有名。假使我記憶不錯的話，打從他入學第一天開始，他就從未曾要其母親催促他做功課；相反地，還常常在功課上給予妹妹幫忙。到了大學，上課之餘，他便開始幫忙我看店，除了星期日下午，偶而跟一兩位同學看看電影去，他似乎自來就不歡喜到處亂跑，這跟他的哥哥截然不同。提起他的哥哥，真令我及其母親有點不知如何是好，終日三五結群玩去，三更半夜才回家，如今治安這樣不靖，其母親每晚都要提著一顆心，盼著他回家方安心下來，屢次我勸他，他總是「小孩」較「大人」有見解似地說：「治安不靖是報紙小題大作，好增添報份：其實，我每晚跑在路上，總安全得很。」大學畢業後，小欽便自發性地全日在店裏幫我做生意，記得他曾對我說：「爸爸，你勞碌了大半輩子，現在就讓我來吧！你可半工作半休息了。」我聽了，自是滿心樂了。想著他的哥哥一畢業便「飛」了，說是幹這種小生意不適合他大學生的身份，要在大公司內，坐在冷氣室，結了『狗帶』才夠氣派。唉！兩兄弟才相差兩歲，性格卻是如此懸殊。

大概是小欽離開到銀行去，約有十分鐘，店內來了一位顧客，很慶幸的，一下子便買了不少建築原料，幾乎裝載了半車強，他大約是在大修理屋子吧！他是我今天的第一位大顧客，唉！生意實在差得很，已經快九點半了，往年這時候，顧客已絡繹不絕，忙得團團轉。如今呢？就說今天早上，七時半開市到這時候，除這大顧客以外，才來了五、六位，買的又是那樣一點點。我這間生意已做了三十餘年，從未有過這種情況。的確地，自從去年七月亞洲發生金融風暴以來，影響之鉅，幾令亞洲各國經濟倒退十數年。據說，菲律賓還是非常幸運，沒有發生如泰國、南韓的倒閉風、自殺風；幣值也不像印尼一瀉千里。不過，不可否認的，景氣卻陷於一片蕭條，民生也較以前更困苦了！

做完這位大顧客的買賣後，妻子從樓上捧了一碗麥片餬下樓來，放在我面前，對我說：「趁熱用吧！」我不看時鐘，也曉得這時是十時了。三十多年來，妻子對我的關懷就是這樣的無微不至，什麼時候用中飯，什麼時間用晚膳，什麼時候用點心，她都會為我安排得好好的。我是娶了她，才開始經營起這間五金兼建築原料行來。當初，一間小店面兼住家，除僱了一工人外，就是我倆夫妻輪流看店。她則一面要看店，一面又要料理家務、看顧孩子，真是苦了她。她是護理科畢業，嫁了我，實在大大埋沒了其所學；也許是這緣故，她便常常把這些常識傳授給予小女，小女受其影響，現正在攻讀醫科。我這個小女兒，雖小時淘氣、愛哭；但長大了，卻如其母親，顯得文靜又溫順，富有忍耐力。

比較有顧客了，一個接一個來，我就這樣跟幾位女店員應接忙碌著，直至中午妻子喊吃飯了，女店員才暫時關起店門，上樓用飯。我也跟著上了樓，妻子好像發現少了一個人似的，便問我道：

「小欽呢？」

經妻子這一問，我方發覺小欽尚未回來。往昔，他到銀行去，通常十一點多鐘便回家，今天，已是中飯時分了，還未見其人影。我心想：會否路上車子太擁擠，因而延遲了，所以，我便無所謂地回答妻子說：

「大概是路上擁擠吧！」

可是，用完中飯，又休息一會兒，女店員下樓開店，我也下了樓。已是下午時分，依舊不見小欽回來。

我感覺有點蹊蹺，便打電話到銀行去，銀行經過一番驗查後，說今天並沒有款項入我戶口。

我開始著驚了，這不是意味著小欽還沒有到銀行去？他到那裏去了？玩去？找朋友去？不！他不是一個這樣的孩子，每次他要到那裏去，都會事先通知我一聲；況且，他身上還帶有著現款及支票，即使他忽然在半路上想到有個人事要辦，也會先到銀行交款，然後再辦他的私事，我確信我是了解他的。那麼！是半途出事了！遇劫？一種不吉的念頭即刻掠過我的腦袋，我的心不覺往下一沉，背脊一冷，額頭沁出了冷汗。

我從椅子站起身，轉身跑上樓，一面換衣，一面對妻子說：「妳暫時到樓下看店，我有急事要出去一下。」在沒有查出真相前，我不想告訴妻子我的不祥預兆。

沿著麥亞道大道，我駕著另一輛小車朝加洛干市開去。其實，我實在不需要跑到加洛干的銀行交款去，現在的描仁瑞拉區，各銀行行號都已在這裡設有分行：但是人就是這樣，生活在這社會裏，總脫不了人與人之間的關係。我就是因為有一位「公爸例」（註一）的女兒在加洛干市的某銀行分行當經理，在他為他女兒兜攬客戶之下，情之難卻，才跑到如此遠交款。

一路上，我一面慢慢駕著車，一面朝四周望來望去，希望能望到小欽的小車子，然一直開到加洛干市，還是找不著小欽的小車。我便索性開到銀行，進去再調查一下。小欽今天的確沒有到過銀行交款。

不吉的預兆似乎是愈來愈重了，我不想瞞妻子。回家後，我便將小欽未曾到銀行去的事情告訴她。妻子聽了還鎮靜，她不願意朝壞處想，禱望等一下，小欽便會平安無事回來。

但到了下午五時，還不見小欽回來，我便提早關了店門。

又到了七時，小欽的哥哥和妹妹相繼回來，就只還不見小欽。是晚，大家都沒有胃口用晚飯，再到了九時、十時，經過一整天的忙碌，街上的車子已漸漸稀少下來，然依舊不見小欽的身影。子夜了，萬籟俱寂，小欽依然還杳無蹤跡。

這晚，我睡不著，妻子睡不著，小欽的哥哥及妹妹也都睡不著。

×月×日

小欽到那裏去了？小欽發生什麼事？

又期待了一整天，依然不見小欽影子，沒有絲毫小欽的消息。

這一天，大家心頭都壓著一塊大石。

報警去，大家卻有所顧慮！

×月×日

是小欽失蹤的第三天。

上午十時正，我接到一個陌生電話。

「我要找呂先生」。

「我就是。」

「你的小兒小欽在我們手裏。」

我狂叫起來。「你是誰？我的小兒在那裏？……」

電話斷了！

一切可以證實，小欽是被綁了！天呀！為什麼會發生這種事！

×月×日

一連等了兩天，再沒有陌生電話。但覺天昏地暗，我幾乎是什麼都不能自理，店鋪買賣我完全交由女店員料理。

妻子雖顯得鎮靜無比，但眉間的憂慮，也掩蓋不了內心的恐慌。

大家晚上坐在一起，都相視默默無言。

屋子是顯得異常靜寂。

全家皆籠蓋在一層愁雲慘霧裏！

×月×日

今天，又是上午十時正，陌生電說來了。

「呂先生！你還想見你的小兒嗎？」

我急了。「我的小兒怎麼樣了？」

「他很好，只要你不報警，我們就不會傷害他。」

「你們是誰？為什麼綁架我的小兒？」

「問得好，因為我們需要錢。」說完，電話又掛斷。

×月×日

陌生電話又來了。

「呂先生！你想見你的小兒嗎？」

「他怎麼樣了？」我激動地說：「我想見見他！見見他！」

「那很好！你就趕快籌備五百萬現款。記住！現款。」

「五百萬！」我怔住。「我那有這樣多錢。」

「別裝窮！你們中國人，人人皆知道，有的是錢。」

「先生！你錯了！並非每一位華人都是富有的。」我不知那來的智勇，糾正地說。

「別向我說理。你以為我不曉得，你們華人都是以剝削別人致富。」一說畢，忿忿地放下了電話。

整日，我便想著不知要到那兒籌五百萬！

我不敢向妻子提起這件事。

是晚，我下樓坐在店鋪裏，只扭開一隻五支光的電燈泡。店鋪早已打烊，幾位女店員也都紛紛回家。在昏暗的光圈下，我不覺朝四周打掃過來又打掃過去。想著這三個門面的店鋪，我是經歷如何茹苦含辛掙扎來的。我三歲從唐山來菲，十七歲中學剛畢業，父親即病歿，我不得不外出掙錢輔助家費，大學便以夜學完成。結婚後，由於我倆夫妻身邊都各有些儲蓄，便湊合起來，開了間小五金行。初時，店鋪是開在加洛干市，面積僅四十左右平方公呎，除僱了一工人外，買賣都由我倆夫妻克勤克勞經營著，憑著中國古訓「愚公移山」的精神，我倆就是五仙一角地賺，五仙一角地存。這樣，做了將近二十載，總算也有了一筆可觀的儲聚。當然，這期間，我也多僱了幾位菲工做幫手，我因鑑於描仁瑞拉社正為一新興開發區，便向妻子提議將生意移到描仁瑞拉社發展去。妻子不但同意，更有遠見地提出趁描仁瑞拉社地皮尚便宜，覓塊好地點買下來。她說：「反正我們已有足夠的儲蓄。要做生意，總要有屬於自己的地皮店鋪，做生意才穩妥。」於是，便在麥亞道大道買下了一塊約有五百平方公呎的空地皮，建了一座上下兩層樓屋宇，樓上做住家，樓下是三個門面的店鋪，由於空間大，我便兼做建築原料。生意的確較在加洛干市時，好了不少，人手也添僱了；對於僱員，自來我除總是依照勞工部的規定付薪外，對個別有優越工作成績表現者，我所付都高過規定；甚至為鼓勵他們勤勉起見，每兩個月我還各贈一袋米。幾乎可以說，我店鋪裏所僱用的男女僱員，個個都是跟我相處有了好長的時間。我自問，我對待僱員從未擺出驕橫的態度，他們也從未覺得他們是被剝削者。至於我財產的來源，將近三十多年來，都是用一滴血一滴汗，縮衣節食儲蓄起來的；我更自問，我從未做過犯法事，取過犯法錢；而三十年辛勞勤奮的成果，除了這間兩層樓的屋子外，身邊所存的現款，說實在地，五百萬我根本就付不起。

×月×日

我急得如熱鍋上的螞蟻。五百萬！我實在付不起！

昨晚，我想了一整夜，唯一的辦法，只有找朋友借款去。我想到了幾位朋友，其中之一是老協。可是，這樣鉅款，我真不知道要如何向他開口去。

陌生電話再來了。

「呂先生！五百萬籌妥了嗎？」

「我實在沒有五百萬。」我想討價。

「別想討價。」對方一口咬定，厲聲道：「限你兩天內籌妥，要不然別怪我們無情。」

×月×日

我只有硬著頭皮找老協去，老協跟我是總角之交的摯友。這幾年來，他在商場上非常走運，他為人本就豪爽慷慨。我相信他是會幫我忙的。一早，我便找他去，或者是老朋友了，好說話。當我把真象告訴他後，他二話不說，便開了張支票，讓我湊足五百萬。

離開時，我拳拳對他保證說：「小欽的事一解決，我定會把現今居住的這座兩層樓屋宇賣掉，把錢還了你。」

他說：「把屋子賣掉，你要到那裏做生意居住去？」

「我會租屋子。」我說。

老協白了我一眼。「別廢話，先把支票到銀行兌現去，然後趕快回家，免得綁匪來了電話你不在，救人要緊。」

我感激地離去。

但是，今天等了一整天，沒有陌生的電話。

×月×日

電話又來了。

「五百萬現款籌妥了嗎？」

「籌妥了。」我猶如一個乖順的學生。

「那很好——明晚九時正，你到計順市××餐廳用餐去。用餐時，會有一稍肥胖的人，身上著水紅色有衣領的恤衫男子走近你，如朋友般向你打招呼。記住！你也要如朋友般跟他打招呼，然後將錢呈交給他。再記住！金錢要放在一商業用的手提包裏，勿報警，也勿跟任何人同行。」

「是！是！是！」我除了唯命是從，我能做什麼？

放下電話後，我想著明晚將錢交付了，小欽就可平安回家，心中不覺寬慰了些！也想著噩夢到了明晚就結束了，便將綁匪如何向我勒索五百萬，我如何找老協去備足款項，一一告訴了妻子。妻子聽了，果決地說：「只要小欽能夠平安回來，就是將厝地賣了，又算得了什麼！」

今晚，大家都為小欽將可平安回家，猶似瞧見了一道曙光。家庭氣氛稍為輕鬆了，小欽的哥哥妹妹都喜形於色。本來，小欽被綁後，我便想暫時不讓他倆工作和讀書去，但回過來又想一想，這不是辦法，總不能因為小欽被綁事，而影響到他們的事業與功課，我便只好叮囑他們放工放學後，早早回家。小欽的哥哥自小欽被綁後，一星期多來，每在黃昏後便直接回家，不再到處亂跑，減少了我倆夫妻的操心，說起來，還是聽話。

×月×日

早上起床，我便有些緊張。由緊張連帶而起的，不知不覺我卻胡思亂想起來。我開始恐懼，會否到時由於我一個人，將我殺了，再將錢拿走。或會否將錢拿走了，再威脅或變掛放人……。

「我想，該不致到如此吧！」我自己安慰自己。其實，綁架之事也不是今次才發生的。五、六年來，綁架之猖獗，幾乎每星期都有同僑被綁，而坊間所聽到許許多多有關同僑的事例，綁匪綁人只是為了錢，只要不跟他們抵抗，綁匪拿了錢，都會即刻放人。但願如此，我祈禱著。

然我仍然棄不下緊張。同時不覺連想到同僑命運多舛！

翻開華僑史，百年多來，華僑先是所生地遭逢史無前例的內憂外患，為生計所鞭，不得不離鄉背井，出外謀生。來到異鄉後，為圖一口飯，什麼粗工皆幹了，還要受盡當地統治者的歧視與排斥。戰後，東南亞排華的浪潮，菲律賓一條接一條的菲化案，幾將華僑逼於絕境。華僑憑藉自己的刻苦毅力，不為逆境所屈服，幾十年來，終創造出那樣一點點的經濟成果，為自己的尊嚴打下了一立足地，想不到，卻惹來了當地一些人的眼紅，搶劫、綁架便針對華僑而來。這五、六年來，菲華同僑可說幾乎是生活在腥風血雨中……。

到了下午五時多，陌生電話來了，我以為要叮嚀我晚上的事；豈料，對方一開口，便惡狠狠地問：「你為什麼報警？」

「報警？」我楞了。「沒有呀！我沒有報警。」我急急回答。

「沒有！那麼為何今天有警察在盯著我們？」

「也許是盯錯人。我真地沒有報警！我真地沒有報警！」我急得連連伸辯。

「好！姑且相信你！不過今晚的約會暫時除消：隔兩天再跟你聯絡。」

掛斷了電話，我的心一下子往無底的深淵沉下去，曙光在眼前消失，但覺四周一片漆黑。今晚，家人又陷入愁雲慘霧裡！

×月×日

等了兩天，始終都沒有接到陌生的電話。

我心焦如焚，快兩星期了，小欽究竟怎麼樣了呢？

這一晚，老協來訪，問了我事情怎樣了？我感謝他的關懷。我活了這一把年紀，迄今方體味到，人在患難中，能遇一如此知己，此生足矣！我將事情的發展詳詳細細告訴他，至十時半，老協才告辭回去。

×月×日

等！等！已等了第五天了，綁匪還沒有來電話。

我愈來愈有著恐怖的預感。

妻子也逐漸失去了鎮靜的能耐。

家裏是籠罩在一片不可言狀的淒寂裏！

×月×日

第六天又過去了，什麼動靜都沒有。

我又感觸良多，諺曰：「水下睡沒有一處暖」，真是華僑處境的寫照，唯有自求多福！

×月×日

第七天，電話來了！

「呂先生！很對不起！拖延到了今天，才打電話給你。」對方一反平時的口氣，忽然客氣起來。

「我的小兒怎麼樣了？」我焦急關心地問。

「呂先生！你放心！他很好！你肯如此跟我們合作，我們自是不會傷害他。前星期誤會了你，很對不起！」

「那什麼時候放我的小兒？」我實在不能再等了。

「好！你既然如此急著要見到你的孩子，明晚依然在計順市那餐廳，九時正，一個著水紅色衣衫，而你仍須自己一個人。一手交錢，一手放人。」

似乎這一次是可「成交」了！

家裏人又似乎見到了曙光！

×月×日

本來，這是炎熱的暑季！已有把個月不見雨了。今晚，卻驟然起風下起大雨來。最初，我以為這是夏季的間歇雨，下一陣子就停了；我便先換衣服，預備好一切，以待雨一停，便赴約去。豈知，雨愈下愈大，似乎沒有歇止的跡象。小潮急急地竄流著，路旁開始漲溢了。我瞧瞧壁鐘，已八時多，我知，是不能再待雨停，便拎起那裝滿現鈔的商業用手提包，下樓來。

當我走進停車房，我一隻養了六、七年的土犬，突然從狗房裏跑出來，一路跑，一路吠，跑到我身邊，便把我的褲筒咬住，我下意識地輕輕將牠踢開，牠退一退，又吠著來咬住我的褲筒，我又把牠踢開；一次又一次，牠就是這樣纏著我不放。我有些氣了，用力把牠猛踢一下，牠反而吠得更厲害，把我的褲筒咬得更緊。我無奈，便彎下腰，將牠捉住拖出停車房，然後轉回身坐上車子，發動引擎。剛要將車子開出車房，土犬卻又跑過身來撲向車門，由於車門的玻璃窗本是掄上著，牠便用兩隻前爪不住地抓著玻璃窗，邊抓邊吠；隨著車子開出車房，牠便又一面追，一面吠得更狂了。這時，雨幾乎下得更猛，大有傾盆般地，但土犬絲毫都不在意，任有雨水淋濕牠的身子，唯無論如何，似乎是要阻止我開車。

在狂風暴雨下，透過昏暗的燈光，我忽感這隻土犬今晚舉止好似有些異樣！

我不覺猶豫起來，煞住了車。

就在這時，空中閃電猛力一閃，四周燈火全熄了，大地陷於一片昏暗。

妻子跟女兒，一人撐著雨傘，一人拎枝手電筒，跑過來。妻子敲一敲玻璃窗，我掄下，妻子便一臉不安地對我說：

「我看今晚情景很不對勁，雨下得這樣猛，狗吠得這樣狂，很有些異樣，可怕極了。我想，你還是不去好了。」

「但我擔心綁匪今晚要是領不到錢恐怕會對小欽不利。」我顧慮地說。但內心的確也為今晚的異樣有些發毛。

「可是，家中已發生了一事，你是不能再有什麼三長兩短。」妻子哭喪著臉又說。她今夜竟顯得那樣脆弱。

「爸爸！你還是不去吧！我好害怕！好害怕呀！」小女伸進小手來，拉住我的手腕說，聲音裏充滿了悚惶膽怯。

我雖從來不信邪，然今夜此情此景，令我也不覺有所思量起來：與其我冒冒失失地去，一旦有什麼失閃，不要說妻子是承受不了，眼前這個家不可諱言地將馬上陷於更悲慘田地。因為我是一家之主，我的安全，也等於是這個家的安全；於是，我便將車子退回車房。說也奇怪，土犬不僅不再狂吠，但見卻慢慢地走回狗房去；不久，電來了，雨也小了。

倒在床上，妻子悲戚說：「事情有蹊蹺。」

我不同意：「別迷信，只是湊巧。」

「不！我有著第六感的反應。」

「那僅是心理作用。」

「不！經近代科學家證明，人類第六感確實是存在著的。」妻子哀慟說。

×月×日

一早，陌生電話便來了。開口就兇煞煞興師問罪道：

「呂先生！為什麼昨晚爽約呢？」

「因為昨晚下了大雨，門前水流漲高了，車子開不出去。」我靈機一動，找理由搪塞過去。

「好！姑且相信你。然今晚要是再爽約的話，就別怪我們不客氣了。」

我經過昨晚一夜的反覆思索，雖不認同妻子的第六感之說，也覺得昨晚的異景是不可思議；然想著小兒已被綁去了三星期，情況如何，是生是死，杳然無聞。既然要將如此鉅款交給綁匪，我想，我也該有權利求證一下小欽的安全的必要。於是，我便問：

「小欽怎麼樣？」

「他很好！呂先生，你放心！」

我不覺心血來潮問：

「我能否跟他說幾句話？」

「你不相信我們？」

「不是這個意思，我只是想聽聽他的聲音。」

「他不在這裏，他在好遙遠。只要你今晚不再爽約，一交錢後，你就可聽到他的聲音了。」

掛下電話，不知何故？我驟然心驚肉跑起來，四肢開始感覺酥軟，身子逐漸不能自持。及至午餐，老協來訪，我便將昨晚的異景及妻子的預感，與我今天接電話後所產生的感受，一五一十詳細告訴了他。他聽罷，臉色一變，神情凝重地說：「聽了你的話，我也感覺事情有蹊蹺。雖說我們都是受過現代教育的人，然有時，冥冥中出現的一些靈異怪事，還為當代科學家所無法解破。依我看，在小欽生死未卜之前，你今晚還是未先交錢去好。」

於是，我橫下心，今晚依然爽約。

×月×日

事情的確有變。

綁匪又是一早便來電話，威脅今晚第三次再爽約，決定殺了小兒。

我也不讓步說：非聽到小兒的聲音，絕不給錢。

對方忽猶豫起來，聲調一軟說：「好！讓我們安排一下，再打電話跟你聯絡。」

×月×日

等了兩天，都沒有陌生的電話。

×月×日

第三天，陌生的電話來了。

「很對不起！呂先生！我們實在不方便把你的兒子帶到這裏來跟你通電話，他在太遙遠的地方。」

「那麼！我一旦把錢交給了你們，豈不是也會因我的小兒在太遙遠地方而無法釋放他？」我說。

「不！你交了錢，我們自會釋放他。」

「這好似不成理。」我說。

×月×日

「呂先生！為要證明你的小兒是安全的，我們現在就將他的一雙鞋子寄給你。」

「鞋子？」我想一想。「鞋子並不能代表生命的存在！」

「……」

「這樣吧！」我忽有所思，退一步說：「你們既然不便把我的小兒帶來跟我講電話，那麼，你們就叫我的小兒把他的名字親手簽在一張白紙上，然後你們再將那張白紙寄來給我為證。」

「這樣好！」對方似乎對我的提議感覺是可以辦得到的，馬上興奮地答應。

×月×日

「呂先生！我們現在已將你的小兒簽上名字的紙條寄往府上，不日，你就可接到了。」

「很好！」我說：「我一接到紙條，馬上會把錢交給你們。」

×月×日

從郵差手中接過信封，將封套撕開，抽出紙條，打開一瞧，我不覺一愕，字跡告訴我，這並不是小欽的親筆字。

我坐在椅子裏，對著這張「假字跡」的紙條，發怔了好久。想著綁匪始終無法拿出小欽的「活證據」來，心頭疑雲愈來愈重，真不知小欽究竟如何？

「小欽！小欽！你現在究竟怎麼樣了？」我無聲地呼喚著。

生命中從未感覺如此無助。本來，發生了這種事，照理應該馬上報警才是。然而，在這治安極端惡化環境下，警匪難分，一旦報警報到匪頭上，豈不是弄巧反拙，自討苦吃；況且，旅居菲國的外僑族類多的是，綁匪卻偏偏只找華人開刀，除因少數不屑華人的窮奢極侈而影響到全僑，綁匪是比誰還看得清楚，中國人是只勇於內訌，懾於外侮；講則天下無敵，做則龜頭縮尾。別的不說，單瞧瞧兩岸在菲律賓的最高機構，什麼都不會做，就只會在外人面前獻醜，相責互罵。綁匪明白，他們綁了一位美國人，或日本人、加拿大人、新加坡公民，他們都會承受著來自這些人各自的使館的壓力，唯獨綁了華人，兩岸的最高機構，先是酸溜溜來個查清事情的來龍去脈，然後就發表一篇無關痛癢的談話，待到受害人付了贖金或被殺了，再裝腔作勢帶著一顆假慈悲的心腸去慰撫一番，算是盡到做為護僑的工作了。

我到了現在才深深體會到，華人不是不報警，不是不要跟警察合作，在生命完全未能獲得保障之前提，報警似乎唯有徒增危險。所以，每次都是只有認了，如履薄冰地跟綁匪討價還價。

傍晚，老協來訪，我把那「假字跡」的紙條讓他過眼，他看了，黯然地說：「什麼都聽了他們（綁匪）的，委屈得幾乎到了踐踏自己的尊嚴，還要叫我們怎麼樣，才能滿足他們的需求？唉！真是情何以堪！」

×月×日

今天妻子不知在暗中落了多少淚！

長子及小女都在為他們的弟弟哥哥的生命安全祈禱者！

×月×日

陌生電話又來了。

「字條接到了嗎？」

「這不是小兒的親筆字。」我說。

「是他親手寫的。」綁匪狡辯著。

「我是他父親，我那能認不得他的手跡。」

「唔！是因為他太興奮了，知道就要跟你們見面，所以興奮得寫字都寫抖了。」綁匪如在對個五歲孩子說謊。

我不想再多廢話，便另想一著，說：「是這樣嗎？好！你再叫他寫他的乳名吧！我想瞧瞧他寫的乳名。」

「這……好！」

×月×日

陌生電話再來。

「你的小兒說那已是好久的事了，他已忘記他的乳名。」

「不可能。」我截然說：「自幼到現在，二十多年來，在家裏，我都一直以他的乳名呼叫他。」

×月×日

一星期過去了，沒有陌生電話，連一個都沒有。

×月×日

又再是一星期，依然連一個陌生電話都沒有。

小欽！你在那裡？

小欽！你怎麼樣了？

小欽！小欽……

×月×日

老協又來了，這兩星期來，他幾乎每隔一日就來探望我們。他對小欽的關心，猶如己出。

「有什麼消息了嗎？」

我茫然搖搖頭。

「老呂！我看！事情既然到了如此地步，應該報警去才是。」

「看看幾天再說。」我還存著一絲希望。

×月×日

再一星期！

死寂！死寂！是那樣死寂！死寂得如石沉大海，什麼動靜都沒有！

我徹底的失望了！

×月×日

我終於報警去。

一位老警為我作了記錄，當他問明一切事情的經過後，不禁愕住問我道：

「為什麼延至現在才報警？」

我苦笑瞟了他一眼，不答。

他也釋然一笑，有感地說：「這不怪你。其實，我明白，這是你們華人的苦衷，警察界良莠不齊，許許多多案件，我們警察不僅未能及時給予你們幫忙，甚至有時還幫倒了忙，真是我們警察的恥辱；不過，話說回來，你們華人自我隔絕於菲律賓社會，不願互相溝通，因而令許多案子使我們警察無從著手查辦，致不幸之事一條又一條地發生，你們華人多少也要負部分責任。……」

想想老警的話，的確也無不道理。

記得三、四年前，有位菲律賓朋友對我說：「你們（指華人）生活在菲律賓，卻無視菲律賓的存在。你們關心中國較關心菲律賓還要關心，這是不對的。」

這話值得我反省，也值得華社好好反省。

×月×日

雨季來了！

還是一片死寂，既沒有陌生的電話，也沒有警察的消息。全家都在哀痛中過日子。

小欽！小欽！你在那裏？你怎麼樣了？

×月×日

「鈴……鈴……」

電話鈴聲突然響起來，響得特別亮，我趕忙接聽去。

「這是警察局」。

「什麼消息？」我問，一顆心不覺「撲撲」地急跳起來。

「我們在安智埔洛山腰間的一個土窪裏，發現一具死屍，軀體雖已腐爛，然體形還依稀辨認得出，大有似令兒的模樣，希望你們能立刻過來認一認。」

「在什麼地方？」我戰慄著。

「就在安智埔洛附近一間小醫院的太平間。」

我強忍著恐慌，帶著妻子認屍去。當步入太平間，將蓋在死屍上面的白布一掀，剎時我差點昏了過去，踉蹌後退了兩步。但見幾個月不見的小欽滿臉發潰地閉著雙眼，一動也不動地躺在那裡，令人慘不忍睹。妻子撲身過去，幾個月來鬱結在其心頭的悲傷，忽然如決堤般「哇」地一聲，抱住小欽的屍體大聲痛哭起來。

儘管屍體已發出臭味，妻子還是緊抱不放。

不知過了多久，一位醫務人員走過來，手中拿著一本簿子對我說：

「先生！請在上面簽個名。」

「做什麼？」我問。

「驗屍。」

在等待驗屍結果時，一位櫃台的女服務員對我說：根據她聽到的說詞，小欽屍體是由一小童所發現，因為一連不斷下了幾天雨，山坡間的土壤都被水潮沖向山麓，草率埋在土堆裏的死屍，便露出一隻腳來。小童在附近跟同伴遊戲，無意中發現此腳，便慌張報警去。……

驗屍結果，據法醫的報告：屍體沒有外傷，但內傷纍纍，所以，可以斷定，人是死於內傷；至於人是死了多久呢？依屍體的腐爛程度判斷，起碼已將近四個月！

我屈指一收，不禁一怔，竟這麼樣湊巧。從小欽失蹤的那一天算起，迄今也將近四個月。這樣說來，小欽一被綁去不多天，便被打死了？

可憐的小欽！

於是，我想起那一夜的暴風雨之夜，情景的詭異，難道是小欽在顯靈吧？

辦妥了領屍手續，妻子失魂落魄地跟著我給小欽遺體送到殯儀館去。在殯儀館裡折騰了一番。想著小欽赤裸裸睡在土壤裡四個月，我於心實在非常不忍。現在，總算能讓他安祥地躺在棺裏頭了。

×月×日

天下父母心，這幾天在殯儀館裡，妻子幾乎是終日坐在棺前，她是那麼珍惜這已是不多的日子，她要好好地跟小欽相處在一起。她時而癡癡望著小欽的遺容涔涔地流著淚，時而喃喃對小欽道：

「小欽！小欽！你為什麼丟下媽媽先走了呢？你知這是多麼殘酷的嗎？你還年青，才在人生的起步點，有的是遠大的前途，要綁，要殺，應該讓媽媽來替你承受才是。……是的，我知道，這不是你願意的，我幾次向上帝祈求又祈求，保佑你平安，然上帝好像沒有聽到我的聲音。……小欽！小欽！上帝實在太不公平，為什麼不將這不幸的事降臨在我的身上，卻偏偏降臨在你身上呢？小欽！小欽！讓一切不幸給媽媽來替你承受吧！……小欽！小欽！你實在死得太冤枉！社會沒有公理，上帝也太沒有公平……。」

妻子的絕望呼聲在殯儀館久久迴盪不去！

回想將近三十年來，從我成家至今，終日兢兢業業，與人無冤無怨，莫非只求個平安及有個美滿的家。然而，似乎連這一點點的企望，國家法律既不能給予保障，上帝也吝於賜給。

當棺木徐徐推進窀穸時，妻子呼喚小兒的椎心泣血叫聲，劃破上空，是那麼哀切！那麼淒慘！令人肺裂心碎！

長子及小女也痛不欲生呼叫著弟弟哥哥！

我抬起頭，遠眺穹蒼，雙手不知不覺捏緊拳頭，心底無聲吶喊著：

「我恨！我恨！公理何物？公理何在？」

但見兩朵白雲從我頭上飄逸而過，無聲無息地。

問天天不應！問地地不理！

一九九八年八月十二日

*註一：「公爸例」菲語意為要好的朋友

抉擇

（一）

一九九七年七月，由泰國引發的貨幣貶值危機，所形成的『金融風暴』，如虐疾般迅速席捲整個亞洲，是誰人都意想不到的；到了翌年，在面對金融風暴的襲擊下，尤其是東南亞諸國，幾乎無一倖免的經濟都陷入了全面衰退，物價飛漲，謀生困難，連帶而起的，印尼更在五月間發生了排華暴動。暴動之野蠻殘忍，幾開古今滅絕種族史上最為卑鄙、最為慘酷之一頁。當印尼華裔婦女慘遭暴徒凌辱屠殺的真象，一件件透過電腦網絡，媒體通訊傳遍世界各處時，時間已屆七月中旬。這一年，世界氣候受「聖嬰」影響，從大西洋到印度洋，又從印度洋至太平洋，整個地球均失去了平衡似的，不是某地方發生洪患，就是某地方遭遇旱災。在菲律賓，七月，本已是下雨的季節，但這年，不僅還是滴雨不見，氣溫之高，幾是暑夏的延續，五穀失收，食水缺乏，人人都被這異常天氣煎熬得叫苦連天。

就是在這一、兩天，據氣象局報告，氣溫也都高達攝氏三十八、九度左右，的確是夠令人熱悶的。可是人們除了無奈，只有忍受著。

然而，似乎也有例外，由林松沛為首的幾位學生會主幹所編寫的壁報。這兩天，在學校裏正掀起一陣騷動，同學們是那樣一陣繼一陣對壁報欄圍攏過來，不管壁報欄放置的地方，剛是炎熱陽光直射頭頂上的露天操場一角，同學們卻絲毫也不介意，因為他們看罷看罷，內心燃燒起來的怒火，已完全埋掉了外界的熱度。

人群中，一個稍胖，中等身材三年級的同學，在壁報欄前已站了有半小時多，他不僅無動於衷那豆大的汗粒在額頭上肆意涔流著，也忘記了背脊的汗水早已濕透了衣衫的背面。他是那樣專注著壁報，先是對壁報裏的每一張圖片感覺無限震撼，然後便細心地一字不漏把整版壁報閱夠盡。

的確吧，這一期的壁報是有些「別開生面」，沒有報告校園裏的活動，也沒有同學的佳作。而是整版的都是有關印尼五月排華暴動的報告，及好幾幀強暴的圖片。

「你看這張圖片說明的內容。」這位稍胖、中等身材的同學。大家管喚他胖仔，他指著右邊一張圖片與一篇文章，心驚神慄地對站在他身邊也在閱讀壁報的同學平說：「這是那個野蠻的時代呢？」

身邊同學平朝他所指的方向瞧去，但見圖片裏是位半裸著的華女相貌，年紀約略十八、九歲，被一群身體魁梧，著軍裝的男子按住在地板上。少女是一臉的悲慘哀痛，那些大男子卻是滿面狎笑。相形之下，令人髮指。當然，這幀圖片平剛才已看過，文章內容亦閱過。於是，他便道：

「猶似日本軍閥時代的暴行。」

「是的。」這位稍胖，喚胖仔忿忿又說：「九個大男子強暴一弱女，妹妹不從被殺了，連舅母也不放過，真不知這些印尼男子是否有良心？是否還算是人？」

「啊！已經是二十一世紀了，想不到還會有這種事情發生！」平感慨地說。

「可憐的印尼僑胞，他們是受了什麼咒，商店被搗毀還不夠，華女還要被無情的蹧蹋。」胖仔不知不覺發自內心一股同胞愛。

「我有點懷疑。」平再說：「圖片裏那些著軍裝的暴徒，會否是現職軍人？」

猶如一言喚醒睡夢人，胖仔眼瞼睜得大大的，目不轉睛瞪著那幀圖片裏的暴徒；久而久之，甫點頭地說：「你說的也是，不排除這種可能性吧！」

「事實上，這次印尼的排華暴動，印尼當局的坐視不管，是令人心寒的。」

「若繼續如此下去，印尼華人以後要如何生活了呢？」

「然而除了同情，我們又能幫助他們一些什麼呢？」

倆人正在欷歔感歎，突然背後有位女子尖聲叫起來。

「曼玉！妳看！這位華女被強暴懷孕了，醫生卻不能為她打胎」。

胖仔及平都同時掉過頭去，但見一位長髮娟秀的女同學，指著壁報的一角對她的同伴說。是一臉的同情哀憐。

「為什麼醫生不能給她墮胎？」她的同伴問。

「說是法律不允許。」

「但這是強暴，是例外。」

「這是印尼法律，我們不懂。」

「這樣子，唯有將孩子生下來？」

「很難想像，生下一個暴徒的孩子。」長髮娟秀的女同學不寒而慄地說：「曼玉！我問妳，要是這種事情發生在妳身上，妳會怎麼樣處置？」

「我……」曼玉指一指自己。決然說：「我才不要！我才不要生下這種孽種，我寧可選擇自殺，也不要生下這種孽種。……唉！想起來好可怕呀！……祈求聖母！不要讓這種事情發生在菲律賓。……」

「這次印尼排華暴動的確是太過份了！」兩位女同學不遠處，又有三位男同學聚首一面觀壁報，一面議論著。看他們的樣子，似乎也是三、四年級的同學。

「是的，無論印尼華人是怎麼樣的不是，也不應該用這種不人道的殘酷手段來對付。」

「這已是嚴重地侵犯了人類的尊嚴！」

「就希望中國大陸政府能儘快出面援助。」

「站在民族立場上，相信中國大陸政府是會伸手援助的。」

「從前常常說，中國弱，沒有外交，華僑唯有任人宰割；現在，中國大陸站起來了，華僑應該可受到保護了。」

「說的是，六十年代，印尼軍變發生排華，當時中國大陸一空二白，政府還是派去了船隻撤僑，今天中國大陸兵堅財豐，相信是更會保護華僑的。」

「我們海外華僑也應該心連心發起聲討運動。」

……

（二）

看到這一期壁報如此好反應，林松沛他們這群編寫者，自是滿心樂了。他們聚集在二樓的學生會會議室，談論著這一期壁報的成績。

「真是編得太好了。」擔任學生會總務的黃堅立興奮地說：「這兩天，圍觀的同學是人山人海。以我觀察估計，僅僅兩天工夫，已有十停中八停強的同學看過了。」

「我甚至看到有不少老師也在觀閱。」文書陳友基接口說。

做為學生會主席，林松沛聽了兩位同學的報告。想著在編寫時，雖說印尼排華跟菲華同僑也有密切關連，但畢竟是屬社會事件，因而還擔心內容是否能受到同學們的歡迎，他那斯文的神情，不覺欣慰一笑說：

「這是我們一次大膽的嘗試——開始關懷我們的社會。想不到，一下子便有如此好成績。」

「印尼排華，無不用其極凌虐吾同僑。我們能及時收集資料整理出壁報，好讓同學們能進一步了解真相，確為有意義美事一件。」另一位同學顏向瞻也開心說，他是學生會的聯絡。

「不怕羞，只會自炫。」女同學李婕妤突然插口說。她是壁報總負責人。她有意無意白了顏向瞻一眼。

「不錯！李同學！我們應該接受批評。」林松沛帶著微笑溫和地向李婕妤點點頭。

「婕妤！妳聽到什麼批評嗎？」顏向瞻不覺睜大眼睛問。他的性格自來就較急躁。

幾乎在座的所有男同學都緊張起來。

李婕妤不由噗哧一笑。

「瞧你們真是的，一聽到有批評，就神經兮兮成這個樣子。」

顏向瞻發現自己的醜態，緊急裝出一幅無所謂來。他本來體形就有點頭大身輕，這一裝，更如小丑滑稽極了，令大家都忍俊不禁呵呵大笑起來。

「其實，同學們會有什麼批評，正如顏向瞻同學所言，大家都認定我們是做了一樁極有意義的事。」李婕妤收斂言笑，正經地說：「不過，倒有許多同學提議，希望我們能化文字為行動，擴大範圍……」

黃堅立接口道：「這一點，我也聽到有不少同學提議過。他們都希望我們能帶頭發動全校同學心連心聲討運動……」

但聽到顏向瞻一聲喊：「同學們是多麼好提議呀！」

林松沛用手帕拭一拭臉龐上的濕汗，抬頭瞪著對面牆壁上懸掛著的一幅山水畫，天花板的電風扇正迅速地旋轉著。「想不到，同學們是如此早熟，對社會竟如此關心與負責。」他言念及此，閉一閉雙眼，然後點一點頭幽幽地說：「是的，同學們的提議的確是好提議。」

看到大家都有贊成之意，黃堅立便又說：「既然大家都沒有異議，趁熱打鐵，就討論如何行動吧！」

頃刻，室內一片靜寂。顏向瞻稍稍瞥了大家一眼。但見主席正襟危坐，黃堅立咬著下唇望著天花板，陳友基撐著頤，李婕妤不知不覺在玩弄著衣角，坐在她旁邊的謝培婷雙唇卻嘟得高高的。大家都在思索著。

「來個簽名運動吧！」李婕妤忽然想到了一個有意義的行動。

「然後再來秉燭聲討晚會。」謝培婷也有個主張。

兩位女同學的建議，令男同學都感覺遜色。顏向瞻搔搔腦袋，伸出大拇指，對著兩位女同學說：「還是妳們女人行，心思快。」

於是，大家便熱烈商討起行動的細節，並迅速訂下日期。最後，林松沛吩咐陳友基道：

「等一下，你就將這兩條消息貼在壁報旁。」

正當大家站起身要散會去，小室之門突然被人用力推開，「砰」的一聲碰上門後牆。一位女同學氣急敗壞跑進來。站在大家面前，一臉驚慌。

林松沛定神一看，問道：

「孫同學，發生了什麼事？」

「壁報被人撕掉了！」孫同學上氣不接下氣說。

「誰撕掉的？」顏向瞻趨前問，大家都一時怔住了。

「聽說是周總務長差人撕掉的。」

「周總務長為什麼要撕掉壁報？」李婕妤疑惑地問。

「我也不清楚。」

問答間，又有一男同學跨門而入，衝向林松沛道：

「松沛主席！周總務長找你談話。」

「找我談話？」林松沛指一指自己。

「是。」對方點點頭。

「是否跟撕壁報有關？」李婕妤推測著。

林松沛沉吟一下，答：「說不定吧！我瞧瞧去。」說罷，便掉頭踏出小室。身後卻傳來顏向瞻的喊聲：「我們在這裏等你的消息」。

（三）

林松沛去了足有半個鐘頭，大家都帶著焦急的心情坐在會議室裏等著他。他一回來，大家如螞蟻見腥般一窩蜂擁了過去，七嘴八舌地問。

「周總務長找你幹什麼？」

「周總務長對你說了些什麼話？」

「周總務長找人說話不會有好事的！」

「周總務長找你說話是否跟壁報有關？」

對這一連串問話，林松沛瞧了大家一眼，然後無精打彩回答最後一條問話說：

「不錯！壁報是周總務長差人撕下的！」

「他為什麼要撕下壁報？」顏向瞻吼起來。

林松沛拖出一隻椅子，坐下來，眼前不覺出現了周總務長那似關切又似不滿的談話神情，苦笑說：「周總務長要我們好好專心讀書，不要去理會外邊的事情。」

「嗯！印尼排華是外邊事？周總務長不會弄錯吧！」黃堅立不以為然地說。

「我們是學子，學校範圍之外的事，對我們來說便是叫做『外邊事』。」林松沛望著黃堅立，雙手攤開，一幅無奈狀解釋說：「所以，周總務長要我們最好不要過問印尼排華事。」林松沛將「最好」兩字說得特別重。因為他明晰地嗅到，當「最好」兩字從周總務嘴裏漏出時，雖然聲音是那樣的溫順，卻是火藥味十足。

「這樣子說來，印尼排華燒殺暴虐吾僑胞，就任它去吧？」李婕好質疑地問。

「周總務長說，印尼排華事，北京政府自是會有辦法處理，不須我們操心。」

「話雖說不錯，然多一份關懷又有什麼不好？」黃堅立申辯著。

「唉！周總務長的脾氣，大家是清楚的。我們即使有再多再充足的理由，說什麼也沒有用！」

林松沛淒切地歎一口氣。

「那麼！我們的壁報是不能再貼上去了？」顏向瞻落寞地說。

「剛才的行動計劃呢？」陳友基也不覺迫切地問。

林松沛又是苦笑一下，搖搖頭。「壁報貼不上去，什麼計劃自也是告吹了！」

大家一聽，皆不自覺低下頭不再作聲。

「時間不早了，大家也該回家了，事情隔幾天再從長計劃。」最後林松沛說。

✣　✣　✣

林松沛回到家，已是華燈初上。母親正汗滴如雨在廚房裏忙著，他把書本放在客廳電視架上，匆匆跑進廚房，對母親說：

「媽！讓我來。」

「不！先換衣服去。」母親用手臂拭一拭額角的汗珠說。然後再加上一句。「為什麼今天回來晚了？」

「學生會開會。」林松沛一面回答母親，一面走進臥室。

看見弟弟在臥室裏埋頭做功課，他不想打擾他，換好衣服便走出客廳來。

母親已將兩碟煮好的菜放在飯桌上，看見他走出臥室，便問：

「你弟弟呢？」

「在做功課。」

「你可有瞧到他的面龐嗎？東一塊黑，西一塊紅，今天又跟人打架了。」母親不好氣地說。

「我沒有注意到。」林松沛一面幫著拿碗筷，一面心裏不由得地想：弟弟是怎樣回事？前星期才跟人打架，今天又跟人打架。他疑惑他弟弟不是這樣子的。

「吃飯了。」母親說。

「我叫弟弟去。」

「不！我今晚要罰他，不讓他用飯。」

在飯桌上，林松沛便只跟他母親對坐用著飯，氣氛不免有些寥落。令他一邊用著飯，一邊不禁又記起那一晚的情景來。兩年了！直到今天他還不能接受那事實——那一晚是什麼樣子的夜？同樣的飯桌，同樣的屋景，只是窗外正下著傾盆大雨，父親還未見回來，這是很稀罕的情景。在平時，父親是準時上班，準時下班，遲回來了，他會打電話回家，然這晚沒有，也不曉得他到那裏去。林松沛跟他弟弟肚子餓了，先用飯，母親卻坐在沙發裡等著父親。

電話鈴聲忽然在風暴雨中響起來，響得似乎有些異樣，母親怔了一怔，他倆兄弟也停止了用飯。母親站起身，接電話去，不知對方是誰？向母親說了什麼話？但見母親臉色一下子脫得如白紙一般，拿著電話的手起了強烈的顫慄，久久說不出話來；然後，左手陡地掩著嘴口，無聲地抽泣起來。

對著母親這突如其來的失態，林松沛倆兄弟一時都呆住了，不知所措。

母親放下電話，將手指擱在鼻口，用力吸一吸鼻涕，再眨一眨閃動淚珠的雙眼，強作鎮靜地對他說：

「我有要事要出去一下，如果回來晚了，你就照顧弟弟上床，先行睡覺去吧。」

「媽媽！外邊下著大雨呀！」林松沛關心地對母親說。

「不要緊。」母親簡單地回答，便進入臥室換衣服，匆匆出門去了。

整夜，雨好像下不停似的。壁鐘已敲了十下，還不見母親回來，同樣地，父親也未回來。打從他有記憶開始，這是從未曾有過的情形。風狂吹著，雨暴下著，夜是那麼的恐怖！

弟弟睏極了，先行睡覺去。他陪著弟弟坐在床沿唸書，決定要等到母親回來。但是，他除了捧著書本，無論怎麼樣唸，隻字也記不進腦海裏。他自己也不明瞭這是怎麼一回事，今晚心靈就一直不能寧靜。

然後，是子夜了，依然不見父母親回來。他不覺在床沿打盹。不知過了多久，他忽然被腳步聲驚醒，下意識抬起頭，看見是母親回來了，雙目卻浮腫得紅紅的，他愣了一楞，正想要問問母親今晚是發生了什麼事情？母親卻先他一步說：

「沛兒！媽媽有一事要告訴你」。

他不知何故，只睜大眼睛望著母親。四周是一片靜寂，窗外的雨已不知在什麼時候歇止了。

「沛兒！」母親又叫了一聲他的名字。「可憐的沛兒！你從此再也聽不到你父親的聲音了……」說著，母親便將他緊緊摟抱在懷中，低泣起來。

「爸爸怎麼樣了？」林松沛在母親懷中低聲地問。

母親哽咽說：「你……你父親今晚……發生車禍斃命了！」

猶如晴天霹靂重重打在林松沛頭上，他渾身僵住了，兩行淚水不自禁從眼角流下來。他聽到母親再說：「我今晚就是到殯儀館去料理你父親的後事。」

「媽媽！今晚我就要到殯儀館看爸爸去。」他在母親懷裏已泣不成聲。

母親鬆開了他，為他拭一拭眼淚，強忍悲痛笑一笑對他說：「傻孩子，時間太晚了，睡去吧！明晨我再帶你兄弟倆到殯儀館去。」

他聽從地點點頭，但是輾轉在床上，怎麼樣也睡不著。整夜，他只聽到母親在整理父親生前的衣服與東西。

自此之後，他們一家四口便只剩下了三口。由於父親生前是位白領階級，身後自是沒有多大積蓄，母親不得不外出謀生。沒有母親在身邊呵護，林松沛及其弟弟好像忽然長大了似的，不但能照顧自己的起居生活，還會分擔母親料理家務。兩年下來，林松沛從母親處，也學會做兩碗便菜；因此，有時，母親回來晚了，他就到廚房做起菜來。母親早年是畢業會計學，在朋友介紹下，於一間超級市場當會計。

「自從你父親過世後。」母親用了兩口飯，似乎再沒有胃口，停下來，憂傷地說：「我對生命已萬念俱灰，如今唯一支撐著我繼續朝前走的，就是你兄弟倆。一旦再讓我失望的話，我真不知我生命裏還剩下什麼！」

望著母親那抑鬱的神情，林松沛深深了解，父親的驟然去世，給予這個家庭的打擊太大了。兩年來，母親臉上不僅幾乎見不到笑容，歡樂似乎也離這個家遠去。

「媽媽！我們不會讓您失望的。」林松沛不忍聽著母親這樣說，急促地強調。

母親瞟了林松沛一眼。「只要你兄弟倆懂得想，沒有變壞，我做母親的就是再怎樣辛苦，也算不了一回什麼事。」

「媽！等一下用完飯，我會勸勸弟弟去。」

「好！等一下你就代我勸你弟弟去。」母親忽然仔細地直瞪著林松沛；半晌，才寬慰一笑又說：「還是你乖，不讓我失望，這學年讀完，你也中學畢業了，總算沒有讓我白費。」

林松沛也悅心一笑，趁機說：「媽！用飯吧！」

（四）

用畢飯，讓母親先休息去，林松沛洗妥碗筷，輕步走進臥室，仍見弟弟還埋首在做著功課。他輕聲喚了弟弟一聲：「弟！明天功課多麼？」

「不怎樣多，我快做完了。」弟弟掉過頭來回答說。整張臉腫著一圈黑，一圈紅。

「你又跟人打架了？」林松沛輕責地說。

「不！我沒有跟人打架了，是人家毆我。」弟弟委屈叫起來。

「人家為什麼要毆你？」林松沛坐在床沿問。

「考試時，他不懂得考，要偷看我的考卷，我不讓他看。放學後，他便約了他的一位同伴，躲在校門外的一棵大樹後，待我經過時，便聯手毆打我。」弟弟將事情說明。倆兄弟自來就不同屬一間華校就讀，林松沛也不明白父親生前是如何為他倆兄弟安排的。

「那麼前次呢？」

「也是他揍我。」弟弟一臉的無可奈何。「因為他坐在我旁邊，每次考試，他就想要偷看我的考卷，我不讓他看，他就揍我。」

「他是誰？」

「一位剛從大陸來不久的新生。」

「弟弟！」林松沛沉吟地瞧了弟弟一眼，謹慎地問：「你這些話不會是自編的？」

「哥哥！我為什麼要騙你？」弟弟不慌不忙地說：「況且，看見媽媽如此辛苦為我們，我還忍心不聽媽媽的話嗎？」

「好弟弟！」林松沛不覺會心一笑。「我就知道你不會使媽媽失望。好！明天我先跟你找老師去，不必告訴老師他毆打你的事情，只求老師給你換個坐位就是了。」然後，站起身，走到弟弟身邊，貼一貼弟弟的肩膀。「我知你餓了，用飯去吧！我早已把菜飯存放在灶頭上。」

「謝謝你！哥哥！」弟弟感激地瞥了哥哥一眼。

✣ ✣ ✣

兩星期過去了。兩星期來，一切的變化實在太大了。一方面，有良知的海外華人，正在世界各處掀起一波又一波的抗暴聲討，菲律賓華社也一致地整合了一股強而大的力量，計劃「八一七」印尼國慶日，要向印尼駐菲大使館發動大示威；然而，另一方面，卻大大出人意料之外，本來，大家都寄望北京政府會出面為印尼華人出頭，豈料，北京政府不但不聞不問，相反地，還進一步地跟印尼排華政府眉來眼去。

在二樓的學生會會議室裏，天花板上電扇風已打轉了有二、三十分鐘。大家東倒西斜地除了飲著汽水、用點心，誰人都是顯得那樣無情打彩的。

顏向瞻拎起汽水瓶，索性地喝了一大口，再將汽水瓶重重地在桌上放下去，坐直身子，悶極了地說：「我很不了解，我們這個學生會組織是要做什麼用呢？」

「吃、喝、閒聊……」謝培婷剛咬著一塊餅乾，順手便把餅干舉起，打趣地說。

「唉！這兩星期來，我得到的消息，已有五間華校先後發動抗暴簽名運動了。」黃堅立不理會謝培婷的打趣，感慨地說：「本來呀！我們是首間提倡簽名運動的學校，現在卻被人家捷足先登。」

「不是嗎？菲華社會各處都正在進行著如茶如火的抗暴運動，唯獨我們這間學校無聲無息。」陳友基也搖搖頭地說。

「很不了解，周總務長阻撓我們的抗暴運動，是什麼用意？」李婕妤迷惑地問。

「本來嗎！周總務長就是一個怪老師。」顏向瞻嘟著嘴說。

「是呀！他不是對我們保證說，北京政府自會向印尼干涉，結果呢？」黃堅立顯得不滿。

「哼！提起當今北京政府，就令人恨得牙齒癢癢的。」李婕妤忿忿地說：「你們前天有看到一則新聞嗎？報告說中國大陸當局不僅在大陸壓制人民自動自發向印尼抗暴的活動，更不顧大陸本身的嚴重水患，還贈與印尼四千萬美元的水災救濟金。此外，本已貸款五億元給印尼的，現在更談判增加貸款五十億。……」

「說的也是。」陳友基接口道：「前兩天，我也閱到一則來自香港的新聞，說是有避難到香港的印尼華僑，向中國大陸當局提出建議，要求劃出海南島一部份土地，讓他們有棲身之所，想不到，如此合情合理的要求，竟遭到中國大陸官員一口回絕。說是海南島只歡迎投資者，引進印尼華僑難民沒有經濟效益。……」

「哈哈！」顏向瞻呵呵地大笑一陣，俏皮地諷刺說：「這就是所謂為人民服務的『人民政府』！」

「唉！印尼華僑真是孤懸天外。」林松沛這時候才開口幽幽地說：「世界之大，竟沒有他們容身之地！」

「有！地獄之門正向他們洞開著。」顏向瞻又是句俏皮話。令大家聽了，似乎更覺背後的辛酸，淒楚！

「我想。」黃堅立忽然強調說：「我們應該繼續進行我們的計劃，不要理會周總務長。」

「我贊成！」陳友基馬上附議。「我們豈能忍心置我們的印尼同僑於不顧呢？」

「我覺得周總務長實在沒有權利阻止我們的活動。」謝培婷亦申理地說；「往深一點想，印菲兩國僅一水之隔，誰能保證日後菲國不會出現類似的事件呢？我們今日聲援印尼同僑反暴運動。事實上，為我們自己著想，也有著防患於未然的意味存在。」

「對！我們不能與社會脫節，我們不能落於社會後面，我們應該義不容辭進行我們的計劃。」顏向瞻右手捏住拳頭，高高地舉起，他是那樣正經八百。然後，他掉過頭問一問林松沛：「主席！你意見如何？」

「好！」林松沛微笑地決然應了一聲。

顏向瞻轉頭瞟了李婕妤一眼。「李小姐！周總務長要是知道咱們又要繼續搞抗暴運動，一定會咆吼得似一隻兇獅。」說罷，便裝出怒獅的樣子。

「哼，他兇，我比他更兇！」李婕妤狠狠地說

（五）

大家又恢復了神采奕奕的精神！

一陣熱烈的討論聲開始從窗口傳出去！

「壁報要不要再貼出去！」陳友基興奮地問。

「當然！」顏向瞻馬上贊成說。

「我有一提議。」林松沛說：「除了前次所籌劃的兩點活動外，我想，我們也可號召同學參加菲華各界所主持的『八一七』大示威。」

「好！好！好！」

大家都先後叫好。

「三合一，好預兆！一併進行吧！」黃堅立呼喚著。

是日黃昏，壁報又貼上去。在報告印尼排華一連串暴行的文章後尾，左下角還有著一欄特別惹人注目的小啟事寫著：

為抗議印尼排華暴行，本學生會除將印尼暴動罪行公諸於同學外，今更決定訴諸聲討於行動，訂定三件活動如左：

八月十五日——整日在學校室內運動場舉辦聲討簽名運動。

八月十六日——晚上七時正，在露天操場舉辦秉燭聲討晚會。

八月十七日——上午，參加菲華各界『八一七』示威遊行。

一連三天抗暴活動，希望同學們屆時踴躍參加，為印尼同僑發出憤慨的怒吼吧！

一時，學校風起雲湧，同學們都在交頭接耳相約參加聲討運動去。

在周總務長辦公裡。周總務長坐在桌子後面，怒目地凝視著他眼前的一群學生，男男女女十來個，正站成一字排，他氣咻咻地聲色皆厲地道：

「你們胡鬧什麼?壁報為何又再貼上去呢?還要進一步發動什麼聲討運動，這是誰的主意?」

周總務長一面破口罵著，一面朝學生群逐個兒從左邊看到右邊，再從右邊看過來，眼光驟然停留在一位長相斯文，面貌端正又俊俏的青少年身上，食指馬上指過去，吼道：

「林松沛!我不是已經給予你指示過了嗎?印尼排華事件，祖國政府自會出面處理。你們在求學時代，應該專心讀書才是。」

林松沛不動聲色地望著眼前這位五十開外，瘦小個子，來自中國上海的一位所謂「教育家」。周總務長思想之固執，性情之暴躁，在學校裏，是師生盡知之事;尤其是他那動不動就吼人的喊聲，幾乎是他的一種制人武器。一吼，沒有人再敢跟他頂嘴;一吼，大家便噤若寒蟬。所謂「先聲奪人」，他的確運用得自如不差。但是這時候，林松沛卻不為其吼聲所奪，反而昂起首、挺起胸，不亢不卑地答說：

「謝謝周總務長對咱們學業的關懷，可是，就是因為北京政府至今還沒有行動，同學們再也坐立不住。」

「你們懂得什麼?」周總務長氣焰萬丈地掃了大家一眼。「祖國政府什麼時候要出面行動，祖國政府自有他們的打算。」

「但起碼總也應該有個明確的表態。」林松沛聲調依然不高不低地說。

「怎麼樣?你們居然如此不信任祖國政府?」周總務長劍眉豎直，威嚴攝人。

「這不是信任不信任的問題。」

「那是什麼？」

「是北京政府是否有護僑的決心？」

「廢話！」周總務長張牙舞爪，咆哮起來。「你怎樣可問這種話，我告訴你！祖國政府是護僑的，對華僑的關愛是無微不至。」

「但是有人說。」李婕妤忽然插進口：「自從印尼五月發生排華暴動以來，一夜間，北京政府便不再認印尼華僑是他們的僑民！」

「廢話！又是廢話一篇！」周總務長狠狠地直瞪著李婕妤，兩眼火焰燃燒得更熾熱，臉上也漲得通紅，猶如一隻待鬥的公雞。「我警告你們，印尼華僑都已入了印尼籍，是印尼人了，印尼族民搶劫強暴印尼華裔華婦，是印尼內部的事。吹皺一池春水，干卿你們的事？……」

也許，是氣憤過度，周總務長忽然不能再說下去，只見他呼吸急促，胸脯猛烈一起一伏，渾身也不能自已地不斷打著痙攣。本來，他體質就非常瘦弱，這時，整個人顯得幾乎要窒息了一般，同學們見狀，便即時就收，不約而同都靜了下來。站在林松沛身邊的黃堅立，只附在林松沛的耳邊輕聲說著。

「總算說出真心話來了！」

林松沛用手肘動了黃堅立一下，示意靜靜。

周總務長喘了一陣子後，待心胸稍平靜了，呼吸也恢復均勻。好半晌，才又繼續說：

「你們可有想到嗎？你們要用什麼名目舉辦聲討運動，要什麼參加遊行示威，在在都是在干涉人家的內政。……」

黃堅立似乎忍不住，又在林松沛耳邊竊語道：

「周總務長才廢話，這……」

林松沛又肘動了黃堅立一下，同時，又白了對方一眼，黃堅立便只好將話吞了下去。

「所以，」周總務長睜大眼睛，嚴厲再說：「為避免干涉人家的內政，我既不允許你們貼這種壁報，也不允准你們在學校裏舉辦什麼聲討活動；而凡參加什麼『八一七』遊行示威者，一律記大過一次，及留級一年。」說罷，指一指林松沛，「你是學生會主席，你要為同學們負全責。」

（六）

黃昏，熱氣逐漸地褪去，微風從樹梢上吹了下來。

林松沛及李婕妤並肩走進學校的小林園裏，習慣性的在一棵有百齡大樹下的一塊木凳坐了下來。

「這裏好，有些陰涼。」李婕妤抬頭瞧瞧樹梢上密密層層的葉子，從裙袋裏掏出手娟，輕拭著臉額，一面又說：「已是八月了，天氣還如此炎熱，滴雨不見，實在有點反常。」說罷，不自覺地把手娟當扇子搧著脖子。

「據專家說，今年世界天氣是開百年來最炎熱的一年。」林松沛也取過手帕擦汗。

「有這回事！」李婕妤伸一伸舌頭。「難怪令人如此難受！」

「再不下雨，乾旱將更趨嚴重。」林松沛下意識地遠瞭一下天邊。

「府上有缺水問題嗎？」李婕妤關懷地問。

「每晚都需要貯水。」林松沛無奈地說。

「是你貯水還是伯母？」

「母親太辛苦了，我總讓她早些休息去。」

「真是有孝！」李婕妤深深地瞧了林松沛一眼，莞爾稱讚地說。

「別挖苦我。」

「我說的是真話。」李婕妤嘟一嘟嘴。「怎樣，不喜歡聽我的讚美嗎？」

「謝謝妳！」林松沛甜蜜地笑一笑。

「伯母好嗎？」李婕妤柔聲又問。

「母親總在想念妳。」

林松沛說了這句話，眼光不自覺便移過去看李婕妤，李婕妤也正好掉過頭來，兩道視線便湊巧交在一起。倆人打從中學第一年開始，因羨慕彼此的才華，而產生傾慕之情。不時，不是他被她邀到府上玩，就是他邀她到家裏吃飯。每次，她被他邀到家中用飯時，母親總是殷勤招待。她那機敏穎慧的才智，溫柔活潑的性格，母親是挺喜歡她。背地裏，常常對他說：「好好交這女孩。」這時，他瞥著那張白皙俏麗的面龐，一對盈盈欲語的眸子，兩道細長的柳眉，及那玲瓏嬌小的櫻唇，紅潤的雙頰。他從來不曾如此仔細瞧過這張臉，也從來不曾發現這張臉原來是如此誘人。但猛地，他發覺這樣子看人是沒有禮貌的，便不好意思垂下眼去，只聽到對方說：

「很對不起！由於天氣太熱，懶得出門。過一、兩天有空的話，我會拜訪伯母去。」李婕妤想起林松沛母親那張慈仁的臉。

「勿在意，我只是說說而已！」

李婕妤忽然提高聲調問：

「對了！松沛！我們計劃的聲討活動還要繼續進行嗎？」

一聽到是「公事」，林松沛也恢復了自然，他本能聳一聳肩說：

「學校裏的活動是被禁止了，現在唯一能夠活動的便是參加『八一七』遊行示威。」

「可是，即使參加『八一七』遊行，也是要被記大過留級的。」

林松沛冷冷地笑了一聲。「要記過留級都隨它去。」

「但是，我為你擔心！」李婕妤深情地瞅了一眼林松沛。

林松沛輕喟一聲，他已猜到李婕妤為他擔心什麼，因為事實上，他自己也早已擔心到。果然，不出所料，李婕妤繼續說：

「我們被記過留級都算不了一回什麼事，可是你不能，因為伯母太辛苦了。我知道你的心事，你希望你中學快快讀完，好半工半讀上大學；而你一旦被記過留級，你自己感覺對伯母過意不去，伯母也會為你感覺失望。」

林松沛感激地伸出手過去，緊捏著李婕妤柔嫩的手，凝視地說：「謝謝妳的關心，的確，我自己也不曉得該如何是好。」

驟然，樹後傳來一陣笑聲，李婕妤本能把手縮回來，倆人同時都掉轉頭過去。原來，不知在什麼時候，樹後躲藏著一群同學。

謝培婷首先走出來，嘲訕地說：「我們找了你倆好半天，原來是躲在這裏卿卿我我。」

李婕妤臉頰紅得像一顆熟透了蘋果，羞得不知所措。

還是林松沛是男人，便對著謝培婷問著：「找我倆做什麼？」

一個個同學都隨著謝培婷從樹後走了出來。顏向瞻便答道：

「當然是為著聲討活動的問題。」

「不過。」黃堅立接口說：「你倆剛才的談話，我們全都聽到了。我們已在樹後商量過。松沛！假如說你有什麼不便的話，我們就除消全部活動吧！」

「周總務長是夠毒的。」陳友基忿忿地罵著說：「他知道沒有松沛，我們的活動根本是成不了氣候，所以，他要松沛為同學負全責，就是先將松沛脖子捏住，看我們能做什麼？」

陳友基的話猶如開了閘的流水，大家馬上紛紛議論起來。

「其實，周總務長對這次印尼的排華暴動，是抱了什麼心態，令人懷疑？」顏向瞻說。

「是呀！他說印尼華僑入了印尼籍，已是印尼人，印尼排華是印尼的事，跟我們沒有相干，這成什麼話呢？」黃堅立也氣憤地說：「其實，印尼華僑雖然入了印尼籍，但骨子內還是咱們的骨肉同胞呀！」

「而說什麼聲討活動是干預人家的內政，更是荒誕不經。」謝培婷也不服地說：「我們的聲討只不過是在重伸人類應有的基本尊嚴而已。」

「總歸一句話。」陳友基下了結論說：「周總務長禁止我們聲討抗暴活動，很明顯的，就是因為恐怕我們會破壞印尼及北京的友誼。」

「由此可看到，印尼與北京的友誼比華僑生命來得重要。」黃堅立感慨地說。

「其實，我們今日華僑的地位，在北京政府眼睛裏，是否還將我們視為其國民，已是值得我們警惕了。」陳友基語重心長地又說。

「所以，周總務長是何方神聖，很使人懷疑，既阻撓我們的校內活動，亦阻撓我們的校外活動。」謝培婷也鄭重其事地說，令大家對周總務長的身份開始起疑。

「不！」突然，一個「不」字從林松沛喉頭高聲喊出來，是那麼堅決，那麼有力！大家情不自禁都睜大眼睛。林松沛面色莊重地說：「不管周總務長身份是什麼，『八一七』抗暴遊行是一定要參加的。」

剎那，大家都感覺迷惑。

「松沛！你改變主意了？」顏向瞻澄清地問。

「我什麼時候改變主意？」林松沛帶笑反問。

「不是說你不方便……」

「我只是猶豫！」

「現在決定了？」

「剛才你們在講話時，我默默經過一番深思後，不說抗暴遊行是為了印尼同胞吧！退一步說，正如前些時謝培婷同學所言，菲印兩國僅一衣帶水，難保印尼的排華風暴不會禍延到菲國來，所以，我們需要有未雨綢繆的準備。現在，我總不能為了一己的問題，也要你們放棄參加抗暴遊行；所謂『覆巢之下無完卵』，可能這一來，我只是害人又害己。」

「但是伯母她……」

李婕妤抬頭才開口說出「伯母」兩個字，林松沛便馬上明瞭了她的顧慮，於是又說：

「我敢說我母親是位深明大義的人，為顧全華社大局，我被記過留級一年，相信她是會諒解的。」

「而再由婕妤向伯母說去，說不定伯母還會支持松沛呢！」在嚴肅中，顏向瞻故意開好婕一下玩笑，好鬆懈氣氛。

「哦！我才沒有這本領。」李婕妤似嗔假嗔地說。

「但是現在沒有壁報了，我們要以什麼方式來號召同學參加遊行呢？」看了顏向瞻向李婕妤開過玩笑後。黃堅立又把嚴肅氣氛拉回來，有所思慮地問。

「我們可以發傳單。」林松沛提議說。

「恐怕又會被周總務長沒收的……」

校工吹起了哨子，在趕同學出校好關校門了。林松沛和李婕妤站起身，拂掉身上的落葉。然後，林松沛帶著鼓勵的眼光，掃了大家一眼，道：

「做一份，算一份！」

聲音是那樣堅決及自信！

在灰矇裡，大家踏著鵝卵石子，一起移步走出校門。

一九九八年十月

鬥雞記

說到鬥雞，早已成為菲律賓人生活文化裏的一環，正如四方城（麻將）已成中國人生活餘時的一種娛樂一般。菲人喜愛鬥雞，上至高官巨賈，下至平民清道夫，幾乎都樂此不倦；事實上，只要有菲人聚居的地方，隨時隨地都會發現到，即使在那又窄又小，擁擠不堪的陋屋子，他們也會在屋外牆腳下騰出一塊小天地，豢養一或兩隻那種好鬥叫「TEXAS」的雄雞。早些時，他們是在雞腳上繫上繩子，再把繩子的另一端拴在一根插於土壤裏的小木栓；後來，說是把繩子縛在雞腳，會妨害雞身的發育，不知是誰發明的方法，便造了一種塑膠無底猶如蓋子般四方形的空格子樊籠，把雞仔蓋在裏面。樊籠面積只容一隻雞，因為這種雞仔彼此相容不得。當然，雞身在籠裏自是有活動的空間，且較將繩子縛在雞腳是自由自在得多。

把一隻隻雞仔豢養得又肥又大，乍一見，可謂雄偉十足；高舉的頭顱，尾後翹起如鈎的羽毛，及那一身似擦得亮光光的五彩繽紛羽翼，在在都顯得那麼雄糾糾、氣昂昂，洵為天生一鬥士；而每次相搏時，一撲、一閃、一躍、一鈎、手嫻身捷，圓達自然，是那樣得心應手，因而贏得人類觀眾叫喊不已；且似乎人類呼喊聲愈狂，它們就鬥得愈越旺興，甚至鬥個你死我活，也在所不惜，大有披肝瀝膽以討好人類歡心而後已。

這種菲人稱為「TEXAS」的雄雞雞種，天生的好鬥，卻應了人類一句諺語：「四肢發達、頭腦簡單」，動輒見了同類者，眼神便不期然而然份外發紅，頸項間的羽毛馬上「怒髮沖冠」，自相殘殺地來互相炫耀其英勇，從而滿足人類另一方面的殘酷劣根性。是故，這種「TEXAS」雄雞，除了藉自相殘殺的看家本領來依賴人類豢養求存，幾乎便一無是處。從「進化論」的角度來看，這種動物誠然是可憐又可悲！

（一）

年前，物價飛漲，對一個受薪階級者的我來說，不僅開支一時調度失衡，再加上居停主人也要把房租相對提高。在雙重壓力下，我真地是到了捉襟見肘的地步，妻子便提議道：

「唉！要如何是好呢！生活費日日重，薪水怎麼樣趕也趕不上，日常用品能省已儘量省了。現在只有找較便宜租金的屋子住去！」

無可奈何下，這是唯一的辦法！

我開始四處覓尋。

一個月後，我們終於搬出了華人區，住到菲人鳩集的居地——頓洛區去。這裏租金的確是便宜得多了。

屋子自然跟咱們住在華人區不一樣。住華人區是高樓大廈裏的一單位，這裏，是一座兩層樓舊式木屋，樓下是一客廳一廚房，及屋後的一晾衣小天井；樓上則為兩間臥室。四周確然是找不到一位同僑鄰居，幸好，是我、是妻子、或孩子，一家人皆土生土長在菲律賓，菲語則能聽、也能語；至於跟菲人打交道，早已是生活在菲律賓的一部份。

因此，搬到這裏住上個把月，左鄰右舍菲鄰居都已彼此認識了。

首先，說說我的鄰居吧，他管叫馬溜，三十出頭，普通身材，棕黃色皮膚，有著兩孩的父親；他的職業是一家藥廠的推銷員，收入似乎頗豐，他現所居住的屋子，雖僅有一百多平方公尺，卻屬自家所擁有，屋子還半新不舊；他再擁有一部小轎車，他每天就是乘坐這部小轎車到處去推銷藥品，既方便又快捷，下午三、四點鐘，便可閒著在家了。他的嗜好除了玩籃球，就是鬥雞，所以黃昏時分，常常會見到他在那搭上街旁的小球場跟鄰伴玩籃球，而每星期三及星期六，則在競雞場內賭注鬥雞。他在家門牆外，養有兩隻雄雞。

另一位鄰居，個兒高高瘦瘦的，年齡說是才三十四、五歲，可是，那微禿的前額，枯乾的肌膚，削凹的雙頰，再加上那不事修飾的邊幅，不僅懶得梳頭髮刮髯鬚，而身上那一襲舊襯衫，破短褲，及一雙塑膠拖鞋，看上去，令他顯得比實際年齡老了十幾歲。每日晨早，我工作去，都需路過其門，總看見他手裏拎著一杯淡得不能再淡的咖啡蹲在門邊，一邊喝咖啡，一邊撫摸著他拳養在牆腳下的一隻雄雞。我不知道他是幹什麼職業的，因為我黃昏放工回家，依然會瞧見他不是還在撫弄著那隻雞，就是把雞抱在懷裏跟鄰居朋友閒聊，幾乎除了睡眠，他跟這隻雞是形影不離，好似這隻雞是他生命至寶。

一次早上，我如往常一般，從他家門口經過，他正蹲在那裏喝咖啡弄雞仔，抬頭瞧見我，便向我打招呼。

「哈囉！早安！我是比利比。」他自我介紹。

「早安！」我回著。「我是亞民。」

「工作去了？」他禮貌地問。

「是。」我點點頭。

「你看我這隻雞夠強健嗎？」他說罷，也不管我是否在趕時間工作去，便把咖啡杯放在旁邊一隻小木凳，抱起雄雞站起身來，要我瞧瞧他的雞。

說實地，不要說養雞我素來不感興趣，相雞的肥瘦好壞我更是一竅不通；然而，礙於人家的好意，我不便拒絕，接過雞，在雞身摸了幾摸，裝著懂得相雞的樣子，從雞頭、再雞身一節節看過去，然後不住點點頭連聲叫好：

「好雞種！好雞種！」

對於我這胡扯，他聽了竟感覺無限欣慰，把雞從我手中接過去，在雞頭親一親，自豪道：「我養雞是不隨便的，要絕對好種才養。這隻雞再過一個月，就可賣出去了，少說也可值六、七千元。」

六、七千元！我聽了這數目，舌頭不禁伸一伸：誠然，我從來不曉得這種雞種竟如此值錢。但是，一不做，二不休，我不能露出「無知」相，一旦被對方發現我是亂扯一場，惹起反感，還以為我是在作弄他。於是，我只有再一次強裝對有關這種雞種的常識是豐富的，同樣地對市值也是內行人。

「六、七千元應該不成問題．」我大著膽說：「可能幸運的話，還可賣到七、八千元不等。」

我不知他是如何看待我，對我的話，他聽了竟信心十足。他帶著感激的神情，喜出望外笑著對我說：「我相信你的慧眼，一定可賣到七、八千元，到時我便可多得一千多元，那是多麼好啊！」

想不到，一個月後，比利比那隻雞，竟真地以八千元出售，他不僅高興不已，連帶地對我似乎忽然肅然起敬另眼看待，出售雞後的第二天。一早，他便特意地在門外等著我，瞧見我一踏出家門，馬上將我喊住，把好消息告訴我，並稱讚我很有眼光。末後，他還說：「下午放工回家後，我們好好飲一杯，我做東，好嗎？」下午放工回家，遠遠地，我就望見他在屋外排好了一隻圓桌及幾隻木椅。

他一發現我的身影，就舉手高喊招呼著：

「你回來了，我等你好久了！」

本來，對他早上的邀請，我並未放在心上；甚至可以說，在工作時，已將這回事忘得一乾二淨。這時，面對著他的盛情，我自是不好意思拒絕。我遲疑了一會兒，道：

「好！我先沖個去，換件衣服，立刻就來。」

沖好澡，換好衣服，再出來，比利比那邊已多了三、四位鄰客，團團圍坐在一起講話，桌上置放著四，五樣菜餚，每盤菜都用蓋子蓋著，桌腳旁更疊放著兩箱啤酒，看情形好似就在等著我一人。果然，我一出現，比利比馬上站起身，為我介紹鄰客；然後，就開菜倒啤酒，大家邊用菜，邊喝啤酒，也邊聊著。有道是：酒最容易打交道，一杯下肚，東南西北，便聊個不休；也一下子，彼此感情都拉近了，「巴例」長，「巴例」短，觥籌交錯中，大家成了「公巴例」。比利比三巡過後，已有些微醉意，話也特別多起來了。

他向我講述他的生活經歷，原來，他幹過好多職業；集尼車司機、碼頭搬運工人、油漆匠、還曾一度做過某大運輸公司的修理車機師，可是任何工作都不能引起他的『樂業』精神來，多至半年，少至一，兩個月，便辭掉不幹。唯有養雞，他才最感興趣。他養雞不是為了鬥雞，買進賣出，是在做生意。

「巴例！」他對著我說：「你很有本事，一覽就知雞種好壞和價值，我已把你的本事向妻子說了，她聽了也非常佩服你，我便向她提議，假使你肯幫忙的話，便多買幾隻小雞來豢養。她有錢，她同意了。巴例！今天是星期五，星期日我預備到邦邦亞省選買小雞去，反正你不用上班，希望你能陪我選買去。」

天呀！這是什麼話，我是否算是亂冒犯而自食其果了呢？冷汗不覺從我背脊直冒，我一時不知所措，只能吞吞吐吐推卻說：

「養雞是你的本行，相信……選買的話，你的本事……一定較我強、實……實不需……多我一人。」

「你是在客氣？」

「我是說真的。」

「這樣說來，你是不肯給予我幫忙了？」比利比醉惺惺的眼神直視著我。

「勿誤會！我不是這意思。」我急忙解釋道：「我……我是害怕，一旦選錯了，豈不是反而害了你。」

「巴例！」比利比不服我的解釋。「你那樣的高明本事，還會選錯嗎？」

「對！對！」陪客個個都聲援比利比。「你的高明本事，比利比都告訴我們了，你就別再謙虛了。」

也忒煞令我到了進退維谷的田地，我除了感覺非常尷尬，啼笑皆非外，我又能做些什呢？只好無可無不可不表示可否。

（二）

儘管，我採取了模稜兩可的態度，但我心裏暸然，這件事我是逃避不了的。回家後，整夜我都不能釋懷，想來想去，都想不出一個解決的辦法來。其實，這不是辦法解決的問題，而是常識問題。我開始悔恨起自已來，為什麼會這樣一時鹵莽，不知自量，才弄得如此煩躁不已。

翌日，我抽空跑了一趟書肆，我必須從常識下手。在書攤上找了好半天，總算找到了一本又舊又爛有關豢養這類雞種的書籍指南。回家後，便連夜一口氣將整本書閱完。很慶辛，書內雖對這種雞種有著地方性的分類介紹，卻更詳細的闡明了後天豢養的重要性。有了書裏的指導，我驟然若有所悟好似地有了把握一般，心頭上的大石不期然而然掉了下來。我不覺會心一笑，星期日也就放一百個心陪著比利比到邦邦牙省選購雞隻去。

這一來，看雞養雞便成為我不可或缺的任務，因為負責為人家選購雞隻，幾乎也要負責為人家豢養；於是，注意周遭的環境、雞身的清潔，及其行動是否有異，又是否按時供給補品。……皆成為我每天下班後的工作，我一切都遵照書上的指示行事。果然不出兩個月，兩隻買來的雞已長得又高又大；再過四個月，總算半年了，更是長得壯健無比。對鬥雞者來說，是人見人愛，所以，比利比靈機一動，便以拍賣方式出售，誰肯出高價，就賣給誰；最後，一隻以一萬元正出售，另一隻更以一萬兩千元賣出。比利比夫婦高興之下，更不忘對我的感激；另一方面，我的相雞養雞本事，也開始揚播遐邇。於是，三五近鄰不時登門向我請教，而我有了一次的冒充教訓，已使我夠受了，自不敢再大意，來者我都直言無諱地告訴他們說，我並沒有什麼本事，最重要的是後天能夠精心地豢養。

而比利比手頭有了兩萬多塊後，一口氣便購進五隻雛雞，我不再陪他到邦邦牙省選購去，我實言對他說，他選雞比我高明，不過，我答應他往後依舊會幫他看顧豢養。

（三）

不日，一個晚上，用畢晚膳，我正在閱報，忽然有人叩門，妻子先我一步開門去，即刻便有問聲傳進我耳朵來。

「許先生在嗎？」

我把報紙放下來，伸頭往外一探，原來是左鄰馬溜，我馬上從椅子站起來，大踏步迎出去。

「晚上好！馬溜先生！」

「很對不起！打擾你的休息。」他謙恭地說。

「那裏！那裏！裏面坐！」我延請他進屋。

他坐定後，便開門見山對我道：

「是這樣的，前幾天，有一位從臺灣來的遊客，帶來了一隻臺灣養的雄雞，說是要出售，經朋友介紹，我很想將這隻雞買下來，因為我一看，雖說才三個月，已長得雄壯無比，只不過，價錢偏高了些，要兩萬足，不管我怎麼樣殺價，他一分一毫都不買帳，而我又害怕一旦不值其價，我豈不是要吃虧，使我猶豫了好幾天，真不知如何是好。聽鄰居說，你很會相雞，百睹百中，無奈，我唯有冒昧找你幫一忙，萬勿見怪。」

天呀！聽了這一席話，我背脊又滲出了冷汗，我這「冒充專家」竟脫不了身了嗎？我為避免再惹麻煩，腦海即刻閃出一個念頭：儘量不成人之美。於是，我說：

「這麼貴，未免太不合市價，最好不買好了。」

「我也曾這樣想，但矛盾得很，另方面，我又想獲得它。」馬溜坦白地說。

「況且，再說，臺灣養的雞是怎麼樣，相信你我都未曾見識過。通常屬於巨種的，十之有九都是外強中乾。」我繼續給予破壞。

「所以，我今晚冒昧就是要拜托你幫我瞧瞧去。」馬溜還是不死心。

無奈，我只有再一次「冒充專家」！

不見也罷，一見，我也愣住了。憑良心說，我畢生從未見過如此雄碩壯健的雞種，誠然的，如馬溜所言，雖說才三個月，卻較豢養六個月的本地雞強壯結實多了。但我還是不想惹煩上身，裝出一付不屑的神情，不住搖搖頭說：

「兩萬！不值得！不值得！」

可是，過了兩、三天，馬溜喜氣沖沖地來告訴我說，他已把那隻臺灣雄雞買了下來，原因是那位臺灣遊客居留期限已到，非離開不可，便不再堅持地以一萬五千元脫手。

「你看，」馬溜對我道：「這隻雞可以即刻下場了嗎？」

我為謹慎起見，回道：「再養個月看看。」

又過一個月，馬溜再對我說：「是下場的時候了？」

看他蠢蠢欲動，我不便再掃他的興，便提議說：「最好！先在圈外試試看。」

他聽了我的話，在圈外一試，果然威猛無比。他欣喜之下，信心十足地帶進了鬥場。真所謂「不鳴則已，一鳴驚人」，臺灣雄雞一進了鬥場，氣勢更顯得磅礡非凡，一撲、一釣、一拍，姿態優美自然，身手輕捷有力，幾乎只需三、四回合便將對方一一打倒，真是所向披靡，無敵於天下；再有聞者不服而來者，無不狼狽而歸。馬溜每睹必贏，銀源滾滾而入，臺灣雄雞也飲譽雞界，而有「雞王」之稱。

（四）

是一個仲夏傍晚，我跟比利比坐在門口乘涼閒聊著，他問我道：

「巴例！你曉得馬溜那隻臺灣雄雞是那裏買的嗎？」

「向一位臺灣人買的。」我答。

「你認識那位臺灣人嗎？」比利比又問。

「僅見過一面，就是馬溜去相雞的那一次，他是一位遊客。」我解釋。

「現在臺灣人到我們這裏來投資的多得是，你有認識臺灣朋友嗎？」

我想一想。「間接是有。」

「是否可拜託從臺灣攜隻雞來？」

「怎麼樣？你現在也想豢養臺灣雄雞？」我笑著問。

他莞爾不語。

我沉吟一下。「我托朋友看看去。」

「臺灣雞種沒有，倒是有一隻大陸雞種。」

不多久，我拜託的朋友告訴我道：

「大陸雞種？」我詫異。「誰人的大陸雞種？」

「是我一位親戚最近從大陸攜帶來菲，端的是長得又大又結實；不過，已有五個月，你可以先帶你的鄰居看看去再說。」

我把這話轉告比利比。比利比看去了，卻猶豫起來。

「看起來，論體貌、論氣魄，並不遜色於臺灣雞種，但戰鬥力強過臺灣雞種嗎？」

「戰鬥能力是否強過臺灣雞種，我不敢保證。」我的朋友道：「不過，你要知道，臺灣雞種是從大陸傳播過去的。」

我的朋友開始向比利比解釋臺灣跟大陸的淵源。其實，是臺灣雄雞、是大陸雄雞，根本是同種同類。比利比聽了幾乎能夠會意，終而解除疑惑，並僅以一萬元正買下那隻大陸雄雞。

「未賣你已先賺錢。」我為比利比慶幸。

「這次我不想做買賣了。」

「為什麼？」

「留著跟人家鬥，希望這隻大陸雄雞能如馬溜的臺灣雄雞一樣猛。」

比利比一下子便將這隻大陸雄雞放進競場鬥殺，一次、兩次、三次，……猛勇之至，一往無敵；於是，是臺灣雄雞、是大陸雄雞便名噪一時，幾乎震動了整個雞界，聞者變色，誰也不敢再攜帶他們的本地雞跟這兩隻舶來品雞的任何其中一隻鬥一鬥。

（五）

終於，有人提議，這兩隻舶來品既然如此猛勇，竟沒有一隻本地雞是牠們的敵手，那麼！何不讓這兩隻舶來品碰一碰，較量一下誰更猛悍勇健呢？然後，勝者再冠以「雞王」銜頭，也好開創渾沌的菲國雞史上有個「王」者。

是以，一場規模頗大的鬥雞賽便展開了，或比利比、或馬溜都樂意接受挑戰。對鬥雞有興致的富有商人，皆紛紛參與賭賽，透過彼此的經紀人，先是以一百萬講妥，後增為二百萬，再後有些具有眼光的人，看準這一場「生死戰」的價值，更提出五百萬，最後便以一千萬鎖定。

日期排在兩個月後。地點選在大岷區建築最大最現代化的巴石社鬥雞場，因為頓洛區的鬥雞場太小，恐到時容不了過多的觀眾。

在緊鑼密鼓的兩個月預備時間裏，大家都是夠緊張的，馬溜索性請了兩個月假，把全部時間放在細心調養及訓練他的臺灣雄雞；比利比也沒有閒著，終日都小心翼翼地在照料他的大陸雄雞。反而是我，儘其所能的站在局外，袖手旁觀，不聞不問，只是偶而他們也會跑來找我解答問題。

一日，馬溜來找我，手中拿著一把兩寸尖的小刀，在我面前晃一晃，然後說：

「你看，夠芒利嗎？」

我接過一睹，寒光逼人，端的是尖銳無比。「這小刀是那裏來的？」我問，隨手把小刀還給對方。

「這是美國製造的。」馬溜滿意地把小刀放在手裏弄了弄。「我找遍大岷市各百貨商場，才找到一把如此芒利的小刀。你想，縛在雞腳，不是一刀就可以把對方的雞刺死！」因為是「生死鬥」，規定雞腳要縛刀子。

不出多日，比利比也帶了一把小彎刀來請教我。

「你說，這小彎刀派得上用場嗎？」

我一瞧，也是芒銳極了。「但是為什麼用彎刀呢？」我不解地問。

「尖刀僅能衝、刺，在打鬥時，通常會左避右閃，彎刀便可趁勢從旁砍過去。」

有理，我點點頭。

「這把彎刀我是向一位朋友買的。」比利比特意地把彎刀豎立在我的眼前。也特意地一字字說：「這是俄國製造的。」

戰鬥的日子終於來臨了，場面盛況空前，我到達時，距離開始時間尚有一小時多，可是場外已是車水馬龍，擠得水洩不通。我剛下車，就有兩、三位兜售黑市票的販子圍攏過來，說是座位已滿，只剩下樓梯券，大家還排長龍搶著買。我聽了，伸長脖子朝入口處望一望，確見人潮拚死拚活地想湧進場內；我暗中慶幸，幸得我是忝在比利比和馬溜身上，輕輕鬆鬆地已有座位可坐。

比賽開始了，仲裁者一聲令下，兩隻雞同時放進鬥台，觀眾喧嘩之聲隨之而起，我不覺抬頭巡視一下場面，真是萬頭鑽動，擠擠攘攘的。這座可容納萬人以上的場所，是座圓形猶如古羅馬競技場的建築，梯級的座位，一排排由上而下，場中央則為鬥台；而頂蓋卻全由一條條打橫的鐵架撐住，因之場中連一根石柱也沒有。設計之理想，令觀眾無論坐在那個角落，都可一目了然看清楚鬥台的一切情況。在人山人海的沸騰裏，兩隻雄雞好像很能會意這場面的宏偉，一下場便精彩地搏鬥起來。

臺灣雄雞一撲，大陸雄雞便拍翅向邊一閃，大陸雄雞一閃尚未站穩，臺灣雄雞又趁機一擊，大陸雄雞隨即躍空而起，落下之際，順勢伸出右腳，把彎刀掃準對方的頸部，臺灣雄雞待勢而至，不慌不忙把頭一縮，彎刀便從其頭顱寸許之間掃過。大陸雄雞左腳剛一著地，臺灣雄雞抬頭伸胸，斜裏又將腳刀刺出，大陸雄雞又拍翅飛起，再順勢用彎刀一掃。……有一撲，就有一閃；有一擊，就有一躍；有一掃，就有一縮，身手之矯捷、閃擊之有致；無論是臺灣雄雞，或大陸雄雞，技藝功力皆臻達爐火純青，圓滿之境地，令觀眾大開眼界，嘩嘈之聲愈喊愈越激烈。

一瞬之間，便鬥了四、五回合！

當仲裁者隔開兩隻雞時，不僅未見兩隻雞有喘氣辛苦之態，站在鬥台上依然是威風凜凜，雄偉無比。

再開始時，兩隻雞鬥得更厲害了。忽然，我身後傳來有英語的對話，一個嘹亮的聲音說：「好偉大的傢伙！」另一個帶者沙啞的馬上接口道：「我就不信兩隻本領真地如此高明，竟互傷不得。」

聲調充滿了酸溜溜。我不覺好奇地轉過頭去，離我身後第五排的長凳上，正坐著五位金髮碧眼的白種人，他們是三女二男，看他們的樣子，就知道是遊客，而聽那兩位男人對話的腔調，似乎是北美人。很想不到，今天也有白種人蒞臨觀戰。……我正想著，驟地，那位沙啞聲音的興奮地喊起來：「好！終放刺中了！」我立刻把目光投向鬥台，卻見到大陸雄雞的腹部下邊在滴著血，也許被刺痛了，發起狂似的，拼命舉起腳，一次又一次用彎刀亂掃一場，臺灣雄雞閃避功夫雖到家，然而最後還是在脖子間被割破了傷。

又聽到那沙啞的白種人說：「都受傷了，況且又都狠起來，好戲就在後頭。」果然，兩隻雞不閃不縮，糾纏在一起，抓、啄、擁、踢，完全失去了鬥技，而只亂打一場。

不多久，兩隻雞都負傷纍纍，血痕斑斑；漸漸地，兩隻雞愈來愈沒有力氣，動作愈來愈呆滯了，觀眾的激動喧嘩聲也改為鼓勵與催促：「再出力！再出力！做最後的衝擊！勿倒下去！勿倒下去！」兩隻雞好像很能體會觀眾的要求欲望，臺灣雄雞把胸一抬，出盡最後力氣一伸，把利刀深深刺進大陸雄雞的腹下，大陸雄雞慘叫一聲，也做最後的進擊，不管三七二十一，彎刀嚴厲掃過去，說是快，那是慢，臺灣雄雞剛將頭抬起來，彎刀一過，脖子便幾乎被割下來。

雙雙血流如注地倒下，一動也不動。

觀眾散了，我也隨著觀眾離開，當步出會場的甬道間，不期然地我竟然走在那五位白種人的身後。

「真是一場好精彩的鬥雞戲。」一位白女子說。

「兩隻雞也很勇敢。」另一位白女子也說。

「我看，不見得。」那沙啞的男人回道。

「怎麼樣說？」再一位白女子問。

「因為它們身上懷有武器，所謂有恃無恐，才顯得勇敢；至於精彩，若不靠兩把刀互殺，單憑技能打來鬥去，既傷不了，又殺不著，有什麼精彩可言。」

「是的。」那個聲音嘹亮的男人應著。「那兩把刀看來都很芒利。」

「當然，這種鬥雞用的刀。是需要越芒利越好。」那沙啞的男人解釋道。

「但這不是太殘忍了嗎？」剛才那第二位說話的白女子說。

「哎喲！我的可愛小妹妹，鬥雞就是越殘忍越好看，非鬥到雙雙死亡不能算是鬥。」

彼此來到大門口分岔路，他們五位白種人朝右走，我向左邊乘車去。我便不再聽到他們的對話。

一九九六年三月一日

小食店

（一）

前些時，妻子在華人區開了爿小食店。

妻子本來就是一位烹飪能手，對饌食之事素來便興趣研究，只是結婚後，生子育兒，全部時間都被家庭與孩子所佔有。迄至孩子長大了，么兒也上了中學二年級，她才稍為清閒下來。這一來，閒也閒在家，便萌生起開食店的念頭；而很湊巧的，她的一位老同學，闔家正要移居加拿大，開設於華人區的金鋪，預備讓出，妻子得悉，便前往接洽。老同學什麼話都好說，一接即合，對方把金飾拍賣，把店面以廉價讓出給妻子。

將金鋪改修為食店，經過一番忙碌後，小食店便於吉日開張了。

由於食店是一種較長時間性質的營業，妻子每日便都需在清晨六時開市去，晚上十時方打烊。這樣一來，家庭無形中便成為妻子的「旅館」，妻子覺得這樣有些不妥；便跟我商議分配時間。她依舊早上上小食店料理，工作至下午五時多，我則於下午五時一放工，直往小食店輪替接手。這樣子，她便多少可騰出時間在家裏「走動走動」。我呢？反正妻子離開小食店前，已先將一些菜餚配料安排停當，只等客人光顧，廚師下鍋，我不過是「看頭看尾」兼收賬而已，到了晚間十時打烊才回家。

小食店一開市，成績便不錯，這自然要歸功於妻子的手藝，人吃人讚，有去有回，這是經營食鋪的「要訣」。逐漸地，食客愈來愈多，也由「陌生臉」而成熟客。

由於我是值晚班，所認識的自也限於一些晚上經常光顧的食客。

一位上了年紀的老亞伯，他就住在附近，鄰人皆稱呼他「亞純伯」。自小食店開業後，他幾乎每晚都過來用粥，說是小食店的粥煮得又香又適中，比起其家傭人煮的粥，不是水份不夠，就是水份過多。所以，他素性不願再在家用粥，花幾塊錢到小食店用個痛快。他一面吃，一面讚不絕口問我：

「老闆！粥是你煮的嗎？」

「不是！是我太太煮的。」我據實說。

「你太太呢？為什麼總不見到她，在廚房忙著？」

「不是！回家了。」我解釋道：「她值早班，我值晚班。」

「你真福氣，有這麼位做菜能手的太太。」

「謝謝你！」我感激地向他致謝。

另一位，五十開外，也住在附近，人家都管他叫「扁頭」，因為他的後腦有些扁扁的。他雖非每晚都光臨小食店，卻一星期也有三、四次。據他說，家裏菜不適合其胃口時，他就跑過來用飯。他也問：「老闆！菜是你做的嗎？」

「不是！是我太太！」我依舊據實說。

「你太太很會做菜，樣樣小家菜都做得美味可口，用了總不會感覺厭膩。」

「謝謝你！」我依然感激地說。

的確，小食店菜餚之出色，方圓十八里內，左鄰右舍幾乎均聞名來嚐一嚐；至於過客，更是客入客出，絡繹不絕，尤其從下午放工時間至晚上七時多半，過客之多，常常是座座客滿。夥計們穿插其中，點菜、端菜，忙得上氣不接下氣，我也手忙腳亂地招待客人。

慢慢地，我注意到，在食客中，有幾位是屬「長屁股」客。我所謂「長屁股」，便是一坐就是兩、三個鐘頭，這是經營食鋪避免不了的事。但是「長屁股」客也有「長屁股」客的好處，他們邊吃邊聊，我只要有時間一閒下來，便可從他們閒聊中獲得了不少寶貴的見聞。

就有三位中年人，同屬中等身材，每日下午放工後，必相偕來到小食店用飯，迄至晚上九時左右才再相偕而去。由於他們的「長屁股」，很快的，我便跟他們三人混熟了。原來，他們三人在計順市比鄰而居，然皆在華人區工作。一位名老蘇的，在華人區的一間銀行裏當分行經理，另一位老黃是一間建築業的高職員，再一位叫老柯的，自己擁有一間文具店。一回，他們三人正聊得起勁，我剛從他們桌邊走過，老黃便將我叫住，道：

「老闆！我提供你一個訊息，假使你有些餘錢的話，目前在甲美地開發的××高爾夫球俱樂部，你儘可投資買股，包你短期內便可賺到錢。」

回家後，我將這消息告訴妻子，妻子便想賭注一下，拿出她的私房錢買了一股，不出三個月，價錢果然漲了一倍，妻子便轉手賣掉。

我自然要把這情形告訴老黃，感謝他的幫忙，但他卻說：

「算不了什麼，我們每日打擾你，佔據你的地方，讓你減做了不少生意，那才不好意思。」

「那裏！那裏！」我連忙表示沒有關係。

「其實，我們打擾你，也是不得已的。」老蘇說：「你也知道，下午放工時間，路上最擁擠，坐一趟車回家，如老牛拉車，走一步停一步，花三、兩小時在車上，又悶又熱，苦氣極了！」

「所以。」老柯接著說：「我們三人便商議好，索性放工後，先在華人區溜達溜達；待車子稍減了，馬路鬆緩了。這時，在沒有阻撓的馬路上跑，車子僅半小時，便可抵達計順市了！」

「結果，」老黃做結論說：「早回家，晚回家，到達家門的時間都同一樣。」

「不過，」老蘇又道：「不是我在你面前要說你的好聽話，我們吃遍華人區的小館子，吃來吃去，還是你這家小食店的小食最好，尤其是水圓，很夠嫩。」

「蚵煎也好！」老柯也舉一菜。

「總之，樣樣菜都好！」三人同時說。

（二）

可是，在眾食客讚好聲中，卻有一位食客，他樣樣菜都嫌不好。

他頭一次出現在小食店，是一個仲夏，時間將近九點。在經過一陣忙碌後，晚膳生意已漸趨清淡了。我正坐在櫃台後小憩，他大模大樣跨進食店，逕直到櫃台前，對我大聲嚷著問：

「你這裡有賣粥嗎？」

「有！有！有！」我馬上起立招待，帶他到櫃台旁一隻空桌邊的椅子上讓他坐下來。

他要了一碗粥，兩碟菜。

當粥來時，他舉起筷子的同時，一隻腿便跟著曲起擱在椅上，然後，一邊吃粥，一邊閱讀著他帶來的一份入口中文報。我好奇心向他仔細打量一下，看他那不修邊幅的寒酸相，蓬鬆的頭髮，沒刮的鬍鬚，寬大不稱身的衣著：再加上那佈滿皺紋的面龐，傴僂的駝背，及那煙不離口的污垢牙齒，十不離九，該是位從唐山來的新客。

他用了兩三口粥，抬頭朝四周望了望，便將報紙暫放在一邊，視線停在我面前，又大聲嚷著我問道：

「你是老闆？」

「是！」我帶笑點點頭。

「你唐山來的？」

「不是！」我搖搖頭。

他低下頭繼續用粥，可是，僅又用了兩三口，再抬頭向我嚷著問：

「喂！老闆！粥是你做的嗎？」

「不是，是我太太做的。」

「你太太是唐山來的？」

「也不是，跟我一樣，在菲律賓土生土長。」

「難怪！難怪！」他搖搖頭，一幅老大的神氣。「才做得如此糟糕。」

「那很對不起！」我趕快歉意地說。

他低下頭又用粥，卻一面喃喃道：「粥不好，菜也不好，道道地地番仔味，難咽極了！」

他用了一半，忽想到什麼，又抬頭問我？

「有否回去過唐山？」

「只有一次！」我說。

「真地變番了！真地變番了！」他惋惜地不住搖搖頭：「唐山該常常回去才是。」

瞧在食客身份，他的一副老大模樣，我不便多說什麼，唯有向他微微一笑。

他又繼續用粥，再忽又想到什麼。

「中文懂得多少？」好似他是我的什麼「大人」。

「多少能讀也能寫。」我依然含笑地說。

不久，他用完了粥。

「再來一碗。」他對我說。

我不覺一愣地望了他一眼。心想：不是嫌粥不好嗎？

或者，他肚裏也明白他言行不一致，第二碗粥時來，便不再嫌不好地一路用下去，直至粥用完，菜也無剩，打了個飽嗝，隨手拿起夥計早已為他放在他桌前的一杯服務茶喝一喝；剛呷上一口，眉頭馬上蹙得緊緊的，又嚷著問我道：

「這是開水還是茶水？」

「是服務茶！」我禮貌回答。

「什麼服務茶？」

「就是免費的茶水。」我解釋。

「淡得很。」他嫌著。

「因為是服務茶。」我只有再強調。

「那麼！你懂得品茶嗎？」他問。

「我不懂。」我坦白說。

「難怪！難怪！」他又一副「大人」的模樣：「連品茶都不懂，不是番仔是什麼？這茶水如何嚥得下！」

我連忙說：「先生，你要濃茶上等茶都有，只是須付錢。」

不知是因為聽到須付錢的，他便不再說什麼，拿起杯子將茶水一大口往嘴裏送，然後就漱漱口起來，再咽下去，第二口依然一樣。到了第三口、第四口才直咽下喉嚨。

儘管茶水淡然無味，他還是將整杯茶水喝完。

喝完茶水，他憩息地放鬆肌體，一面用牙籤剔著牙縫，一面掏出一支香煙點燃著。

過了片刻，他開始全神貫注地閱起報紙，他閱報似乎很精到，每頁都詳細地閱個夠，而牙籤隨著他閱報的神情在嘴邊晃來晃去，香煙也抽一口吐一口，一支繼一支。待將整份報紙看完後，也將打烊了，才付帳離去。

我瞧瞧牆上的時鐘，計算一下，他在這裏用了足有小時餘。我心想，這也許也是個「長屁股」客。

（三）

他的確也是個「長屁股」客。

況且，自此以後，他每天晚上都光顧小食店。

而儘管他每次用膳時，還是一面用，一面嫌粥不好、嫌菜不好，但是依舊是兩大碗粥，兩碟菜，然後閱報。

只是他閱報時，似乎有個癖性，喜愛抒暢己見。譬如：他見到一條什麼新聞的，會突然喊叫起來說：

「你看！中國向俄國購買了航空母艦，中國不久便可匹敵西方了！」

說著，他舉頭瞧瞧四周，希望有人聽他講話，然而，沒有，他唯有覓對象，他見到隔桌的老蘇等三人了。

「喂！你們三人曉得嗎？中國不久將要擁有航空母艦了，中國強了！」一幅『大人』對晚輩說話的口氣。

老蘇等三人皆同時掉頭瞟了他一眼。老柯道：「這消息早上報紙就有了！」

「你們三人也看中國入口報？」他喜出望外。

「不是中國入口報才有這新聞！」老柯不覺皺一皺眉。

「哼！都是些番仔！」他不服地說：「中國人應該讀中國報！」

「番仔是你說的。」老柯有些氣：「菲律賓也有中文報。」

「這不能算數。」

「為什麼不能算數？」老柯回道：「凡是以中文字為主的報紙，就是中文報。」

「每日僅刊登幾條有關中國的新聞，這不能算是中文報。」他開始強詞奪理。

「礙於環境，每日能夠刊登有關中國的幾條重要新聞，已是夠了。」老柯解釋說。

「我才不看！」

「不看是你的事！」老柯似乎不想再跟他嚕嘛下去。

「朋友！」老蘇接口說：「我們生活在菲律賓，應該多多關懷菲律賓才是！」

「我關懷我的中國就夠了！」

「你既然如此熱愛中國，今晚可馬上回大陸去。」老柯有意頂撞。

他白了老柯一眼：「這不關你的事！」

「朋友！」老黃問：「你在菲律賓是幹什麼的？」

「不能奉告！」他往空中噴出一口煙。

「朋友！你貴姓大名？」老蘇也問。

「也不能奉告！」

於是，彼此便沉默下來。

然而，過一會兒，他似乎有點按捺不住。

「好！我告訴你們，我名叫亞朱。」他鄭重其事。「朱字是朱德的朱。細細算起來，朱德還是我的本家呢！這位在五、六十年代僅次於毛澤東的中國第二號人物，不獨名震中外，更是位文武兼備的偉人。咱朱家出了這樣的人物，也是吾亞朱的光榮。」他不覺洋洋得意起來。

「但是，朱德不是後來也被毛澤東清算，成了階下囚了嗎？」老柯故意裝作不大清楚歷史，問問老蘇。

老蘇微笑不置是否。

老柯自問自答調侃道：「朋友！你的本家也是位階下囚呀！」

老蘇及老黃禁不住笑出聲來。

亞朱氣得滿臉通紅，眼睛瞪得大大的，咬牙切齒說：

「你們懂得什麼？都是番仔！都是番仔！真恥於跟你們為伍。」

他真地不再理會老蘇等三人，一直埋頭閱著報紙，直將整份報紙看完畢，才離開而去。

（四）

但是，忽然地，他有一星期沒有光臨小食店了。大家均想：或者他真地恥於跟「番仔」為伍，轉到別家飯店用粥去。老蘇頭一、二天還提到他，以後也就將他忘記了。

不過，有一天，驀地來了兩位移民局探員，問明誰是老闆後，便從提包裏掏出一張照片，伸到我面前：

「你認識這個人嗎？」

我一睹，照片裏不是別人，正是亞朱的影像。我不覺一怔，心頭馬上明瞭這是怎麼一回事。但也同時地，同僑意識佔據了我的腦海，我不知不覺搖搖頭，脫口說：

「我不認識這個人。」

「他不是常常在夜晚來到這裏用飯嗎？」探員繼續問。

我皺一皺眉，故裝迷惑的神情。

「我們跟隨他好久了。」移民探員進一步地說。

我有些膽怯了，不敢再裝愚說謊，便委婉道：「每晚客人出出入入很多，我又忙碌，這個人或許有到這裏用過飯，然我沒有注意到。」

我的話不能說沒有道理，探員無奈，便朝食廳裏掃一掃，好似刻意要在大廳裏找尋亞朱，我心裏不禁失笑想：亞朱一星期沒來了，你們要在這裏找到他，定是找不著的；然而，這倆位探員的眼線卻不約而同都停在老蘇等三人身上，一位探員向他的同伴示意一下，便一同走過去。

不知何故，我心頭不禁叫起來，祈禱說：但願老蘇等三人，也能看在同僑份上，幫助幫助亞朱說說謊吧！

探員走到他們三人面前，將照片讓他們過眼，問：

「你們認識這個人嗎？」

他們三人面面相覷，我在櫃台上捏著一把汗。還是老黃機警，搶先道：

「我們不認識這個人。」

「他不是經常到這裏來用飯嗎？」

老黃故作斟酌地將照片再瞧一下，搖搖頭道：「我從未曾見到這個人。」

老柯也故意瞧瞧照片說：「這個人是誰？我也從未曾見過。」

兩探員始終獲得不到答案，只好無奈地走了。

探員一走，我們便討論起來。

老柯猜疑著說：「亞朱會不會是偷渡者？」

老蘇道：「或者是遊客身份，逾期了！」

我說：「都有可能！」

「哦！」老黃猶似忽然想到什麼，分析說：「亞朱應該是先一步獲得了消息，躲起來了，所以才一星期沒有光顧小食店。」

「說的也是。」大家都同意老黃的分析。

老黃繼續分析說：「不過，亞朱能先一步獲得消息，應該是神通廣大，這人是什麼來歷呢？」

這可叫大家猜不透，便都沉默下來。

移民局探員不再到小食店來找尋亞朱。幾天後，大家也就將這件事拋在腦後。不過，過了不久一個晚上，亞朱又突然出現在小食店，這叫大家不禁感覺詫異。我馬上過去招待：「好久不見！好久不見！先生好嗎？」我自不便多說什麼。

倒是老蘇等三人，一見到亞朱，老蘇便問道：

「亞朱！好久不見了！到那裏去啦？」

亞朱若無其事地說：「有點事，到外省去一趟。」

「亞朱！移民局探員找你呀！」老柯直率地提說。

「找我做什麼？」亞朱面不改色。

「問你啊！」

「問我？你這話是什麼意思？」亞朱不悅說。

「別裝蒜！」老柯進一步。

「你……你胡扯什麼？」亞朱忿忿地盯了老柯一眼。

老柯機巧一避，轉向老蘇，彎彎轉轉地說：「老蘇！我就想不通，那一晚移民局探員來這裏找人做什麼？他們找人總不會沒有原因的，為什麼他們不找你，也不找我，就是因為你不是偷渡者，我也不是逾期遊客。」

亞朱忍不住，怒了，說：

「你別含沙射影，血口噴人，我告訴你，中國山河遼闊，山川俊麗，何處不好去，我為何要偷渡？而做為一個頂頂唐山大國民，有的是自己的家園，何須逾期他地而不歸？」他飲一口茶水，潤一潤喉嚨，抽一口煙再道：「我再告訴你，我到菲律賓前，在唐山你可知道我是什麼人物嗎？哼！我問你，你可見過毛澤東嗎？」

「你見過毛澤東？」」三人齊聲問。

「當然！那還用說……」亞朱一幅的活神氣。

老柯思維一轉，不服說：「我才不相信。」

「信不信由你。」亞朱開始陶醉在回憶裏。「想當年，我在家鄉參加紅衛兵時，很是痛快得很，到處搞破壞，揪打那些富有階級，把他們打得死去活來。不久，我便升為紅衛兵頭頭了，大家都得讓我三分。當我帶領紅衛兵小團團北上晉謁毛主席時，一路上我們乘坐的火車，誰人都不敢跟我們搶。到了天安門，毛主席不僅親自接見我，還跟我握手，向我問好……」亞朱愈說愈得意風發，剛才的怒火已消失了。

「這樣說，當年在唐山，你還是一位官。」老黃說。

「這還需要說的嗎？」亞朱被老黃這樣一說，更是洋洋得意。

「那麼，你還為什麼要離開唐山？」老蘇問。

「哎唷！」亞朱的「大人」神氣又來了：「說你番仔一點都不錯。古曰：『讀萬卷書，行萬里路』，這道理你不懂嗎？況且，你也誤會了，我不是離開唐山，我是出外旅遊。」

「可是，移民局探員找你啊！」老柯又提了。

「你很沒有見過世面，兩位小小移民局探員，你就小題大作。」亞朱一臉不屑。

「問題是移民局探員找你做什麼？」老柯一直想挖底。

「管他們找我做什麼，我才不會放在心上。」亞朱昂起頭，噴一口煙：「我告訴你，你應該要知道，現在的中國已不是解放前的中國，而是勇於說『不』的大國了，菲律賓若膽敢拒絕我留下來，我亞朱說一就是一，馬上捲席離開菲律賓讓你們瞧瞧。」亞朱拍一拍胸懷，表現了大丈夫的氣概。

大家一時都被他的氣概懾住，我不禁反而心想：或者移民局探員找他是有另外事，冤枉他了。但聽他餘話猶未盡繼續說：

「不是我說，菲律賓有什麼好，百姓生活困苦，社會落後，治安不靖，有什麼好留戀的……」

亞朱的一番話，把大家都說得啞口無言。

（五）

亞朱又繼續每晚到小食店來用粥。一切如往常。

「我們冤枉亞朱了。」老黃歉疚地說。

「也許是移民局搞錯，你看！沒有再見到移民局探員來了。」老蘇也說。

老柯默默地在一旁沒有開口。

我自己也覺得對不起亞朱。

可是，再忽地，亞朱又一星期沒有來了；然而，也沒有見到移民局探員來。

「他可能又有事到外省去。」我們都不敢再亂猜想。

但是，一星期後，亞朱再出現了，不過，令人驚訝不已的，他卻判若兩人，滿臉的污穢及憔悴，他是遭遇到了什麼嚴重的事情了呢？他先在門口佇一佇足，帶著驚惶失色的眼神朝食廳內巡一回，再低頭踏進來。他不再如往常一般跟任何人打交道，坐下來，要了粥菜，便匆匆用完，匆匆離去。一連數天，皆是如此。

大家雖然感覺疑惑，卻誰也不便追問。

一晚，亞朱正在用粥，先前來過的那倆位移民局探員卻突然出現在店門前。

兩位移民局探員依然握著張照片，彼此仔細將照片對照個夠，就逕直朝亞朱走去。

亞朱偶一抬起頭，嚇壞了，面色馬上變了，拿起筷子的手停在半空中，一動也不動。我坐在櫃台上，遠遠也能看見他的心胸起伏得好厲害。

探員來到他面前，將照片放在桌上，說：「你就是亞朱？」

亞朱欲言又止的兩眼直巴巴地望著倆位探員。

「你很會躲，我倆找你好苦呀！」倆位探員說。

亞朱沒有開口。

「亞朱，你別再躲了！」一位探員說。

「亞朱！你跟我們走吧！」另一位探員也說。

這時，老黃走過來，問了問探員：

「這是一回甚麼事？」

一位探員指著亞朱道：

「他是位逾期遊客。」

「他來多久了？」老黃問。

「我們不大清楚，但已好多年。」探員道。

「探員先生，吾國法律不是規定，遊客入境逗留，可以展延的嗎？」老黃似乎想幫忙解圍。

「可是，他已一延再延，延夠了！」探員解釋。

「能不捉人，慢慢再想辦法解決呢？」老黃很想從中疏解。

「先生，我倆是奉命行事，你先讀讀這張狀子，我倆也是沒有辦法的。」倆位探員一臉的無奈。

驀地，撲通一聲，亞朱跪在倆位探員面前，哭喪著臉，哀求道：

「探員先生！我知道，你倆都是菩薩心腸，你倆就做做好事吧！別捉我。我至死都不想再回到唐山去，我在那裏受夠了，我害怕那裏的生活。探員先生！請你們做做好事，別讓我再回到那裏去，我害怕那裏的生活！我真地害怕那裏的生活！我在那裏苦夠餓夠了！……」

亞朱哭得淚流滿臉，令大家都不覺心酸。「探員先生！先前我說菲律賓不好，那都是假話，是我該死！是我該死！我是熱愛菲律賓的，菲律賓是我的再生父母。探員先生！你們就行行好事，放了我，要我為你們做牛做馬，我都願意……」連探員也受到了感動。

但他們是奉命行事。一位探員便道：「亞朱，這樣吧！你跟我們到移民局去，好讓我倆交差。不過，到了移民局，我倆一定會替你想辦法。」

「不！不！」亞朱急了：「到了移民局，便唯有被遣配！」

「不會那樣嚴重的。」探員保證說。

「亞朱！」老黃插口：「探員已向你保證了，你就起來，跟他們走一趟吧！」

「不！不！他們不放我，我就永遠跪在這裏不起來。」亞朱歇斯德里地猛力搖搖頭。

兩探員互相望一望，一探員道：

「如何？」

另一探員道：「唯有用硬了！」

說著，兩人便同時伸出手，對亞朱說聲：「對不起！」左右用力把亞朱的臂膊挾起來，朝外便走。

亞朱拚命掙扎著、叫喊著；但他被挾得緊緊的，再怎樣掙扎也掙扎不開。

唯一還能讓他活動的，是他的腦袋。

他把腦袋亂轉一場，忽然地，他不再哭喪著臉了，而變得一臉的憤怒。他瞧瞧我，又瞧瞧老蘇等三人，眼睛是睜得那樣大大的、尖銳的，接著大聲罵起來：

「你們是有心肝還否，同胞受難了，你們還呆坐在那裏見死不救。虧你們生在菲律賓，連移民局探員也說不過。我告訴你們，我若被遣配了，我會把這恨記在你們頭上，記在你們頭上，記在你們頭上，……」

聲音隨著亞朱影子的消失，逐漸遠去遠去……

場面終於歸於平靜！

老柯感嘆一聲道：「做華僑真不幸，不需要你時，罵你是番仔；需要你時，你沒有及時給予幫忙，他就記恨於你！」

「啊！多說也沒有用！」老黃搖搖頭，不想再說什麼。

一九九七年四月十一日

義山奇遇記

再過幾天，就是亡人節。

一晚，六歲的么兒問我道：

「爸爸！亡人節我們要到義山野餐去嗎？」

我不覺一愕問；「誰告訴你亡人節是要到義山野餐去的呢？」然後糾正說：「亡人節是要到義山掃墓去。」

「不！」么兒依然搖搖頭。「亞牛、亞強他們都說，亡人節他們要到義山野餐去。」亞牛、亞強是鄰居孩童。

我無言以對，怔怔望著么兒，心想：好多年過去了，父執輩幾乎均已作古，而這種陋習為什麼迄今還改變不過來呢？

記得孩童時，每到亡人節這一日，心頭便感覺非常無聊，原因是家人無墓可掃，望著鄰居小孩們，一大早便跳跳蹦蹦的，時而拎著一簍食物，時而抱著一對巨燭，跟著長輩也忙碌似的在家門口跑出跑入，喊東喊西，然後便闔家坐上車，如遠遊般的朝義山去。整個下午，我便只能蹲在家中跟弟妹玩。直至傍晚，鄰人相繼回來了，再聽著友伴大談在義山利用蠟燭燒出的蠟油。捏製成各式各樣的東西玩耍，及那放在先人墓前為活人所食用的豐富又美味可口的炸雞烤肉，心坎著實羨慕得很；及至中學時代，再不甘無聊於家裏，便同學三五邀約，在亡人節這一天湊熱鬧地到義山做一日遊。

總之，在我當時的意識裏，義山是亡人節的遊玩去處。或者，這又是華社的一「特色」。把這一天追思先人的「嚴肅」氣氛化為「輕鬆」，是否是因為追思先人時，先人靈魂就會到來跟我們團圓在一起？團圓總是教人興奮的，於是便一起「同樂」？

而這風氣是打從什麼時候開始的呢？我卻不得而知！

✣ ✣ ✣

父親逝世已三載，這三年來，每逢亡人節，我是「名副其實」有墓可掃了。一早，家中大小先後起床後，經過一番匆匆盥洗換衣，一切停當就緒，才六時一刻，大家便坐上車往義山出發去。

本來打算，為避免擁擠早些出發，車子便可停泊靠近義山大門口。這樣子，就無須走太長的路；豈知，你早，人家比你更早，車子還遠遠未能望見義山大門的頂牌，人來人往，一輛輛排長龍似的車子，已無法繼續往前前進，大家無奈只好下車步行，我便把車停泊妥在路旁，讓大家下車，再一人一手分工合作拎著帶來要去掃祭的東西；一路踏步踏，朝義山前進。

幸得時間尚早，天空裏依然飄盪著凌晨一股尚未散盡的涼風，吹在身上還舒暢無比。我素來就是個快步者，一手拎東西，一腳走在前頭，讓妻兒跟在身後，不知不覺我卻愈走愈越快，跟他們距離愈越遙遠。當我再轉頭時，卻望不著他們了，我便暫時站在路旁，一面等，一面朝人潮裏找尋他們，可是，等了又等，覓了又覓，怎麼樣還是見不到他們的影子。我便想：反正他們不是第一次來義山，義山路他們仍個個熟悉，就讓他們自己走吧，再在父親墓園相聚。這樣一想，我便掉頭又朝義山大門走去。

一跨進義山大門，我怔住了。一載闊別，義山卻變得如此巨大，一路朝前望去，兩旁都是三層樓墓厝。記得還是去年，入門的左邊，尚是一排排梯級的墳墓。僅經一年時間，梯級被層樓取代了。進步得如此快，我不禁有疑，但迅速地便想到：活人的世界，一日千里在進步，死人的世界，難道就永遠停滯不前了嗎？我不覺舉手朝我的腦袋敲一敲，真是活人的偏見！我自我解嘲一笑，便朝前繼續走。

然而，這好像是一條走不完的道路，我一直朝前走，卻找不到轉角處，因為父親的墓園就是在頭一個轉角處，然後再走幾步便到了。我瞧著來來往往的人們依然穿流不息，我又想：或許是我記錯了，一年僅來一次，想像中覺得這條路不怎樣長，一走起來其實正長著呢！於是，我釋然繼續跟著人潮往前走。

驟然，我看到轉角處了。不錯！不錯！我又敲敲腦袋，恨自己記性未免太差了，到了轉角處，我轉過去，路兩旁依舊也是三層水泥墓厝，我驚嘆義山的確是進步得太快了！

我胸有成竹開始舉步走下去，我很清楚地記得，走不多遠就是父親的墓園；可是，任由我怎麼樣走下去，兩旁所見全是清一色的三層墓厝，父親的簡單樸實墓園，絲毫也見不到蹤跡。我心頭突然起了一種恐懼之感，會不會……父親的墓園被遷掉了？我一面走一面找，恐懼之感也一面在我心頭不斷廣大開來，愈恐懼愈越慌亂！愈慌亂愈越恐懼！父親的墓園在那裏？父親的墓園在那裏？……我開始跑步找了，眼淚幾乎要從我的眼眶掉下來。

「民兄！民兄！匆匆忙忙往那裏跑呀？」慌亂中，我聽到有人在叫我。

我佇一佇腳，轉頭朝左右瞧瞧，卻不見一個是我認識的人，可能同名吧！我想。便又繼續舉步跑著找。

然剛要舉步，又聽著有人喊：「民兄！民兄！」聲音明明是衝著我來，我不得不再止步朝四周瞧瞧。

這一次，我看到了，一個肥肥胖胖，戴一幅黑眼鏡，年齡跟我相差不幾的中年人，正一面朝我這邊跑來，一面舉手向我打招呼。

「民兄！你不認得我了嗎？」來到我面前，他便把黑眼鏡取下。這一來，我認得他了。

「哦！原來是孝仁兄！」

「你匆匆忙忙在趕什麼？」他問。

「我在尋覓先父的墳墓。」我說：「我記憶不錯的話，先父是埋葬在這附近，但任我找尋卻找尋不著。」我聲音有些哽咽。

「哎喲！看你跑得滿頭大汗的，何不問問義山管理局去，不是了事嗎？」他提醒我說。

對呀！我為什麼一時想不著這點呢？我不覺為自己的腦筋喪失思考力而感覺啼笑皆非。

「對！對！謝謝你的提醒。」我趕著要找父親的墓園，便向孝仁兄告辭，預備轉往義山管理局查詢去。

「趕著做什麼？老朋友好久不見面了，談談天，歇歇腳再走，不差幾分鐘。」孝仁兄指著前面一座墓厝，不管我同意不同意，抱住我肩頭，便把我拉進墓厝去。

我無奈，只好跟著他。

一跨進墓厝，我驚住了，好一座美輪美奐富麗堂皇的建築。一個偌大的客廳似的，磨得發亮的大理石地板，標緻精雅的壁紙，以及那不鏽鋼的窗櫺；而天花板上垂下的一盞琉璃水晶燈，更不亞於五星旅館大廳裏的佈置。要不是廳中有著兩處凸起的石槨，說是活人居住的地方沒有人會起疑的。

我聽到孝仁兄介紹說：

「這是我父母親的墓厝，這些大理石地板是義大利石，壁紙是德國進口的，那兩張我父母親的遺像，也是在香港特製的，鏡框是用一種硬金屬造的，單單這兩張遺像我就花去了足有十萬……」

望著這兩張遺像，我心頭不覺有所念及，要是這兩位先人地下有知，將對其兒子對他們的花費做何感想呢？

待我還在想著，孝仁兄又道：

「到樓上參觀參觀吧！」

說罷，不理會我便踏上了樓梯，我又只好跟在背後。

上了樓，一瞧，更是嚇呆了，不折不扣是活人的生活佈置。一套巨型精美厚背軟褥的細絨沙發，中間一張嵌有玻璃的長方形矮几，沙發兩旁還放著一對白光閃閃的綢子罩頭的長腳燈。客廳是接連飯廳，飯桌是楠木製的，圓形，可容納十四人座；僅隔一攔腰皿櫥，便有廚房之分，廚具均為名貴又上等質料的最新型款式。當然，地板依然是那種光滑得發亮的義大利石，壁紙也是德國進口的。我上樓時，看到從客廳到飯廳，共放有八桌麻將桌，桌桌都在打四方戰，也許正打得激烈，我同孝仁兄上樓來，沒有人理會我們。由於整座二層都放著冷氣，窗戶關得緊緊的，繡得工整的白紗窗簾垂放著，更顯得氣氛之高雅；唯可惜，賭客一口口從嘴中噴出的濃煙，無處洩漏，凝積室中，形成一股朦朧的煙霧。空氣壞極了，我不禁嗆咳起來，幸得孝仁道：

「再上三樓看看去。」

「還有三樓！」我不禁一楞，自語自言道。

三樓是臥室，共四間，每間都有一張厚褥巨床，也是冷氣設備，且有各自的廁所及更衣室，新穎又現代化。參觀完畢，下樓來，我忍不住問道：

「這些幽雅的臥室，你跟家人常常來這裏過夜？」

「不！這些臥室從未用過。」

「但常常跟朋友到這裏來打麻將？」我再問。

「也不！一年僅一次，就是亡人節！」

我呆住了，我雖不知道他花多少金錢來建造這間墓厝，但數目不貲是可以肯定的。想著我所居住的敦洛區，一些近鄰菲人，一間不足三十平方公尺的陋室，晦暗陰濕又窒息，還擁擠地住上十人二十人。我情不自主輕喟一口氣，覺得這世界真地變了。死人住高貴大廈，活人睡鴿籠！

來到樓下，站在屋中，孝仁兄又介紹道：

「我父母這墓厝，佔地是二百平方公尺。我向義山管理局購買時，每平方公尺是四萬元，所以，連地皮及建築這屋樓，我共花去了二千多萬。一切都符合義山管理局的新規定。」

「義山管理局有什麼新規定？」我狐疑地問。

「你不曉得嗎？從今年正月開始，義山管理局所實施的新規劃，你卻連一點也不曉得？」

「我真的連一點也不曉得。」我鄭重其事地搖搖頭。

「難怪……」孝仁兄欲言又止。

「難怪什麼？」我惶惑。

「難怪你找不著你父親的墓園。」孝仁兄憐憫地望著我。

「這……這跟新規劃有什麼關係？」我感覺不祥，心頭不自覺地惶悚不安起來。

「義山管理局為計劃要把義山美化成為世界有名的觀光區，因此，從今年正月起，便毅然決然地重新整頓義山，把整個義山的地皮，有秩序地劃成一塊塊，每塊是二百平方公尺，規定要建三層樓墓厝，買得起或做得起的話，先人的屍骨可以繼續葬在這裏，買不起的話，在限定期間內，屍骨必須遷出義山，不遷，限期一到，他們便代遷。」

「所以，令先父、令先慈繼續葬在這裏。」我終於明白了。不過，我更明白，我父親的屍骨是被他們移走了。「那麼！他們會將把父親的屍骨移往那裏？」我禁不住聲音有些哽咽，幾乎要哭了出來，便向孝仁告辭。「我走了，我必須到義山管理局查一查。」

「不必查了。」孝仁兄馬上將我攔住。

「我不查，我要怎麼樣知道我父親的屍骨放在那裏？」

「我已替你查過了。」孝仁兄幽幽地說。

「你替我查過了？」我懷疑地望著孝仁兄：「那我父親的屍骨放在那裏？」

「扔掉了！」

「什麼？」我喊起來，如晴天霹靂，我的血液凝結了，冷汗沁出背心，渾身激烈地起了哆嗦，半晌再也說不出話來。悲痛已將我整個心靈佔住了。

「不！不！你騙我！你騙我！」我失控哭了。

「我說的是真話。」孝仁兄解釋道：「昨天我就到這裏來打掃，打掃間，我瞧見兩位工人把你父親的屍骨從墓園拉出，拋入水溝裡。」

「不可能！不可能！」我神經質地繼續喊道：「你騙我！你騙我！」

「我不騙你！」孝仁兄平靜地瞧著我。

「那麼！我問你，」我拿出理由地問：「你說，你昨天還看到我父親的墓園，為何一夜之間，我父親的墓園便不見了！」

「是的！」孝仁兄也理由充足地答道：「他們一夜之間便把你父親的墓園拆毀，也一夜之間改建成一座三層樓墓厝，因為咱們這個社會，富有的人太多了，都排長龍等著把先人的屍骨放在最豪華的墓厝，所以必須趕建，一夜一座，以便早日讓這些富有者的先人住進舒服的墓厝。」

我不再說話，低下頭，心情也漸漸地平靜下來。

「快中午了，就在這裏吃飯。」孝仁兄拍拍我的肩頭，給予我安慰。

「我吃不下。」我低聲說。

孝仁兄不理我，差遣兩個他帶來的工人，在石槨邊排開小桌椅，放上飯菜碗筷，再放上一瓶入口的熱酒，然後說：

「來！民兄！多少用點飯，別如此傷心。」

他坐下來，我也懶洋洋坐在他對面。

「好好吃，只有咱倆個，他們都在樓上打麻將吃飯。」孝仁兄拿起兩隻酒杯，斟滿了酒，一隻放在我面前，一隻他自己拎著。

「喝點酒，乾杯吧！」

我本來是不大喝酒，且酒量又淺，但想著父親的屍骨被丟了，悲慟的情緒不能自己；於是，舉起酒杯，跟孝仁兄一碰，揚起頭便一飲而盡。

酒過三巡，我的腦筋開始膨脹了，說話也有些語無倫次。也好，父親的事令我太苦悶了，能麻木一下神經，將父親的事暫拋在一邊，未嘗不是一種享受。我便索性一不做，二不休，決定不再找父親的屍骨去，也不想掃墓了，乾脆跟孝仁兄對飲起來。

我倆一邊吃，一邊飲，天色逐漸暗了下來。我腦筋已膨脹得天旋地轉，幾乎已認不出東西南北。迷糊裏，二樓的方城戰好像歇了，賭客紛紛下樓告辭而去，孝仁兄的妻兒也下樓來，跟孝仁兄講些什麼話，然後也走了。整座墓厝突然靜悄悄只剩下我和孝仁兄，一對紅燭淒涼似的還在兩丘石槨前燃燒著。我雖面對著酒杯，也感覺到墓厝外人跡已漸漸地寥落。四周是愈來愈漆黑了。

「我希望能飲至天明。」我舌頭重濁地說。

「沒有問題，陪君陪到底。」孝仁兄豪爽地說。

「我到今天才曉得，酒竟有這樣好處，能使人忘卻痛苦。」我舉起杯又是一乾。

「儘管飲，這裏什麼東西都沒有，就是只有酒。」孝仁兄站起身，他也已顛三倒四。他再從石槨後拿出一瓶熱酒。這已是第五瓶了。

忽然，空氣裏起了一陣疾風，吹在身上，陰涼無比，我及孝仁兄都不自主機伶伶打了個寒慄，酒精幾乎馬上被趕走了，我倆清醒了大半。

稍微清醒後，方發覺時間不早了，空洞洞的墓厝，在黑幕籠罩下，給人一股陰森森的感覺，我倆互視一眼，便彼此不動也不談話，悄悄地有了畏怯；驀地，又一陣陰風平地而起，緊接著，是玻璃打破聲，這一下，我倆被嚇得全清醒了，連忙掉過頭去，定神一睹，兩張遺像被疾風吹落地上，玻璃已碎成片片。我倆不覺再互望一眼，臉色馬上由紅轉青，由青轉白。孝仁兄急急忙忙站起身來，提高嗓子大喊工人，但沒有人回應，莫非是工人也回去了？我倆將視線朝門外覓尋，但是，門外雖寥寥有人在走動，均幽魂般地在趕路，我倆更是嚇得魂不附體，縮成一團，只覺墓厝顯得更加陰森又淒寂！

剎時間，石槨上罩突然「咿咿」作響起來，這一驚，真是我平生第一遭，手腳冰凍得不能動彈，嘴唇頻頻大張，卻怎麼樣也叫不出聲音來；除了心脈尚『搏搏』強烈地跳動，意識是不復存在了，靈魂相信也離軀體而去了，兩眼僅呆呆地望著石槨。

「咿咿」之聲響過後，石罩便輕靈地徐徐朝旁移開。

然後，兩張棺蓋從石槨裏隨之騰升而起，升至半空也停止了；接著，棺裏便伸出兩張白得不能再白的臉龐。但聽到孝仁兄撕裂般的聲音喊起來：

「爸！媽！」

我幾乎暈過去，矇矓中，只聽到從石槨那邊發出一個女人的聲音，帶著責備口吻說：

「虧你還記得我倆是你爸媽！那麼！爸媽生前是怎樣教誨你的呢？你為什麼卻完全忘記了？爸媽不是一而再諄諄教導你說，做人做事要勤儉、踏實嗎？你為何在爸媽去陰間後，便機巧騙財，剝削貧苦人家，到處誇耀財富？你應該知道，你這樣做，災禍便要臨頭了。這座墓厝也將要付之一炬。我警告你，當這墓厝被燒燬後，勿為我倆再建造這種屋子，我倆在陰間將不得安寧，你若心思孝順的話，就把我倆的屍骨火化，安放在寺廟的佛塔裡，每年亡人節，除了燒香拜祭外，不允再在我倆墓前打麻將，大吃大喝。記著，這是憑弔先人之地，不是娛樂場。爸媽生前為你起名孝仁，就是希望你長大後，能入則孝，出則悌，謹而信，汎愛眾，為社會多做點仁事。你可明白了嗎？……」

「撲通」一聲，孝仁兄跪了下去，不斷地向其父母親叩頭道：「孩兒曉得了！孩兒曉得了！孩兒將永遠記得爸媽的話！」

我逐漸轉醒過來，剛一睜眼，孝仁兄的父母親便朝我看來。也帶著譴責口吻說：

「你很傻！誰說你父親的墓園被遷掉了，我這個逆子是騙你的，他今天因為沒有人要跟他打麻將，一個人無聊著，看到你便想拉你作伴，於是編了一套謊話把你留住，好伴他個整天，你卻信了。

你還不趕快給你父親點香燒錢去，遲一步，便來不及了，災難即刻就要來臨。」

我還猶豫，遠處便依稀傳來了一陣又一陣喧嘩聲，逐漸由遠而近，我及孝仁兄凝神諦聽，喧譁聲裏似乎還帶有口號與問答聲。是一大群人。

「打倒引叔！」

「引叔滾出菲律賓去！」

「為什麼引叔的義山這樣美麗？」

「因為引叔剝奪我們菲律賓人的財產！」

「不錯！引叔的死人住美麗的屋子，咱們菲律賓人卻住豬坑。」

「放一把火，將引叔的義山燒了！」

「對！對！對！」

「對！對！對！」

一霎間，火光沖天，整個義山即刻陷於火海裏。孝仁兄站起身，拉著我的手道：

「快走！」

「你的父母親？」我還有所顧慮。

但一掉頭，他的父母親已不知在什麼時候消失了，整個石槨也回復了原來的位置，遺像也絲毫不損地掛在原位。

我倆手牽手跑出墓厝。

火舌在空中張伸著，火勢迅速地蔓延開來，我們的身體已感覺熱騰騰，孝仁兄眼朝左右一掃，手指右邊道：

「那邊還未著火，往那邊跑，快！」

我倆大踏步跑過去，跑出二十多步，驟然一滑，便一直滑下來。我倆伸出手在空中亂攀一場，卻什麼也攀不著。一直滑，一直滑，好似無底深淵般。我倆一面滑下去，一面驚駭地喊個不停……。

✣ ✣ ✣

「爸爸！醒醒！爸爸！醒醒！」我聽見么兒在叫我。

「發生了什麼事？」我驚醒過來。

「是的，爸爸！發生了什麼事？你在睡覺的時候，為什麼不斷地喊叫？」

「我喊叫？」我自覺不可思議。

「是的！」么兒睜大眼睛點點頭。

「看你滿頭大汗，是作了什麼惡夢？」妻子隨後走進臥室來，插口地問。

我凝神想一想，不覺噗哧一笑，便將話題岔開。

「幾點了？」我問妻子。

「已經八點了！」

「什麼？」我從未曾睡得如此遲。

「大家都已預備好，只等著你。」妻子又說。

「為什麼不叫醒我？」

「瞧你睡得好酣，也許昨天工作太疲倦了，所以不忍叫醒你。」

「好！我換衣去，十五分鐘後一同出發到義山去！」

我爬下床，無意瞟了么兒一眼，好似觸到什麼般，遲疑一下，雙手握著么兒的雙臂說：

「么兒！你可知道為什麼一年中有一日亡人節嗎？又為什麼亡人節便放假不上課，不工作呢？因為我們活人需要工作，有時也太忙碌了，為了不忘本，一年便抽出一日的時間，讓我們完完全全把工作放下，好去追思先人的功德。所以咱們今天亡人節到義山去，是要去給公公祭掃墳墓，追思公公生前怎麼樣疼咱們，而不是要去什麼野餐的，懂得了麼？」

「懂得了！」么兒有所領悟地點點頭。

（完）

一九九六．十一．一日　萬聖節

午夜怪約

再過幾天，就是老楊七秩榮壽兼榮膺「菲華護僑總會」第一屆會長就職雙喜大宴日子。兩星期前，我便收到了他的請帖。

他邀請之誠意，不僅躬親把帖子送到我家門口。還在遞轉帖子給我時，更對我叮嚀道：「到時必須出席，我會點名的。」我還有拒絕的餘地嗎？

據說他請了不少人，社會各階層人士他都請齊了，一百席已是不在話下；而地點更是選擇全菲最高尚又最昂貴的第一流餐廳。真是一次又豪華又盛大的宴會。

可是，當日子漸漸接近，甚至距離喜宴之日只剩下兩三天。他卻突然打電話給我，說是宴會取消了。我不覺一愣。

當然，是不得已的！因為地點都訂了、帖也發了、客也請了；可是，是為了什麼原因呢？

老楊在電話裏，除了不斷地「抱歉又抱歉」、「見諒又見諒」，卻始終閉口不說出原因。

我不覺好奇心起，決定打破砂鍋追究到底。

果然——

（一）

原來——

這幾年來，老楊可說是福星高照，無論做什麼生意，一大把一大把的鈔票總是滾滾而來。三年前，他不僅在青山區的富人村建造了一座佔地頗廣，且兼有游泳池，既堂皇又花團錦簇的洋式平房；翌年，又在大雅台的半山坡買了一棟價值二千萬的別墅。去年年頭，女兒出嫁時，婚禮之隆重，陪嫁的嫁妝，是一輛最新款的賓士轎車，一顆五百萬元的鑽戒，及一本存有一千萬的銀行儲蓄摺子；而年中，兒子取妻，房子、轎車、鑽戒、銀行摺子，自是較女兒有過之而無不及。他的擺闊，蜚聲疊傳，坊間里巷，親朋戚友間，無不為其咋舌，也方知他原來竟是如此富有。

老楊雖然富有了，但他依然不忘回饋社會。「取之社會，報之社會」，是他的座右銘；因而前不久，由於社會治安愈來愈越惡化，綁風熾烈，華僑生命安全受到嚴峻威脅，為求自救自保之道，華社各階層人士便攜手組成「菲華護僑總會」。籌組期間，老楊輸財出力，四處奔波；贏得了眾多同僑的稱讚，便被擁戴推舉為第一屆的會長。

恰巧，就職的吉日，竟也是老楊七秩初度的大喜日子。真是雙喜臨門，老楊就決定來個熱熱鬧鬧，轟轟動動的慶祝一番。

但就在老楊雙喜之日臨近的前幾天，一個由中國政府組成的工商考察團蒞菲訪問。慣例，華社又是一陣忙碌，相關團體開始爭先恐怕安排宴會招待。「菲華護僑總會」雖是一以保護華僑安全為宗旨的組織；然而，繫於血統情結，又為立會第一次的活動，能夠招待一下故國來的工商考察團，亦是一種光榮。於是，大家一致贊成，設宴於王彬街大酒樓，席開二十桌。老楊是「菲華護僑總會」會長，自成為招待會主席。西裝畢直，氣宇軒昂。

是晚，雖訂為七時開席，但賓主似乎互有默契，彼此皆姍姍來遲，到了八時一刻才上筵。席間，賓主演講、互贈紀念品、敬酒，還有歌唱助興。……席至十一時多，賓主方盡歡而散。

老楊送走賓客，也跟「自己人」握手告別，便步出酒樓，乘上自家賓士的轎車。

司機打開引擎，車子駛出華人區，朝青山市回家的道路開去。

老楊坐在車裡，因喝了不少酒，頭有點昏，胸口也感悶熱，便將領帶打開，將西裝外套脫下，對司機道：

「把車窗旋下，我想吹吹夜風。」

這時，除了寥寥有一，兩輛偶而從前面掠過的車輛，街道四週已是一片靜寂，昏暗的街燈在黑夜裏更顯得孤單淒冷。

老楊的頭仰靠在座背的軟墊上，雙目閉上，任由從車窗口吹進的夜風拂打他的面龐。

夜風柔而軟，吹得老楊有些睏了，便在車裏打起盹來。

朦朧裏，老楊知道車子已開入青山管轄區了。道路開始寬敞又平坦，加上司機的熟悉駕車技術，不疾不徐。坐在車裏，既平穩又舒適。

但是，突然間，車子卻在平穩的奔馳下，「嘟！嘟！」地頓了兩下，引擎便失了靈。老楊不覺從倦睡裏醒過來，迷惘問著司機。

「車子怎麼樣了？」

「好像是引擎發生了故障。」

司機藉著剩餘的馬力慢慢把車子駛向路旁，然後下車檢查引擎。

老楊坐直身子在車裏透過玻璃窗瞧著司機檢查來檢查去。

不一會兒，司機向他走近來說：

「老闆！引擎內的零件壞了。車子不能動。」

「那該怎麼樣辦？」老楊下車來瞧瞧引擎去。

「需要修理一下。」司機道。

老楊下意識瞧瞧腕上的手錶，時間差一刻是子夜十二時。不要說街道上已幾乎杳無人影，相信大部份人家也都已上床睡覺。

「這樣晚了，要到那裏找人修理去呢？」老楊不覺喃喃地說。

「是的，夜深了，已無處可找人修理。」司機也為難點點頭；然後，思索一下再道：「這樣吧！老闆！你乘計程車回去，我就在車裏過夜看車，修車事明天再說。」

「也好。」老楊瞟了司機一眼，正自感激司機的提議，忽又憂慮起什麼來。「然而，夜已是這樣靜了，那裏還有計程車呢？」

「老闆，你放心，計程車是二十四小時的，總會偶有從這裏經過。你就坐回車裏休息去，讓我來攔車好了。」司機瞧到老楊一臉焦急神情，機警地說。

老楊又感激地望了司機一眼，心裏不禁地想，料不到，這位司機竟如此顧及於他，便寬心地折回車裏閉目養神去。

（二）

老楊在車裏養神了一會兒，眩暈裏聽到車外有了動靜，好似來了一輛車子停在車邊，司機正跟車裏的人對話。他下意識地感覺是司機攔到了計程車，高興地睜開了眼。

但定神朝外一瞧，卻是一輛豐田的私家車。

再傾耳一聽，但聽到車內的人問司機道；

「這不是楊先生的車子嗎？」

「是的。」司機回答說。

「為什麼停放在這裡？」車內的人又問。

「引擎的零件突然發生問題，車子不能動。」

「楊先生在車內嗎？」

「是的。」司機說著：「我正在攔計程車讓他回家。」

「很湊巧，咱們載他回去好了。」

老楊好奇地將頭伸出車窗，對方馬上瞧見他了。

「楊先生！晚上好！」隨著聲音，對方車子的後座門打開，走下一個三十多歲的青年人來。

在昏暗裏，老楊看不清對方的臉貌，但聽到對方有禮的打招呼，便趕快整理一下領帶，下車來回個禮。

「楊先生！您好！」對方馬上親熱地伸出手來跟老楊握了握。

老楊端詳又端詳對方的面龐，他卻不認識這位青年人。

「楊先生！你不認識我了嗎？楊先生貴人多忙，這也難怪。」對方便自我介紹說：「我是老瘦林的第二公子。」

老瘦林！老楊當然是認識的，那個跟他針芥相投的建築界大亨。身子是瘦得如隻猴子，由於他姓林，人家便戲稱他為「老瘦林」，但他一些都不介意。老楊知道他有三位公子，可卻好像從未謀過面，或曾見過面，但忘卻了。反正，晚輩認識長輩，長輩不認識晚輩，這是稀鬆平常，不傷大雅的事。

「哦！原來你是老林的二公子，你從那裏來？」老楊喜出望外地問，他遇到了救星。

「找朋友去，這時正要回家。楊先生！你的車抛了錨，我順便載你回去好了。」

「我先謝謝你！」老楊心寬地先謝了。

「不謝！」

乘上老林二公子的車子，老楊滿懷的慶幸！

可是，車子開出不遠，突然右轉朝老楊住家相反的方向駛去。

老楊詫異地掉過頭問老林的二公子道：

「司機會不會開錯方向了？」

「不會。」老林的二公子並沒有看老楊。

「但這不是要去吾家的方向呀！」老楊又說。他有點侷促不安起來。

老林的二公子沒有答話，他的表情已沒有先前的熱情了。任由車子開出了一段路程，才幽幽然轉過頭來，望著老楊說：

「楊先生！很對不起！我根本就不是什麼老瘦林的二公子，我是騙你的。」

「什麼！」好似晴天霹靂，老楊這一驚真是非同小可。他僵住了，面色馬上發白，雙唇發青，渾身哆嗦直抖，尿流幾乎要滾了出來。他愴慌地問：「那你是誰？」

「我是誰並不重要，我是奉命行事。」

「到時你就會知道。」

「那誰是你的主子？」

「這是綁架？」

「楊先生！別說得那樣難聽。」

「難道還會有好事？」

「我主子只不過想約你談談。」

「談談？」老楊一陣迷惑。「這是一回什麼事？」

「我也不太清楚。」

「那你要將我載到那裏？」

「你一路瞧下去不就曉得了！」

「不！快放我下車。」老楊說著，不管三七二十一，便伸手過去扭門把。

「車跑得這樣快，你不怕摔死嗎？」對方輕輕地說。

老楊不理，將門把扭了一下，不開，再用力扭一下，依然不開，他發急了，瘋狂地將門把扭來扭去，車門還是不開。

「楊先生，車門老早就鎖住了，你不需要浪費氣力。」對方依舊是輕輕地說。

老楊癱了，身子軟軟地陷進座位裡，心頭不覺暗自咒罵著：「今晚真是撞見了鬼，竟如此陰錯陽差。車子拋了錨，又遇到綁架！」

老楊慢慢地鎮靜下來。他開始意識到；他這時的生命是栽在人家手中，自己已是做不了主，唯有聽天由命，任人宰割了！

他輕歎一聲，一動也不再想動！

車子開進南高速公路，一直駛至尾端的內湖省，才出了高速公路；但車子依然繼續往前開。老楊一生少出遠門，漸漸地，他不識路了；雖然路旁有牌子指示，然他畢竟年紀大，眼睛花了，不要說夜裏他瞧都瞧不清楚；車子又開得那樣快，他才想刻意端詳一下，車子卻飛一般擦身而過，令他什麼也瞧不到。車子出高速公路後，又足足開了兩個多鐘頭，才彎進一條崎嶇不平小路，車子頃刻激烈地顛簸起來，速度自也放緩了。

老楊坐在車裏顛來又顛去，顛得他有些頭昏，不知顛簸了多久，車子才在一處長滿叢草的地方停了下來。

「到了，楊先生！請下車吧！」車一停，車門門關一扭，便開了。

「這是什麼地方？」四周黑漆漆的一片，老楊不覺心一沉。

對方不理會老楊的問話，打開一支手電筒，指著前頭的叢草，對老楊道：

「真抱歉！楊先生！委屈你了，請彎身從這叢草下穿過去。」

「你……你這……」

「楊先生！別多話。」對方打斷老楊的話。「在這杳無人煙的地方，聽話才是聰明人。」

老楊瞅了對方一眼，萬般無奈的照著指示彎下腰穿過叢草。叢草深又密。他的西裝都被露水弄濕了。

一出叢草，他眼睛一亮，不禁一楞。叢草中央，原來另有天地，是一片修葺得非常整齊寬敞的平地。

（三）

藉著四周不明也不暗的燈光，老楊但瞧平地範圍內草木扶疏，花兒爛縵，在夜色裏，繽紛有姿。左邊有座露天的網球場，右邊是棟長方形的兩層樓建築物。老楊穿出叢草，伸一伸腰後，對方便對他指著屋子一旁道：

「楊先生！請進屋。」

老楊在引領下，進了屋子，再上了樓。不知何故，他這時心情反而平靜得多了。

來到樓上一小室，對方打開門，又對老楊道：

「楊先生！請進。」

室內，燈火暗淡。室中除了排置著一條小長桌，及長桌一邊是三張長背椅子，另一邊是一張凳子外。室內便什麼也沒有了。老楊躊躇一下，問：

「這小室是什麼？」

「會議室。」

「你將我帶到這會議室來幹什麼？」

「主人要跟你談話。」

「談什麼？」

「楊先生！請坐吧！」

對方只管將老楊帶到長桌邊的那張木凳，然後問道：

「楊先生！想飲什麼酒？」

「醇酒就是。」老楊想藉一杯濃酒來提膽氣。

對方出去又進來，拿來了一杯加冰塊的濃酒放在老楊桌前。

「楊先生！你的濃酒。你就在這裏等我的主人吧！」對方交代罷便退了出去。

老楊舉起酒杯呷了一口，才嚥了一嚥，燈光突然熄了，室內傾刻陷於一片黑暗。老楊一時驚惶不已，站起身，朝著門，喊著說：

「這是幹什麼的？」

話聲剛落，身後卻傳來了聲音：

「楊先生！別害怕，請坐下吧！」

老楊轉過頭來，昏暗裏，他朦朧瞧到牆壁好似有一道暗門打開，魚貫走出三個人來。隔著桌，站在他的對面。

「楊先生！你儘管放心，我們向你保證，我們絕不會傷害到你的一毛一髮。我們只是想約你來談談，請坐下吧！」

是站在右邊者開口說話。由於室內太暗。老楊雖然面對面，也僅能看到三位的輪廓，三位幾乎同樣都屬中等身材：只是右邊者臉型稍圓，中者猶似方頭大耳，左者下巴尖尖的，因而頸子顯得稍長。三人坐下後，老楊也跟著慢慢坐下來。

「楊先生！很抱歉！三更半夜將你請到這裏來，令你破膽受驚了，但這是不得已的事。我先在這裏代表我們三位向你致萬二分對不起！」依然是右邊者開口。

「你們是誰？」老楊逐漸冷靜下來。

「跟你一樣，同是生活在菲律賓。」中者答道。

「楊先生！萍水相逢何須相熟，談完了你就可以回去了，認不認識無關緊要。」左者接口說。

老楊又呷一口酒，他的情緒已完全平靜下來。「好！既然你們口口聲聲說要跟我談談，就開始談吧！」

「楊先生很是位爽快的人。」中者謂。

「楊先生！再過幾天，便是你的七秩大壽，在這裏先祝你萬壽無疆。」右者說。

「所謂『人生七十古來稀』，楊先生卻是七十老當益壯，真是仁者益壯。」左者言。

「楊先生做七十大壽，大家都為你高興；但為何不在家設壽麵招待親朋戚友，卻要到大餐廳大擺宴席呢？」中者問。

「這……這是……」老楊靈機一動。「我內人及兒女們他們喜歡這樣做。」

「哦！是這樣嗎？」右者語氣帶疑。又說：「楊先生做生意的本領，在這方圓百里內，大家都非常欽佩你。」

「可是，楊先生！」左者接口問：「一個人富有了，是否就需顯赫財富了呢？」

「這……這……」老楊吞吞吐吐。

「楊先生！你學到了賺錢的本領，卻學不到勤儉的美德。」

「這……這……是風氣。」老楊忽然想到了理由。

「風氣？」左者道：「楊先生！以你當今在社會上的名氣與地位，你儘可帶頭將這風氣改變過來。」

老楊難為情一笑，搖搖頭說：「我無能為力。」

「起碼，你可以以身作則。」中者道。

「我就是說，中國先人出外謀生的成功，就是因為他們能夠勤勞節儉；相反地，今之亞洲金融風暴，固然是西方有計劃地想摧殘亞洲經濟成果，但亞洲人的不懂得自愛，未富先奢，也是造成金融風暴的原因之一。」左者一口氣說了不少話。

「楊先生！你對當今亞洲金融風暴有什麼感想？」中者問。

「一次非常嚴峻的經濟危機。」老楊簡扼地說。

「那麼！楊先生！你可知道菲律賓是個貧苦又落後的國家嗎？」左者問。

「我知道。」老楊點點頭。

「楊先生！你又可知道菲律賓人民大部份都是生活在貧苦裏嗎？」左者繼續問。

「我也知道。」老楊又點點頭。

「那該怎麼樣化解這危機呢？」中者問。

「開源節流，共赴時艱。」

「楊先生很有見識。」中者道：「可是，我覺得楊先生是知易行難。」

「楊先生！你有覺得你的生活是太奢侈了點嗎？」右者問。

「這……」老楊又是吞吞吐吐。

「近幾年來，華社吃盡綁架之苦。有人說：這是咎由自取。」左者說：「但我覺得這話缺公平，因為華人善良、勞苦、勤儉者，至今仍大有人在；所不幸，卻受到少數同僑的奢華生活所累。……」

「我沒有連累任何人！」老楊有些心虛為自己辯護。

「楊先生！先別急！你沒有連累任何人，那最好。」右者又問：「可是，今晚你是赴了什麼宴會去？」

「一個到訪的中國工商考察團。」

「你可知這種中國訪問團一年有多少團到菲律賓訪問？」左者提高嗓子也問。

「你今天忙於送往迎來這個中國訪問團，明天又忙於送往迎來另個中國訪問團」。中者也緊接著問：「楊先生！試問，你身為『菲華護僑總會』會長，那還有時間去作護僑的工作呢？」

「……」對著三人咄咄逼人氣勢，老楊頓覺不知所措。

「況且，你今天設宴歡迎中國訪問團，明天又設宴祝慶大壽。」右者進一步問：「楊先生！你可有想到嗎？瞧在菲律賓貧苦者的眼裏，他們會有什麼反應呢？」

「……」老楊一句話也答不上來。

「雖然，你的奢華生活是你個人的事。但處在貧苦裏的菲人，卻認定你一人奢華，全僑皆奢華。」右者繼續說。

「我說，」中者不放鬆地。「楊先生另一可悲處，就是沒有群體的生活觀念。」

「先生錯了！先生錯了！」老楊急急辯解道：「我參與的社團可多呢！」

「哈哈！」左者大笑起來。「楊先生！參加社團之多，是為出風頭，爭名奪利；跟群體生活觀念，完全是兩回事。」

「楊先生！說穿你心底事。」中者進一步道：「如今綁風如此猖獗，但只要不綁到你頭上來。你依然儘可我行我素，不是嗎？」

「唔！」老楊一臉尷尬。

「然而楊先生是否想到：今天你平安無事，明天也能保證綁架不會綁到你頭上來嗎？」左者緊追著中者。

「……」老楊只能苦笑。

「這就是一個沒有群體生活觀念的危險。」中者再接口。

「因為隄堰崩了，水必淹到你家園來。」左者一唱。

「覆巢之下無完卵。」中者一和。

「楊先生！在這非常時期，但願你能潔身儉樸，更能有風雨同舟的精神。」右者插進口來，溫和地說。

老楊驟然感覺一陣愧疚，赧赧然道：「謝謝你們的指點。」

「其實。」右者又說：「楊先生多年來，慷慨解囊捐獻社會，贏得的稱譽，是有口皆碑；不過，要是楊先生能夠勤勤儉儉過日子，帶頭做範，相信比金錢捐獻對社會更有意義。」

「賺錢是楊先生的本領，然勤儉更是一種美德。」左者再強調。

「勤儉能救人，也能救自己。但願跟楊先生共勉之。」中者最後說。

……

（四）

「老闆！到家了！」

恍惚裏，好熟悉的聲音，是誰？老楊疑惑地睜開眼，眼簾馬上被映照過來的燈火刺痛；他本能再閉上一會兒，然後又慢慢張開；他瞧清楚了，原來是他的司機正在為他打開車門，等待他下車，他不覺茫然地問：

「這是什麼地方？」

「到家了！老闆！看你在車廂裏睡得好酣的，該是好累了！」司機笑著說。

老楊跨出車門，環伺住家一眼，自語自言道：「原來我是在作夢！」

「老闆作好夢吧！」

「沒什麼！」老楊瞟了司機一眼，瞧瞧手錶。「時間不早了，謝謝你一夜的效勞，也該休息去吧！」

老楊進了臥室，換下衣服，夢境還清晰地在他腦際盤繞。他情不自主地坐在床緣上癡癡發呆。

「怎麼樣？今晚宴會是發生了什麼事嗎？」楊太太看著老楊癡呆的神情不禁地問。

「沒有什麼。」老楊搖搖頭。仍然坐著動也不動。

「但瞧你發呆的神情好似有什麼重大的心事般！」

「太太！」老楊忽然掉過頭，對太太說：「我有一事要跟你商量。」

「什麼事？」楊太太嘟起嘴問。她那肥腫的身子猶似一個水桶。

「太太！我想取消後天的壽宴。」

楊太太不禁一怔。「你說什麼？」

「我說我決定取消後天的壽宴。」

「你……你今晚是怎麼樣了？發什麼神經的。」楊太太怔一怔。「帖都發了、客也請了、桌也訂了，還能容你取消嗎？」

「還來得及！」老楊有把握地。

「你今晚究竟是怎麼樣呢？」楊太太感覺無限迷惑再一次地問。

「沒有什麼？」

「那麼是什麼原因讓你忽然想改變主意呢？」

「什麼原因都沒有，我只不過是想靜靜渡個生辰。」

「就職典禮呢？」

「能真真正正做到護僑的工作，就職才有意義。」

一九九八年正月二十二日

老闆的傳奇故事

楔　子

我、老吳、老張，我們三人，在不約而同之下，幾乎每星期有一、兩天的下午時，都要在唐人區王彬街的餐室相聚見面，邊喝咖啡，邊聊著話，聊話的範圍，東南西北什麼皆聊，時聊國際情勢，時聊國家時局，或股市的變動，當然，時也聊聊個人的生活。不知打從什麼時候起，我們三人便約法三章，每次相聚，由一人講講其生活經歷，三人循環輪流。

今次相聚，剛輪到老張，他想了好半天，咖啡也喝去了一大半，卻還想不出要講什麼生活經歷才好。他不斷喃喃地說：「我的生活經歷幾乎都講完了，真不知道還要講什麼！」但驟然，他靈光一閃，大聲喊起來：「有了！有了！我就講講我的前老闆，講講他的傳奇故事。」

「你的前老闆，不就是那個曾擔任過菲華全國工商會的理事長嗎？」老吳問。

「是的。」老張點點頭。

「他有什麼傳奇的掌故嗎？」老吳疑惑又問。

「多得很。他本身的一生就充滿傳奇。」老張一幅賣關子的神情。

我在一旁聽著，本能接口問：「你的前老闆是誰？」

「哎喲！一個頂呱呱的華社風雲人物，你居然不認識。真是孤陋寡聞。」老吳對我搶白說。

「你也曉得。」我辯解地說：「我長年累月都居住在山頂州府（註一），到了這兩年，才遷居來岷市。你想想看，在那窮鄉僻壤裡，咱人（註二）寥寥無幾，既沒有僑團的組織，更沒有華報可閱，對華社事根本是不聞不問，什麼工商會，什麼理事長，都是一概不知。」

「的確是情有可原。」老張接著說：「不過，沒有關係，你現在就聽我講吧！講了，你就認識了。」

我與老吳都不再作聲，老張喝一口咖啡，潤一潤喉嚨開始講了。

（一）

那一年，我踏出校門後，經人介紹，到岷市一爿小五金行當學徒，這小五金行的主人——就是現在我要講的老闆。那時，他年紀並不大，頂多二十八、九歲，剛結婚，身材瘦瘦的。這爿小五金行是由五位股東合股組成，包括老闆在內，不過除老闆外，其餘四位都有自己的事業，分身乏術。因此，四位便當「坐山頭家」，上下事情皆由老闆一手料理。

我之所以說這爿五金行是「小行」，因為它只是一個小小的店鋪，員工連我在內，也不過才三人。但是，雖是小店鋪，也雖是新營業，老闆做生意卻真有一手。每天客往客來，絡繹不絕，可以說，買賣額不僅月月有所增加，生意年年更是蒸蒸日上。然而，就是令人搞不懂的，每年一到年關，存貨一點，帳目一算，老闆便大搖其頭，感歎弗已喃喃道：「虧本！虧本！好大的虧本！好大的虧本！」

頭一年，他對股東們說：「這是頭一年，生意尚未上軌道，虧本是避免不了的。不過，希望你們能信任我，給予我時間繼續經營。」

老闆的話，說得合情合理，股東們自是沒有異議。

可是，到了第二年，老闆的頭不僅搖得更猛，還大喊起來：

「這……這是怎麼樣搞的，竟然還是虧本！好冤枉！好冤枉！」

他不信，認為會是某處錯了，也許是存貨點錯了。於是，他要我們三位員工重新將存貨再點算一番，他自己也重新再把帳目算一算。

但是，算來算去，的確是虧本！最後，他無可奈何，不得不抱歉地再對股東們說：「或者，這才第二年，還是划不來。希望你們再給我一年時間，保證不虧本了。」

誠然，老闆說到做到，第三年，真地不虧本了，然也沒盈利。

老闆欣慰地對股東說：「雖是沒有盈利，卻沒有再虧本，是個好預兆。這樣下去，明年是可以賺錢了。」

豈料，人算不如天算，來年一到，菲國大地卻發生了嚴重的旱災，五穀缺收，誰家買賣都不如預期，這爿小五金行自也受到影響；因此，第四年，又再度陷入虧本！

老闆悲愴地說：「猶如一顆幼苗，方要萌芽，就被一陣無情的狂風所摧殘，心血皆幾乎付之東流！」

股東們明理地說：「這是天災，無法的事，你就繼續努力吧！明年風調雨順了，便可賺錢。」

第五年，真地風調雨順了，可是，這爿小五金行卻出了大問題。年關一到，老闆哭喪著臉對股東們說：「儘管今年是風調雨順，但是去年的旱災影響實在太深了，今年整年，買賣幾乎還翻不過來；而五年來，買賣有虧無賺，血本幾乎已消耗殆盡。這……這是五年來的帳簿。」老闆說著，便站起身，走過去，從牆壁上的櫥架裏掏出一疊厚厚的帳簿，放在股東們的面前，又說：「請你們過目過目，五年的出入帳，我都全部記在這裏，挺清楚的。」

「這是怎樣搞的，竟虧到幾乎一文不存！」一股東過目後，驚訝地叫起來。

「我很慚愧！」老闆內疚說：「你們如此信任我，把一爿生意全部交給我料理，我卻把它弄得一塌糊塗，很是該死！不過，今後我百分之百保證，我會讓生意轉虧為盈。」

「好！你如此保證，也就姑且相信你。」另一位股東有些不滿地說。

「不過！」老闆囁嚅道：「生意要撐持下去，便須再注新本。」

「什麼？」四位股東都齊聲叫起來。他們好像忽然意識到了什麼。

一股東直截了當說：「我不會再添新本！」

另一股東附和道：「我也是不會再添新本！」

另一股東也道：「既然生意撐持不下去，還是關門大吉好了。」

另一股東較溫文，對老闆說道：「情況既然如此，大家都沒有錢再添新。你就看著辦吧！你最好另找股東合股，這爿生意我們不要了，就全部歸你吧！」

「看情勢，這爿經營了五年的小五金行，似乎唯有關門大吉了。」老張說：「我得悉消息後，心坎不期然湧起股戚戚乎！說實地，五年來，生意儘管年年虧本，但我們員工的薪水，在發薪時，老闆卻從來未曾拖欠過我們一圓；並且，還年年加薪，紅包也年年照送。公平說，老闆待我們是公道的。

「我正依依有所留連時，想不到，老闆卻開口問我們三人道：

「你們三人願意跟我苦撐下去嗎？」

「老闆待我們如此好！從不虧待我們。今老闆有難，我們三人都願跟隨老闆左右，苦撐下去！」

「很出乎意料之外，我們三人都不加思索，不約而同地表示願意，原來我們都是同此心理，只是心照不宣罷了！」

（二）

「店照開，買賣照做。奇怪！老闆非但沒有找另外股東人，店鋪也由一店面擴大為兩面，他將隔壁剛休業的僕人介紹所租了下來，重新裝飾一番，員工也由三人而為六人。他還甚至擁有了一輛嶄新的轎車。」

老張講到這裏，不覺頓一頓，抬眼瞧瞧老吳，又瞧瞧我，然後問：

「你們說，奇不奇？很不知他的錢從那裏來？」

我跟老吳都不禁點點頭。

老張又道：「更奇的是：合股時，老闆年年都喊虧本；沒有了合股了，便從此不再聽到他說虧本了。」

「的確夠奇！的確夠奇！」老吳不斷點點頭地說。

「還有更奇的事在後頭，你們再聽下去。」

老張繼續講——

買賣依舊月月增額，年年蒸蒸日上。

逐漸地，買賣由零售、而批發、而入口了。貨品出入都是以成批計，員工也增添至三、四十人。

也許，有道是：「發肥是發財的先兆」。不知何故，從這時候起，老闆的身材便不斷地發肥起來。老闆進一步在蓋棧房了。

但是，棧房卻蓋在老遠的郊外，說是棧房面積需要大，郊外地皮較便宜，划得來。

一日，老闆對我們員工說，他向外國辦了一批龐大的貨品，過兩、三天，便可到達碼頭，由於貨品夠多，須二十四小時卸貨，所以要我們加班。

但是，很奇怪的，貨品到達碼頭後，卻非老闆所言，二十四小時卸貨。而是每到晚間子時過後，一輛輛卡車才從碼頭把貨物運抵棧房，至凌晨便又停止了。一連一星期都是如此。

大抵是卸畢全部貨品後，又過了一星期。一個下午，突然來了一大批釐務局探員，見了老闆，便開門見山道：

「我們獲得情報，說你前星期走私一批貨品。」

「我走私貨品？」老闆顯得無限驚異。「你們會否搞錯了！」

「不！有文件為證。」一位高頭大馬的探員說，他似乎是這批探員的頭頭。他把一張奉命書呈轉給老闆過眼。「很對不起！我們是奉命行事，我們今天要來查你的店。」

「你們是奉命行事，要查就查吧！我又有什麼辦法！」老闆無奈地說。

約莫搜了一柱香功夫，老闆半坐半躺在軟墊椅子裏，悠哉閒哉地問：

「查到什麼了嗎？」

探員頭頭好似有些尷尬，老闆不覺噗哧一笑道：「你們的情報真的搞錯了！」

忽一探員在旁邊向其頭頭提醒道：「他會否把貨品藏在別處？」

探員頭頭醒悟說：「你是說……他可能有棧房？」

「是啊！」探員點點頭。

老闆驟然哈哈大笑起來，「你們放心！我沒有棧房，你們可以到處查查看。」

最後，探員們無奈，走了！

自此以後，幾乎每隔三、四個月，便有一批龐大的貨品運進棧房來。棧房也始終被貨品推疊得滿滿的。

由於貨品一到，價值動輒皆為千萬元以上計。為防棧房萬一發生什麼意外，老闆便把棧房一而再地投保，不僅不斷地提高投保金，且為預防一旦發生事故，保險公司賴帳不付保金，便多投了幾家保險公司。

可是，不知何故，忽然間，老闆有半年時間沒有進口貨品了。他告訴我們的理由，是國際間貨價正在暴跌，待跌止了才再進口。於是，棧房推疊著的貨品在賣出後，漸漸地減少了；不久，便幾乎空空如也。

一夜，已是子時，我正睡得好酣，猛可地電話鈴聲大響起來。我從夢中被驚醒，接電話去。原來，對方是一同事。

「你是老張嗎？」

「我就是。」

「棧房著火了！」對方慌慌張張地說。

「誰家的棧房？」我還半醒半酣，懶洋洋地問。

「當然是老闆的棧房！」對方大吼地說。

這一來，我全醒了，急促地問：

「你那來的消息？」

「老闆剛打電話給我，要我們馬上到棧房幫忙去。」

我換了衣服，如飛地趕到棧房地點。遠遠地，便瞧到一股濃烈的火燄在半空中伸展著，把四周映得一片通紅，救火車一輛接一輛「嘩嘩嘩」地劃破靜寂的夜空，從四方八面趕至棧房，馬上把棧房團團圍住，拚命地救火，然火勢似乎異常猛烈，救火員無論怎樣打撲，都幾乎沒有減緩的現象？直至棧房被燒得牆垣段段倒塌，幾成一片瓦礫之場，火勢方慢慢趨弱。

目睹棧房燒成了廢墟，老闆自是憂心忡忡。

所幸，棧房已沒有了多少貨品；況且，又有保險。

保險公司開始紛紛派員來察看火場，調查起火的原因。

「火苗是從你棧房引起的。」清一色調查員，經過一番察看調查後，都如此肯定地說。

「我想，是的。」老闆也都一律如此地回答。他沒有想推賴。

「依調查結果，可以確定是不會電線走電，然問題是……棧房已燒成廢墟，已查不出引火的原因來。」

老闆一幅哀傷的神情。「調查員先生！你也不必多疑，你可曉得我棧房裏放置了多少貨品嗎？」老闆說著，便從抽屜裏掏出一疊入口貨單來，放在調查員面前。老闆是在什麼時候弄到這些似假非假的入口貨單呢？所有員工站在一旁，都不禁感覺迷惑。

但老闆指著那疊入口貨單，對著調查員說：「你可以過目，看看入口單是什麼貨，值多價。調查員先生們！我實實在在告訴你們，我所受到的損失，其價值不是區區保險金額可補償得夠的。」

調查員一面聽，一面查閱入口貨單。

「好！我相信你，你的損失的確是巨大的。」調查員看罷入口貨單，不再有疑竇地說：「明後天我們就會把保險額送過來。」

「謝謝你！」老闆感謝地說。

不出兩天，保險金真的送過來了。所有老闆投保的保險公司，都一一賠到底。

老張說到這裏，禁不住感慨地說：

「老闆真有一手！」

（三）

「當被燒為平地的棧房再崛起時，同時崛起的，還有一座大型的工廠，及一間美侖美奐的花園洋房。

「隨著躋身工業界，老闆的身材又進一步地發胖了，員工也打破千人大關，況且，逐年還在迅速增加中。

「也許，說起來，很令人不敢置信！」

老張搖搖頭，一幅不以然神情——

老闆幹工廠，不僅迥異他人，更可謂獨招老到。首先，廠裏生產的產品，不是貼上「日本製造」，就是「西洋出產」，送到市場上去，便不遺餘力宣揚是入口貨。

他躬親對顧客說：「這是進口貨，耐用又便宜。」

顧客將信將疑，瞧瞧貨品。「不會是假入口貨吧？」

「我這字號還不夠信用嗎？」

「很難說。」

「我從來最不歡喜欺騙顧客。」

「哦！真地嗎？」

「我可以人格擔保。」

顧客相信了。他廠裏生產的貨品便漸漸在市場被認定為入口貨。

當「進口貨」在市場銷開後，老闆便進一步冒製名牌。

他似乎老早就有了周全的計劃，他先調查一下某外國名牌在菲律賓是否有註冊？沒有的話，他便開始仿冒。

仿冒後，帶到市場推銷去，他的推銷術是這樣——

「消費者大好消息，本行將鄭重宣布，從今天起，某外國名牌委託本行為菲律賓地區之專權代理。有了本行在菲律賓的專權代理，某外國名牌今後在致力開拓本地市場時，取價將絕對公道。」

於是，第一步，某「外國名牌」，價錢稍微下降了。這是因為一下子便大幅度削價的話，恐會引起消費者猜疑。

然後，第二步，老闆發出的廣告：「欣逢某外國名牌創業二十五周年紀念，在菲律賓地區，特別委託本行，其名牌將不惜任何犧牲，願意僅以血本出售，以答謝菲律賓消費者多年來的鼎力支持，為期四個月。」

於是乎，價錢又進一步削減了。

消費者滿意地說：

「比本地貨還便宜！」

但是商標局人員找上了老闆：

「明明這些貨品都是本地製造，為什麼你卻標上外國製造呢？你知道嗎？你這樣做，是犯了『欺騙消費者』罪？」

老闆不慌不忙回答道：「我一點都沒有欺騙消費者，我只是在滿足消費者的慾望。」

「這話怎麼樣解釋？」商標局人員感覺迷惑。

「你們想想，外國名牌樣樣都貴，不是吾國一般大眾能買得起。我這樣做，莫非是想平衡吾國消費者之心理。」

儘管老闆說得如何堂而皇之，他犯了「欺騙消費者」罪是擺脫不了的。他被罰了巨款，然錢已讓他賺夠了。索性便將工廠關了，轉進了金融界。

（四）

老闆進入金融界後，為恐追不上金融鉅子的形象，他從德國進口了一輛頂級的賓士轎車，每日更刻意地多進食，使體重以累進式地增肥，連帶那微禿的前額與兩頰，都光閃閃起來。瞧著他那西裝畢直，嘴角銜枝雪茄，再加上那挺起的肚臍，走起路來，一蹶一跛的顚頇狀態，儼然是個大亨了！

也的確地，老闆進入金融界後，炒地皮，玩股票，一下子便賺進成千成億。

也許，人之常情，人一有了錢，總想做點慈善，老闆也不例外。但是，他幹慈善，卻又是異於一般人，既得名又得利。

「哦！會有這種事？」我一楞，不覺脫口問。

「這就是老闆高人一等之處。」老張苦笑說。「我就舉兩、三例子講給你們聽聽。」

老闆炒夠地皮，耍夠股票後，他開始參與華社的慈善活動了。他跟第一個慈善機構搭上關係的是養老院。他走訪養老院，在養老院裏聽取管事的對現況作扼要的報告後，便不假思索地捐助了一筆鉅款，做為養老院日常費用；並在董事會的列席上，自告奮勇申請說：

「養老院開銷之大，各位董事負擔之鉅，令人欽服；尤老人每日食用之麵包，數目之可觀，每月動輒都是萬元計，然敬老尊賢，又是我們的傳統美德，義不容辭。因此，從下個月起，我願承擔這一份事，以較現今廉價一成的麵包每天供應老人。」

老闆從養老院回到辦公室後，馬上找來了他的一位得力助手員工，對他說：

「我要開爿麵包店。」

員工一聽，無不感覺錯愕。心想：老闆已是當今金融界鉅子，為什麼突然想回頭幹這種小生意呢？然而，老闆不理會員工的驚訝神情，責成說：

「限你一個月內辦成這件事。」

一個月後，麵包店開市了。

老闆又對那位員工說：

「今後開始，你就料理麵包店去。每日晨早，凡是隔夜賣不出去的麵包，你就通通以九折的價錢送到養老院去。」

一年之後，這種『穩賺不賠』的生意，不僅令老闆撈回那筆捐出去的鉅款，還在董事會爭到了一董事席位。

「好本事的手腕！」老吳聽吧，不覺喊起來。

「別喊死人，再聽下去。」老張阻止道。

「好好好！」

老闆訪過養老院後，又走訪華校，幾乎連山頂州府中小華校他都不辭辛苦地一站又一站地走訪。看到莘莘學子的用功精神，他滿懷高興，覺得華僑子弟很可嘉，肯用心學中文。中華文化有救了。所以，為鼓勵華僑子弟更加努力，他在華校聯合會上宣佈說：

「我很高興，原來華僑子弟竟是如此用心學習中文。為回報他們的用心努力，有一事，我要告訴大家，我預備設置一間專門生產學校簿紙用具的工廠，然後要以血本把成品供及全菲華校學生應用，以減輕學生家長的負擔。為期兩年。」

老闆這一番話，馬上獲得與會上人士熱烈鼓掌支持。華社也為其嘩然。老闆說到做到；不久，一間專門生產學校簿紙用具的工廠終於投產了，老闆也真地將生產的簿紙用具運往全菲各華校，成本價出售。一年下來，的確為學生家長省下了不少錢，家長感激，學校也感激。家長登報答謝，華校相繼聘請老闆或為顧問，或為董事，更或為董事長，不下四、五十間。

為期兩年的允諾時期屆滿了，老闆生產的簿紙用具自是不能繼續再以成本出售，他必須加點價錢了。他這一次，不再對華校子弟鼓勵學習中文，他僅把他有擔任職位的學校的校長與老師，請到辦公室來，問他們道：

「你們學校用了我兩年廠裏出產的簿紙，你們覺得怎麼樣？」

校長、老師都齊聲說：「董事長！你廠裏生產的簿紙好得很，嫩滑極了！大家都喜歡用。」

「那當然！我都是採用上質紙料。」老闆說：「希望今後你們能夠繼續採用。」

「那當然！」

「那很好！」老闆溫文說：「你們知道，我為鼓勵華僑子弟學習中文，不惜犧牲兩年，以成本出售簿紙用具供他們應用。這自然也是我所樂意的。不過，現在兩年期限已到，我自是不能永做不賺錢的生意。反正我生產的簿紙，你們都覺得好用極了。所以，我今天邀你們來，就是要告訴你們，希望你們能知恩圖報，以後規定學生要繼續採用我廠裏出產的簿紙用具。」

校長和教師們聽了，無不呆住在那兒！誰也無話可說。

「又是一招！」老吳又叫起來。

「別叫！別叫！再聽我講，還有一事。」

一日，廠裏繳來了一份報告書，我翻閱間，發現裏面有一條報告說：二零六號的卡車又壞了。我心想，這輛用了十多載的卡車，三天兩頭就發生毛病，現在修理車子機師，一動手，收費動輒便是千元計，很划不來，不如把它廢掉算了。於是，我便將這心思告訴老闆。

老闆聽吧！便說道：

「但廢了！也可惜！不如……」

老闆沉吟了一下：

「你還是叫機師修理去，然後，將軀殼改裝成救火車。」

「救火車？做什麼用？」我迷惑地問。

「我自有用處。」

兩個月後，卡車修理好了，也改裝成了救火車，老闆便道：

「我要把這輛救火車捐獻給菲華自願救火會。」

消息一傳出，華社又一陣嘩然，報紙更爭先恐後大讚老闆熱心公益，仁風義舉。移交那天，儀式既熱鬧又隆重，華社賢達幾乎均出席了，因為大家一致認為：一個人能獨資捐獻一輛救火車，不是一易舉之事。可是，老闆在致詞時，卻謙虛地說：「救火，人人有責，救了鄰居的火，等於救了自家的火，因為火苗便不會蔓延過來；因此，雖說我捐了一輛救火車給予菲華自願救火會，事實上，我是捐獻給了我自己。」

後來，據說：有一次，在出動救火時，這輛改裝了的救火車，半途拋了錨，雖急時加以搶修；然直至火勢已被撲滅，所有救火車也已紛紛回歸，這輛改裝了的救火車，無論如何修理，依然還是修理不出個頭緒來。當然，這已不關老闆的事了，只能怪司機駕駛術不高明，把車子弄壞了！

「真是老闆就是老闆，跌倒也要抓把沙——」老吳搖搖頭，感歎地說。

「何止如此。」老張說：「老闆這一連串的慈善行止，所贏得的聲譽，不僅使他在菲華慈善界奠定了崇高的地位；另一方面，華社各路團體都紛紛找上門來，爭聘老闆擔任重要職位，一時間，老闆成了一位大忙人。在巔峰時期，我也不知道他究竟擔任了多少社團的理事長。」

（五）

開會，演講，幾成為了老闆生活裡不可或缺的一部份。

除此之外，一張緊接一張的婚禮壽祝請柬，更令老闆應接不暇。

人人都以能跟老闆打交道為榮。

一次，在一個婚宴上，也為婚宴主人的上賓的一位著名相命仙翁，一看到老闆的眉宇，不覺驚嘆道：

「好個領袖才，朋友！看你福相滿溢，不久就有顆狀元星高照在你頭上。」

「狀元星？」老闆詫異地望著相命仙翁。「我從未聽見過狀元星這名詞。」

「是的。」相命仙翁捋著銀鬢說：「這是萬年罕見出現的一顆星，若不是對遠古深奧的命理有所研究的話，是不認識到這顆星的。它每萬年才出現一次，每一出現，便意味著人世間出現了一位罕世領袖。」

果然——

次年，世界發生了石油大危機，波及之大，如菲律賓這個石油進口國，所受之衝擊，自是不堪負荷，外債猛增，百物飛漲，一般國民在生活水準進一步地滑落下，不僅憤慨地紛紛走上街頭示威，箭頭更指向華社……

「我還記得好清楚的。」老張回憶說：「那次的排華運動，的確可怕極了，今之思之，餘悸猶存。不僅天天指摘華人操縱菲國的經濟，抬高物價，逼菲人於絕路；還天天要華人滾回唐山去。而一些歹徒卻趁機掠劫、搶奪華人主有之店鋪，燒毀華人住宅，弄得華社一時人人自危，惶惶然不可終日。」

「是的。」我點點頭說：「那時，我雖在山頂，山頂民風即較憨直敦厚，竟也發生了數起排華事件。」

「那時候。」老張繼續說：「華社籠罩在恐怖中，華人猶似一群無主的遊民，人人措手無策，竟都不知何如是好。華社也未能有一位領袖出來主持其事。」

「那時我也想。」老吳也說了。「平時僑領『一壁邊』（註三），華社有了事，卻連個僑領的影子也不見了。」

「但就在這時——」

老張又講了。

老闆卻孤身隻影現身了。他邀請各途商，各社團的主要人物，聚集商討對策，但見參與商討的眾人，唯有滿腹怨言，你一句我一句——

——石油漲價，原料漲價，貨物自是隨價而漲。這怎樣能說是我們自行抬高物價！

——做生意的，倉庫自須存點貨，才可應急切之需，這又怎麼樣能說是囤積居奇。

——咱勤勤儉儉賺錢，豈是操縱菲國經濟？

老闆靜默在一邊，待他們的怨言發洩夠，才朗朗上口說著：

「各位的遭遇都很值得同情，但是所謂『弱國無外交』，怪只怪咱沒有一個強盛的祖國，所以常常只能成為人家的代罪羔羊，而中國有句諺言：『寄人屋簷下，怎能不低頭』，咱們除了忍氣吞聲，幾乎便無他法。」

「因此，我今天有一個消極對策。其實，所謂消極對策，放遠看，卻是個積極對策，也即忍痛犧牲現今，爭取未來的安居樂業。」

「如何犧牲？」有人插口問。

老闆直截了當地說：「把買賣降回石油漲價前的價錢。」

「這不是要大虧本了！生意人那有做虧本的買賣！」眾人鬨然而起。

「大家聽我講。」老闆呼喝著，把騷動鎮壓下來。「我要大家犧牲，僅是目前而已。大家想想看，一時的犧牲，若能換回菲人的友誼，不僅以後我們可以安居樂業，賺錢的機會便更多著了呢！」

大家聽了老闆的話，似乎眼光都看遠了，不禁點點頭。

就這樣，大家都信服了老闆的提議，開始將買賣降回石油漲價前的價錢。情勢馬上見效，排華收斂了，社會秩序恢復了安定。

但是，很出乎意料之外，老闆卻突然宣布他屬下的所有買賣機構，歇業兩星期。原因之一：他要到歐洲考察去。二：為答謝員工多年來給予他的幫助，他要讓員工痛痛快快玩個夠，薪俸照付不誤。

個個員工都高興得感激不盡。

兩星期後，老闆從歐洲回來了，員工們也回崗位工作；而在經過兩星期的回降買賣後，消費者都已心滿意足。貨價要往上攀時，已沒有了怨言。

老闆坐在辦公室又宣佈說：

「員工們！你們玩得痛快了吧！今天工廠應該開工了，棧房也須開始出貨了。……價錢方面，配合石油的漲價幅度買賣。」

（六）

雖然，儘管老闆在回降買賣期間，出國考察，又歇了業。但是這個主意畢竟是他提出的，況且又是如此見效，因此，一時，老闆的名字，如日沖天，全華社人士都覺得他是一位難得的人才，一致推薦他出來領導華社，擔任華社最高機關——也即菲華全國工商會——理事長。

老闆卻之不恭，也唯有勉為其難地接受了。

老闆擔任菲華全國工商會理事長後，建樹之多，如捐建農村校舍，組織農村醫療隊，深入農村給貧窮菲農民免費看病贈藥，的確贏得了不少菲人的友誼，功在華社；而在華社裏，他更是不遺餘力地提倡守時、節約，唯可惜，他每次赴會，都因路上塞車，或別的原因，而未能準時赴約。但是，他每次總是感覺非常歉疚地說：

「對不住大家！對不住大家！讓大家久候了。我下午四時便離開辦公室，豈知路過計順大街時，卻有撞車事件發生，車子被困了兩多小時，連一動也不能動，所以來遲了。希望大家見諒！見諒！」

大家見到老闆的誠懇態度，誰也不想計較這種小事。

至於節約方面，老闆更是躬親力行。他的長子取妻時，他除了在報端登了一小啟事便算了事；有關婚禮儀式，設宴，他都通通移到香港舉辦去，他說：

「在菲華社會裏，我提倡節約，因之，小犬的婚事，我自不能鋪張；至於香港，這是另外一個社會，我在那裏設宴招待各位，應該沒有什麼不對吧！」

老闆在擔任菲華全國工商會理事長時，還有一事需大書特書的。老闆少年時代受了多少教育，無人曉得，然而忽然間，消息傳來，他卻榮獲了名西洋學院名譽博士學位。一時轟動全球，報紙馬上爭先恐後介紹說：

「老闆自幼聰明乖巧，胸懷大志，雖家貧輟學，卻依然好學不倦，拾時用功，至弱冠年華，已飽覽群書，學貫中西，終成菲華社會一柱石。今榮獲名西洋學院博士學位，堪稱實至名歸。……」

於是，來自各方面的道賀、評價，什麼「倚馬可待」、「八斗之才」、「斗南一人」……全往老闆身上膨漲。又一時，老闆幾成為全球學術界的矚目中心人物了！

一幀巨大的博士玉照便高高地懸掛在他的辦公室裏。

「可是，後來，有消息外洩。」老張突然將聲音放低，湊近我與老吳說：「原來，這博士學位銜頭是花了三百萬美元買來的。」

正當老闆名利雙收之際，真所謂應了一句諺言：「花無百日紅，人無千日好」。一個下午，約略是三時左右，一個緊急電話從醫院打到辦公室來。說是老闆那個結婚不久的長子發生了車禍，危在旦夕，老闆趕到醫院去，兒子已奄奄一息。老闆見狀對醫生說：

「花再多的錢，我都在所不惜，只要能救活我兒子的生命。」

可惜，醫生不是神仙，經過一番努力搶救，最後還是回天乏術。

而當老闆帶著滿懷頹喪，白髮送走黑髮後，別一樁家庭悲劇又發生了。他的唯一女兒，神不知，鬼不覺地跟菲司機私奔。老闆花了好幾天時間，跑遍東南西北，弄得心身皆疲，總算才將女兒找回來。然女兒已身托終生，至死都不願聽從父親勸告，反哀哀乞求父親道：

「爸爸！求求你！放了我走吧！我已是他的人了！」

「孩子！妳想想看，他僅是一位司機，一個月能賺多少錢呢！能夠你吃夠你用嗎？這裏生活舒舒服服的，有什麼不好呢？」

「爸爸！我不懂得跟你說理，但這是愛情呀！」女兒淚流滿臉。

「愛情！愛情！愛情能當飯吃嗎？」老闆有些生氣了。

「總之，為了愛，我願意放棄舒服的生活。受苦受難，我都情願跟隨他。」

瞧著女兒的堅強態度，老闆無奈，只好隨她去。

老闆擁有兩子一女，長子車禍斃命，女兒跟菲司機私奔；最後他就將全部希望寄托在么兒身上。他開始關心起么兒來了。

然而，不關心也罷，一關心，倒令他大吃一驚，原來從什麼時候起，么兒已深深地染上了毒癮。痛心之餘，唯有忍心把么兒送進戒毒所。

至此，老闆的希望全部落空了，他的心是徹徹底底地碎了。驟然，他感覺無限空虛——生命的裏從未曾有過的空虛。

老闆開始回顧他的一生。想著從合股做生意，到自己為老闆，而工廠，而躋身金融界。他一生就只服膺名利，總以為有了名、有了利，就有了一切。如今，他有名、也有利了，然付出的代價卻是那樣沉重。長子車禍斃命，女兒要愛情不要金錢，么兒更明顯地是被金錢所害。假使他一生不是如此孜孜矻矻，不擇手段追求名利，假使他只是一個小康人家，有的是時間陪伴兒女，這一連串悲劇可能就不會發生。這是諷刺，也許，更是一種報應。

——一下子，他對名對利看得如犬彘不若。

隨之而來的，老闆忽然感覺他老了，對任何事情都提不起勁頭來。他似乎最迫切需要的是能有一個寧靜的環境，於是，他首先便謝絕任何應酬，接下來便辭去一個個社團的職位，包括了菲華全國工商會理事長；最後，他也將他的事業一間間買掉。買掉後所得的錢，除一小部份存放於身邊，做為養老之用；大部份都捐獻給予慈善機關。這一次，他是真真誠誠地捐獻了；然後，帶著太太到碧瑤山頭隱居去。

✣　✣　✣

張的故事講到這裡算是結束了。但我及老吳卻聽得出神痴呆，餘津猶味，我不覺問著：

「到碧瑤後，他生活如何？」

老張呷一口咖啡，瞧我倆一眼，道：

「老闆到碧瑤隱居去後，前後已有三年餘，他生活如何，我不大清楚；不過，今年暑夏，我跟家中大小到碧瑤遊玩去，順便拜訪他去。原來他就住在碧瑤趣鍾總壇不遠處，他對我說：他之所以選擇這地方，就是因為每日晨昏能聽得到暮鼓晨鐘，好時時提醒自己。他的身子也已沒有往昔的肥胖了，每晨他都在作運動。他更對我說：他現在的生活是好安定好安定的，活了大半輩子，迄至如今，他方曉得什麼才是人生。」

（完）

一九九七年九月十四日

＊註一：「山頂州府」菲華閩南土語，意指離岷市須隔夜之地方。

＊註二：「咱人」菲華閩南土語，指中國人也。

＊註三：「一壁邊」意多得又多。

羞於做個中國人

很難想像，老友林君變得那樣令人費解。

前些時，他總是非常高傲地說：

「我雖然是長年累月僑居海外，但我永不會忘記我身為中國人，因為做為中國人是一件光榮的事。」

然而，曾幾何時，他口氣變了，尤其是最近，他更是常常唉聲歎氣埋怨說：

「很羞於做個中國人！」

或者，口頭說說，還以為是開玩笑；可是，他卻是那麼認真的付諸於行動。

比方說，咱倆相約在咖啡室飲咖啡，在那種公共場所裏，我跟他講話，他不是回答我英語，就是回答我菲語，隻字咱人話都不說；甚而後來，他還要求我乾脆也不要說咱人話。我有些按捺不住，氣了，問他道：

「這是為什麼？」

「我不願人家曉得咱們是中國人。」

「你從前不是常常說，做為一個中國人是值得榮幸的嗎？」

「那是從前。」

「現在有什麼不同？」我緊逼著問。

「大大不同了！」

「這是你自說自話。」

「不！是事實。」

「況且，」我又說：「你雖不說咱人話，但你的相貌，人家一瞧也知道你是中國人。」

「不！」老林搖搖頭。「中國人相貌的菲律賓人多得很，前總統馬可斯不就是十足的中國人相貌嗎？」

「但是你，人家一看就認得出。」我故意挖苦他。

他不理我。

不久，一日，我走在街上，聽到有人在背後喊我。聽聲音，是老林，可是，我掉過頭去，怎麼樣也見不著老林。正疑惑，但見一個褐黃色皮膚，濃眉雙眼皮，一頭粗黑頭髮的菲人走近我身邊，笑嘻嘻地向我打招呼。

「民兄！好久不見！你好嗎？」

我不覺一怔，一個看來十足的菲人，怎樣對我說咱人話？我一時呆住了。

「怎麼樣？你不認識我了？」

聽聲音，的確是老林，但眼前明明是位菲人，令我躊躇不敢跟他打招呼。

「我就知道，你一定認不出我。」對方哈哈大笑。「我是老林。」

「你是老林？」我眼睛睜得大大的直瞪著他，滿頭霧水。「你怎麼樣會變成這樣子？」

「你忘記了你對我的挖苦嗎？」

「我挖苦你是希望你能回頭。」

「不！這提醒我應該整容。」老林一本正經地說。

「你真地如此羞於做個中國人嗎？」我有些氣惱。

「我的行動還不夠證明嗎？」

「你……」我氣得說不出話來。忽然，我記起我手中拎了一份報紙。是的，今天報紙裏不正有一條有關中國大陸的大好新聞嗎？我心念一動，覺得可趁此讓他看看這條新聞，然後再向他開導開導。於是，心頭一決定，便拉著他說：「找間咖啡室坐坐，我有條好新聞要讓你過眼。」

不遠處，剛好有間咖啡室，咱倆便相偕進了去。

坐下來，我把報紙攤開，再翻到體育版，指著首條新聞對他說：「你瞧瞧這條新聞。」

「我瞧過了。」他說。

「那麼你對中國大陸在這次千禧年奧運會勇奪二十八面金牌有什麼感想？」我注視著他的表情。

「在世界體育壇上的確了不起。」老林不諱言地說。

我一聽到他這話，發覺他的「良心」還未全泯，便興奮地向他開導說：「你說得不錯！自從中國大陸在十六年前取得第一面奧運金牌後，以後每屆取得的金牌便有增無減。去屆取得十六面金牌，居全球第四位。今屆再一口氣又多奪了十二面金牌，雖列在美國與俄羅斯之後，卻遠遠超越了德國、英國，甚至日本。如此歷史上從未有過的出色成就，舉世華人無不引以為榮，感覺自豪；所以，你今天實沒有理由以做為一位中國人為羞。」

老林瞟了我一眼，呷一口咖啡，幽幽地說：「你知其一，不知其二。是的，這十六年來，中國大陸健兒的確在世界體育壇上為國人爭了不少光榮；然而這十多年來，你可也曉得嗎？『偉大社會主義的中華兒女』，在國際上也丟了不少中國人的臉呢！」

「丟了什麼臉？」我皺一皺眉。

「哈！你是否天天閱報紙？」老林冷笑一聲。「報紙三頭兩日就有那種新聞。」

我驟地明白他所指是什麼，便哈哈大笑說：「你所指的是國人走私、販毒、賣娼？哈哈！若說這類事情，世界各國都有。」

「但卻賽過德國、英國、日本。甚至美國與俄羅斯勇奪金標。」

「這是你的偏見！」我不服。

他似懶得再跟我說下去，瞧一瞧手錶。「對不起！我還有事情，改天再說吧！」說罷，將剩下的咖啡一飲而盡。

咱倆又相偕踏出咖啡室，分手時，他忽然對我拋下一句話。「這不是我的偏見，是你還未遇著！」

✣ ✣ ✣

我真地還未遇著？

我現在似乎開始遇著了！

在一次下班的電車裡，由於是下班時間，電車擁擠，我鑽進車廂後，便只能手握橫槓站在甬道；而每到達一站，又有搭客湧上來，於是，車廂裏更是人擠人。陡地，我耳邊便響起一陣聲若洪鐘的『同族語』，我本能掉過頭去，定神一瞧，原來不知在那一站擠上來了倆位「同族者」，唯他們的模樣，一瞧便知，並非「土生者」如我。他們站在我身邊旁若無人大聲講著「咱人話」，聲音幾乎蓋過了車廂裏的所有其他聲音，乘客都不約而同投過來探詢的眼神。

再到達一站，電車停下來，我面前坐著的一對夫妻便起身下車。空著的兩個位子，我周遭站著的菲男子，幾乎沒有一個想坐上去，他們是那麼君子風度，都想讓給女士坐，便有倆位站在我不遠處的菲女子移步過來；豈知，我旁邊這倆位「同族者」，卻理也不理人家的規矩，近水樓台先得月，馬上大剌剌坐下去，令這倆位菲女子坐了個空，雖然周邊的菲乘客見了都不說什麼，但臉上卻透出不屑的神情，有些乘客瞧瞧了他倆，還瞧瞧了我。

電車開離了站繼續順鐵軌朝前駛，我這倆位「同族者」的其中一位，便把一隻長褲的褲管往上捋至膝蓋，露出毛茸茸的一隻腿，然後在眾目睽睽下，雙手在腿上來回地抓癢著，令人直看得想作嘔。然這位「同族者」卻我行我素，絲毫都不理會周遭乘客的反應，大有目空一切之概，乘客們都開始顯出不耐煩，而這不耐煩神情從他身上又移到我身上。突然，我臉上不由得灼熱起來，有生第一次，我想不通「同族者」為什麼會是如此！直覺裏但覺跟他們「同族」是椿羞辱事。電車又抵達了另一站，儘管尚未到了我要下的站，我卻如逃避瘟疫般急急下了車。

無獨有偶，在這事件過後不久，我跟兩、三位菲同事被公司派到土耳其去觀摩接洽某公司所生產的催淚瓦斯器，因為公司正在跟對方公司接洽，計劃要在菲國生產這種器械，好在近銷售東南亞與東北亞；很湊巧，到了土耳其，北京國家安全部副部長也正到訪，他帶了幾位屬下也是要去觀摩催淚瓦斯器。於是，我們彼此就被安排在同一時間觀摩，因為這樣，該公司便可不必花雙倍時間，做重疊的招待。在約定時間下，我們彼此都準時抵達。該公司招待員便首先帶領我們進入一間觀覽室，一面展示催淚瓦斯器給予我們瞧瞧，一面告訴我們說，千萬不要打開噴射機括，因為器械裡含有烈性極強的化學胡椒粉，一打開，將會令在場所有的人，包括你自己，淚流滿面狼狽而逃。

將催淚瓦斯器一個個過眼後，傳遞過去，那知，傳遞到那位北京國家安全部副部長時，他接過手，便完全不理會招待員的告誡，一副我是「大國者」的神態，企圖想打開機括，好了解噴射的威力。招待員見狀，馬上一箭步搶過去，從他手中奪下催淚瓦斯器，再對他做一番警告。

觀看了具體的催淚瓦斯器後，招待員再帶我們到另一間視聽室，這裏猶似一間小型電影院。招待員讓我們坐好椅子後，就開始放映催淚瓦斯器的生產過程，旁邊再由一位專家加以解釋，這樣子使我們更容易明白。放映催淚瓦斯器的生產過程畢，接著便放映催激瓦斯器的市場值價，在各國鎮暴中所收到的效果，專家繼續在一邊又做簡報又是解釋。正當大家是那樣聚精會神地聽著解釋、聽著簡報時，隱約地從鴉雀無聲座廂裡傳出一陣陣輕微的打鼾聲。起初，大家還不當一回事，鼾聲卻愈來愈響，終於擾亂了人們的聽覺，大家這才情不自禁掉頭找覓鼾聲的來源。一找，竟是那位北京國家安全部副部長在打瞌睡，我聽見我旁邊的菲同事甲不耐煩搖搖頭自言自語道：

「這是什麼樣子的副部長呢？」

觀摩完畢，走出該公司，菲同事甲幾乎再也忍不住單刀直入問我道：

「貴國官員是如此嗎？絲毫都不懂得國際禮儀！」

「這……」我尷尬地說：「我不大清楚吾國官場的情況。我雖是中國人，卻是在海外長大。」

也許，菲同事們看到我那難為情的神色。同事甲似乎不好意思再問下去，其餘兩位同事也不便插口說什麼。話題就岔扯到該公司所生產的催淚瓦斯器事件上去。

然而，不知何故，我不僅是那樣極禱望他們不要再提這事件；回菲後，更希望他們不要將這事宣揚出去，甚至能忘掉最好。慶幸得很，他們真地絕口不提，從此不講這事件。他們是把這事忘掉了呢？還是礙於我的情面？我不得而知！不過，後來我分析我這種心態，追根究底，不為了什麼，都是由於「同族」關係，而有蒙羞之感。

在土耳其一星期，辦完公司交代的事，最後兩天，咱們便趁機盡情逛市場。記得是第二天下午，咱們來到一爿專售「鱷魚」（LACOSTE）名牌的衣衫店，進內觀衣時，我發現店主原來是位中國人。海外遇國人，倍覺親熱。咱倆便交談起來，他告訴我說，他是兩年前從中國大陸移民來這裏投資做生意，我也對他說我是菲國的華僑子弟，被公司派到這裏來接洽生意，明天就要回菲了。他一聽我是華僑子弟，便驚愕地說：「你是華僑子弟，卻能說得一口流利的中國話，很難得！」「因為我們那邊有華校的設立。」我說。交談下，我瞥見兩件陳列在櫥壁上的套頭恤衫非常標緻，便不禁脫口說：「那兩件套頭衫好漂亮。」「你歡喜。」他說：「我可算你便宜些。」說著，他便走過去，從窗櫃下的木櫥裏拿出十來件有著各種花樣與色澤的恤衫來，放在我跟前，豪爽地說：「異地遇同胞，五折優待你。」我瞧一瞧標價，心算一下，打五折後，以菲幣計算，是八百多元。「什麼？才八百多元！」我險些失聲叫起來，心又想：色澤又如此美雅。我敢打賭，這在菲律賓起碼若沒有二千，也要一千八百元方能買得到。喜出望外之餘，我便馬上把這價錢告訴菲同事，還驕傲對他們說：「店主是看在我跟他是同胞上，才如此優待。」他們覺得也的確便宜得很。本來大家只是進店瞧瞧，現在卻貪便宜搶買起來，你買三、四件，我買五、六件。離開時，大家都是那樣愜意手中的一大包，我還多了一份對店主的「同胞情」的感激。

回菲後，展示給朋友看。豈知，有一位也在菲專售「鱷魚」名牌的朋友一瞧，不覺皺一皺眉，再伸手摸摸布料，苦笑搖搖頭對我說：

「這是冒牌貨，你被騙了。」

我怔一怔。「不會吧！如此漂亮的色澤，那會是冒牌貨！」

「這就是今天中國大陸商人的本領，冒牌得唯妙唯肖，真假難辨；然他們騙過得了你們外行人，卻騙不過我們內行者。」

「但這樣細緻的衣服，才值八百多元，也應該不錯。」我唯有退一步自我安慰說。

「哈哈！」朋友笑起來。「八百元，好貴呀！這種冒牌貨，在目前市場上，最多才值三百元。」

「……」我一時哭笑不得。

「唉！」朋友深嘆一口氣。「目前中國大陸冒牌貨充塞世界市場，不僅破壞人家的生意，也傷害到消費者。」

幾乎是朋友的話聲剛落，我就在報端看到一則新聞，說是日本控告中國大陸是全球最大的假貨生產國，每年大量仿冒的日本產品，造成日本企業的損失高達約八十億美元。新聞更指出說：「中國大陸仿冒的假貨，已肆無忌憚地在全中國大陸有系統的確立分工體制，由零組件的製造到組裝，範圍之廣，無所不括。」而不久，也有歐美大企業共同組成的「中國大陸仿冒品對策聯合會」，指控中國大陸是「仿冒的規模和惡質性在全球歷史上僅見」。

我開始感覺不安了，因為假使受騙的，只我一人，倒霉就算了；然問題卻在還有我的三位菲同事，他們會買到假貨，間接還是由我所造成。要是他們一旦知道他們的「鱷魚」衣衫是冒牌，他們將會對我如何呢？尤其是當我一想到我還自負地對他們邀功「店主瞧在同胞上」的神態，我是感覺那樣的內疚與慚愧。我很不曉得，祖國社會從何時起道德已是墮落至此田地？至於當時我對店主的那一份

「同胞情」的感激，我唯有自我解嘲我的大傻瓜。

幸得再一次，事情又是不了了之，同事們是不知道他們買了冒牌？或是知道了，不便對我說，免得我難堪呢？我依然是不得而知。不過，從此我警告自己，以後無論什麼買賣，千萬不要攀什麼「同胞情」、「同胞愛」，或什麼「同胞關係」，吃虧是小事，因同胞的不懂得自愛而令你受累蒙羞得無地自容，那才是大事一樁。

從土耳其回來，一抵家，妻子就劈面對我說：「屋子租出去了。」半年前，鄰居由於闔家要移居美國，連地帶屋預備便宜出售，問我要否？我算算划得來，銀行裏又有足夠的儲蓄，跟妻子商量後，便買了下來。經過一番修葺，由於總面積有二百七十多平方公尺，我把停車場縮小，再利用本來留下的一片小空地，將屋子伸展出去，這樣便形成兩座住宅。妻子瞧了便建議說：「這樣大的兩座住宅，咱家口小，住一座就夠了，另一座可以出租。」我想一想，屋子大的確也是難以料理，便沒有異議。

「租給誰？」我本能一問。

「一對剛從中國大陸來的夫婦。」

「沒有兒女？」

「他倆說他們結婚十多載，膝下猶虛。」

我點點頭，不再說什麼。

對於這對夫婦，也許，是因膝下無兒，終日屋裏總是靜悄悄的，而夫婦倆幾乎也很少出戶；唯到了晚間，才見有朋友三五成群地到來。

是一個黃昏，由於天氣夠炎熱，我放工回家後，口渴得很，入門前先到對街一爿飲冰店買瓶汽水喝。正當坐下在解渴時，但聽到旁邊的倆位菲漢在對話著。

「你看！這些引叔妞子開始上班了。」

「這些引叔妞子很是白嫩，性感極了，猶如奶油一般，很想吃它一口。」

「是的，不知一位多少？」

「不會是便宜貨。」

「我知道，但既使再貴，我也要儲積夠錢，有朝一日定要吃它一口。」

「……」我先是氣憤這倆位菲漢說話沒有分寸地任意侮辱「吾姐妹同胞」，然隨著他們視線瞧過去，我不禁怔了一怔，但見三位少女正在造訪那對夫婦地站在門前敲門。從飲冰店裏看過去，那三位少女的舉止、姿態、衣著可以一覽無遺。濃妝艷抹，低胸縮裙，充滿了挑逗性；而瞧瞧她們的模樣，似乎不是土生華女。

這時候，我對倆位菲漢的對話開始起了警惕，心念所及：若說追求時尚，那有良家女子追到如此濃妝性感，裸胸露腿的樣子呢？況且，他們如此濃妝來這裏幹什麼呢？來這裏又需如此裸胸露腿嗎？站在「同胞姐妹」立場，我心頭不覺有些隱隱不安起來。

往後日子裏，我每次黃昏回到家，都會刻意在飲冰店逗留片刻，總會碰見一些新僑少女，三三五五結隊造訪這對夫婦，打扮都是那樣妖艷。

終於，在一個半夜裏，大家正睡得好酣，窗外忽然起了一陣嘈雜聲，我與妻子都被吵醒，同時下床走近窗口朝下瞧個究竟，但見三、四輛警車正打著警燈停留在家門口。我不覺一怔，心想，三更半夜的，警察做什麼來呢？然很快的，我便獲得了答案。警察正從我那租戶夫婦的住宅裏，押著一個個的少女出來，我定神一看，被押出的少女都是我黃昏裏常常遇見到的；而跟隨在這些女子後面的，警察也押出四、五位男士。最後，那對租戶夫婦也被押上警車。

一切了然排在眼前，我的隱隱不安也被證實了。

然在這突擊窯子後，事情卻尚未結束。當晚，我跟妻子便被請到警察局去。說是居停主人將屋子租給人家，一旦租戶發生事故，觸犯法律，為求辦事順利起見，警察有權邀請居停主人合作，到警察局接受盤問。

咱倆夫婦沒有辦法，只好跟警察到警察局去。

到了警察局，但見已有一群攝影記者，圍著那十來位中國少女在左拍照、右拍照；而那些少女不是把頭低得不能再低地用雙手掩住臉，就是將臉掉向後背，好避開攝影機。

一時，我心頭不禁浮起一股「同胞羞恥感」來！

而令人可惱的是，老警官卻對這事件還感覺無限好奇。

在經過一番對我與妻子的詢問是否老早就知道這對夫婦租屋子是在開妓館？又是否老早彼此就認識？再一個月租對方多少錢？……這些對案件的例常問話，在我都一一照實地答覆了後。老警官沉吟一會兒，忽然衝著我問道：

「中國也會有妓女嗎？」

我愕一愕。「有人類的社會，就有妓女，中國自也不能例外。」

「但是你們中國人不是很保守、奉公守法嗎？尤其是中國女子，以我所知，更是非常自愛。」

「你說的是華社。」我提醒他說。

「是呀！然而華社華人不也是中國人嗎？」

天啊！我將如何向他解釋呢？

只聽到這位老警官繼續說：「我活到了這把年紀，當了二十多年的警官，這是我第一次得到通報說有中國女子在賣淫，也是我第一次下令逮捕中國妓女。」

我又能說什麼好呢？其實，翌日，我又何嘗不是第一次在西報看到中國女子賣淫被捕的圖文並茂消息刊於首版上呢？

事後，不少朋友也都因華社未曾發生過這種事情，在友邦人士面前出盡醜態，議論紛紛；我卻唯有在一旁沉默無語，因為不知何故，我就是羞於讓人知道我的屋子被人租來當窯子。為恐以後再有似類的事情發生，我便對妻子說：「屋子以後再也不要出租了，留著自己用，免得惹麻煩又蒙羞。」

所謂「禍不單行」，幾乎絲毫不差。租警局屋風波過後，妻子曾埋怨說：「很是倒霉！我平生第一次上警局，竟然是為了『同胞』的事。」

然而妻子話聲剛落，她又第二次為『同胞』事再上警局。

岳父一生經營旅行社，到了晚年，由於他膝下唯生了兩位女將，事業繼承無人，便想將旅行社關閉算了。妻子覺得可惜，而她的姐姐早在十數年前闔府已移居加拿大，所以便跟我商量，由她頂下來，反正孩子都已長大，閒也閒著。我也有同感，便讓她頂去。

一次，妻子從別間旅行社轉接一團來自中國大陸的旅遊團，人數約二十來多，觀光日期是十二天。頭兩、三天，這些團員在妻子僱用的一位導遊小姐帶領觀光遊玩下，都循規蹈矩地跟導遊小姐同出同入；然到了第四、五天，便有人藉故要見親朋戚友去，說是已有三、四十年不見，要跟親朋團聚團聚，一起住一陣子，到最後數天，再回來歸隊一同回中國大陸。導遊小組不疑有詐，都一一答應他們。就這樣，一個個便趁機溜走，到期限要回中國大陸時，一團只剩下十來人。

這一來，移民局便唯妻子是問。妻子不得不到移民局走一趟。

是晚，我放工回來，妻子也剛抵家，看她一臉委屈表情，我關懷地問。

「事情怎麼樣了？」

「移民局限一個月內要我把人找回來，要不然，我便要面對大罰款。」

「人海茫茫，要到那裡找人去？」我感歎地說。

「我也不知要怎樣辦！」妻子疲憊的靠坐在沙發裡。

「真是他們做的好事，咱們卻要承擔責任。」我憤憤不平地說。

我這兩句話，好似把妻子肚腹裏的牢騷匣子打開般，她一滑碌將身子坐直起來，滔滔不絕地說：「呀！氣人的，為他們的事，我還受移民局人員的挖苦，說什麼你們中國大陸現在不是已經是個強國了嗎？什麼經濟不是也已非常繁榮了嗎？社會不是已非常富裕了嗎？為什麼國民還要千方百計非法地往人家的國家裏鑽？我聽得氣忿不過，便頂回去說：很對不起！我雖是華人，但我是在海外生長，中國現在強不強？富裕不富裕？我皆未曾生活於其中，不得而知；至於有關一切中國大陸消息的來源，我相信，你我一樣，只從報上得知，報上的新聞是真是虛，唯有那些發新聞稿的人才曉得。」

妻子說到這裡，好像若有什麼感觸，不禁喃喃又說：

「連續兩次的教訓，我現在猶似很害怕再跟來自中國大陸的中國人接觸，他們似乎只會做那種好事，讓你蒙羞，帶給你難堪！」

公司終於跟土耳其方面簽了合同書，開始興建工廠，預期兩年後就可投產。老闆高興之餘，便想要慶功一番。

我真不知老闆吃了些什麼，那來如此大興頭，他在五星級飯店開了豐富的自助餐，要每個員工都赴宴去。是日午後，便放了半天假，好讓員工回家打扮一番，說是是晚，大家能漂漂亮亮，輕輕鬆鬆地愉快用頓豐盈的美餚。

出乎我意料之外，用飯時，老闆突然宣佈，不僅升級，還要加薪咱們這三、四位到土耳其接洽的員工，原因是咱們接洽有功。員工們聽了這一消息，都過來給予咱們道賀，你一杯，他一杯，我被灌得滿肚都是酒水，腦袋也開始醉醺醺起來。

到了午夜十一時一刻，大家才盡歡而散。

由於已是深夜，全城的公共汽車已歇了，我唯有改搭那分站的小集尼車（註一），可是到了最後一站，連小集尼車也沒有了，幸得離家已不遠，我只好徒步回家。鞋子踏在靜謐的行人道，但聽到「索索」地發出單調的聲響；而晚風一吹，我腦筋也清醒多了。

走了一段路，驟地，我發現前面似有好多人在騷動，我猶疑一下，便大踏步走過去。黑壓壓一群人不知團團圍著觀看什麼，我一時好奇心起，鑽進群裏，伸長脖子，硬將頭湊進內裡瞧瞧，但見三輛警車把一輛轎車圍在中央，個個警察則蹲在警車的另一邊，舉著槍對準轎車。我問旁邊一位看熱鬧的菲人說：

「發生了什麼事？」

「捉毒販。」

不一會兒，一位拎著擴音機的警員，對著轎車喊話：

「你們已被圍困著，下車投降吧！」

轎車內的人絲毫不動。

「你們投降不投降？」警員再喊。

轎車內依然不動。

「限你們十分鐘，再不投降，就跟你們不客氣了。」警員發出最後通牒。

十分鐘過去了，仍然沒有動靜。

一警員向天空開了一槍。

圍觀者一聽到槍聲，便慌張如鳥獸般地散開去，我也暫時躲到一戶人家的門邊。

但槍聲一過，人群又慢慢圍攏過來。

這時，轎車左右兩扇前門同時陡地打開了，跨出兩個人來，雙手都舉得高高的。

「中國人！中國人！兩個中國人！」

「是的！中國人！兩個中國人！」

「兩個中國販毒者！」

人群開始喧鬧起來，有人發出疑問：

「又是中國販毒者？」

「為什麼中國販毒者如其多？」

「是的，前兩天不是才在馬加智擒到三位中國販毒者嗎？」

「我很擔心，這樣下去我們的社會將會毀在這些中國販毒者手裏！」

議論間，擴音機忽然響起來，一位貌似警官喊著說：

「各位鄉親，我們捉到的這兩個中國販毒者，他們既不懂英語，也不懂菲語；你們群裏有誰懂得聽中國話、說中國話的，請出來幫忙翻譯一下可以嗎？」

我旁邊幾位菲人馬上掉轉頭來瞧我，一菲人說：

「你是中國人嗎？」

「你應該懂得聽中國話、說中國話吧！」另一菲人接口說。

「你就出去幫忙翻譯一下。」又另一菲人說。

不知何故，我驟然感覺滿臉發熱，酒精完全跑走了，直覺裏但覺羞怯萬分，不加思索用菲語喊起來：

「不！不！我不是中國人！不是中國人！頂多只是個華裔！」

我似逃避瘟神般的，頭也不敢回，三步併作兩步直奔家裏。

二〇〇〇年十一月

*註一：「小集尼車」菲國一種小型客車。

國家圖書館出版品預行編目

掌故王彬街 / 許少滄著. -- 一版. -- 臺北市：
秀威資訊科技, 2009. 05
面；　公分. --（語言文學類；PG0241
菲律賓・華文風叢書；2）
BOD版
參考書目：面
ISBN 978-986-221-222-6（平裝）

857.63　　　　98006973

語言文學類　PG0241

菲律賓・華文風②

掌故王彬街

作　　者 / 許少滄
主　　編 / 楊宗翰
發 行 人 / 宋政坤
執行編輯 / 藍志成
圖文排版 / 鄭維心
封面設計 / 陳佩蓉
數位轉譯 / 徐真玉　沈裕閔
圖書銷售 / 林怡君
法律顧問 / 毛國樑　律師
出版印製 / 秀威資訊科技股份有限公司
台北市內湖區瑞光路583巷25號1樓
電話：02-2657-9211　傳真：02-2657-9106
E-mail：service@showwe.com.tw
經 銷 商 / 紅螞蟻圖書有限公司
台北市內湖區舊宗路二段121巷28、32號4樓
電話：02-2795-3656　傳真：02-2795-4100
http://www.e-redant.com

2009 年 5 月　BOD 一版
定價： 480 元

讀　者　回　函　卡

感謝您購買本書，為提升服務品質，煩請填寫以下問卷，收到您的寶貴意見後，我們會仔細收藏記錄並回贈紀念品，謝謝！

1.您購買的書名：＿＿＿＿＿＿＿＿＿＿＿＿＿＿

2.您從何得知本書的消息？

☐網路書店　☐部落格　☐資料庫搜尋　☐書訊　☐電子報　☐書店

☐平面媒體　☐ 朋友推薦　☐網站推薦　☐其他＿＿＿＿＿

3.您對本書的評價：(請填代號　1.非常滿意 2.滿意 3.尚可 4.再改進)

封面設計＿＿　版面編排＿＿　內容＿＿　文/譯筆＿＿　價格＿＿

4.讀完書後您覺得：

☐很有收獲　☐有收獲　☐收獲不多　☐沒收獲

5.您會推薦本書給朋友嗎？

☐會　☐不會，為什麼？＿＿＿＿＿＿＿＿＿＿＿＿＿＿＿＿＿

6.其他寶貴的意見：＿＿＿＿＿＿＿＿＿＿＿＿＿＿＿＿＿＿

＿＿＿＿＿＿＿＿＿＿＿＿＿＿＿＿＿＿＿＿＿＿＿＿＿＿

＿＿＿＿＿＿＿＿＿＿＿＿＿＿＿＿＿＿＿＿＿＿＿＿＿＿

＿＿＿＿＿＿＿＿＿＿＿＿＿＿＿＿＿＿＿＿＿＿＿＿＿＿

讀者基本資料

姓名：＿＿＿＿＿＿＿＿＿＿　年齡：＿＿＿　性別：☐女 ☐男

聯絡電話：＿＿＿＿＿＿＿＿　E-mail：＿＿＿＿＿＿＿＿＿＿

地址：＿＿＿＿＿＿＿＿＿＿＿＿＿＿＿＿＿＿＿＿＿＿＿＿

學歷：☐高中(含)以下　☐高中　☐專科學校　☐大學

☐研究所(含)以上 ☐其他＿＿＿＿＿＿＿

職業：☐製造業 ☐金融業 ☐資訊業 ☐軍警 ☐傳播業 ☐自由業

☐服務業 ☐公務員 ☐教職　☐學生 ☐其他＿＿＿＿＿

請貼
郵票

To：114

台北市內湖區瑞光路 583 巷 25 號 1 樓

秀威資訊科技股份有限公司　　　收

寄件人姓名：

寄件人地址：□□□

- -

(請沿線對摺寄回,謝謝!)

秀威與 BOD

BOD（Books On Demand）是數位出版的大趨勢，秀威資訊率先運用 POD 數位印刷設備來生產書籍，並提供作者全程數位出版服務，致使書籍產銷零庫存，知識傳承不絕版，目前已開闢以下書系：

一、BOD 學術著作—專業論述的閱讀延伸
二、BOD 個人著作—分享生命的心路歷程
三、BOD 旅遊著作—個人深度旅遊文學創作
四、BOD 大陸學者—大陸專業學者學術出版
五、POD 獨家經銷—數位產製的代發行書籍

BOD 秀威網路書店：www.showwe.com.tw
政府出版品網路書店：www.*gov*books.com.tw

永不絕版的故事・自己寫・永不休止的音符・自己唱